Ge… …aughrean

THE SUPREME LIE

アフェイリア国とメイドと最高のウソ

ジェラルディン・マコックラン 著　大谷真弓 訳

小学館

アフェイリア国とメイドと最高のウソ

Map and inside illustrations by Keith Robinson

もくじ

物語を書きはじめるきっかけをくれた、
すばらしい兄ニールへ。
（そしてもちろん、ひとすじの陽射《ひざ》しのように
家族の一員になってくれたアイウォナへ）

1928年
〝アフェイリアの大洪水《だいこうずい》〟
浸水範囲《しんすいはんい》
ソーミルズ
フォレストベンド
ホグ高地
湿地帯《しっちたい》
ブリードン山地
プレスト市
プレスト港
ラウンド塚《づか》
フルカ川
アウトフォール海岸
N

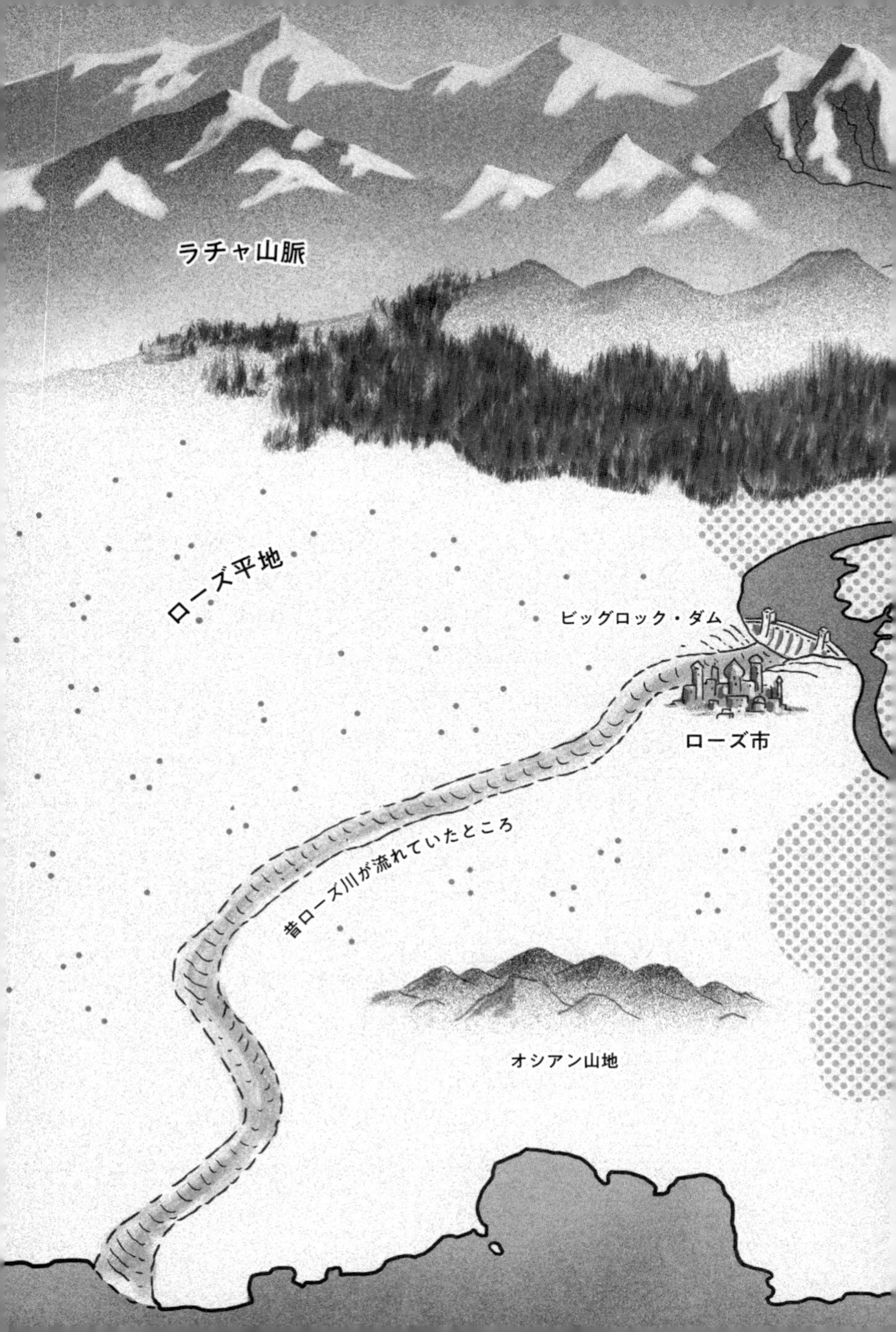
ラチャ山脈
ローズ平地
ビッグロック・ダム
ローズ市
昔ローズ川が流れていたところ
オシアン山地

THE VOICE

ザ・ヴォイス

イン・アトラメント・エスト・ウェリタス

洪水《こうずい》危機に関する協議

城門閉鎖《へいさ》か?

読者のみなさんもお気づきのように、2ヵ月にわたってふりつづく雨により、フルカ川が増水して激流となっている。川の水は近いうちにこの街をかこむ城壁《じょうへき》に達し、4つの大門《おおもん》から流れこんでくる可能性すらある。

すでに標高の低い街の中心部は、地下水と雨水で水びたしだ。地下階は浸水《しんすい》しているといううわさもある。

議会は今日、スプリーマと会合をおこない、可能な対策について話し合う予定だ。多くの人は、スプリーマが城門の閉鎖《へいさ》を指示することを望んでいる——ただし記憶《きおく》にあるかぎり、そのようなことは前例がない。

公安省はパニックにならないよう警告《けいこく》している。「最終的に、プレストの城壁《じょうへき》と大門《おおもん》が、われわれを危険から守ってくれるだろう」スポークスパーソンは昨日、そうのべた。

城壁《じょうへき》の外の人々に高まる懸念《けねん》

しかし読者にとって、もっと大きい懸念《けねん》は、安全なプレスト市の外にくらす人々の安否《あんぴ》である。農場、川ぞいの集落、森林地帯の人々だ。この街より北に位置するローズ市に、彼《かれ》らのようすを知らせてもらうことはできないだろうか? ローズ市には、彼らから連絡《れんらく》が入っているのだろうか?

今日のアナグラム

縄《なわ》がかつぐの

---

*アナグラム=文字をならべかえて別の文を作ること

重要なお知らせ

アフェイリア鉄道では残念ながら、さらに雨がつづいた場合、月曜日の正午以降、北門駅からの列車の運行を停止します。先週から停止中の東方面行きの列車の運行につきましても、再開の予定はありません。乗客のみなさまの安全が第一です。

第一章 ✧ 雨はやむのか、やまぬのか

プレスト市

プレスト市でいちばん高い丘《おか》のてっぺんに建つお屋敷《やしき》で、メイドのグローリアは階段にすわって新聞を読みながら、お客さんが来るのを待っていた。たくさんの人たちに紅茶やコーヒーを給仕《きゅうじ》すると思うと、緊張《きんちょう》する。大事なお客さんに、うっかり飲み物をこぼしたりしてはいけない。それに新聞が報じる北部の洪水《こうずい》の話も心配だ。グローリアは製材の町ソーミルズにある実家のようすを想像してみた。玄関《げんかん》までひたひたと押《お》しよせる水、おぼれないようにそれぞれの産卵箱でうずくまるニワトリ、泥水《どろみず》に袖口《そでぐち》がつかってしまった物干しロープのシャツ。家のなかまで水が入ってくるようすは、怖《こわ》くて想像できない。母さんはあの家がとても自慢《じまん》で、とくに敷物《しきもの》はいつもきれいにしていた……。

　グローリアは自分の手を見て、気づいた。新聞を強くつかみすぎて、指がインクで黒くなっている。手を洗わなきゃ。おまけに、廊下《ろうか》に敷《し》かれた深紅《しんく》のカーペットで白いゴールデンレトリーバーが寝《ね》ている。もうっ、そんなところに寝そべっちゃだめなのに。それに、議員たちもやってくる。彼《かれ》らが到着《とうちゃく》する前に、白い毛を掃除《そうじ》しておかなくちゃ。

　それなのに、犬のデイジーを見ていると、ついなごんでしまう。犬は満足そうに息を吐《は》き、夢を見て足をぴくぴくさせている。このところずっと、街じゅうで犬が遠ぼえしたり騒《さわ》いだり

していた。天気がおかしいことを感じとり、飼い主に警告《けいこく》しようとしているのだ……。グローリアには、そういう犬たちの鳴き声が聞こえる。けれど、デイジーはほえたりしない。もし本当に悪いことがせまっていたとしても、そのにおいがデイジーのかさかさした鼻にとどき、背中の毛を逆立《さかだ》てさせることはなかった。グローリアは犬のそばに行ってすわった。こうしていると、ふたりでいれば安心で、なにも心配いらない気がする。犬は寝返《ねがえ》りをうち、気持ちよさそうに伸《の》びをした。「あなたがあたしの犬だったらいいのに」グローリアがささやくと、犬のしっぽがパタパタとカーペットをたたいた。

玄関《げんかん》のベルに、ふたりともはっとした。あせって飛び上がるグローリア。デイジーはただ頭を起こし、ごはんの時間かしらという顔をしている。

あらわれたのは、マダム・スプリーマの夫だった。なあんだ。帽子《ぼうし》のつばに雨水がたまり、ズボンの折り返しはぐっしょりぬれている。

「議員たちは着いたかい？」

「いいえ、だんなさま。まだです」

彼《かれ》がまだ傘《かさ》を閉じようとしているうちに、犬のデイジーがチャンスとばかり庭へ飛び出し、雨のなかにたたずんだ。そして主人の長い脚《あし》のあいだにもぐりこみ、ズボンの内側に白い毛をくっつけた。

大広間から声が飛んできた。「あなたなの、ティミー？」

グローリアは彼《かれ》のぬれたコートをぬがせ、大広間に通じる両開きのドアを開けると、まるでお客さんが来たかのように、だんなさまの到着《とうちゃく》を知らせた。「ミスター・ティモールが帰っていらっしゃいました、マダム」

マダムはとても小柄《こがら》な女性だけれど、堂々たる威厳《いげん》があり、小さな足に鋭《するど》い指先、そしてもっと鋭い声の持ち主だ。ソファに寝《ね》そべり、デイジーより小さいもう一匹《ぴき》の犬をショールのなかで抱《だ》いている。レースの手袋《てぶくろ》をはめ、お客さんを迎《むか》えるときは（ちょうどいまみたいに）、つばの広いヴェール付きの帽子《ぼうし》をかぶる。そのせいで、マダムの顔はここ数年、世間の人々に見られていない。ただ真っ赤な口紅が、ヴェールの奥《おく》で輝《かがや》いているのが見えるだけ。パグ犬は最近飼われたばかりの犬だ。ぺしゃんこの顔で鼻をフンフンいわせている、こぼれ落ちそうに大きな目のパグ犬は、マダムの心をデイジーから完全にうばっていた。

「わたしの指示どおり、鉄道の駅へ行ってくれた？」マダムは夫の雨にぬれて冷えきった手からあとずさった。

「二時きっかりに列車を出す予定だそうだ」ミスター・ティモールは答えた。「その後は、雨がやむまで運行はないらしい。鉄道会社は線路の浸水《しんすい》や盛り土の崩壊《ほうかい》を心配している。しかし、だれが見ても、線路はまだ水につかってはいない。列車はすでに駅に来ていて、大勢の人が乗りこんでいる。どうやら今朝《けさ》の新聞に、北部の人々が洪水《こうずい》で自宅から避難《ひなん》することになりそうだという記事が出ていたらしい。駅に押《お》しよせていたのは、北部にいる親せきを助けたがっている人々だろう。もし、きみのところの天気予報が悪天候と発表したら、彼《かれ》らは行き場がなくなってしまう。予報はもう出たのかい？」

「天気予報の人たちは、十時に議員の半分といっしょに来る予定よ。ところで、そのズボンはなに、ティミー。なんとかしてちょうだい」

着替《きが》えに行くとちゅう、ミスター・ティモールが玄関《げんかん》クローゼットの前を通ると、メイドが傘《かさ》を探してクローゼットをひっかきまわしていた。

車の到着《とうちゃく》する音が聞こえたとたん、グローリアは玄関《げんかん》まで議員たちがぬれないように傘《かさ》を持っていかなくてはいけないとわかった。この数週間、傘の出番はとても多くなっている。これはグローリアにとって、偉《えら》い人たちを間近で見て、どんな話をしているのか聞けるチャンスだ。けれど残念なことに、彼《かれ》らはぼやいているだけだった。雨がつづいているのは、四方八方からいっせいに風が吹《ふ》きこんでくるせいだという。

議員たちは庭でぬれそぼっている犬に、浮《う》かない目を向けた。それから希望に満ちた笑顔を作ると、アフェイリアの最高指導者であるマダム・スプリーマに面会するため、お屋敷《やしき》に入っていった。

マダム・スプリーマは、城壁《じょうへき》にかこまれたプレスト市——工場の煙突《えんとつ》が森のように建ちならび、人々でにぎわうすすまみれの街——で権力をふるっているけれど、マダムの治める範囲《はんい》はそれよりずっと大きい。古い城壁の向こうに広がるフルカ川の流域全体、断崖《だんがい》に森に湿地帯《しっちたい》、そしてアフェイリアじゅうの農場。そういったものもすべて、マダムの統治下にある。

やってきた議員たちはおじぎこそしなかったものの、大きすぎるソファにすわる小さな婦人に敬意を表し、背中を丸めて前にかがんだ。小さな体にもかかわらず、マダム・スプリーマは恐怖《きょうふ》に近い尊敬を集めている。とはいえ議員たちは、天気予報の人たちがもう到着《とうちゃく》しているのか知りたくてたまらない。そこで、ひとりが思いきって懸念《けねん》を口にした。

「そろそろ緊急事態《きんきゅうじたい》を宣言するべきではないでしょうか、マダム？」

「それで得られる成果はなに、コヴェット議員？　街にパニックをひき起こす以外に、なにかある？」マダムはバカにするようにいった。「心配することなど、なにもありません。きっと気象学者たちが安心させてくれます。この迷惑《めいわく》な雨もいずれやみ、輝《かがや》く太陽があらわれるでしょう」

「しかし、マダム！　今日の新聞を見ていないんですか？　北部からの電報については？　川は決壊《けっかい》寸前だそうですよ？　家々が浸水《しんすい》しているんですよ？　フルカ川の上流から下流まで、すべての地域がこんな雨なんです！　しかもそのことが新聞で報じられたため、だれもが不安になっています。少なくとも、街の城門を閉じるくらいはできるでしょう。北部の街について、あなたはなにか聞いていませんか、マダム？」

「いいえ、なにも。それに、新聞で読んだうわさをいちいち真に受ける人なんて、いるのかしら？」

「恐《おそ》れながら、いますとも。それも、かなりの人々が信じています、マダム」内務大臣をつとめる議員だ。「なにしろ、二ヵ月もふりつづいているんですから！」

「ですから、なに？　人々はこのプレスト市が——何世紀ものあいだ、高い城壁《じょうへき》で強風や戦争や大水から守られてきたこの街が——ちょっとした長雨くらいで、いきなり流されてしまうとでも思っているわけ？」マダムは鈴《すず》を転がすような声で笑った。それを合図に、ほかのだれもが笑顔で首を横にふる。

「いいえ、しかし城壁《じょうへき》の外では……」農務大臣が口を開いた。「農業や林業、小規模農家に

──」

「だからこそわたしは、この国でもっとも優《すぐ》れた気象学者たちに、今日──ここで──確かな事実を教えてくれるようたのんだのです。わずかな田舎《いなか》の住民からとどいた数本の電報をもとにして、政策を決めるわけにはいきませんから」

「ですが、昨日から電報がとどかなくなっておりまして……」

「ほら、ごらんなさい」満足そうに返すマダム。

「いえ、わたしがいいたいのは、電信柱が倒《たお》れたにちがいないということなんです。あるいは流されたか、雷《かみなり》に打たれたか、どうなっているかは知りようがありません。せめて城壁《じょうへき》の外のようすを確かめるべきです、マダム、そして川の水位がどれくらい上がっているか確認するべきです！　北へ行きたがっている人々を──彼《かれ》らを行かせるべきですか？　というか、行かせても安全でしょうか？」

マダム・スプリーマはくしゃみのような、鼻を鳴らすような音を立てた。「北へ行くなんて、お金をどぶに捨てるようなものだわ。少しでも分別があれば、ここにとどまるでしょう。ここなら安全なんですから」

「とにかく、北へ行こうとする人々を止めるべきです」労働大臣が腹立たしげにいう。「労働者を帰省で遊ばせておくわけにはいきませんぞ」

「まったく、そのとおりです」とマダム・スプリーマ。「まともな感覚を失っていない人がいて、うれしいわ」

マダムたちに見えないように、グローリアは大広間のドアからはなれず聞き耳を立てていた。

両腕《りょううで》で抱《かか》えたままの傘《かさ》から、滴《しずく》がぽとりぽとりと靴《くつ》に落ちる。「どうして、さっさと飛行機を飛ばして、ようすを見に行かせないのかしら?」グローリアは小さくつぶやいた。

「まったくだ」という声に、グローリアはびっくりした。すぐ後ろにマダム・スプリーマの夫が立っている。ミスター・ティモールも立ち聞きしていたのだ。彼《かれ》はグローリアの横をまわって、部屋に入っていった。

「なぜ、さっさと飛行機を飛ばして状況確認《じょうきょうかくにん》しないんだ?」ミスター・ティモールはたずねた。「空軍がいるじゃないか」

議員たちがいっせいに彼《かれ》のほうを向く。

「かまわないでちょうだい、ティミー」妻のマダム・スプリーマがぴしゃりとたしなめた。「あなたはここにいるべき人間じゃない。議会の会合に出席する資格がないことくらい、わかっているでしょう」

「しかし……」

「この天気はとても飛行には向かないわ、ティミー。さあ、出ていって」

室内のだれもが気まずい沈黙《ちんもく》のなかで待つあいだ、ミスター・ティモールは肩《かた》をすくめ、少し赤くなって部屋を出た。

そこへ気象学者——男性ひとりと女性ひとり——が、バスで〈てっぺん邸《てい》〉に到着《とうちゃく》した。ふたりの長い灰色のレインコートから、廊下《ろうか》のカーペットに点々と滴《しずく》が落ちる。ふたりの顔もレインコートと同じくらい灰色がかっている。マダム・スプリーマに向かってぎこちないおじぎをすると、気象学者たちは湿《しめ》った封筒《ふうとう》を出し、どちらがマダムにわたすべきか迷ってから、けつきょくふたりいっしょに、レースの手袋《てぶくろ》につつまれたマダムの手に押《お》しつけた。

「申しわけありません……」女性の気象学者が小声であやまる。

マダム・スプリーマはさえぎった。「あやまらないで。い、い、ひどく遅《おく》れたわけじゃないんだから。けれど、わたしたちはあなたがたの結論を早く読みたくてたまらないわ」そしてヴェールの奥《おく》で、いぶかしげに首をかしげる。気象学者たちがまだそこにいることに驚《おどろ》いているようだ。

「わたしの運転手に、あなたがたをリムジンでお送りするよう指示しておきました。門のそばでお待ちください。あなたがたのお仕事をいつまでも邪魔《じゃま》するわけにはいきませんから」

ふたりがいなくなるまで待ってから、マダム・スプリーマは封筒《ふうとう》を開け、気象学会の紋章《もんしょう》の下にタイプされた文章を読んだ。長く、もどかしい静けさがつづいた——たぶん、顔の前にかけたヴェールのせいで読みづらいのだろう。やがて赤いくちびるが開き、大きな笑みになった。

「いいニュースよ、みなさん！　天気予報では、雨はごく近いうちに上がり、暑い乾《かわ》いた天気になるそうです。上流では、すでに晴れてきているんですって。わたしたちは気象学会に全幅《ぜんぷく》の信頼を置いています。城門を閉める？　冗談《じょうだん》でしょ！　鉄道の駅を閉鎖《へいさ》する？　無駄《むだ》な議論だわ」

室内の人々はそろってふうっと息を吐《は》いた。議員たちは喜びあい、マダム・スプリーマを口々にほめたたえる。まるで、マダムが自力で天気を変える手配でもしたかのように。こうして議員たちは、なんの危険もないことは最初からわかっていたといいあいながら、帰っていった。

帰る議員のために玄関《げんかん》が開くと、犬のデイジーが飛びこんできて、大広間に入り、全身をぶるぶるふって水を飛ばした。驚《おどろ》いたことに、マダム・スプリーマはデイジーをしかりつけることも、洗い場へ追いやることもしない。ただ気象学会の手紙をくしゃくしゃに丸め、デイジーに向かってからかうように放った。デイジーはそれを口でぱくっとキャッチした。

「ちょっと！　メイドさん！」マダムが大声で呼んだ。「わたしの荷造りをしてもらえる？　持っていきたいものは、ベッドの上に置いてあるわ。急いでちょうだい。午後の列車で発《た》つの。あなたもいらっしゃい――犬たちのお世話をする人が必要だから」

グローリアは息をのんだ。「えっ！　ありがとうございます、マダム！」

それを聞いて、ティモールが入ってきた。「出かける？　なぜ？　どこへ？」

ティモールの妻は彼《かれ》の袖《そで》をいたずらっぽくぽんとたたいた。「新聞にのっていたいやな話にいくらかでも真実があるのか、自分の目で確かめるべきだと思うの。もし洪水《こうずい》で家を追われた気の毒な人たちがいるのなら、わたしがなぐさめと喜びを提供すればいい。それくらいしないと、国民の人気を失いかねないと思わない？」そしてひざの上からパグ犬のボズをはらいのけ、料理人のところへ話しに行った。

ゴールデンレトリーバーのデイジーが、グローリアに助けを求めに来た。丸めた紙が上の歯の裏にはまって、吐《は》き出すことも噛《か》むこともできなくなっている。グローリアは紙を引っぱって取ってやると、デイジーを思いきり（自分がスポンジみたいに水を吸って、びしょびしょになるのもかまわず）抱《だ》きしめた。

「マダムが北へ行くんだけど、あたしたちもいっしょに行っていいんだって！　北へ行くのよ、デイジー！　列車で！　列車に乗るなんて、家からこのお屋敷《やしき》に来たとき以来だわ。たぶんソーミルズで停車するから、わたしの家族に会えるかもよ！　マダムは会わせてくれるかな？　マダムが人々に親切にするのに忙《いそが》しくしているあいだに？　それに、考えてもみて！　もうすぐ輝《かがや》く太陽が顔を出して、だれもおぼれ死んだりせずにすむのよ。また天気がよくなるから！　これで、おじいちゃんは具合の悪い脚《あし》で屋根にのぼらなくてすむし、ニワトリたちもおぼれずにすむ――なにしろ、ニワトリは地面のすぐ近くにいるでしょ、だからおぼれてたかもしれないじゃない？　デイジーをみんなに会わせてあげたいな……」

それからグローリアは上階へ消え、いくつものスーツケースを手荒《てあら》にあつかう音が、外でとどろく雷《かみなり》のようにひびいてきた。犬のデイジーはあたりを見まわし、丸めた紙を探した。ひょっとしたら、もう一度噛《か》んで遊ぶ価値があるかもしれない。けれど、紙も消えていた。おおかた、パグ犬のボズが食べてしまったのだろう。というわけで、デイジーは横向きに寝《ね》そべり、どうしてわたしは背中の毛を逆立《さかだ》てているのかしらと考えていた。ボズが原因なんてことは、ありえない。どういうわけかデイジーは、指先の鋭《するど》いマダムの愛情を失っても、傷ついてはいなかった。もうずいぶん前から、デイジーの心はほとんどグローリアのものだったのだ。それと、ほんの少しだけマダムの夫にもとってある。そしてもちろん、料理人にも。

いいニュースが街の人々の耳に入るのは、明日になるだろう。明日になれば、みんなに笑い声がもどり、水たまりやあふれる側溝《そっこう》に恐怖《きょうふ》をかきたてられることもなくなる。もうすぐ晴れるんだから！　明日はグローリアにも楽しいことが待っている。いまは、三つのスーツケースをのせた手押《てお》し車を苦労して押しているところだ……それと、口には出さない疑問の山も抱《かか》えている。どうしてマダムたちは、天気予報の人たちを送っていった運転手がもどってくるのを待たなかったんだろう？　マダムが徒歩で、しかも雨のなかを出かけるところなんて、グローリアはいままで見たことがなかった。

それに、どうして全身をすっぽりおおうコートを着て、大きなフードをかぶっているの？　いつものマダムなら、すれちがう人たちが自分に気づいてはっと息をのむところを楽しむのに。

おまけに、いったいぜんたい、なぜマダムは料理人をクビにしたの？　料理人が作ったチーズスフレは、どこよりもおいしかったのに！　次に海外から重要人物が来たとき、スフレを作る料理人がいなかったから、どうするつもりかしら？

駅のホームでごった返す人たちをかき分けて、マダムの通り道を作ってくれる治安警備隊《ちあんけいびたい》の人たちは、どこ？　どうしてマダムが夫婦でひとつの傘《かさ》に入らなきゃならないわけ？　ふだんなら、警護《けいご》の人がマダムのすぐそばで傘を差しかけてくれるのに。

駅に押《お》しよせる人々が、もうすぐ天気がよくなるというニュースを聞いていないのは、明らかだった。プレスト駅の北行きホームでもくもくと蒸気を上げる列車は、大勢の乗客ではちきれんばかりだというのに、ホームにはまだ乗りこもうとする人々があふれている。警備兵《けいびへい》、荷物運び、機関手《きかんしゅ》、用心棒といった人たちが非常線を張り、押しよせる人々を止めようとしているけれど、男も女も車両の下をはいくぐって向こう側の窓を強引に開けようとする。なにがなんでも北へ行くという意志を、隠《かく》そうともしない。グローリアは一瞬《いっしゅん》、自分の家族が腰《こし》まで達する水のなかを、お金もなく、家も失い、水生ネズミにかじられながら歩く姿を――もっと悪いことも！――想像してしまい、家に寄ってもいいかマダムに聞いてみることにした。

スプリーマが駅舎に入ると、夫のティモールはすぐ傘《かさ》を閉じ、グローリアに代わって手押《てお》し車を押しながら人混みのなかを進んだ。ラウンダーズ（野球に似た球技）のバットを持った荷物運びの男が、先頭の一等車へ向かうマダムたちの前に立ちふさがった。乗客でぎゅうぎゅうづめのほかの車両を、あごで指す。

グローリアはもちろん、マダムが指をパチンと鳴らして、列車ごと貸し切りにするよう命じると思っていた。ところが、ちがった！

「ティミー、彼《かれ》にお金をやって」マダムにひそめた声で怒《おこ》ったようにいわれ、ティモールは素《す》直《なお》に財布《さいふ》を出す。十、四十、六十アフェイルを手わたされると、バットを持った男はひとつの車両から乗客を追い出しにかかった。

「荷物は持ちこめない」荷物運びの男は、いっぽうの足で手押《てお》し車を押しやった。

驚《おどろ》いたことに、マダムはいつもの行動には出なかった。かぶっていたフードをはねのけ、まぎれもないスプリーマ本人が目の前にいることを気づかせ、男に言葉を失わせる、という手段には出なかったのだ。ただ夫に向けてパチンと指を鳴らしただけ。

ティモールはまた財布《さいふ》を引っぱり出したものの、荷物運びの男はゆずらない。「こっちであずかっておく」

犠牲《ぎせい》は、荷物だけではすまなかった。

「犬は持ちこめない」車掌《しゃしょう》が棒に巻きつけた緑の旗で、デイジーを指した。

「ちょっと」マダムはいい返す。「この子の祖母にあたる犬は、初めてアフェイリアに足をふみ入れたゴールデンレトリーバーなのよ！」

「犬はダメ、荷物もダメ」と車掌《しゃしょう》。

グローリアは、車掌《しゃしょう》が仕事を失うのではないかと心配になった。きっといまにも、マダムはこういうはずだ――そこをどきなさい、おろか者！　わたしはマダム・スプリーマ、このアフエイリア国の最高指導者じゃないのかしら？　ところが、そうはならなかった。マダムはフードをさらに前に引っぱっただけで、こういったのだ。「それじゃ、グローリア、悪いけどあなたは残ってちょうだい。代わりにデイジーをあなたの席にすわらせるから」

「犬もダメ、荷物もダメ、メイドもダメだ」車掌《しゃしょう》は自分の力を楽しんでいる。

「たのむ……。いいから乗ってしまえ」ティモールがいつになく躍起《やっき》になり、さっさと妻を列車に乗せた。そしてグローリアの手に鍵《かぎ》を押《お》しつける。「ぼくたちがもどるまで、屋敷《やしき》をたのむ」彼《かれ》は一度もグローリアと目を合わせずに、つけたした。「すぐもどる、約束する。デイジーを荷物専用車に乗せてくれ、きみはいいメイドだ」そして犬のリードをグローリアのもういっぽうの手に押しつけると、列車に乗りこみ、ドアをバタンと閉めてしまった。

途方《とほう》にくれたグローリアは、そのままぽかんと客室を見つめていた。豪華《ごうか》なカーテン、ビロード張りの座席、そして故郷《こきょう》の家を見るチャンス。そんなグローリアを、やがてマダムがしかりつけ、手をふって追いはらった。

人々はいまや、列車の屋根によじのぼっている。運転士が耳をつんざく汽笛を鳴らした。

列車の真ん中にある荷物専用車は、（もちろん）すでに人でいっぱいで、これ以上乗りこめないようにドアは施錠《せじょう》されていた。人々に雨はもうすぐやむと伝えようにも、ドアを開けてくれない。グローリアがデイジーを列車の屋根に乗せようとしても、上にいる人はだれも手を貸してくれず、ゴールデンレトリーバーの成犬を頭のずっと上まで持ち上げるのは、グローリアの力ではとても無理だ。デイジーはグローリアの上にどっかりと乗っかり、少女もろともホームにへたりこんでしまった。

一等車では、パグ犬のボズがマダム・スプリーマのコートのなかから抜《ぬ》けだした。マダムはボズをひざの上にすわらせ、偉《えら》そうな車掌《しゃしょう》をまんまと出しぬいてやったことにほくそえんでいた。夫はすわらず、額を窓に押《お》しつけて、息でガラスをくもらせている。

「さて。ぼくらは北部へなぐさめと喜びを提供しに行くんだよな？　洪水《こうずい》で家を失った人々にどんな支援《しえん》ができるか、視察をしに。そして、もどってくる。そうだよな？」

マダムはパグにやさしく声をかけている。

「そうだよな、スプリーマ？」

妻は彼《かれ》を見もしない。両手でボズを抱《だ》き上げ、犬のまるいぺしゃんこの顔をまじまじと見つめている。犬の出っぱった目に映る自分のゆがんだ姿に、マダムはいらっとした。「デイジーが荷物専用車で快適にすごしているといいんだけれど。あのメイドったら、本当に役立たずなんだから。荷物専用車にノミや盛《さか》りのついた犬がいないことを祈《いの》っているわ」

ティモールは窓を開けた。そのほうが息をしやすい。「グローリアはいい子じゃないか」

マダムは鼻を鳴らす。「ただのメイドよ、ティミー。それにひきかえ、ゴールデンレトリーバーは希少なんだから」

そして、やぶからぼうに、こういった。

「あなたは誤解している。人々は絶対に災害を許さない」

「誤解？　ぼくはなにかいったっけ？」ティモールはたずねたが、妻は無視し、寝言《ねごと》をいっているかのように話しつづけた。夫に話しているわけではないのは、確かだ。

「〝わたしたちの絶好のチャンス〟、あなたはそういった。でも、人々は――あのあわれな被災《ひさい》者《しゃ》たちは……。彼《かれ》らはだれかのせいにせずにはいられない。そのうち、わかる。そのだれかは、いつだってわたしなんだから。『なぜ、スプリーマはこんなことになるのを放っておいたんだ？』と彼らはいうでしょう。『スプリーマはなぜ、なんとかしなかったんだ？　元にもどせ。なにもかも元どおりにしろ』あんな人たち、心底、軽べつするわ……」

ティモールは車窓の外に身を乗りだし（そういうことはしないでくださいと注意書きがあるのに）、駅のホームぞいに後ろを見た。グローリアとゴールデンレトリーバーのデイジーが、荷物専用車のドアの前で、どうすることもできずに立ちつくしている。ティモールはすぐ列車から降りて助けにいかなくてはと感じた。そして今回ばかりは、妻に許可を求めたりはしなかった。

「ぼくなら、デイジーを屋根の上に乗せられるかもしれない」ティモールはグローリアにいった。「ぼくがひざをついたら、ぼくの両肩《りょうかた》にデイジーを乗せてくれるか？」そしてデイジーの横で両手両ひざをつく。こったデザインの襟《えり》がついた美しいウールのコートを着ているというのに、彼《かれ》はどういうわけか疲《つか》れはててよれよれに見えた。ゴールデンレトリーバーをショールのように肩にかけると、ティモールは車両の横に両手をついて少しずつ立ち上がっていく。完全に立ち上がったとき、ふたりと一匹《ぴき》は列車のけたたましい汽笛にぎょっとした。荷物専用車がガクンとゆれる。列車は動きだしていた。

「走って、だんなさま!」グローリアは叫《さけ》んだ。「置いていかれちゃう! あたしたちのことはいいから! 走って!」

ところが、ティモールは走らなかった。ゴールデンレトリーバーをかついだまま、立ちつくしている。彼《かれ》ら――グローリア、ティモール、犬――の目は左から右へ、左から右へとちらちら動き、その動きはすぐ鼻先を走る列車の速度とともにどんどん速くなっていく。列車の去ったあとには、静かな駅が残された。

「マダムのお出かけは長くなるんですか、だんなさま?」グローリアはたずねた。

「さあな……いや……わからない。彼女《かのじょ》は上流に住む人々の状況《じょうきょう》がどれくらい悪いか、自分の目で確かめたいらしい」

「上流には、わたしの家族がいるんです」

「おお。それは気の毒に……。いや、きっとだいじょうぶだとも」

お屋敷《やしき》への帰り道は、ティモールが荷物でいっぱいの手押《てお》し車を押してくれた。

「雨がすぐやんでくれたらいいのに。もし線路が水につかってしまったら、マダムはどうやってここにもどってくるんですか、だんなさま?」

「さあな」と答えてから、ティモールはつづけた。「ひょっとしたら、投石機で飛んでくるのかもな!」思いがけず毒のある言葉に、グローリアは質問しすぎてしまったことに気づき、ティモールの後ろに下がった。本来、そこがメイドの歩くべき位置だ。

グローリアは代わりに犬に話しかけた。「マダムったら、持っていく荷物のなかに最高のワンピースを全部入れさせたのよ。おかしいわよね、泥《どろ》だらけの場所へ行くのに。おまけに、料理人をクビにしちゃって！　マダムが帰ってきたら、だれが彼女《かのじょ》の夕食を作るの？」

デイジーはしっぽをふった。午前中ずっと耳に入ってきた話はなにもわかっていないけれど、汽笛がひびき、熱い蒸気がシューッとふきだす鉄道の駅からはなれられることにほっとしていたし、最愛の人間ふたりといっしょにいられて満足だった。

第二章 決壊《けっかい》

アフェイリア北部 フォレストベンド

その日のずっと早い時間、プレスト市のはるか北では、クレム・ウォーレンが両親と小さな家で床《ゆか》にすわり、大切にしているなにもかもをおびやかす嵐《あらし》の音に耳をすませていた。飼い犬のハインツは三人のひざの上をそわそわと移動しては、みんながもっと早く自分を信じてくれていたらよかったのにと思っていた。

危険には、においがある。危険のにおいは、鼻の奥《おく》をちくちく刺《さ》す。〝におうだろ？ なんかおかしいぞ〟といってくる。村じゅうで、危険のにおいをかぎつけた犬たちがほえていた。

一週間、二週間とすぎるうちに、雨粒《あまつぶ》はぬかるんだ地面からいろんなにおいをたたきだし、さまざまなにおいの混ざりあった濃厚《のうこう》なシチューを作りあげていった。なかでもいちばん強いにおいが、危険のにおいだ。においはうったえる——自分の大切な者たちを守れ、彼《かれ》らに伝えよ、警告《けいこく》せよ。そしてハインツは全力で伝えようとしたのだった。

いまでは、みんな信じてくれた。

ふりつづく雨が屋根を打ちつけ、窓に当たって小石がぶつかるような音を立てている。小屋のなかは冷えきり、暖炉《だんろ》で火をたくこともできない。煙突《えんとつ》から雨が入ってくるからだ。ランプも灯《とも》せない。ほかの役立つものや貴重品といっしょに、すでに屋根裏に運びこんでしまった。一家は家具を集めてはしごをしばりつけ、即席《そくせき》のやぐらを作っていた。最悪の状況《じょうきょう》になったら、そのやぐらは屋根に上がる避難路《ひなんろ》にもなる。やぐらには、なんとか救いだしたいほかの持ち物も結《ゆ》わえつけてある。

「先週は四十本の木を切り倒《たお》した」クレムの父親はいった。「四十本だ！　そいつを土手に積んで川ぞいに壁《かべ》を作ろう。いっとくが、それでも川の決壊《けっかい》をふせぐには足りんだろう。オークの木なんざ、あの激流の前じゃ小枝みたいなもんだ！　川があばれるのは前にも見たことがあるが、ここまでひどいのは初めてだ。煮《に》えたぎった湯みたいに、うねっている。猛烈《もうれつ》に荒《あ》れくるっている」

「しーっ、あなた」妻がやさしくたしなめ、視線でクレムのほうを指す。「みんな、怖《こわ》がってしまうわ」

「おれがまた下りていって、もう一本、木を倒《たお》すのがいちばんだろう」クレムの父親はドアを見つめている。まるで、ドアの向こうに最悪の悪夢が広がっているかのように。「ひょっとしたら、一本の木で事態が大きく変わるかもしれん。とにかく、どれくらい水位が上がっているか確かめたいんだ」

父親が出ていったあと、ドアの下や壁《かべ》の下のすきまから、虫やネズミが逃《に》げ場を求めて入りこんできた。床《ゆか》には地下水が染《し》みだしてくる。犬のハインツは立ち上がり、腹の毛をぬらす水に向かってキャンとほえた。なわばりに侵入《しんにゅう》され、ハインツの戦力は水に溶《と》けてしまった。屋根をたたく雨の音に、ほえる声もかき消されてしまう。木々のあいだを吹《ふ》きすさぶ冷たい風が、小屋をガタガタと震《ふる》わせる。屋根裏から大事な本が落ちてきて、ばらばらになったページが、床《ゆか》にうっすらたまった水の上で不思議な動きをしている。なにもかもが場ちがいで、おかしい――すごくおかしい――ハインツにはわかった。

クレムはテーブルの上で丸くなり、毛布にくるまって冷えないようにしていた。犬のハインツがクレムの毛布にもぐりこんでも――いつもの決まりに反して――クレムの母親はしからなかった。

ハインツにとって、温かいクレムのにおいと、毛布と腕《うで》が作るやわらかい寝床《ねどこ》は、あらゆる心配を少しのあいだ忘れさせてくれる。ところが、小屋にしのびこんでくる虫のように、なにかがおかしいという気持ちがしつこく心に入りこんでくる。クレムは外に出るときのように何枚も重ね着しているし、クレムの母親は背すじをのばしてスツールにすわっている。ただすわって、壊《こわ》れてページのはずれた本の外側を持っているのだ。そのときだった。危険がせまっているという確かな気配が、すべての幸せを閉めだした。ハインツは小さく長い鳴き声を上げた。油を差していないドアが風にゆれるような、かん高い声だ。

一時間後、小屋のドアが勢いよく開き、クレムの父親が頭から転がりこんできた。全身ずぶぬれで、寒さにガタガタ震《ふる》えている。外の気温は恐《おそ》ろしく低く、父親が叫《さけ》ぶと、顔の前が白くかすんだ。

「水が来る！　高いところにのぼれ！」遠くでひびく笛や鐘《かね》の音、人々のどなり声が聞こえる。

「上に行け！　高いところへ逃《に》げるんだ！　早く！」

毛布にくるまったまま、クレムはやぐらをのぼりだした。毛布があちこちにひっかかる。クレムは毛布の角をさっと丸めてハインツをくるんでから、肩《かた》にかついだ。ハインツはにおいで自分のおもちゃ——結び目のある短いロープ——のそばを通ったのがわかった。そうして屋根裏へ上がった。

「水は上に運んでおいたよな、メイジー？」クレムの父親が肩《かた》で妻の尻《しり》を押《お》し上げながら、大声でたずねる。

「六、七本、運んだわ。それと豆の缶《かん》づめもたくさん、この世の終わりまでもつくらい……。神さま、わたしたちの小さな家をお守りください」

そしてふたりも屋根裏に到着《とうちゃく》した。屋根をたたく雨のせいで、ドラムロール中の小太鼓《こだいこ》のなかにいるようだ。

やがて雨がとぎれた。まるで、だれかが水道の蛇口《じゃぐち》をしめたかのようだ。母親はうたいだしたものの、涙《なみだ》で声をつまらせた。一家は静かにすわり、そろって犬のハインツを見つめた。犬は不安でアコーディオンのようになり、小さな胸で苦しそうに鳴きつづけていたが、舌のとどくところをどこでもなめて、全力で家族をはげまそうとしている。クレムの父親の肌《はだ》は冷たすぎて、なんの味もしなかった。

「ドアが開けっぱなしだよ、父ちゃん！」クレムがいった。

「裏の窓もよ」と母親。「クレム、川の水を閉めだすんじゃなくて、家のなかを通過させるの。そうしないと、この家はつぶされ——」

父親がさえぎった。「斧《おの》は持ってきたか、メイジー？」

「てっきり、あなたが……」

それ以上は聞かずに、父親は積み上げた家具の山を下りはじめた。ところがとちゅうで凍《こお》りつき、ひき返してくる。笛の音《ね》はやんでいた。世界じゅうが息をつめている。クレムの両親は見つめあった。ふたりの目は同じ電線にとまる四羽の小鳥のようだ。クレムはひざ立ちで前後にゆれながら、ハインツを抱《かか》え、犬の背骨が曲がるくらいぎゅっと抱《だ》きよせた。

「神さまと愛が守ってくださるわ。そうでしょ？」母親はいった。


クレムの村のすぐ下にある川は、ただ土手からあふれてきただけではなかった。伐採《ばっさい》した木を積み上げた壁《かべ》をぶち壊《こわ》し、征服《せいふく》に乗りだしてきたのだ。大人の二倍の高さの波で襲《おそ》いかかり、若木を根こそぎ引っこぬき、綿花の畑をむさぼりつくして、川は狂犬病《きょうけんびょう》の犬のように泡《あわ》をふいた。ブリキ屋根の小屋や屋外トイレを豆の缶《かん》づめみたいに軽々とさらい、ばらばらにする。小さなボートは川から陸《おか》へ流され、ごろごろ転がされたあげく木々にぶつかり、山小屋や家や納《な》屋《や》の壁に激突《げきとつ》した。押《お》しよせてきた川は武器をたずさえていた——地面からもぎとった石、枝やフェンス、手押《てお》し車に有刺鉄線《ゆうしてっせん》。水は強じんな力で、行く手のあらゆる障害物と取っくみあう。

それでも、クレムの家はまだ持ちこたえていた。木材を留める釘《くぎ》は一本残らず曲がり、すべてのネジがゆるんではずれそうになってはいたが、家はまだ建っている。水位はドアの上まで達しているようだ。

「水位はまだ上がるのかしら？」母親がたずねた。

「ああ」と父親。

「上がらないよ！」クレムは反論した。

「キャン」ハインツは、泥水《どろみず》にのって家のなかを流れていく死んだナマズを見つめている。

父親はふたりの手から自分の手をなんとかはずすと、「あの斧《おの》がいる」とまた家具の山を下りていき、ぎゅっと目をつむって冷たい水に身がまえ……。少し止まって大きく息を吸いこむと、茶色くにごった水にもぐった。母親はバンシー（家族に死人が出ることを泣いて知らせる妖精《ようせい》）のような金切り声を上げた。

「わたしは斧《おの》を忘れたうえに、今度はおまえの父ちゃんを死なせてしまった！」

父親は永久にいなくなってしまったかのようだった。そのとき家具の山がゆれ、父親が水から体を引き上げた。薪割《まきわ》りに使う斧《おの》を片手で苦労して持ってくる。水位が上がる速さは、父親がのぼってくる速度とほぼ同じだ。

「泣くのはやめるんだ、メイジー」父親は母親にいうと、重い斧《おの》をふりかぶって屋根にたたきつけた。

ガン、ガン、ガン。斧《おの》が屋根に当たるたびに、木の破片とタールがばらばらとふってくる。

それから、コケも。

くすんだ日の光が屋根裏にふりそそぐと、その穴からひとりずつ、クレムの父親が家族を屋根の上に上げていった。一家はできるかぎり上に上がった。もしこれ以上水位が上がってきたら、おしまいだ。

屋根がわらの島にすわっているのは、五人——犬のハインツ、クレム、クレムの母親と父親、そして犬の死神。といっても、死神の吐《は》きそうな息のにおいは、ハインツにしかわからなかった。

その夜遅《おそ》く、海まであと半分というところを恐《おそ》ろしい速さで流れていた洪水《こうずい》は、同じく高速で動く怪物《かいぶつ》に遭遇《そうぐう》した——プレスト市を出発した最後の列車だ。

列車は何トンもの金属でできており、輝《かがや》く鋼鉄《こうてつ》のレールの上にどっかりと乗っているので、もちろん洪水《こうずい》でも列車をレールから押《お》し流すことはできない。

水はただ線路の下から土をえぐっていった。ついにはレールがたわみ、列車は一両ずつ横倒《よこだお》しになってしまった。車掌車《しゃしょうしゃ》は連結を解いて流されていき、機関車とその後ろにつながる残《ざん》がいは激流にもまれ、荷物も、コートも、帽子《ぼうし》も、子どもたちも、カーテンも、ペットも、有力者も、有名人も、名もなき人も、炭水車《たんすいしゃ》の石炭も、流されてしまった。そこで目撃《もくげき》した人も——みんなに知らせることのできる人も——生き残った人も、だれもいなかった。フルカ川が決壊《けっかい》すると、川の水はすべての線路と道路を押《お》し流した。まるで、カタツムリがはった銀色の跡《あと》を洗い流すかのように、あっさりと。

THE VOICE

ザ・ヴォイス

イン・アトラメント・エスト・ウェリタス

晴れる日は近い

城門はひきつづき開放

　気象センターによると、折よく天候の変化が近づいているという。水位が上がるなか、一刻の猶予《ゆうよ》もない。現在、五大工場のうち４つが浸水《しんすい》の被害《ひがい》を受けている。

　プレストでもっとも優秀《ゆうしゅう》な科学者たちが、昨日〈てっぺん邸《てい》〉において、スプリーマと議員らに調査結果を報告し、近いうちに雨が上がり、晴天になるという予測を伝えた。

社　説

知るべきことは、まだある

　じつに喜ばしいことだ。しかし、アフェイリアの北部地域との通信がとだえていることは、まだ懸念《けねん》材料である。通信用ケーブルが洪水《こうずい》で断線しているらしく、森林地帯や農場、湿地帯《しっちたい》、ローズ市からの情報は、プレスト市にいっさい入ってきていない。

　この国の地方にくらす人々は、プレスト市にくらすわたしたちより、はるかに困難な状況《じょうきょう》にあるかもしれない。彼《かれ》らに支援《しえん》が必要かどうかを見きわめ、市民が安心できるよう、議会にはぜひとも力をつくしてもらいたい。

〝人間はひとつの島にあらず、ひとりで完全な人間などいない〟

ジョン・ダン

早急《さっきゅう》に通信網《つうしんもう》の復旧を

議会は、北部地域とつながる電信の〝速《すみ》やかな〟復旧を望んでおり、森林地帯にくらす親族の安否《あんぴ》をたずねる人々には辛抱《しんぼう》してほしいと発表した。「非常に困難な状況《じょうきょう》のなか、われわれは最善をつくしており、電信技士の命を危険にさらすわけにはいきません」

今日のアナグラム： タイヤ合うよ

第三章 とびきりラッキーな一日

プレスト市〈てっぺん邸《てい》〉五日後

ゴールデンレトリーバーのデイジーは、すばらしい日をすごしていた。

「あたしってほんとにおバカさんね、デイジー」〈てっぺん邸《てい》〉のキッチンで、グローリアがいった。「また、やっちゃった！　朝食のトレイはひとつでいいのに、ふたつ用意しちゃったの。だって、そういう習慣になってるんだもん」

習慣なら、デイジーも知っている。デイジーの習慣は、毎日、グローリアが朝食を用意するのをながめながら、いつか糖蜜《とうみつ》入りの丸パンが、偶然《ぐうぜん》トレイから自分の口に落っこちてこないかなあと期待することだ。そんな期待が、今日かなった。今日グローリアは、スクランブルエッグと、トーストと、バナナを半分くれたのだ。今日は、デイジーを肩《かた》で押《お》しのけて全部食べてしまうパグ犬のボズもいないし、デイジーをキッチンから追いはらう料理人もいない。

ダイニングでは、スプリーマの夫が悲しみと悩《なや》みのにおいをさせていた。グローリアが朝食のトレイを持ってきても、ただ見つめるだけで、ナイフとフォークを手に取ろうともしない。デイジーは彼《かれ》のひざをつついた。もしかしたら食べるお手伝いが必要なのに、すぐそばにわたしがいるのを忘れているのかもしれない。彼は糖蜜《とうみつ》入りの丸パンをデイジーにくれた。これはもう、とびきりラッキーな一日になるにちがいない。

グローリアはおじぎをして、下がろうと背を向けた。

「川の土手が決壊《けっかい》した。波止場《はとば》は水のなか。おまけに、雨はまだやまない」ティモールがいった。

「そうですね、だんなさま」

「なぜだ？　あの天気予報の人々は、どうしてここまで予報をはずしたんだ？　晴れ。ちゃんと晴れるといったんだぞ」

グローリアはくちびるを噛《か》んだ。いえない……いうべきじゃない。それはメイドの仕事をこえている。けれどコーヒーを運んだとき、手がいつのまにかポケットにもぐりこみ、デイジーの口からもぎとったくしゃくしゃに丸めた紙を取り出していた。グローリアはなんとか偶然《ぐうぜん》をよそおい、丸めた紙をティモールのひじのそばに落としていった。ドアから見ていると、ティモールはその紙を片手で平らにのばした。

気象学会
アカデミーヒル　気象局　アフェイリア　プレスト市

気圧は低いままで、雨はこの先何週間もやむ気配はありません。しかしながら、より深刻なのは、ラチャ山脈の真下で壊滅的《かいめつてき》な火山活動が起きていることです。これにより、かつてない規模の雪どけ水が発生し、フルカ川の水量がさらに劇的に増大し、雨が弱まったあとも長くその状態がつづくでしょう。したがって、気象学会としては、長期の深刻な洪水《こうずい》がアフェイリア全土だけでなく、国外まで広がると予測せざるをえません。洪水は生命に多大な危険をもたらし、日常生活のあらゆる面に恐《おそ》ろしい影響《えいきょう》をおよぼすでしょう。

洪水《こうずい》の影響《えいきょう》に関するくわしい見積もりについては、情報が集まりしだい報告いたします。

気象学会　首席教授

気象科学研究所　首席予報官

「マダムはきっと、だんなさまと犬たちといっしょに、列車が止まる前に脱出《だっしゅつ》したかったんだと思います」グローリアはコーヒーを持っていったときに、そういった。

「そして、スプリーマの地位を捨てるのか？　ありえない！」

それでもよくよく考えてみたグローリアは、こういわずにはいられなかった。「マダムは最初からそういう計画を立てていたにちがいありません、だんなさま。そうでなければ、どうして料理人をクビにしたんですか？　しかも、天気予報のことでウソをついてまで？」

ティモールはドンとテーブルをたたいた。その拳《こぶし》がソーサーの縁《ふち》に当たり、コーヒーカップがくるくるまわって薄《うす》い色のカーペットへ飛んでいく。

「彼女《かのじょ》は国家元首《げんしゅ》だぞ！　スプリーマはウソなどつかない！　いいか、グローリア、きみはもっと自分の立場をわきまえたほうがいい!」

グローリアはさっとおじぎをした。恐怖《きょうふ》で足がすくんで逃《に》げられない。もう一度、おじぎをする。そしてミスター・ティモールをじっと見つめた。〝自分の立場をわきまえる〟というのがどういう意味かわからないけれど、怖《こわ》くて聞くこともできない。「いいえ、だんなさま。じゃなくて、はい、だんなさま。すみませんでした、だんなさま」

「たぶん……」

ふたりとも長いこと〝たぶん〟の先を考えたころ、ようやくティモールがつづきを口にした。

「たぶん、マダムは老眼鏡《ろうがんきょう》をかけずに手紙を読んだせいで、かんちがいしたんだろう」

彼《かれ》は朝食をひと口も食べていなかった。ちょうどそのとき、廊下《ろうか》で電話が鳴った。弱々しくかすれた、まるで風邪《かぜ》でもひいているかのような音。断線した通信用ケーブルとちがい、プレスト市内の小さな電話回線網《かいせんもう》はまだ機能している。

ふだんなら、電話に出るのは秘書官の仕事だけれど、秘書官は料理人と同じくクビにされたようだった。マダムが出発してから、仕事に来ていないからだ。グローリアはぜったい電話に出ない――ぬれた手でさわると感電するかもしれないと聞いたことがある。いま、あたしの手は汗《あせ》でぬれている。それに、ついさっきクビにされたに決まっているし、ちょうど泣いていたところなのだ。廊下《ろうか》のテーブルで小きざみに震《ふる》える電話をしばらく見つめてから、グローリアは階段を駆《か》け上がり、いちばん上にすわって両ひざを抱《かか》えた。

さいわい、ティモールが電話に出た。ライトフット教授からだった。〈ザ・ヴォイス〉の編集長だ。

「……うわさ……スプリーマが……駅……変装……本当？」

ティモールは指先をテーブルについて、かがみこむ。「すみません、教授。もう一度、おっしゃってください」

どうやら、スプリーマが五日前、プレスト駅の北行きホームから出た最後の列車に乗るのを目撃《もくげき》されたといううわさが出まわっているらしい。マダムはどこへ向かったのか？　この街から逃《に》げたのだろうか？　新聞はスプリーマの話を信用して、数週間で暑い天気になると伝えていた。その情報がまちがっていたら、新聞の評判は大ピンチにおちいる……。

グローリアは待った。ティモールは「スプリーマはなぐさめと喜びを提供しに行ったんです」といってくれるはずだ——けれど、なにもいわない。それどころか、受話器を置こうとしている。彼《かれ》の目が犬のデイジーに向けられた。デイジーはのそのそと階段をのぼり、代々の男性最高指導者《スプリーモ》、女性最高指導者《スプリーマ》の肖像《しょうぞう》の下を通りすぎていく。犬はティモールの視線を、階段のてっぺんにすわるグローリアまでみちびいた。彼の視線がのりで貼《は》りつけられたかのように、ぴたりとグローリアに留まった。

「もしもし？　もしもし？」電話の向こうから、大きな声がしつこくひびく。

「街から逃《に》げた？　断じて、そんなことはありません」ティモールは不自然に高い声で答えた。「マダム・スプリーマはどこへも行っていません。彼女《かのじょ》はちゃんとここにいます。天気予報が正確かどうかはなんともいえませんが、妻は危機的状況《じょうきょう》で……あるいは危機のない状況でも、自分の職務を投げだすようなことはけっしていたしません」

「すばらしい。では、ティモール、今日の午前中、マダム・スプリーマに〈ザ・ヴォイス〉の取材を受けてもらえるかしら？　市民の質問に二、三答えていただきたいんだけれど？」

「質問？」とティモールは口を動かしたが、声は出ていない。

グローリアも、声は出さずに口を動かした。質問？　とつぜん、質問がワラジムシのように〈てっぺん邸《てい》〉にたかってきたようだった。

「たとえば、雨はいっこうにやむ気配がないので、城門を閉めることになるのかしら？」編集長はたずねる。

「え、ああ、もちろんです！」ティモールは自信たっぷりに笑った。「街の法令に書かれていますからね――洪水《こうずい》が戦没者慰霊碑《せんぼつしゃいれいひ》に達した場合は、四つすべての城門を閉める」

「あなたの奥《おく》さまが法令に署名しなければ、効力はないのよ」編集長はいらだたしげに返した。

「やっぱり、わたしが直接スプリーマとお話しするべきだわ」

ティモールは電話に向かって首をふったが、言葉が出てこないので、電話を切ってしまった。犬がよたよたと階段を下りてきて、ティモールの手に鼻づらを押《お》しつける。主人がなぐさめを強く必要としていることを感じとったのだ。

すぐに、また電話が鳴った。内務大臣のコヴェットからだ。

「ちょっといやなうわさを耳にしまして……」そう切りだしたコヴェットの声は、なんだかおもしろがっているようだ。

ティモールは最後までいわせず、口をはさんだ。「マダム・スプリーマが、明日、街の城門を閉鎖《へいさ》したいとのことです。必要な書類を持ってきてくれますか？　今日の午後？　それから、書類を手わたす場に居合わせるべき人たちも、全員連れてきてください。たのみますよ」

少し間《ま》があった。「あ、はい。もちろんです。ただちに。はい。ちなみに、あなたはどちらさま？」

「スプリーマの夫です。以上」

そのあいだずっと、ティモールの目はグローリアの目から一度もそれることはなかった。グローリアは彼《かれ》の薄《うす》いブルーの目で、その場に釘《くぎ》づけにされている気がした。しかも、彼の考えていることがほとんど耳に聞こえるようだ。

「ヴェールをかぶれば、きみが代役をつとめられ――」

「無理です！　そんなこと、できません！　あたしは十五歳ですよ」

「しかも小さい。彼女《かのじょ》に似ている」

「ぜんぜん似てませんってば！　あたしは髪《かみ》が多すぎます！」

「いつまでもつづけるわけじゃない！」

「髪《かみ》は？」

「うむ……偽装《ぎそう》しよう」

「え、どういう意味ですか？」

「なりすますんだよ。演技をするんだ。スプリーマのふりをして……。声はなんとかなる」

デイジーがクーンと鳴いた。スプリーマの夫に鼻づらをきつくつかまれ、息がしづらい。逃《のが》れられないわけではないけれど、主人をなぐさめることは、デイジーのたったひとつの特技だ。

「あたしはメイドです！　仕事があります！　ベッドメイキング！　お掃除《そうじ》！　暖炉《だんろ》に火も入れなきゃならないし……。とにかく、あたしをマダムと見まちがえる人なんているわけ――」

「しかし、ぼくたちは彼女《かのじょ》の職務をきちんと果たさなければならない！　そうだろ？」ティモールの声は動揺《どうよう》でうわずっている。「本人が帰ってくるまでは。ちがうか？」

グローリアはお屋敷《やしき》のいちばん上にある自分の部屋へ行き、ベッドに寝転《ねころ》がって天井《てんじょう》を見つめた。雨が窓を激しくたたいている。頭のなかでは、いろんな思いが、とまるところが見つからない小鳥のようにバタバタと飛びかうばかり。アフエイリアの最高指導者《スプリーマ》になりすますなんて、たぶん――ううん、法律で定められたれっきとした――犯罪だ。というか、だまされる人なんているわけない……。高価なワンピースを着られるのはうれしい――と思ったけれど、そういえば、マダムの服のセンスはひどいんだった。世間に、マダムが北部の気の毒な人々のところへ行っていることを知らせるべきよ！　どうして、ちがうことを発表するの？　それに、マダムが帰ってきて、メイドのグローリア・ウィノウがスプリーマのふりをしていることを知ったら、どうなるだろう？　やっかいなことになるに決まってる！

すきま風が入るこの小さな部屋には、ガタガタする窓がついていて、一年じゅう冬のようだった。おまけにカビのにおいがして、戸だなのいちばん下に靴《くつ》を入れておくと、ネズミにかじられてしまう。それでもグローリアはこの部屋が大好きだった。自分ひとりの部屋だし、家を出てからずっとここでくらしているのだ。グローリアでいるのをやめて、べつの人間になる――それも、あまり好きではない人になる――なんて、いや。好きではないどころか、恐《おそ》れている人だ。自分の恐れている人間になりすますなんて、どうしたらできるの？

階段をのぼってくるティモールの足音がしたけれど、彼《かれ》はグローリアの部屋のドアをノックすることも、開けることもなかった。グローリアが出てきて、どうしたらスプリーマになりすませるか教わろうとするのを、ただ待っている。グローリアは音を立てずに立ち上がり、ドアへ歩いていくと、ドアの板がきちんと合わさっていないすきまからのぞいた。ティモールは階段のいちばん上にすわり、両手で頭を抱《かか》えていた。髪《かみ》をかき分ける指は、こわばっている。

「あたしはどこで寝《ね》ればいいんですか?」グローリアはたずねた。

はっとふり向くティモール。「なんだって?」

「あたしの寝《ね》るべき場所はどこですか?」

「おお、グローリア、いくらなりすますといっても、それはやりすぎだ! もちろん、自分の部屋で寝《ね》ればいい! 妻が帰ってきて、きみが彼女《かのじょ》のベッドで寝ているのを見つけたら、きみがひどい目にあう……。もちろん、妻の服を着るときは彼女の部屋に入らなくてはならないが……。日常的なことは、まだちゃんと考えていない……。ともあれ、あの犬はぜったい彼女の部屋に入れないように。デイジーはそこらじゅうに毛を落とすからね。まあ、いつまでもつづけるわけじゃない。常に自分にいい聞かせておきなさい――いつまでもつづけるわけじゃない。いいね?」

それもそうだ、とグローリアは思った。だんなさまのいうとおり。あたしの変装なんて、一日目でバレてしまうだろう。

ティモールの教えっぷりは、容赦《ようしゃ》なかった。グローリアが母音《ぼいん》を発音する口の形を正しくまねられるようになったとたん、母音を子音《しいん》でつなぐ練習が始まった。グローリアは、自分がひな鳥になって、ネジやナットやボルトを食べさせられている気がした。おかげで、口が痛い。ティモールはけっして満足しなかった。「どこか、わかっていないところがあるようだ――声になにかが足りない――甘《あま》さじゃないかな。一音一音にハチミツをまぶすように、発音してみてくれ」

なんて甘《あま》い表現だろう。そこで、グローリアは思った。だんなさまはとてもつらい思いをしているにちがいない。ここでいっしょにすわっているのはメイドであって、ハチミツのように甘い声の妻じゃない。彼女《かのじょ》が恋《こい》しくて、自分もちゃんとあの列車に乗っていればと後悔《こうかい》しているのだろう……。

「今度は、弾《たま》をふせぐ鋼鉄《こうてつ》の板を足してみよう」とティモール。「たくさんのリベットで固定された鋼鉄の板だ。パーティードレスを着た有刺鉄線《ゆうしてっせん》を想像してごらん」（こちらはあまりロマンティックじゃない）

グローリアの努力がみとめられるにはほど遠かったが、時間切れになってしまった。

「あたしがこの、なんだかわからないものに署名する場には、だれが立ち会うんですか？」

「法令。法令だよ。布告《ふこく》ともいう、そちらのほうが覚えやすければ。二十名ほどの議員たちだろう。コヴェットが持ってきたら、ぼくがすぐ署名しておく。きみは署名するふりをしてくれ、いいね？　しかし、早めにスプリーマの名前を書けるようになってもらう必要がある。議員たちはただ見守って、拍手《はくしゅ》するだけかもしれない。もしあれこれ質問が始まったら、城門の閉鎖《へいさ》期間は長くないことを強調するんだ。閉鎖はあくまで一時的なものだ――それから、われわれがいかに幸運かもつけくわえてくれ。先祖の築いた非常にがんじょうな城壁《じょうへき》と城門のおかげで、プレスト市民の安全は今後も守られる。まあ、そんなところだ。なだめるような口調でたのむ。〝安全〟という言葉を、好きなだけちりばめるといい。雨がやまないという事実に、いつまでも気をもんでもらいたくはないからね」

顔を見合わせたふたりは、どちらもうろたえていた。

「こんなこと、できると思えません」とグローリア。

「同感だ。しかし、することになりそうだ。きみは風邪《かぜ》をひいているふりをしなさい。もし疑われたら、こういえばいい――では、この件に関するあなたの意見は？」

〈ザ・ヴォイス〉の記者がふたり、正午に〈てっぺん邸《てい》〉の門に到着《とうちゃく》すると、雨やどりをしようと無人の哨舎《しょうしゃ》――特別なときだけ、華麗《かれい》な軍服に身をつつんだ兵士が立つ場所だ――に入った。各大臣と弁護士たちが到着すると、ふたりの記者は彼《かれ》らのあとから、まんまとすばやく入りこんだ。

今回は、傘《かさ》を持って彼《かれ》らを出迎《でむか》える人はいなかった。代わりに、マダム・スプリーマのひょろっとした夫がドアを開けた。

初めのうちは、お屋敷《やしき》にはティモールしかいないかのようだった。明かりはひとつもついていないし、雨雲に閉ざされ、優雅《ゆうが》な部屋も黒っぽい箱がならんでいるようにしか見えない。そこかしこに簡素なろうそくが灯《とも》され、天井《てんじょう》に下がった点灯していないシャンデリアがうっすらと見える。

「どうやら、マダムは力《パワー》を失ったようですな」内務大臣のコヴェットはほくそえんだ。

「電気《パワー》が使えないんですよ。発電機に雨水が入ってしまいましてね」ティモールは答えた。彼《かれ》が屋敷《やしき》じゅうを真っ暗にした張本人だ。「どうぞ、こちらへ」

応接室のスプリーマの席には、だれもすわっていない――それでも、何人かはのぞきこんで確認した。

「マダムはどこかね？」コヴェットがぶしつけにたずねた。


グローリアはというと、マダムのドレッサーの前でスツールにすわっていた。恐怖心《きょうふしん》がひっきりなしに背中の真ん中にあるネジをまわし、胃をきりきりと締《し》め上げる。マダムの香水をつけすぎてしまい、きつい香りで気分が悪い。顔の前にたらしたヴェールは、納屋《なや》でクモの巣に突《つ》っこんだときのことを思い出させ、クモへの恐怖で髪《かみ》が逆立《さかだ》つ。グローリアの髪はマダムよりずっと多い――とつぜん帽子《ぼうし》からこぼれだし、正体がバレてしまいそうで怖《こわ》い。深紅《しんく》の口紅は、油の味がする。衣装だんすにかかっている服が、急に首のない女の子たちに見えてきた。悪いことをして首をはねられ、見せしめにつるされたみたいだ。

ところが、ろうそくの光で見ても、鏡のなかの少女の正体ははっきりわかる。メイドだ――なにひとつまともにできない、定期的にマダム・スプリーマをキレさせてしまう女の子。壁紙《かべがみ》には（グローリアは見なくてもわかる）、マダムがジャムの瓶《びん》を投げつけたときの赤い染《し》みがかすかに残っている。グローリアがアンズのジャムを持っていかなかったからだ。その染みは血が飛びちった跡《あと》のように見えた。

ともあれ、応接室にいる議員たちは、すぐにグローリアと気づくに決まっている――なにしろグローリアは、いままでかぞえきれないほど玄関《げんかん》で彼《かれ》らを出迎《でむか》えてきたのだ。

それでも、マダムの服は体にぴったりだし、だれかがこれを着るしかない。それに、〈てっぺん邸《てい》〉には窓に格子《こうし》があって、泥棒《どろぼう》や暗殺者やハトが入れないようになっている。つまり、窓から逃《に》げだすことはできない。というわけで、グローリアは上着のボタンを上まで留め、かなり大きなハンカチを見つけだし、レースの手袋《てぶくろ》をはめると、ろうそくの火を吹《ふ》き消した。鏡のなかの少女は消えた。マダム・スプリーマ2号だけが残され、手探りで応接室へ向かった。

「すびばせん、みなさん。風邪《かぜ》をひいでしばっで」影《かげ》におおわれた人物が、しわがれた声であいさつした。彼女《かのじょ》はスプリーマの席に着くと、大きな音を立てて鼻をかんだ。暗い室内でもっともよく見えるのは、白いハンカチと彼女のそばにいる大きな白い犬。

だれかが話すのを待っていたグローリアは、やがて自分が話すべきらしいと気づいた。「洪《こう》水《ずい》は城門に達しばしだか?」

「はい、マダム・スプリーマ。南門では、足首まで浸水《しんすい》しています」

「戦没者慰霊碑《せんぼつしゃいれいひ》にも水は来でいばすか?」

「はい、マダム。天気予報とは食いちがっていますがね」コヴェエット内務大臣が、うっすらとあざけりをこめて答える。

コヴェエット議員は人をすごく見くだしている感じがする、とグローリアは思った。そういえば、会合のあと、メイドのグローリアがコートと帽子《ぼうし》を持っていくと、彼《かれ》はいつもなにか盗《ぬす》まれていないかポケットを確かめていた。

「明日は晴れるでじょう、コヴェット議員。そして城門を開けられればす！　天気は予測がむずがしいものですよ」

「水を通さないようにするため、城門は一時的に密閉することになるでしょう、マダム。城門は気まぐれに開けたり閉めたりできるわけではありませんぞ」とコヴェット。

「それなら、水がもれてくるばでは密閉しないでおげばいいわ！」グローリアはもっと強気にいい返す。

「ちょっといいでしょうか、マダム……？」記者のひとりが、椅子《いす》をひっくり返して勢いよく立ち上がった。「ひとつお聞きしたいんですが――北部地域から情報は入っていないんでしょうか？」議員たちはそこで初めて室内に記者がいることに気づき、ぶつぶつ文句をいいだしたが、回答を聞きだすよう編集長から命じられている記者たちは食いさがった。「北部が洪水《こうずい》に襲《おそ》われていることはわかっていますが、いまは通信ケーブルが断線し、雨もやんでいません。人々は北部にいる家族や親せきのようすを知りたがっています」

聞いてみます、お客さま――グローリアは心のなかでいった。メイドとして玄関《げんかん》でお客さんに対応するときは、かならずそう答えることになっている。そのひと言が頭に浮《う》かび、そのままいすわった。聞いてみます、お客さま。でも、そんなことはいえない！　すぐにメイドだとバレてしまう！　そこで、グローリアはこういった。

「もぢろんです、記者さん。そど件は、コヴェット議員がすぐに対応しばす。そうでしょう、コヴェット議員？」そこでグローリアはもう一度鼻をかむと、法令の書類にかがみこみ、ティモールが書いておいたスプリーマの偽《にせ》の署名をペン先でなぞった。真っ白なスペースにかこまれた署名は、アルファベットの輪の部分が震《ふる》えている。これを書いたとき、きっとだんなさまも、いまのグローリアと同じくらいどきどきしていたのだろう。

その後、新聞記者たちは哨舎《しょうしゃ》に駆《か》けこみ、雨が弱まるのを待った。〈てっぺん邸《てい》〉が建っているのはプレスト市でいちばん高い丘《おか》の上なので、街全体が見わたせる。煙《けむり》を上げる五つの工場、ひとつひとつの工場をつなぐ針金のような銀色の路面電車のレール、音楽堂に体育館、学校、給水塔《きゅうすいとう》、サッカー場にポロ競技場、街をぐるりとかこむ城壁《じょうへき》、その向こうには光る水面。どこもかしこも、水におおわれている。

街の河川港《かせんこう》も水没《すいぼつ》していた。クレーンと一隻《せき》の巨大《きょだい》な貨物船が水面から出ているだけで、ほかの部分はすべて水にのみこまれている。フルカ川は広大な沼《ぬま》と化し、プレスト市はその真ん中に浮《う》かぶ島となっていた。それでも川の流れは速度を落とすどころか（ほとんどの洪水《こうずい》は、土手からあふれれば流れが遅《おそ》くなるものなのに）、とんでもないスピードで海へ向かって流れつづけている。

「フルカ川の氾濫《はんらん》は前にも見たことがあるが、こんなふうじゃなかった」記者のひとりがいった。「上流の気の毒な人々のことは、祈《いの》るしかないな」

「上流に、家族がいるんだ」と同僚《どうりょう》の記者。

「えっ。すまない」

「今日のスプリーマは寛大《かんだい》だったと思わないか？　彼女《かのじょ》が新聞記者の質問に答えたことなんて、おれが記者になって以来一度もなかった。おまけに、〝記者さん〟だぜ！」

もうひとりは不意におもしろいことを思いつき、鼻を鳴らした。「おおかた、うわさは真実なんだろう。スプリーマはほんとに街から逃《に》げちまって、さっきのは代役なのさ！」

相手も笑ったが、やがて残念そうにため息をついた。「いいや。そんな幸運はありえない。あの犬を見たろ。偉大《いだい》なるスプリーマが、大事な飼い犬を置いてどこかへ出かけることなど、あるものか」

第四章 お別れ

アフェイリア北部　フォレストベンド

昼も夜も、クレムの一家は屋根の上にすわっていた。まるで全世界が水にしずんでしまったかのようだ。一家のほかには、だれもいない。遠くで、土地の高い部分があちこち水から突《つ》きだしていて、海を泳ぐクジラみたいに見える。近くの家は全部消えていた。一家より低い土地に建っていたせいだ。動物の死体が流れてくる――雌牛《めうし》――馬――豚《ぶた》――数羽のウサギ。なかでもいちばん奇妙《きみょう》なのは、ぶつかりあいながらぷかぷか流れてくる、いくつもの茶色っぽい箱。

棺《ひつぎ》だ。

一瞬《いっしゅん》、墓地から遺体の入った棺《ひつぎ》が出てきてしまったのかと思った。ところが、流れてくる棺は新品で空《から》っぽだ。川が破壊《はかい》した製材所は、クレムの父親が働いているところで、そこでは棺を作っていた……。〝ティンバーレイク郡でいちばん上等な棺〟――父さんの口ぐせだ。それがいま、すっかり自由になって、洪水《こうずい》の流れに乗り、浮《う》かれたガチョウのようにくるくるまわっている。父親は流れていく棺を見つめた――自分の手がけた仕事が下流へ運び去られていく。

一家は用意しておいた貴重な飲み水をすすり、斧《おの》で開けた豆の缶《かん》づめを食べた。母親が缶切りを忘れたのだ。父親は、豆がなくなったら魚を釣《つ》ろうという。飲み水がつきたらどうするかは、いわなかった。

仕事をやりとげて満足したのか、雨はやみ、みんなの服は乾《かわ》きはじめていたが、クレムの父親はまだ震《ふる》えていた。それも、だれかに魂《たましい》をけとばされたかのように激しく。

「わたしたちには、おたがいがついてるわ」母親は何度もくり返した。「まだ、おたがいがついている」

犬のハインツは屋根のはしに立ち、自分のおもちゃ――結び目のある短いロープ――が流れてこないかとながめていた。

やがて手こぎボートという救いの手があらわれ、母親の調子が変わった。「ああ、神さま！ありがとうございます、神さま！」

三人の男、七人の女、五人の子どもが、すでにボートに乗せられていた。クレムの父親は建具の仕事でその男たちを知っていた。「大勢死んだのか？」

「うんざりするほどな」

ボートをこぐ男はライフル銃《じゅう》と拳銃《けんじゅう》で武装し、乗せる料金として十アフェイルを要求してきた――〝灯油代〟だという。ボートは何度も屋根にぶつかり、そのたびにかたむいて、乗っている人たちを怖《こわ》がらせる。犬のハインツには、船底が恐怖《きょうふ》とみじめさに洗われているのが鼻でわかった。

そのとき、ボートをこぐ男がいった。「犬はだめだ」

ボートでいちばん小さい子どもが、ペットを置いてきたことを思い出して、わっと泣きだす。クレムは抵抗《ていこう》した。叫《さけ》んだ。ハインツを置いていくなんてできない、ハインツを連れていけないなら、ぼくも行かない。

「この犬は家族同然なんです」と母親。

「好きにしろ」ボートの男はお金をポケットに押《お》しこみながら、屋根からはなれようとする。

「乗れ」クレムの父親は息子の頭をはたいた——そんなことは、生まれてから一度もしたことがなかったのに。父親はひと晩で二十年も年をとったように見えた。

こうして、雑種犬のハインツは洪水《こうずい》で家族を失った。みんなはボートに乗りこんで行ってしまい、残されたハインツは三角屋根のてっぺんを行ったり来たりするしかなかった。行ったり来たり、行ったり来たり、行ったり来たり、行ったり来たり、行ったり来たりしているうちに、とうとう一家のにおいは、あたりに充満《じゅうまん》する川の悪臭《あくしゅう》にのみこまれてしまった。

第五章 城門閉鎖《へいさ》

プレスト市

マダム・スプリーマ（というか、夫のティモール）が署名した法令は、拡声器を通して読み上げられた。待機している作業員たちは、市長に法令を読むのをやめてほしいものだと思っていた。そうすれば、さっさと南門を閉めてしまえる。城門からは、茶色くにごった水が渦《うず》を巻いてどっと流れこみ、戦没者慰霊碑《せんぼつしゃいれいひ》に飾《かざ》られた造花を押《お》し流した。

グローリアとティモールは門楼《もんろう》の高い階段の上に立った。少しはなれたところから、〈ザ・ヴォイス〉の記者がじゃまにならないようにふたりの写真を撮影《さつえい》している。

「どうして、あたしたちがここにいなきゃならないんですか？」グローリアは小声でたずねた。

「まだマダムに代わって職務を果たすんですか？」

「そうとも」ティモールも声をひそめる。「悪いが、できればしゃべらないでくれないか」

「わかりました……あたし、城門を閉めるお手伝いならできると思います。すごく力持ちなんですよ」

その城門は三十歩くらいの高さで、青銅と銅でできている。銅が緑色に変色しているせいで、城門の扉《とびら》は妖精《ようせい》みたいに見える。三百年前に扉を閉めたときには、数頭の象《ぞう》が必要だった。

「手伝う必要はない。扉《とびら》の上下に油圧式のピストン・ヒンジがついていて、そのスイッチが門《もん》楼《ろう》にある。自動で閉まるだろう」

通りのずっと先で、もうひとつの傘《かさ》の一団が、恐《おそ》ろしげな黄色い制服の治安警備隊《ちあんけいびたい》にかこまれていた。傘のすきまからいくつものプラカードが突《つ》きだしているけれど、遠すぎてグローリアにはなんと書いてあるのか読めない。そのうえ、遠くの声は雨でほとんどかき消されてしまう――「われわれを出せ！　彼《かれ》らを入れろ！　われわれを出せ！　彼らを入れろ！」

デモに集まった人々は、城門を閉めてほしくないようだ。

「あの人たちは、閉ざされた場所がきらいみたいですね」グローリアはいった。「あたしもマダムに玄関《げんかん》クローゼットに閉じこめられたときは、棺《かん》おけのなかにいるみたいでいやでした」

「こら、たのむから声を落としてくれ！」ティモールがいらいらと足ぶみすると、ぬれた靴《くつ》がグシャグシャとリズミカルな音を立てた。「彼《かれ》らは抗議《こうぎ》しているんだよ。もし城壁《じょうへき》の外にいる人々がこまっていたら、自由に街を出て助けに行きたいんだ。彼らはこう考えている。洪水《こうずい》で家を失った北部の人々が、ここに助けを求めに来るかもしれない。そんな人々が街に入れなくなったら……。しかし、北部の人々がどうやってここに来るのか、ぼくには……。いや、妻がい、い、なにをしたって？」

グローリアは肩《かた》をすくめた。「あたしが転んで花びんを割っちゃったから。当然の罰《ばつ》です」

雨のなか抗議《こうぎ》デモに目をこらしていると、グローリアは急に自分も参加したくなってきた。あたしにも想像できる。自分の妹や弟、赤《あか》ん坊《ぼう》を抱《だ》いた母さん、雌牛《めうし》のムーニー、脚《あし》の悪いおじいちゃん、それに死んでしまった犬まで。その全員がわきの下まで水につかって街の城門をたたいているのに、門は開かず、洪水《こうずい》に流されていく姿が、ありありと目に浮《う》かぶ。しかも想像のなかのみんなのほうが、自分よりずっと現実味がある気がする。大人の女性のふりをして、門楼《もんろう》の階段に立っているあたしなんかより、ずっと。グローリアはぞっとして、いまにも泣きじゃくりそうになった。

また、にごった水が城門からどっと流れこんだ。水に浮《う》かんでいるのは、オールが一本、灌《かん》木《ぼく》が一本、そしておぼれたネズミの一家。波はそれらをお供《そな》え物のように戦没者慰霊碑《せんぼっしゃいれいひ》の階段へ運び、さっきまで花がささげられていた場所に置いていった。人混みからいっせいに悲痛な声が上がる。抗議《こうぎ》デモの人々さえ、シュプレヒコールをやめた。

門楼《もんろう》のなかのどこかで、技師がスイッチを押《お》し、巨大《きょだい》な扉《とびら》が蝶番《ちょうつがい》をガタガタ鳴らし……鳴らすものの、閉じる気配がない。

技師はもう一度、スイッチを押《お》した。振動《しんどう》。悪態。作業員たちがアーチの下から飛び出し、何トンもある城門の扉《とびら》を力いっぱい押したり引いたりしはじめた。カメラマンがズボンのすそを巻き上げ、靴《くつ》をぬぎ、城門で悪戦苦闘《あくせんくとう》する作業員たちを写真に撮《と》りはじめた。見守る人々から金切り声、文句、市長への抗議《こうぎ》の声が上がりはじめる。市長はこまったように両手を広げた――法令を読み上げに来ただけなのに、動かない城門の対処法などわかるわけがない。

「蝶番《ちょうつがい》の内側にぬる潤滑油《じゅんかつゆ》を変えてみたらどうかしら」グローリアはいった。また城門から水がどっと流れこみ、革の長靴《ながぐつ》にあふれるほど水が入った作業員たちは、あせって悪態をつきだした。犬のデイジーは、がんばってというようにほえている。

「なんだって?」ティモールがたずねた。「犬がうるさくて聞こえなかった」

「ただ、ピストン・ヒンジに使われている潤滑油《じゅんかつゆ》を確認したらどうかなって思っただけです。

弟が――」

「え、ぼくの義理の弟がどうしたって？」ティモールは小声で聞きかえしながら、だれにも聞かれていないかあわてて見まわす。「あの実業家か？　ポロ競技で使うポニーから落馬して死んだ？　そうだったよな？」

「えっ！　そんな。そうだったんですか？　なんてお気の毒な……みなさん」グローリアはほんの少しだけ、マダム・スプリーマの亡《な》くなった弟さんのことを思った。それから自分がマダムになりかわっていることを思い出し、はっとした。「ええ、でも馬から落ちる前、弟はピストン・ヒンジのことを知っていたの。実業家なら当然でしょ。彼《かれ》らは内部の潤滑油《じゅんかつゆ》を交換《こうかん》することも知っている。だって、あまり長く放っておくと、どろどろしてきて固くなってしまうもの。とくに寒い冬のあとは」

水のなかをジャブジャブ歩いて階段にもどってきた記者は、水のなかでなくした靴下《くつした》のことはあきらめた。「おーい、門楼《もんろう》のなかの人たち！　スプリーマが、ピストン・ヒンジの潤滑油《じゅんかつゆ》を換えろといってるぞ！」

はしごが運ばれてきたものの、城門の扉《とびら》の低いほうの蝶番《ちょうつがい》にしかとどかない。技師たちは潤《じゅん》滑油《かつゆ》を持たされて城壁《じょうへき》の上に送りだされ、ロープで高いほうの蝶番まで下ろされた（あれは楽しそうだとグローリアは思った。ただし、たたきつけるような雨がふっていなければだけれど）。

二時間後、見物の人だかりはますます大きくなっていた。門楼《もんろう》の技師が困惑《こんわく》したことに、人々は幸運を祈《いの》って十字に交差させた指をふり、十からカウントダウンする。そして、叫《さけ》んだ。

「引け！」

緑色の銅の妖精《ようせい》がガタンとゆれた。ピストンがため息をつき、美しい古い扉《とびら》がゆっくり、ゆっくりと閉まっていく。閉まった瞬間《しゅんかん》、バッシャーンと跳《は》ねた水は通りまで飛び、治安警備隊《ちあんけいびたい》の恐《おそ》ろしげな黄色いブーツにもたっぷりかかった。

街をかこむ城壁《じょうへき》――いまは城門も――は、地面と空の中間までそびえているように見えた。日が暮れるころには、街は洪水《こうずい》から守られているだろう。抗議《こうぎ》デモの人々は不満の声を上げたけれど、それ以外の人はみんな賛成だった――あふれた川の水が街に浸入《しんにゅう》することは、止めなくてはならない。

そして、あたしが実家に帰ることも――グローリアは思った。

ティモールが曲げたひじをグローリアに向けた。グローリアはきょとんと、ひじを見つめる――急いで逃《に》げろっていう秘密の合図？「腕《うで》をお取りください、マダム」ティモールは歯を食いしばりながらいった。

「そんなことできません、だんなさま！」

ティモールはクランクを回して自動車のエンジンをかける人のような声をもらした。グローリアはしかたなく、彼《かれ》のコーデュロイのコートの袖《そで》につつまれたひじの内側に手をすべりこませると、ふたりそろってボートで丘《おか》の上へひき返した。一般の人々が道を空け、グローリアが通りすぎると拍手《はくしゅ》をする。いったいだれに拍手しているんだろうと、グローリアはきょろきょろした。するとティモールの腕《うで》にかけた手が、さらにきつく締《し》めつけられた。

抗議《こうぎ》デモの人々が近くなると、グローリアはたずねた。「あの人たちのところへ行って、声をかけてきていいですか?」

ティモールはのどの奥《おく》でかすかに情けない音を立て、グローリアはそれを〝ノー〟と受けとった。それでも、プラカードを持ったいちばん近くの女性に向かって、声を張り上げずにはいられなかった。「ハーネス! ハーネスにロープを結んで! それを城壁《じょうへき》の外側にたらすの。つるしておいて。そうすれば、もし城壁の外に人々がやってきたら――ボートかなにかで、たどりついたら――それにつかまってもらって、こっちで引き上げればいいでしょ! どう?」

片方の靴下《くつした》をなくした記者は、その話をぜひ書き留めておきたかったけれど、手帳のページは水にぬれてぼろぼろになっていた。

THE VOICE
ザ・ヴォイス

イン・アトラメント・エスト・ウェリタス

大門閉鎖《おおもんへいさ》

百年ぶりに、城壁《じょうへき》の大門《おおもん》が閉まった。問題を抱《かか》えながらも、４つすべての大門が閉められ、危機を脱《だっ》するまで開けることはないという。先祖の偉業《いぎょう》のおかげで、われわれは混乱と命の危険から救われるだろう。激しい雨にもかかわらず、数百人もの人々が見物におとずれるなか、巨大《きょだい》な銅製の扉《とびら》は閉められたが、作業には想定より長い時間がかかった。原因は油圧系統の故障だ。状況《じょうきょう》を打開したのは、スプリーマからのタイミングのよい提案だった。マダムは潤滑油《じゅんかつゆ》の交換《こうかん》をすすめたのだ。

小紙《しょうし》としては、なぜ先の天気予報がここまで大きくはずれたのかを問わねばならない。

社　説

歴史的な自然災害に直面したプレスト市民の勇敢《ゆうかん》さとユーモア精神は、たたえられるべきである。小紙はみなさんに敬意を表する。しかし洪水《こうずい》で通信ケーブルが断線しているため、川の東岸および西岸にある街や村や農場からは、いっさい情報が入ってこない。森林地帯や川辺の集落への心配はつのるばかりである。民家は破壊《はかい》されてしまったのだろうか?　負傷者は出ていないだろうか?　それを明らかにするためにどんな手段を取るつもりなのか、議会に問いたい。そのあいだ、われわれにできるのは、地方にくらす仲間のために希望を持って祈《いの》ることだけである。

3隻《せき》の船、しずむ
洪水《こうずい》で港が水没《すいぼつ》

ブレスト港に停泊《ていはく》していた4隻《せき》の貨物船のうち3隻が、増水した川の激流によって沈《ちん》没《ぼつ》し、鉱石運搬船《うんぱんせん》だけが沈没をまぬかれた。船は荷役《にえき》用ドックにたたきつけられ、錨《いかり》のくさりが切れて、ドックの壁《かべ》は崩壊《ほうかい》した。それらの船に人は乗っていなかったと思われるが、しずんだ船体を引き上げるのは困難だろう。ばら積み貨物船〈ニコロデオン号〉だけが無事だった。

スプリーマ、
危機を救う

スプリーマは南門の閉鎖《へいさ》に立ち会った。扉《とびら》が動かなかったとき、彼女《かのじょ》の助言が大いに役立った（その他の写真は、内側のページへ）。

今日のアナグラム： ママ スープ無理だ

第六章 屋根の上の一夜

アフェイリア北部 フォレストベンド

雑種犬のハインツは、とり残されてしまった。

子犬のころ、母親から引きはなされて連れてこられたとき、ハインツは一週間泣いた。だが、そんなつらい気持ちを、クレム少年がやわらげてくれた。いまハインツは屋根にすわり、茶色の海を見わたしている。そよ風はクレムのにおいも、救助のにおいも運んでこない。

もう一度、少年を見つけるしかない。孤独《こどく》と寒さで作戦を考えるのはむずかしかったが、そのうちきっと頭がしゃっきりするだろう。本能がなんとかクレム少年のところまでみちびいてくれるはずだ。そうでなくてはこまる。

ハインツは屋根にこぼれていたベイクドビーンズをなめとり、横になった。家がきしみを上げて震《ふる》えているのが、腹に伝わってくる。家のなかであばれる水が板をはがし、樋《とい》をはずす。濁流《だくりゅう》は壁《かべ》の下からも土をえぐりとる――少しずつ、どろどろになった大量の土をすくいとっていく。

夜のあいだ、ハインツは体の下で家がガタガタゆれるのを感じていた。夜が明けるころには、家全体が酔《よ》っぱらいのように左右にゆれ、ばらばらになろうとしていた。

とどめを刺《さ》したのは、車だ。ティンバーレイク郡でたった一台の車。

オープンカーの〈フォリー・ツアラー〉が――折りたたみ式のキャンバスルーフがフロントガラスからはずれ、わずかにすきまのできた状態で――下へ流されてきた。ハンドルを握《にぎ》る運転者はいない。手をふる同乗者もいない。ボンネットからは蒸気も上がっていないが、ハインツのほうへ確実にせまってきて、この家の角にぶつかった。車はほとんど壊《こわ》れていない――ヘッドランプがひとつ割れただけだ。いっぽう、この家にとっては、それがとどめになった。屋根の内側でどこかの梁《はり》が折れ、大きな枝が幹から折れるような音がした。建物の直角の部分がすべて内側か外側にゆがみ、クレムの家はぐらぐらとくずれていった。屋根ははずれてかたむき、垂直になる。

ハインツはもう屋根の上にはいなかった。水から顔を出している、ゆいいつ自分の重みに耐《た》えられそうなものに飛びうつっていた――〈フォリー・ツアラー〉の屋根だ。キャンバスがハンモックのように犬を受けとめ、つつみこむ。爪《つめ》でキャンバスを少し破いてしまったものの、ハインツはじっとうずくまり、必死で祈《いの》った。どうか車が転覆《てんぷく》しませんように。車は刺激的《しげきてき》な朝のスピンをつづけながら、新たにできた水路にそって、ティンバーレイク郡を走りぬけていった。

裏庭、小屋、自転車、倉庫、灌木《かんぼく》、郵便受け、ベビーカーの横を通りすぎ、車は南へ向かった。流れる水の世界全体が、南へ、海へと向かっている。浸水《しんすい》をまぬかれた高い土地があちこちに顔を出し、そこには雌牛《めうし》に木立ち、羊と馬、鹿と豚《ぶた》がいた。家まである。人間もいる。だが、そのなかにクレムの姿はない。ハインツはずっと目をこらしていたせいで、目が痛くなってきた。だれも乗っていないボートやひっくり返ったボートが、つぶされるのを待つ卵のからのようにぷかぷか浮《う》かんでいる。だが、どれもクレムを連れ去ったボートではない。

ずっと上では、無数の鳥たちが円を描《えが》いて飛びながら、かん高い声で鳴いている。巣も、獲《え》物《もの》も、ベリーも、穀物《こくもつ》も、なくなってしまったのだ……。とはいえ、鳥たちは少なくとも、自由に洪水《こうずい》のはずれまで飛んでいける。いっぽう、犬のハインツは車の屋根に抱《だ》かれて死を待つしかない。

また雨がふりだすと、雨水がキャンバスのひだにたまり、ハインツの爪《つめ》がひっかいた穴からポタリポタリと落ちていった。すると、ハインツの体のすぐ下から、なにかがしきりと水をなめる音がした。

ハインツはキャンバスの裂《さ》け目《め》に、鼻といっぽうの目を押《お》しこんだ。見えたのは、〈ツアラー〉の後部座席に転がる、黄色いバススポンジみたいなもの。

黄色いかたまりは小さすぎて、車がかたむくたびに、はしからはしへとすべっている。それは猫《ねこ》のようにニャーと鳴いたが、ハインツはしとめたいという気持ちにはならなかった。あれは猫じゃなくて、すごく小さい犬だと判断したのだ。

「これはきみの車かい?」ハインツはたずねた。

「ぼくのくるま」

まあ、そんなものだろう。ハインツは、寒くもぬれてもいないときなら、頭のなかで一度に百のことを考えられる。だが、この小さな犬のいいたいことは「ぼくのくるま」で全部らしい。

「ぼくのくるま」と後部座席の犬。

「犬種は?」ハインツはたずねた。「きみって純血種?」ところが黄色いスポンジは、自分が雑種なのか純血種なのか忘れていた。

「ぼくのくるま」

「クレムを知ってるか？　おれの飼い主のクレム少年を見なかったか？」ハインツはさらにたずねた。

「ぼくるま」とスポンジはいった。

第七章 輝《かがや》かしい朝

プレスト市

翌朝、グローリアは自分のままでいられた。「朝はあたしでいられるの」ゴールデンレトリーバーのデイジーに餌《えさ》をやり、各部屋のベッドを整え、朝食のしたくをして、装飾品《そうしょくひん》のほこりをはらう。装飾品はたくさんあり、すべてマダム・スプリーマがアフェイリアをおとずれた外国の政治家からもらったものだ。象《ぞう》、猫《ねこ》、馬、裸《はだか》の人々、磁器《じき》の花、最高のスーツに身をつつんだ外国の政治家の写真。グローリアは、動物には全部名前をつけていた。けれど、政治家には（たぶん、もう名前があるから）つけていない。裸の人々にも。この人たちは匿名《とくめい》でいたいかもしれないと思ったのだ。

それから、デイジーを朝の散歩に連れていった。グローリアはもう、メイドの制服が大きすぎることなんて気にならなかった。マダム・スプリーマのふりをしなくていいだけで、最高の気分だ――顔の前にたらしたヴェールの向こうに目をこらしたり、手の甲《こう》までしかないレースの手袋《てぶくろ》をはめたりしなくていい。あの手袋をはめると、手がニワトリの足みたいに見える。ウールの裏地がついたマダムのレインコートなら着てみたいけれど、メイドはそんなコートは着ない。というわけでグローリアは、料理人が玄関《げんかん》クローゼットに残していったレインコートを着ている。こっちのほうが、自分のレインコートよりぬれない。

てっぺんヶ丘《がおか》の頂上からは、水にかこまれた街全体が見わたせる。城門と城壁《じょうへき》が、増水した川の激しい流れを閉めだしているのだ。雨水はもちろん、グローリアの横にある排水路《はいすいろ》を流れていく。けれど、プレスト市は水没《すいぼつ》したりしない。プレストは工場だけでできた街――〝カトラリー製造の中心地〟として世界に知られている。五本の煙突《えんとつ》から吐《は》き出された黒い煙《けむり》が、いつもは街をおおい隠《かく》さんばかりにたれこめているけれど、今日は低く浮《う》かぶ黒い雨雲が煙をのみこんでいた。雨はなんと、彫像《ちょうぞう》や白い大理石でできた議事堂からすすを洗い流していた。さらに、プレストにはたくさんの緑地もある――公園、ゴルフ場、畑。グローリアはそっちへ行きたいところだったけれど、今日はほかにするべきことがあった。

　デイジーのお気に入りの場所は墓地と公園の植えこみで、犬たちはそこで用を足してから、追いかけっこをする。ところが今日グローリアは、いつものプレザンス公園には連れていかなかった。今日は街のなかへ向かう。いろんなにおいがサンドペーパーのようにデイジーの鼻を強く刺激《しげき》し、喧騒《けんそう》は鉄道の駅よりもひどい。第一工場（スプーン）の前で足を止めると、デイジーはおすわりしてグローリアのコートをなめ、コートに染《し》みついた料理のにおいを味わった。

「それはなかに連れていけないよ」守衛《しゅえい》がデイジーを指さし、グローリアにいった。「犬の毛が機械に入りこんだらこまるからね」守衛はぞくぞくと工場に入っていく人々から目をはなさず、労働者が門を通過するたびに、手に持ったカウンターをカチッと鳴らす。守衛の後ろで、大きな黒っぽい建物が労働者たちをのみこんでいるように見えた。工場のなかで機械が動きだす音は、胃袋《いぶくろ》がその日最初の食事を消化しようとしているかのようだ。

「入りたいわけじゃありません」グローリアは答えた。「ここで働いているんじゃないもの。

あたしはメイドで、丘《おか》の上の――」

「じゃあ、帰ってくれ」守衛《しゅえい》はカウンターをカチカチ鳴らしつづける。

けれどグローリアは、友だちのヒギーが出勤するところをつかまえたくて、ここまで来たのだ。あの秘密を、どうしても友だちに打ち明けたい。

ヒギーは通りのはずれからグローリアを見つけ、走ってきた。彼《かれ》の満面の笑みを見ただけで、グローリアの気分はもう晴れてきた。ふたりが話していると、何百人もの工員がふたりの両側をぞろぞろ進んでいく。まるで、ふたりは川の流れを割《さ》くひとつの岩みたい。あるいは、洪水《こうずい》にかこまれた街のよう。

「ここでなにしてるんだ？」ヒギーは犬のびしょびしょの毛をなでた。

「話さなきゃならないことがあるの」グローリアはいった。「とにかく、だれかに」心臓が口から飛び出しそうで、気分が悪くなってきた。それでも、あの秘密をどうしてもだれかに聞いてもらわなくてはならないし、それならヒギーがいちばんだ。

「きみの雇《やと》い主、すごい活躍《かつやく》だったよな！」ヒギーはいった。

「え？」

「ガミガミおばさんのスプリーマだよ。スプリーマがふらりと出かけていって、窮地《きゅうち》を救ったんだろ？　同じお屋敷《やしき》に住んでるのに、知らなかったのか？」

一瞬《いっしゅん》、グローリアはかんちがいした――マダム・スプリーマが帰ってきてくれたにちがいない。北部でたくさんの人たちの安全を確保して、プレストに帰ってきてくれたんだわ。

ヒギーははずむような大声で、まくしたてる。「ほら、きみがいろいろいってたろ。マダムが給料をはらわなくなって、きみのことを……。おれ、てっきり、マダムは文句しかいわないいやなやつだと思ってた。けどさ、ピストンのことを知ってる人間が、根っからの悪人なわけないよな？」そして、グローリアの鼻先に新聞を突《つ》きだした。

白黒写真の〝マダム〟――帽子《ぼうし》、手袋《てぶくろ》、夫、犬――が、新聞に雨が当たるたびにびくりとたじろぐ。紙一面に濃《こ》い灰色の点がぽつぽつと広がり、アフェイリアの最高指導者の姿をまだら模様ににじませていく。

つつみ隠《かく》さず打ち明けるべきだろうか？　その写真に写っているのは、あたしなの。マダムはパグ犬のボズを連れてラチャ山脈にいて、そこの人たちを助けてる。でも、そんな話をヒギーは信じてくれる？

それにグローリアは、ヒギーがお笑い好きなことも思い出した。笑うことが大好きなあまり、工場に駆《か》けこんで、知っている人みんなにあたしの秘密をしゃべってしまわないだろうか？それも、みんなの反応を見たいというだけで？

ヒギーは新聞をひったくるように取りかえし、コートの内側にしまった。「ほら、ぐずぐずしてちゃだめだろ。昼休みに話しに来いよ。今日はポンプの担当なんだ」

「ポンプ？」べつの考えごとで頭がいっぱいのグローリアは、半分上《うわ》の空で聞いていた。

「地下のポンプさ。ほら、水びたしだろ？　ポンプの燃料が昨日《きのう》で切れちゃったから、手で動かさなきゃならないんだ。すべての工場が躍起《やっき》になって、古い手動の機械を買い占《し》めようとしてる。人力っていうんだよな？　おれは見たことのないタイプ。おれが生まれる前のやつさ」

「でも、街の城門はもう閉まってる。どうして、まだ水びたしなの？　そんなわけ――」

ヒギーは笑った。笑うと、くりぬいたカボチャに目と鼻と口を彫《ほ》って、なかにろうそくを灯《とも》したみたいに見える。「けど、まだ空からふってくるじゃないか――雨粒《あまつぶ》が？　だろ？　まだ雨がふってる！　ここは水びたしなんだ。工場は全部、街でいちばん低いところにある。雨水が流れこんできて、工場の地下は浸水《しんすい》してるんだ。水は地表からも染《し》みだしてくる。ちょうど昨日《きのう》までは、機械式のポンプが動いてたけど、もう燃料を使いはたしちゃって……。だから、うん、上の人たちいわく、『全員、ポンプを動かせ』って状態なんだ。おもしろそうだろ。地下室には一回も入ったことがないから、いつものスプーンみがきからいい気分転換《きぶんてんかん》になるんじゃないかな……。もう、行かないと。ホイッスルが鳴る前に行かないと、給料をもらえなくなっちまう。きみみたいなメ・イ・ド・さ・んとは違《ちが》ってね」

守衛《しゅえい》が――カチカチ――腕時計《うでどけい》を見て――カチカチ――銀のホイッスルを口にくわえた。そのホイッスルが吹《ふ》きならされる前に、ヒギーは守衛の横をすりぬけて、工場の大きな黒い口のなかに飛びこんだ。

銀のホイッスルの耳をつんざく音を、犬のデイジーは走れの合図と受けとった。そして帰り道を半分まで、グローリアを引っぱっていった。

THE VOICE
ザ・ヴォイス

イン・アトラメント・ノン・エスト・ウェリタス

全員、ポンプを動かせ!

五大工場に応援《おうえん》が必要

戦時中、兵士が召集《しょうしゅう》されたように、プレスト市民に今日、かけがえのないこの街を助けるよう要請《ようせい》が出た。明日から、ほかの要請を受けている者以外は全員、自宅から最寄《もよ》りの工場へ出頭すること(*)。工場ではみなさんを歓迎《かんげい》し、乳幼児の保育(**)と、重要で価値の高い仕事を用意している。研修も受けられ、アフェイリアじゅうから感謝される。さあ! 笑い声、仲間、楽しいやりがいのある仕事が待っている!

自分の胸に聞いてほしい——五大工場がなかったら、われわれはどうなる?

*出頭の必要がない方には、その旨《むね》の通知がとどきます。
**ペットは〈ペット・ウェルカムセンター!〉で大切にお世話します。

狂犬病《きょうけんびょう》に注意　〝恐《おそ》ろしい死亡事件〟発生

昨夜、キャッスル通りで１人の年金生活者が多数の犬の群れに襲《おそ》われ、死亡した。治安警備隊《ちあんけいびたい》が救出に駆《か》けつけたが、犬たちを追いはらうことはできなかった。ある将校によると、犬は〝気がちがったようすで、口から泡《あわ》をふいていた……〟という。獣医《じゅうい》の見解では、その犬たちは狂犬病《きょうけんびょう》に感染しており、噛《か》まれると脳の炎症《えんしょう》をひき起こすという。感染すれば、狂気《きょうき》を発症《はっしょう》し、（しばしば）死にいたる。子どもたちを外で遊ばせないようにし、不要不急の外出はひかえたほうがいい。

今日のアナグラム: へんな社長 移住したわ

第八章 ✥ 陸へ

北部地域

「ぼくるま」

〈フォリー・ツアラー〉はティンバーレイク郡からフレンドシップ郡に流れてきたが、それをしめす看板はどこにも見えなかった。フレンドシップ郡には、車が何台もあったにちがいない。ガソリンが水面に七色の渦《うず》を描《えが》きながら流れていく。だが〈フォリー〉にガソリンはいらない。そんなものがなくても、洪水《こうずい》のうねる波を無謀《むぼう》なスピードで乗りこえていく。灌木《かんぼく》が歯にはさまった食べ物のように、タイヤと車体のあいだにひっかかると、車はあっというまに川くだりのイカダに変身した。それでも重厚なドアは、まだ水を通さない。

「ぼくるま」後部座席のいじけたスポンジがいった。

雑種犬のハインツは繊維《せんい》の破れるびりびりという振動《しんどう》を感じ、ぴたりと動きを止めた。折りたたみ式のキャンバスルーフがハインツの重みで裂《さ》けていく。

ときどき車は渦《うず》に巻きこまれ、ぐるりと一回転してから、またすべるように流れだす。ハンドルは左右に動き、まるで幽霊《ゆうれい》が運転しているかのようだ。キャンバスの裂《さ》ける音とともに、ハインツはとうとう屋根から助手席にドスンと落っこちてしまった。

「ボクルマ！」

「ハインツ」と雑種犬。シフトレバーが激しく震《ふる》えている。ドライブシャフトと排気《はいき》装置のそばを勢いよく流れる水の音は、車内のほうがはるかに大きい。

ときどき、前方で漂流物《ひょうりゅうぶつ》が水から起き上がり、このままだと〈フォリー〉が確実に破壊《はかい》されてしまうと思うことがある。だが、やがて障害物はしずんで車を通してくれた。ハインツは前の座席におすわりして、前を見つめた。まるで全力で集中すれば、災難を避《さ》けられるかのように。実際、かなり長いあいだ、それは成功しているようだった。それどころか、行く手にちらりと陸が見えた気さえした。

ところが水の下には、祈《いの》りでは避《さ》けられないほど大きな危険がひそんでいた。車は二本の電信柱のあいだを安全に通過したが、見えない水面下では、かつて電信柱に張られていた通信ケーブルがたなびいていたのだ。ケーブルは車のバンパーにひっかかり、さらにタイヤに……。

車がいきなりガクンと止まり、ボクルマが座席の背もたれを飛びこえてダッシュボードにぶつかり、ハインツは座席の前の足を置くスペースに落っこちた。ドアの向こうから、水がバシャンと入ってくる。車は百八十度回転して川上を向いてしまった。すさまじい流れがボンネットの上に押《お》しよせてくる。水に浮《う》かんだ灌木《かんぼく》がフロントガラスをひっかきながら流れていく。灌木の枝にひっかかった白鳥の死体が、くちばしのついた頭を打ちつけ、ガラスに上から下までひびが入った。

「出よう。い、い、いますぐ出よう」とハインツ。

ところが、ボクルマはというと、フロントガラスに押《お》しつけられた白鳥の頭を見て、がくぜんとしている。ボクルマはほえた。ワン、ワン、ワン。ガラスに入ったひびから、水滴《すいてき》が涙《なみだ》のようにあふれてきたかと思うと、やがてガラス全体がまっぷたつに割れ、灌木《かんぼく》も白鳥も車内に入ってきた。さらに四方八方から水がどっと流れこむ。

「出よう。いますぐ出るんだ」ハインツがなんとかドアの縁《ふち》から出たとき、〈フォリー・ツアラー〉は通信ケーブルにタイヤを引っぱられてしずんだ。そんな一瞬《いっしゅん》のうちに、バススポンジくらいの黄色いかたまりは車から流れでて、ぷかぷかと遠ざかろうとする。ハインツは子犬の首の後ろをくわえ、乾《かわ》いた土地をめざして泳いだ。

第九章 有名人

プレスト市〈てっぺん邸《てい》〉

「犬はきらいでね」コヴェット議員は〈てっぺん邸《てい》〉の階段に立ち、ドアが開かれるのを待ちながら、いっぽうの靴《くつ》の裏を見ていた。

彼《かれ》が手を差しだすと、秘書のマイルドがしかたなく犬のフンをこすり落とすための万年筆をわたす。「よくそうおっしゃっていますね」返された万年筆を、マイルドは二本指でつまんだ。

「犬など、なんの役にも立たん。汚《きたな》いうえに、やたらと餌《えさ》を食う」

「ごもっともです、議員」

ドアが開き、ゴールデンレトリーバーのデイジーが彼《かれ》らを出迎《でむか》え、コヴェット議員のズボンの脚《あし》に白い毛をくっつけた。スプリーマの夫がふたりを応接室へ案内する。その日の〝議会代表者の報告〟をしてもらうためだ。

コヴェットはどっかりすわり、いかにも重要人物らしい真面目《まじめ》な雰囲気《ふんいき》をただよわせた。そのとなりにすわるのは、〝ミルク《ミルクウィード》のような液を出す植物〟マイルド（コヴェットは自分の秘書のことを、そう思っている）で、できるかぎり存在感を消そうとしていた。ひざをしっかり閉じ、ひじを体にくっつけ、うつむいて万年筆をハンカチでふき、メモを取る用意をする。スプリーマが机のアルコールランプを灯《とも》すと、光がランプシェードの穴を通ってまっすぐコヴェットの目を照らし、彼《かれ》にはスプリーマの姿がほとんど見えなくなった。まるでコヴェットにいやがらせをするために、わざとそうしたかのようだ。

グローリアは夜中までマダムそっくりの声を出す練習をしてきたけれど、そんなことよりコヴェットになにを話すか考えることに時間を使ったほうがよかった（ことに、いまになって気づいた）。「なにか新しい情報は？」グローリアはかん高い声でたずねた。

コヴェットはにやにやした。「喜ばしい知らせがあります、マダム。〝田舎者《いなかもの》〟については、全員消息が確認され、必要な場合は救出されました。全員、無事です。屋根の上で動けなくなっていた連中は、高台へ移動させました」

マイルドがささっと前に出て、スプリーマの前で地図を広げる。彼《かれ》の声はなめらかなミルクのようにやさしく、コヴェットよりはるかに感じがいい。「こちらの山々と――こちらと――こちら――こちらにも――自宅から避難《ひなん》してきた人々のために、避難キャンプと食料品店を設営中です、マダム。こちらのホグ高地。こちらのブリードン山地。こちらのラウンド塚《づか》。そしてオシアン山地。これらはすべて、水面よりじゅうぶん高いところにあります。それぞれの町は、もちろんほとんど水につかっていません」グローリアが自分の家にいちばん近い避難キャンプを見つけるより早く、マイルドはささっとソファに下がってしまった。すわった姿はひょろりとして、丸めた地図をつかんだカマキリみたいに見える。

コヴェットはすっかりくつろぎ、両腕《りょううで》をソファの背もたれにそってのばしていた――なりゆきにすこぶる満足しているようだ。「各地の陸軍分遣隊《ぶんけんたい》が被災者《ひさいしゃ》に食料と水と……なんやかやを、水が引くまで提供することになっています」

「空軍による必需品《ひつじゅひん》の投下は？」ティモールが、来客のコートを持ったままたずねた。「被災《ひさい》者《しゃ》には、テントが必要になるのではないですか……それに防寒着も？」

コヴェットはふり向いた。スプリーマの夫がまだ室内にいることに驚《おどろ》いたようだ。「いかにも。そういったものはすべて、用意してあります」

グローリアにはすばらしい知らせに思えた。心底ほっとして、自分の家族が山のどこかの草地でピクニックをしているところを想像する——山小屋が点在する景色に、ヘルメットでおかゆを運ぶやさしい兵士たち。

「まあ、それはよかったわ！　で、おぼれた人はだれもいないんですね？　本当に？」

コヴェットはすわったまま、少し背すじをのばした。「二、三人はいるでしょうな。残念ですが。最初のころに。マイルド、死者に関するくわしい情報はあるかね？」

「ありません。コヴェット議員が担当してからは、死者は出ていません。軽傷者が何名か出ましたが……。われわれの知るかぎり、死者はいません」

スプリーマの机から差す光が、（グローリアのために）来客の顔とその向こうで落ち着かなげに立つティモールを照らしだす。来客のぬれたコートを抱《かか》えたティモールが、首をかしげ、大げさに困惑《こんわく》を伝えてくる。さらに、電話の受話器を耳に当てるまねをする。

「どうして、わかるんですか？」マダム・スプリーマはたずねた。「電話線はすべて断線しているんじゃなかったかしら」

コヴェットは驚《おどろ》いたようだった。実際、大げさに驚いているふりをしていた。「いえいえ、当然ながら、われわれには専用の電話回線があります。少々の雨で全面通信不能におちいるわけにはまいりませんからな！」そしてげらげらと笑い、少しだまって、また笑いだすと、そのうちせきこみはじめた。

マイルドは彼《かれ》に口元を押《お》さえるハンカチをわたし、こういった。「もちろん、盗聴《とうちょう》防止機能のついた電話回線がありますので、マダム。保安局のオフィスには、そういった回線が引かれています」

「そうそう、盗聴《とうちょう》防止機能付きの回線です！」とコヴェット。「一瞬《いっしゅん》、名前が出てきませんでした。盗聴防止機能付きの回線。保安局が北部の陸軍基地と連絡《れんらく》をとるのに使っている回線です」

グローリアは大きすぎる椅子《いす》の上でぴょんぴょん跳《は》ねた。「じゃあ、人々はそういう避難《ひなん》キャンプと連絡《れんらく》をとれるようになるのね！　家族と話せるのね。すばらしいはげましになるわ！」

「そんなことできるわけがない」コヴェットがぴしゃりといい返す。「なにを馬鹿《ばか》げ――」

マイルドがすばやく身を乗りだした。「マダム・スプリーマに馬鹿《ばか》げているなどといえば、政治家としての未来はなくなる。「残念ながら、マダム、保安局は一般市民に盗聴《とうちょう》防止機能付き回線の利用を許可することは――あるいは、その存在を知らせることさえ――ぜったいにありません。わたしが申し上げたいのは、こちらのコヴェット議員ですら、その回線を使いたいとたのんだことは一度もないということです。想像してみてください、もしその回線が昼も夜もずっと市民に使われていたら……それも、ただ家族と連絡をとるためだけに！　それでは、本来の目的での使用ができなくなってしまいます」

「でも、国民の望みは……」グローリアはいいかけ、自分が心の底からほしいと思っていることを表現できる言葉を探した。手袋《てぶくろ》につつまれた両の拳《こぶし》で、机のはしをやさしくたたく。

「……安心です」スプリーマの夫が、暗がりのどこかからいった。「国民は安心を求めています。避難者《ひなんしゃ》の氏名がわかると役立つでしょう。リストを作っていただきたい」

「リスト？」

「リストです。だれがどこに避難《ひなん》しているかを、まとめたものです」ティモールはほがらかにいった。「全員、消息が確認されているんですよね」

しんとした。静けさを破るのは、煙突《えんとつ》に吹《ふ》きこむ風の音だけ。

「地方の、国民、全員の、氏名を」コヴェットはひと言ひと言を、コインを置くようにならべていく。「リストに、まとめる」そしてまた笑った。頭上で明かりのついていないシャンデリアのガラスが、騒々《そうぞう》しい笑い声にチリンと鳴った。

「ちょっとよろしいでしょうか……」コヴェットの秘書があわてて、はずかしそうに口を開いた。「マダム・スプリーマ、城壁《じょうへき》の南門閉鎖《へいさ》の際、マダムが国民をどれだけ喜ばせたか、申し上げてもよろしいでしょうか？　あなたがいらしたことで、国民の士気は大いに上がりました！　しかも、ピストン・ヒンジの潤滑油《じゅんかつゆ》を交換《こうかん》してはと助言して――トラブルから救ったのです！　マダムは見事に窮地《きゅうち》を救いました。じつにすばらしいことです」

「ありがとう！」もし立っていたら、グローリアはメイドらしくおじぎをしてしまっただろう。「あのようにしばしば姿を見せれば、国民の士気を高くたもてるはずです――国民に日々の労働にはげむようすすめるのです。労働は心配から気持ちをそらすのに、うってつけです。くよくよ心配することから救ってくれます――いかがでしょうか？」

グローリアはそのとおりだと思った。メイドの仕事をしていても、家が恋《こい》しい気持ちが消えることはなかったけれど、忙《いそが》しく働いていれば、ほとんどの時間をうばわれて、くよくよしているひまはなくなる。

「各工場への訪問を検討してはいかがでしょうか――マダム・スプリーマとミスター・ティモールで。かわいがっているワンちゃんも、もちろんごいっしょに。労働者たちは非常に……大切に思われていると感じることでしょう」

グローリアは、自分がヒギーのいる工場に入るところを想像してみた。カウンターをカチカチ鳴らす守衛《しゅえい》の横を歩いていっても、スプリーマのふりをしたあたしに、守衛は入るなといえない。

「妻にそんなことは――」ティモールが口を開いたが、遅《おそ》かった。

「ええ、もちろん、コヴェット議員。喜んでそうしましょう」グローリアの頭にこんな光景が浮《う》かんだ。顔を隠《かく》すヴェールを――一瞬《いっしゅん》だけ――めくって、ヒギーにウィンクする。彼《かれ》の顔を見るためだけに。わあ、楽しそう。

ところが第一工場（スプーン）でリムジンから降りたとき、グローリアは恐怖《きょうふ》でがちがちになっていた。顔を隠《かく》すヴェールの先をワンピースの襟《えり》の内側に深く押《お》しこみ、ヒギーが病気で休んでいますようにと祈《いの》っていた。だって、ヒギーはぜったい、あたしだと気づいてしまう！

そしてげらげら笑いながら、指さしてこういうだろう。「にせものじゃないか！」守衛《しゅえい》もグローリアに気づくだろう。料理人の娘《むすめ》のリクシーは（彼女《かのじょ》も第二工場で働いている）、きっと金切り声で叫《さけ》ぶ。「あれはスプリーマじゃない！　わたしの母さんといっしょに働いてる子よ！」ティモールのひじにがっちりと手を押《お》さえられていなかったら、グローリアは回れ右をして車に駆《か》けもどっていただろう。

最後に見て以来、第一工場は根っこをのばしていた——地面から突《つ》きだす何十本もの太いチューブがドクンドクンと脈打っているようすは、まるでグローリアの心臓の動脈みたいだ。チューブがどこにつながっているのか確かめる時間もなく、グローリアはなかに入り、スプーン製造取締役《とりしまりやく》から手にキスを受けていた。

スピーカーからは気持ちを奮《ふる》いたたせるような音楽が流れてくる——愛国的な歌に、ブラスバンドが演奏する陽気な行進曲。〈ザ・ヴォイス〉の同じ記者が、グローリアを見てツイードの帽子《ぼうし》をひょいと上げ、写真を撮《と》ってもいいかとたずねてきた。

「あら、なくした靴下《くつした》が見つかったのね。よかった」グローリアは無意識にいい、自分の足を見つめる記者をその場に残していった。

機械室に入ると、グローリアは体が——熱湯に入れられたホウレンソウみたいに——ちぢむのがわかった。ちぢんで消えてしまいそうな気がする。部屋が大きすぎて、人々がチェスの駒《こま》にしか見えない。チェスの駒がいっせいにこちらを向いた。女の人は髪《かみ》にかぶせたヘアネットをぽんぽんたたき、男の人は帽子《ぼうし》をぬぐ。興奮のざわめきが広がっていくのが、機械の轟音《ごうおん》にも負けずに聞こえてくる。

ゴールデンレトリーバーのデイジーはたじろぎ、お尻《しり》に体重をかけてつっぱり、しっぽをおなかの下でゆらした。グローリアがきつくリードを握《にぎ》っていなかったら、犬は一目散に来た道をひき返していただろう。オイルと熱い金属のにおいがただよい、騒々《そうぞう》しい音は釘《くぎ》をびっしり打ちこんだ棒で頭をなぐられているような衝撃《しょうげき》だ。

ひとりの少女が花束を抱《かか》えてやってくると、軽くひざを曲げておじぎをした。グローリアは花の香りをかぎ、うーんと味わってから、花束をデイジーに向けた。鼻に大量の花粉がつき、犬はくしゃみをした。クシュン、クシュン、クシュン――倒《たお》れないように脚《あし》を広げてふんばる。すると、部屋じゅうが笑いだしたようだった。少女が手をのばすと……デイジーはごろんと仰《あお》向《む》けになり、なでておなかを向ける。今度は、全従業員がそろって「ああ！」とため息をついた。

床《ゆか》はガンガンゆれたり震《ふる》えたりしているけれど、しばらくするとデイジーは、それをなでられたりほめられたりしているせいだと考えた。

「……なんてかわいいワンちゃん……」

「……ほんとにきれい……」

「……しかも、ふわふわ！」

デイジーは横向きに寝《ね》そべり、一本の足を前にぐっとのばして、しっぽをやさしくふり――。

「……あら、おりこうさん……」

「……タンポポの綿毛みたい……」

——目を半分だけ開いて世界をながめた。

金属でできた怪物《かいぶつ》のような機械の口から、スプーンが噴水《ふんすい》のように飛び出し、カチャカチャと音を立てて大きな箱に落ちていく。体の下では、地下にいるほかの怪物たちのいびきに合わせて床《ゆか》が震《ふる》えている。箱を抱《かか》えた若者が、デイジーの大好きなグローリアにぴかっとまぶしい光を向けたけれど、グローリアが傷ついたようすはない。それどころか、一分ごとに、どんどんうれしそうな顔になっていく。


グローリアたちは研磨室《けんましつ》へ移動した。

「ティースプーンを輝《かがや》かせるには六十回、テーブルスプーンなら百回、みがかなくてはいけないそうね」グローリアはいった。何ヵ月ものあいだ、ヒギーからスプーンみがきについて知っていることをかたっぱしから聞かされてきたのだ。労働者たちは驚《おどろ》いて息をのんだ。国でいちばん偉《えら》い人が、そんなことを知っているなんて。これには、監督者《かんとくしゃ》まで感心したようだった。

ヴェールの奥《おく》で、グローリアはいまやにこにこしていた。もう、なべの底で小さくちぢんだホウレンソウなんかじゃない。あたしはマダム・スプリーマとして、ピエロの靴《くつ》と破れたズボンをはいて綱《つな》わたりしながらジャグリングする人みたいに、みんなを喜ばせている。もちろん、みんなの視線はほとんど犬に向いているけれど、それはなおさらいいことだ。大胆《だいたん》で図々《ずうずう》しい女性から、〝ヴェールなんか着けていたら暑いんじゃないですか〟と聞かれたときでさえ、グローリアは自信で顔を紅潮させて答えた。「ええ、それでもけっしてヴェールを取るつもりはありません。五十をすぎてからは、取らないことにしているんです。うぬぼれがひどいかしらね？……新しいポンプを見せてくださる？」

急に経営陣《けいえいじん》があせりだし、腕時計《うでどけい》を見て、そろそろべつの工場へ向かうお時間ではといいだした。だれかがカメラマンを出入口のほうへうながす。ところが、労働者たちはスプリーマに地下を見てほしがり、グローリアは笑顔と拍手《はくしゅ》と笑い声にすっかり気分をよくしていた。花束とデイジーをティモールにあずけると、ティモールがかがんできてなにかいった。けれど喧騒《けんそう》のなかで聞きとれたのは、「――できる」という言葉の切れはしだけだった。グローリアはうれしくなって、さらに胸を高鳴らせた。あたしがみんなを喜ばせることができるって、だんなさまが気づいてくれたんだわ。スカートをひょいとつまんで、グローリアは暗い地下へと下りていった。

ヒギーとばったり会ってしまうかもしれないことも、怖《こわ》くはなかった。彼《かれ》を見かけるまでは。

作業用のベストを着て、汚《よご》れて汗《あせ》だくになっているのがヒギーであることに、グローリアはなんとか気づいた。ヒギーは自分と同じような少年や男の人たち数十人といっしょに、可動式の横木がずらりとならぶ列の下に立ち、ひとつひとつの横木を水まで引っぱり下ろしては、また天井《てんじょう》まで上げていく。ジャブジャブと吸いこむ音とともに横木が下りてきて、水がホースに吸いこまれて排出《はいしゅつ》される。それからヒギーが両肩《りょうかた》でぐいと押《お》すと、横木はゴトンとまた上へ上がっていく。両手にぼろ布を巻き、突《つ》きだした長い板の下に立っているヒギーの姿は、まるで絞首刑《こうしゅけい》を待つ少年のようだった。男たちの奮闘《ふんとう》にもかかわらず、地下室全体にたまった水は、まだ太ももにとどくほど深い。グローリアははしごを半分しか下りられなかった。

こちらを見てぱっと顔を輝《かがや》かせたヒギーに、グローリアは心臓が止まりそうになった――当然よね、これでおしまい。ヒギーにバレちゃった。

「ねえ！」ヒギーは横にかたむき、となりでポンプを動かしている男に話しかけた。「おれ、スプリーマのところで働いてる女の子と知り合いなんすよ。マダムのメイドさんを知ってるんす。仲のいい友だちなんだ、おれとメイドさん」ヒギーはこっそりと、でも大きい声でいった。ほかの仲間にも聞かせて、有名人の知り合いがいる自分をうらやましがらせたいと思っているのは明らかだ。

グローリアはというと、また叫《さけ》びたくてたまらなくなった。ねえ！　よく見て！　あたしよ、ヒギー！　あたし――グローリアだってば！

けれどそうはせず、片手でスカートをつまんではしごをのぼりだした。「ありがとう、みなさんの懸命《けんめい》な働きに感謝します」母音《ぼいん》の発音がマダム・スプリーマそっくりに聞こえるように気をつけて、グローリアは声を張り上げた。

玄関《げんかん》ホールで、スプーン製造取締役《とりしまりやく》から金メッキのカーヴィング・セットを贈《おく》られた――お肉を切り分けるためのカーヴィングナイフとミート・フォークとシャープナーが、ビロード張りの箱に納められている。取締役は箱のなかにティースプーンも押《お》しこみ、こう説明した。カーヴィング・セットについているものではありませんが、わたしはスプーン製造ひとすじでやってまいりましたので、スプリーマにスプーン工場にいらした日のすばらしい思い出を楽しんでほしいと思いまして。

まあ、そんな貴重な品は、あたしも先祖代々の家族のだれも持ったことがないわ。グローリアはそういおうとして、危ないところで思いとどまった。

車のなかで、ティモールは口もきかず、グローリアを見ようとすらしなかった。頰《ほお》のあたりは赤白まだらになり、目はずっと運転手の首の後ろをにらんでいる。しかたのないことだ――グローリアにはわかっていた――運転手が聞いているところで、あたしの見事な活躍《かつやく》の話をするわけにはいかない。

次に第二工場（ナイフ）をおとずれ、そこでも音楽がひびき、拍手《はくしゅ》が鳴り、グローリアは万《ばん》歳三唱《ざいさんしょう》に迎《むか》えられた。感激するけれど、とまどってしまう。どうしてみんな、あたしが十五歳《さい》のメイドだって気づかないの？　労働者たちは、いま目にしているのは――といっても、犬のデイジーを見ている時間のほうが長いけれど――アフェイリアの最高指導者だと思っている。それはわかっていても、グローリアは好意を寄せられているのは自分だと思いたかった。彼らが声援《せいえん》を送り、あとで〝すばらしい女性〟とか〝ぜんぜん気取らない人〟とか〝わたしたちとほとんど変わらないね〟とか話をするのは、自分のことだと思いたかった。

プレストに働きに来てから、自分が特別とか重要な人物だと感じたことは一度もなかった。ソーミルズの家にいたころだって、グローリアを女王さまのようにあつかったり、うれしそうに目を輝《かがや》かせて見つめたりする人なんて、だれもいなかった。グローリアがまた訪問するとたくさん約束してきたのは、ごく自然ななりゆきだった。浸水被害《しんすいひがい》のひどい地下とポンプを動かすヒギーの姿だけが、完ぺきな一日の輝かしい思い出に残る傷だ。そして、ティモールの完全な沈黙《ちんもく》も。

〈てっぺん邸《てい》〉に着くと、グローリアは運転手のアッピスにお礼をいい（そうすれば、彼《かれ》も好きになってくれるだろう〉、車の床《ゆか》で疲《つか》れきって眠《ねむ》っていたデイジーをなんとか抱《かか》え上げた。後ろで玄関《げんかん》のドアが閉まったとたん、グローリアは安心感につつまれて笑いだした。「あたし、上手にできましたよね、だんなさま？」とふり返る。

ティモールは両手で頭を抱《かか》え、両ひざを曲げてかがんでいた。まるで天井《てんじょう》が落ちてくると思っているみたいだ。「どうしてぼくは、こんなことをしてしまったんだ？　なんてやつに、まかせてしまったんだ？　前にもいったと思うが」彼《かれ》は食いしばった歯のあいだから、絞《しぼ》りだすようにいった。「おじょうちゃん、きみは〝正真正銘《しょうしんしょうめい》の役立たず〟だ」

ところが、〈ザ・ヴォイス〉は役立たずなどとは呼ばなかった。翌日の新聞で、五ページにわたり、彼女《かのじょ》をほめたたえる記事を出したのだ。グローリアは五大工場すべてを訪問したが、ひとつの工場につき一ページが割《さ》かれていた。掲載《けいさい》された写真のなかの一枚には、犬のデイジーに〝労働者たちのマスコット〟という説明がついていた。

ティモールは新聞をごみ箱に投げこみ、読みもしなかった。けれどグローリアはそれを拾い、こっそり屋根裏の自分の部屋へ持っていき、ベッドの下に押《お》しこんだ――いつか家族に見せて、「その写真はあたしなの」といえる日が来るかもしれない。あたしなの。あたしだったの。本当に。

第十章　ごみの島

上流

雑種犬のハインツは、かんちがいしていた。車から見えたのは、しっかりした陸地ではなく——もつれあったごみが、さらにからみあって浮《う》き島になったもの——ごみのイカダだった。ハインツと同じく、浮き島もフォレストベンドで生まれた。ごみをつなぎとめて島にしている大木は、川の土手がくずれるのをふせぐために切り倒《たお》されたオークの木だ。そんな木々にかこまれた浮き島は、いくつもの棺《ひつぎ》でできている。下流へ流れていくうちに、浮き島には草、ごみ、生き物の死体がくっついてきた。

島全体が回転し、ゆがみながら下流へ流れていくが、ばらばらになることはない。新しい漂《ひょう》流物《りゅうぶつ》——死んだ羊、手押《てお》し車、テーブル——がぶつかってくるたびに、それも島の一部になる。そしてすべてをつなぎ合わせるのが、腐《くさ》りかけたごみだ。

鳥たちも島に舞《ま》いおり、おぼれ死んだ動物をついばんでいた。ネズミもいる。ハインツはネズミ捕《と》りの名手だが、ここにはそんなハインツでもたじろぐほどの数がいる。なんにでもわんわんとハエがたかり、その数は鳥の百万倍。ウジ虫があらゆる隅《すみ》やすきまでうごめき、ハインツがひと口食べるたびに、そえられたライスのようにくっついてくる。

浮《う》き島には猫《ねこ》も乗りこんでいた——犬への恐怖心《きょうふしん》を失っている猫であることが、ハインツにはわかった。猫たちは一歩も引かず、背中を弓なりにしてシャーッと威嚇《いかく》してくる。爪《つめ》は出しっぱなしで、どこを歩いても足に触《ふ》れるものをしっかりつかめるようにしている。

猫《ねこ》たちは凶暴《きょうぼう》だが、ネズミたちにはすぐれたチームワークがあり、ときどき一致団結《いっちだんけつ》するようだった。とつぜん、敵の一匹《ぴき》にねらいをさだめ、いっせいに体当たり攻撃《こうげき》をしかける。自分たちの十倍も大きなコンドルに向かって、黒い石のようにばらばらと飛びかかり、やがて八《や》つ裂《ざ》きにしてしまう。さらに、襲《おそ》いかかってきた猫を空中でしとめた。ネズミたちがハインツに目を向けてきたとき、ハインツは勇気だけではどうにもならないとわかった。

向かってくるネズミの群れは、びっしりと重なりあってたがいの背中をよじのぼり、一度に三、四匹《ひき》ずつ飛びかかってくる。ハインツが野菜の皮と割れたガラスのなかでちぢこまると、ボクルマ——このごみの城の王さま——がまだキャンキャン鳴いているのが聞こえた。「ぼくのごみ！　ぼくのごみ！」

イカダのはしのほうで、ネズミたちはすっかりハインツを包囲していた。そして一匹《びき》がハインツのお尻《しり》に噛《か》みついた。

その瞬間《しゅんかん》、水から突《つ》きだしていた木が、それまで根づいていた土がぬかるみ、これ以上立っていられなくなって倒《たお》れてきた。木はごみの島の角にぶつかり、いくつもの棺《ひつぎ》を島から放りだし、黒いネズミの群れをばらばらとまきちらした。無数のハエが枝葉にたたかれて追いはらわれ、ヤギの骸骨《がいこつ》はばらばらになる。島全体がぐらぐらとゆれている。

やがて水の跳《は》ねる音がやみ、根こそぎになった木はごみの島に合体して、島は下流へと流れていった。

川の中流を、たくさんある棺《ひつぎ》のひとつに乗って、ハインツは流されていた。棺の底にしゃがみ、ネズミの爪《つめ》がひっかく音がしないかと耳をそばだてている。いっしょに流れるほかの棺がぶつかったり、こすれたりしていくが、それとはちがう音も聞こえる。もっと近い、かなり近い。ほかの生き物が、ハインツの棺にちゃっかり逃《に》げこんでいたのだ。

「ぼくのはこ！　ぼくのはこ！」それはボクルマだった。

第十一章　発覚

プレスト市

グローリアは、自分がチーズカッターでまっぷたつにされてしまったような気がしてきた。午前中は以前と変わらず、メイドの制服に料理人の残していったコートを着て、デイジーを散歩に連れていく。街の人々はデイジーが新聞にのっていた犬だと気づき、グローリアを呼びとめて、どれだけかわいいと思っているか——犬のことだ——とか、〝あのマダム・スプリーマ〟にどれだけ感心しているかとかを伝えてくる。自転車に乗った人たちは通りすぎざまに、側溝《そっこう》の水をグローリアのスカートや足に跳《は》ねかけていく。店主や買い物客はグローリアに文句をいってくる。天気のこと、物資の不足のこと、治安警備隊《ちあんけいびたい》がお金もはらわずに品物を持っていくこと。

それからお屋敷《やしき》に帰ると、ブロケードやビロードやつるつるのサテンの服を着て、帽子《ぼうし》と手袋《てぶくろ》とヴェールを身に着け、マダム・スプリーマになる。そしてリムジンからさっきと同じ街の人たちに手をふり、おいしい食べ物を特別なバンでお屋敷に配達させるのだ。

ある日、そんな朝の散歩のあと、グローリアはぬれた毛を乾《かわ》かすためにデイジーを庭に置いていき、自分は泥《どろ》だらけの靴《くつ》をぬぎ、料理人のコートを着たまま、マダム・スプリーマに変身しようと上階へ走っていった。そしてタオルで髪《かみ》をふいているとき、はっとした。ティモールがまだ朝食になにも食べていない。グローリアはトーストを焼こうとあわてて下へ行き、レンジに向かっていると、後ろでキッチンのドアが開いた。

そして、あわててあやまる声がした。おずおずとおっかなびっくり小さな声でいう。「知らなかったんです。ほんとにすみません、マダム。コートを取りにもどってきただけなんです、すみませんでした、マダム。いまは工場で働いているんですけど、最近すごく寒いし、浸水《しんすい》で湿気《しっけ》もひどくて」

グローリアはふり返り、料理人のなつかしい声ににっこりした。「だいじょうぶ。あたしだってば」

ところが、料理人はひどく混乱した顔になり、グローリアを上から下までじろじろ見た。

「ちょっと、あんた、なにやってんの」料理人は声をひそめ、グローリアも自分の姿を見下ろした。パリ風のファッション、イタリア製の靴《くつ》、サテンとビロードの服には、ぬれた髪《かみ》が染《し》みをつけている。「お屋敷《やしき》にひとりしかいないときは、こんなことをしてるのね？　こっちは理由もなくクビにされたってのに、あんたはマダムの服を着て、おしゃれなんかしちゃってさ。そんなことしていいわけないでしょ。待ってなさい、マダムにいいつけてやる！　待ってなさいよ！　きっと生きたまま皮をはがれちゃうから、ちっちゃいマダム！」

トーストがこげはじめた。グローリアのすべての罪がぶつかりあって火花を散らし、空中に火をつけたかのようだった。黒い煙《けむり》は、グローリアのすべての悪いウソが燃え上がったものだ。

「ちがうの！　だめだってば。あたしはちゃんと許可を受けてるんだもの。本当よ。聞いて……」グローリアは急に口ごもり、息をのんだ。

勝手に他人の服を着るのは、悪いことだ。けれど、スプリーマになりすますことは、たぶん恐《おそ》ろしい反逆罪に当たるだろう。銃殺隊《じゅうさつたい》と目隠《めかく》しが頭に浮《う》かぶ。そんな事態が、グローリアとティモールを待ちうけている……。

「いいわよ、マダムを探しに行けば」グローリアはいった。「マダムがきっと説明してくれるから。ちょうどボズを連れて果樹園にいるわ。あなたのコートは玄関《げんかん》クローゼットに入ってるから、あたしが持ってきてあげる」

料理人はもちろん、グローリアのあとからついてきて、オーガンジーのフリルや、ビロードのリボンや、ぬれた髪《かみ》をつついてくる。「盗《ぬす》んだも同然よ、そうに決まってる……」

グローリアは玄関《げんかん》クローゼットを開けて、なかに入った。「緑色よね、あなたのコートは？確か、ここに……」料理人も後ろからせかせかと入ってきて、たくさんかかっている衣類を押《お》しのけた。ハンガーが横木にこすれてキーっと音を立てる。

そこでグローリアはあっさり外に出て、ドアの鍵《かぎ》をかけた。

「ごめんなさい。ほんとに、ごめんなさい」クローゼットのなかからひびく抗議《こうぎ》とノックに、グローリアは声を張り上げた。

考える時間。考える時間さえあれば、なんとかなる。クローゼットに閉じこめた料理人をどうすればいいか、きっと解決策が浮《う》かぶだろう。

ティモールが自分の執務室《しつむしつ》から出てきた。読んでいた新聞を持ったまま、クローゼットのドアを見つめている。まるで、いままで泣いていたかのような顔だ。

「天気予報の人たちが逮捕《たいほ》されたよ」

「どうして？　あの人たちがなにをしたんですか？」

ティモールは新聞に目をもどした。「まちがった情報で議会をあざむき、人々の命を危険にさらした陰謀罪《いんぼうざい》だ」

「でも、天気予報の人たちがそんなこと……。したんですか？」

「もちろん、していないとも。彼《かれ》らは真実を伝えていた。なのに、ぼくの妻が……。おそらく、彼らは一週間前に職を失ったんだろう。いまは逮捕《たいほ》されてしまった。全部、ぼくの責任だ」

「そんなことありません」

「彼《かれ》らは悪くないと、ぼくが主張しなくては！」だがそこで、彼の声は小さくなってとぎれた。

「上訴《じょうそ》すれば、裁判所はマダムを呼びだし——証拠《しょうこ》を求めるだろう」

「そんなにうまくいくでしょうか、だんなさま？」

「そしてすべてが明らかになれば……彼女《かのじょ》を法廷《ほうてい》に召喚《しょうかん》できる」

どういう意味なのか、グローリアにはさっぱりわからない。なんだか雨のなかで立たされることみたいな、以前マダムにされた罰《ばつ》みたいなひびきがある。「どうして、そんなことができるんですか？　ここにマダムはいないんですよ！」

ティモールがグローリアに向けたまなざしは、明らかにこういっていた——役に立つことがいえないのなら、だまっていろ。彼《かれ》はガタガタしているクローゼットのドアをあごで指した。

「あれはなんだね？　犬か？」

「はい、だんなさま。きっとそうです」

「出してったら、にせマダム！」クローゼットのなかの犬がさけぶ。

「信じてください、だんなさま」グローリアはティモールの目をまっすぐ見つめた。「あれは犬です」

ティモールはうなずき、自分の執務室《しつむしつ》へひき返した。彼《かれ》の考えは妻へ向かって上流へ泳いでいるようなもので、逆《さか》らって泳いでいると水の流れはとてつもなく強い。グローリアは彼の手首がひどくやせ、手はぶるぶる震《ふる》えていることに気づいた。ティモールは新聞を落とした。すべてのページがばらばらになったが、元にもどすのはひどく大変な作業に思えて、床《ゆか》にほったらかしにしていった。

第十二章 ❖ 再会と別れ

上流

神は犬をつくりたもうたとき、それぞれの犬に異なる美徳をあたえた。雑種犬のハインツは知性をさずかった。だが、ボクルマはそこまでの幸運には恵《めぐ》まれなかった。体が小さすぎ、ちっぽけな頭には脳をおさめる場所が空いていなかったらしい。それはボクルマのせいではないが、気分が悪くなるほど渦《うず》を巻く川で、ふたのない棺《ひつぎ》に乗って流されるという、ちょっとした試練に耐《た》えることになった。

川は激しくうねっているにもかかわらず、不思議と死んでいるように見えた。生きている鴨《かも》や白鳥や水生ネズミがVの字の水紋《すいもん》を描《えが》いて川面《かわも》を進む姿はない。ほとんどずっと、ハインツとボクルマは、世界に残された生き物は自分たちだけのように感じていた。ごみの島からはずれた数個の棺《ひつぎ》は、流れによってだんだん引きはなされていき、いくつかは川底にしずんでぶくぶくとあぶくを上げた。

南の方角にブリードン山地が見えてきた。その三つの山は、まるで水面にあらわれたニキビだらけの茶色い怪物《かいぶつ》たちのようだ。茶色は草地がかきまぜられて泥《どろ》になったところ。ニキビは人間たちだった。

数十艘《そう》の小さい手こぎボートが、家々の屋根から何百もの家族を救出し、ここまで運んできたのだ。土手につながれていた救命ボートは、もうひとつもない。持ち主たちはここよりマシな場所を求め、下流へ去っていた。ブリードン山地にくらべれば、どこだってマシだ。

山頂では、クジラの背中に刺《さ》さった銛《もり》のような木立ちが、ほかよりしっかりした地面と雨よけを提供しているが、風からは守ってくれない。女性やお年寄りはそこにすわり、ひざの上で子どもたちを抱《だ》いている。なかには、寝間着《ねまき》姿の人もいた。ふたつ以上の荷物を持っている人はだれもいない。下の川ぞいでは、数百人もの大人の男や少年が足首まで泥《どろ》につかり、交代で川を流れてくる物を拾おうとしている——火を燃やしたり雨よけを作ったりするための木、食材になる動物の死骸《しがい》。幸運にも、ある程度の長さの糸と安全ピンを見つけた人は、みんな釣《つ》り糸として利用した。人々はすべって顔から転んだり、泥に足を取られて靴《くつ》をなくしたり、だれも助けに来ない日が一日また一日とつづくにつれて、心が折れていった。

山の反対側は、水につかった景色が南まで広がっていた。生きのびた人たちのなかには、すでにそっちへ向かい、食べ物や救助を求めに行った人もいる——といっても、水がかなり深くなっているところや、野生動物が待ちぶせしているかもしれない場所を知っていたわけではない。たぶん、安全な道など存在すらしていなかっただろう。その場にとどまることを選んだ人々は、いつか救助隊が来るという希望にすがっていた。こんな無慈悲《むじひ》で悲惨《ひさん》な状態にも、かならず終わりは来るはずだ。それまでは、雨と寒さに震《ふる》え、空腹を抱《かか》えているしかない。

そんな状態だったので、流れてくるその棺《ひつぎ》を見たとき、人々は薪《たきぎ》にできると思った。なかに遺体が入っていようがいまいが、木材を手に入れるのだ。男たちは大人も少年も、危険なほど水ぎわに近づき、手に持った枝で棺をひっかけて岸に引きよせようとした。

「ふたがないぞ」ひとりが声を張り上げた。
「新品だ」べつのひとりが叫《さけ》ぶ。
「赤《あか》ん坊《ぼう》たちをあのなかで寝《ね》かせてやれる！」

雑種犬のハインツは、ずっとふせているしかなかった。もうくたくたで、大きなゆれにふんばる力もなく、ボクルマといっしょに棺《ひつぎ》のはしからはしまですべるままになっていた。ところが人の声が聞こえてくると、ハインツはぱっと立ち上がり、棺の横に前足をかけてほえた。クレム？　ねえ、クレム？

服も顔も泥《どろ》まみれで、土手にいる生き物たちの姿は、棺《ひつぎ》に乗った小さい犬には恐《おそ》ろしく見えた。彼《かれ》らは手に枝を持ち、棺の舟《ふね》をたたいては、さらに激しくゆらしてくる。折れた枝の先が棺のなかに飛びこんでくる。

ところが、彼《かれ》らの後ろの斜面《しゃめん》を、ひとりの泥《どろ》まみれの少年が横向きにすべり下りてきた。走ってはすべり、叫《さけ》んでは両手をふっている。「ハインツ！　ハインツ」ずっと遠く、遠くて手がとどかないところで、棺《ひつぎ》は渦《うず》にぶつかってその場でくるくるまわりだした。ハインツは反対方向にまわりながら、走ってくる人物から目をはなすまいとした。

いきなりの犬の登場に、男たちは驚《おどろ》いて一週間ぶりに声を上げて笑った。とはいえ、水ぎわぎりぎりに立ち、それ以上は身を乗りだそうとしない。

「ぼくがつかまえる！」クレムが声を張り上げた。「ぼくの犬なんだ！　ぼくのハインツ！　ハインツだ！」そして岸をなめるさざ波をつっきって、深い水に入っていった。

「バカなことをするんじゃない、こぞう！」男はどなったものの、持っていた枝を差しのべ、クレムがつかまれるようにしてやった。クレムはだんだん深いところへ、枝につかまって進んでいき――「放さないで！　おねがいです！　あれはハインツなんだ！」――やがて足が泥《どろ》からはなれ、水の冷たさに体も心も凍《い》てつきそうになった。少年は手をのばし、木に触《ふ》れ、棺《ひつぎ》の縁《ふち》をつかもうとする。指先がハインツの頭をかすめた。犬の舌がクレムの手の甲《こう》のかさぶたをぺろりとなめ……。

「気をつけろ！」

鹿の死体が、枝角《えだづの》の重みで頭を水に突《つ》っこんで流れてきたかと思うと、棺《ひつぎ》に激突《げきとつ》した。そのひょうしに、棺は渦《うず》からはじきだされ、ハインツは棺のなかでひっくり返った。クレムは枝を放し、ふたたび棺のほうへ急いだが、逃《のが》してしまった。少年の姿はしずんで見えなくなった。水中で鹿の角が少年の足をとらえ、水面へ押《お》しもどす。

男たちは、夕食に鹿の肉にありつけるチャンスと、おぼれる少年を助けるチャンスに直面し、薪《たきぎ》のことは忘れ、少年と鹿を岸に引きずり上げることに全力をそそいだ。

ハインツはそのようすを見つめながら、壊《こわ》れそうな小さい舟《ふね》の後ろに前足をかけていた。いっぽうの耳はまだそばだてているが、もういっぽうの耳はすでにあきらめている。遠ぼえがとどく範囲《はんい》を進むあいだに、ハインツは大好きな少年を見つけ、また失ったのだ。かける言葉が見つからなくて、ボクルマは幸運だった。もしなにかいっていたら、ハインツに八《や》つ裂《ざ》きにされ、魚の餌《えさ》になっていただろう。

第十三章 ❖ 問題ぞくぞく

プレスト市

約一年間、グローリアは毎晩、ゴールデンレトリーバーのデイジーに料理の本を読み聞かせていた（犬はたぶん、物語より料理のレシピのほうが好きだろうと思ったのだ）。料理人がクビになってからは、これが役に立った。ティモールの食事の作り方なら、もう知っている。さいわい、お客さんはほとんど来なかった。ティモールはコヴェット議員にだけ、議会代表として〈てっぺん邸《てい》〉まで国政の相談に来るようにいっておいたのだ。これなら、グローリアは議員全員の名前を覚えなくてすむ。

その夜、ついに料理人のいびきが聞こえてくると、グローリアはトレイの上にナプキン、フインガーボウル、炒《い》りゴマをかためたスナック、懐中電灯《かいちゅうでんとう》、紅茶の入ったマグカップ、金縁《きんぶち》のお皿にのせたスパイシーなアフエイリア風チーズトースト、そしてデザートにアップル・クランブルを用意した。おまるも持っていく。そして玄関《げんかん》クローゼットの鍵《かぎ》を開け、なかにおまるを置いて足で奥《おく》へ押《お》しこんでから、料理人の頭のそばにトレイを置いた。帰るときにドアをバンとたたき、料理人が目を覚まして温かい食事を食べられるようにした。

「ほんとに、ほんとに、ごめんなさい」グローリアはドアのすきまからささやいた。「ほかに、どうしていいかわからなくて」料理人は許してくれそうになかった。食べながら文句をいい、お茶をすすっては、グローリアをおどし、悪態をついては、うったえてくる。わたしは——どうしても——工場にもどらなきゃならないの……。グローリアは義務感に駆《か》られてドアの前でスツールにすわり、たじろぎながらも話を聞いた。さいわい、犬のデイジーが来て、グローリアの指についたべたつく甘《あま》いリンゴをなめ、なぐさめてくれた。もうひとつ幸運なことに、料理人は早めに眠《ねむ》ってくれた。

けれど、グローリアは眠《ねむ》らない。ひと晩じゅう眠らずに、料理人をどうしようか考えていた。そして午前二時に決心した。料理人には賄賂《わいろ》をわたして、だまっていてもらおう。暖炉《だんろ》の上に置かれた装飾品《そうしょくひん》をひとつ、あげればいい。(写真立てのなかには、本物の金でできているものもある) やっぱり、だめ。

三時になるころには、料理人をお屋敷《やしき》の上階にあるべつの部屋へ移動させる方法を見つけようと頭をひねっていた。でも、逃《に》げられずに移動させられるだろうか。無理だ。

四時には、料理人を殺して庭にうめてしまおうという考えが、黒いコウモリのように頭をよぎった。だめ。だめ!

五時までには、荷物をまとめて逃《に》げだすほうが、はるかにまともな考えに思えてきた。

というわけで、グローリアはそうした。メイドの制服と自分のちんちくりんのコートというかっこうでこっそりお屋敷《やしき》を出ると、坂道をくだってヒギーの家へ向かった。そのあいだずっと泣いていたのは、もう二度とデイジーに会えなくなるからだ。キッチンのレンジのそばにすわって、シチューやヌードルのレシピをデイジーに読み聞かせてあげることは、もうできない。デイジーが立ったまま眠《ねむ》ってしまうまで、ブラッシングしてあげることもできない。握手《あくしゅ》のまねごとをして、デイジーのざらざらした肉球に触《ふ》れることも。

街には人っこひとりいなかった。バス車庫では、すべてのバスがタイヤをはずされていた——タイヤはひとつも見当たらない。バスなしで、街の人たちはどうやって仕事へ行くの？

グローリアは不思議に思うだけで、まだ思い出すことはなかった。

ヒギーの家の玄関前《げんかんまえ》の階段にすわり、グローリアは震《ふる》えながら夜明けを待った——こんな時間にヒギーの家族を起こしたくない。働く人たちは、しっかり眠《ねむ》らなきゃ。少なくとも、雨はふっていなかった。逃《に》げだすことを、ヒギーにどう説明しよう？　彼《かれ》に秘密を打ち明けて、だれにもいわないでとおねがいする？　それとも、バカなことをしでかして、マダム・スプリーマにクビにされたことにする？　そうだ！　それがいい。マダムのシルクのネグリジェにアイロンをかけていたら、うっかりこがしてしまい、追い出されたことにしよう。

どの窓にも常夜灯《じょうやとう》の明かりは見えない。この通りのどこにも、明かりのもれる窓はひとつもない。それでもまだ、グローリアは思い出さなかった。

工場から、ポンプを動かす太鼓《たいこ》のような音が聞こえてきた。みんなはまだ、あのずらりとならぶ横木の下で、ひざまで水につかって横木を引っぱったり持ち上げたりしているの？　グローリアはしばらくうとうとした。すると、工場で見た光景が全部夢に出てきた——男たちが大人も少年もここからずっと向こうまで一列になり、みんなでポンプを動かしている——そこで目が覚めた。いつのまにか両手を握《にぎ》りしめていて、肩甲骨《けんこうこつ》のあいだが痛い。

そこでやっと思い出した。グローリアの疲《つか》れた脳みそがようやく、すべての人に工場へ応援《おうえん》に行くよう呼びかける新聞記事を思い出したのだ。

でも、当然、交代で働くってことでしょ？　昼間も、夜間も、週に七日間働きつづけるなんて、ありえないもの！　それに、街の人全員ってわけでもないでしょ？　母親も、父親も、子どもも？　二十四時間？　まさか、このマウントヴュー通りにならぶ小さな感じのいい家が全部、いま空《から》っぽってことはないでしょ？　ベッドにはだれも寝《ね》てなくて、ストーヴはすべて冷たくて、住人はだれもいないなんてことは？　そう思ったら、ヒギーの家の玄関《げんかん》をドンドンたたきたくなってきた。

グローリアは小さな音に動きを止めた。ゴムのタイヤをつけた馬車が、老いた馬に引かれて坂道を苦労してのぼってくる。馬のひづめは布にくるまれている。気持ち悪い黄色の馬車だ。馬車のステップから、六人の治安警備兵《ちあんけいびへい》が飛び下りた。手には金属の棒を持っている。グローリアはヒギーの家の庭にふせてあったブリキのバスタブの下に隠《かく》れた。ここで初めて、デイジーをこっそり連れてこなくてよかったと思った。

警備兵《けいびへい》はふたり一組になって、各家の玄関《げんかん》をこじ開けにかかった。そして数分後、家のなかから家具を持って出てきた――テーブル、椅子《いす》、カーペット。明かりはつかない。もちろん、停電はよくあることだけれど、人々が抗議《こうぎ》したり、自分の物にしがみついたりする物音がまったく聞こえてこない――家にはだれもいないのだ。三十分以内に、兵士たちは姿を消し、やわらかいゴムのタイヤをつけた馬車で、また坂道を下りていった。

グローリアはバスタブの下からはいだした。ヒギーの家の破壊《はかい》されたドアを開けてみると、だれもおらず、なかはめちゃくちゃだった――家具を動かされてずれたカーペットに、ひっくり返ったおもちゃ箱。ヒギーのお父さんのオールは暖炉《だんろ》の上から消え、ミシンもなくなっている。グローリアはヒギーに聞きたかった。ほんとなの？　五大工場はプレストの住人をひとり残らずのみこんじゃったの？　郵便屋さんも、先生も、パン職人も、お店の人も？　そう聞きたくても、ヒギーはいない。

そこでグローリアは〈てっぺん邸《てい》〉にひき返した。ほかにどうしていいのか、思いつかなかったのだ。それにお屋敷《やしき》にもどれば、少なくともデイジーがいる。たとえ問題が山積みでも。

ところが日がのぼると、グローリアのなかで、恐怖《きょうふ》でも罪悪感でもないものが目覚めた。街の人たち全員に工場へ行くよう命令を出したのは、だれ？　あたしじゃない。治安警備隊《ちあんけいびたい》はどうして、あたしの友だちの家を略奪《りゃくだつ》するなんてことができたの？　それに、もしここにマダム・スプリーマがいたら、どうするだろう？　もし、このままマダムのふりをつづけるとしたら、あたしはどうすればいい？

「ちょっといいかしら、コヴェット議員？」彼《かれ》が〝現在の状況《じょうきょう》〟（と呼ばれるようになった）報告をしに来たとき、グローリアはいった。「すべての市民を工場へ行かせ、家に帰さないと決めたのはだれなのか、知りたいんだけれど？」

コヴェットは自分の秘書を見た。秘書の顔にはなんの表情も浮《う》かんでいない。コヴェット議員は、グローリアが予想していた以上に驚《おどろ》いているようだった。「あの、あなたですよ、マダム」そういって秘書に指を鳴らして合図すると、秘書のマイルドはアタッシェケースを開け、一枚の硬《かた》い白い紙を出した。紙には紋章《もんしょう》も、印も、こった装飾《そうしょく》もない――あるのは、地震計《じしんけい》の波形《はけい》みたいなスプリーマの署名だけ。彼《かれ》はその紙を読み上げた。

「〃プレスト市における経済基盤《きばん》の危機に際して、将来とぎれることなく生産をつづける力を、なんとしても維持《いじ》しなくてはならない〃」

体がかっと熱くなるほどはずかしい瞬間《しゅんかん》だった。顔が真っ赤になっているのがわかる。「ええ」グローリアはいった。「そのとおりです」涙《なみだ》がこみ上げてきて、鼻の奥《おく》がつんとする。涙が出口を探している。「わたしが決めたのはわかっています。でも、それできらわれるのはいやだったんです。あなたも、わたしたちのうちのだれであっても、それで市民にきらわれてほしくない。だからこそ……だれもが満足できる形でなくてはいけません。正しくおこなう必要があります」

「すべて、とどこおりなく進んだと思っていましたが」コヴェット議員は、ちらりと秘書に目をやった。ひょっとしたら、そうではない情報をマイルドが知っているかもしれない。

「もっと上手にやれたはずよ！」グローリアはかん高い声で叫《さけ》んだ。「たとえば、カーペットがあれば役に立つと思います。それと、テーブルが何台か」

「失礼ですが、いま、なんと？」

「ちょっとした装飾品《そうしょくひん》なんかも。そういうものがあれば、機械室をもっと居心地のいい場所にできます。でも、いちばんはカーペット。カーペットを敷《し》けば、すわったとき、ひんやりしないでしょ。それに眠《ねむ》るときに使うマットレスとまくらも」

コヴェット議員はとまどい顔でグローリアを見る。「五つの工場すべてに、ベッドとテーブルを支給するよう財務省に指示するなんて、できませんよ！　いったい、いくらかかると

――」

「いえいえ！　お金なんて、一アフェイルもかからないわ！」グローリアは彼《かれ》をさえぎった。「治安警備隊《ちあんけいびたい》に、民家からちょろまかしたものを全部、各工場へ持っていくようにいえばいいだけ。ひとつ残らず、差しだしなさいって。差しだせば、彼らを銃殺《じゅうさつ》せずにすむでしょう……。この件に関するあなたの意見は？」話を聞いていたふたりは、あまりの驚《おどろ》きに声も出ない。「彼らをただ銃殺することもできるでしょう。略奪《りゃくだつ》は銃殺よね？　略奪は銃殺！　いいスローガンだわ！　治安警備隊の兵舎に、たくさん張り紙をしておいて。略奪は銃殺！」

コヴェット議員は息を吸ったひょうしにつばも吸いこんでしまい、せきこみだした。「スプリーマのために働く治安警備隊《ちあんけいびたい》を信頼すべきですぞ、マダム！」

「あら、もちろん信頼してますよ、コヴェット議員。だからこそ、あんなことで彼《かれ》らが市民にきらわれるのは、残念でたまらないの。けれど、こうすれば、黄色い制服を着た泥棒《どろぼう》や略奪者《りゃくだつしゃ》が自分の家に押《お》し入るんじゃないかなんて、だれも心配しなくてよくなるでしょ」

「すばらしい！」秘書のマイルドは目を丸くして感心し、せきこむコヴェット議員にハンカチを差しだした。

グローリアの計画は、話しているうちにどんどん具体的になっていく。「もちろん、工場に文字どおりすべてを置くスペースはないでしょうから、残りはちゃんと元の場所へ返しておくように、あなたが治安警備隊《ちあんけいびたい》にいえばいい。そうすれば、わたしは彼《かれ》らに素敵《すてき》な手紙を送れます。わざわざ市民の持ち物を彼らのところに運んでくれて、うれしいです。しかも夜間に。本当なら、兵舎で雨にぬれることもなく、ぬくぬくとすごしていられたというのに、なんて親切なんでしょう！　そんな感じの手紙よ。いいたいことは彼らもわかってくれると思います」グローリアは机の上に、ペンをきちんと一列にならべた。

ドアを開けて議員を送りだしたあと、秘書のマイルドがぱたぱたと廊下《ろうか》をひき返してきて、応接室に顔をのぞかせ、えんぴつでジャグリングしようとしていたスプリーマを驚《おどろ》かせた。

「ちょっとよろしいでしょうか、マダム、なぜ治安警備隊《ちあんけいびたい》が略奪《りゃくだつ》しているとわかったのですか？」

グローリアは鼻が利《き》くのよというように鼻の横をぽんとたたこうとしたけれど、ヴェールがじゃまでできないことに気づいた。「わたしにはスパイがいるの」その答えに、マイルドは手をたたいてクックックッと笑った。

「さっきのは、いったいなんだったんだ？」マイルドも帰ったところで、ティモールがいった。

もちろん、立ち聞きしていたのだ。

「治安警備隊《ちあんけいびたい》が民家に押《お》し入って、家具やなにかを盗《ぬす》みだしているんです。そんなことは許しておけない。そう思っただけです」

「どうして、きみがそんなことを知っているんだ？」

グローリアは逃《に》げだそうとしたことをティモールに話そうか、考えてみた——ふせたブリキのバスタブに隠《かく》れていたときに見たカタツムリのこと、足音を消すため馬のひづめに布が巻かれていたこと……。そして、こう答えた。「玄関《げんかん》クローゼットで、だんなさまの双眼鏡《そうがんきょう》を見つけたんです。あたしの部屋の窓から、治安警備隊《ちあんけいびたい》のしていることが見えました。とにかく、ほんとにほんとなんです」

ティモールは横目でグローリアを見た。まるでクビにするべきかどうか決めかねているようだったが、ようやくいった。「妻の口から〝ちょろまかす〟などという言葉が出たことは、いままで一度もなかったと思うが……。ともあれ、いい作戦だった。またなにか思いついたら、次回はかならずぼくに知らせてくれ、たのむよ。これ以上のサプライズには、ぼくの神経がもたない」

グローリアは知らせると約束した。逃《に》げだそうとしたことをみとめずにすんで、とにかくうれしい。ふり返ってみると、逃げだそうとしたことが急に意気地《いくじ》なしに――それどころか、子どもっぽいことに――思えた。

THE VOICE

ザ・ヴォイス

イン・アトラメント・ノン・エスト・ウェリタス

治安警備隊《ちあんけいびたい》　工場を
〝わが家のような場所〟に

工場で奮闘《ふんとう》するわれらがヒーローたちに、少しでも快適にすごしてもらうため、家具や寝具《しんぐ》や装飾品《そうしょくひん》を工場に運んだ治安《ちあん》警備隊《けいびたい》が、昨日、たたえられた。五大工場を救うためにがんばっている人々にとって大切な品々を、治安警備隊が職場に運びこんだことで、仕事の苦労が少しやわらげられた。

非番《ひばん》の時間を利用して、警備兵《けいびへい》たちは街じゅうの家をめぐり、カーペットや寝具《しんぐ》、写真などの細々《こまごま》したものを運んだ。「ホームシックの特効薬と呼んでいます」と語ったのは、モーベック軍曹《ぐんそう》。彼《かれ》は鍛冶場通《かじばどお》りに暮らすミス・シーヴァルに、ティーポットを返した。

彼《かれ》らの親切をたたえます。

競いあおう！

〈ザ・ヴォイス〉から、今月の〝職場の英雄賞《えいゆうしょう》〟に輝《かがや》いた幸運な勝者に、このすばらしい懐中《かいちゅう》時計を贈《おく》ります。各工場の監督者《かんとくしゃ》が、先月もっとも明るく熱心に働いた人を決定します。来週の火曜日、そのなかから抽《ちゅう》選《せん》で勝者が選ばれます。

ローズ市のカルト教団のうわさ

ローズ市で〝カルト教団への熱狂《ねっきょう》〟が起きているといううわさが入ってきた。ローズ市の住人は異教の魔術《まじゅつ》に夢中になっているという。カルト教団のリーダーは、自分がこの雨を〝ふらせた〟のは、百年前にビッグロック・ダムが建設され、ローズ市に水が来なくなったことに対する復讐《ふくしゅう》だと主張している。どうやって雨をふらせたのか?　生後一日の赤《あか》ん坊《ぼう》と、〝肌《はだ》の乾《かわ》ききった者（老人）〟を生贄《いけにえ》にするのだ。洪水《こうずい》が終われば、そういった恐《おそ》ろしい犯罪行為《こうい》は、アフェイリアの法律によって厳しく裁かれるだろう。しかしそれまでは、そんなうわさが真実ではないことを祈《いの》るばかりである。

今日のアナグラム： 飛んでよチキン

第十四章 ❖ 救出作戦

プレスト市

一日目、料理人はグローリアにどなっていた。二日目、料理人はグローリアに口をきこうとしなかった。三日目、料理人は男の足音が通りかかるのを聞きつけ、おねがいした。

「玄関《げんかん》クローゼットのなかの女が、お茶の時間に糖蜜《とうみつ》入りの丸パンを食べたいそうだ。彼女《かのじょ》にパンをやってもいいかい？」ティモールがキッチンのドア口に立っていた。いっぽうの袖《そで》をまくり上げ、もういっぽうの袖はボタンも留めず、昼食のときのナプキンをベルトにはさんだままで、足元は裸足《はだし》。ひげもそっていない。よれよれで、頭がちゃんと働いていないようだ。

「クローゼットを開けて、あたしが入ってから鍵《かぎ》をかけてください」グローリアはいった。「彼女《かのじょ》と話してみます」

「まさか、食べものがなくなったときのために、彼女《かのじょ》を〝確保してある〟わけじゃあるまいね？」

「ちがいます、だんなさま。それに彼女《かのじょ》は、スプリーマがまだそのへんにいると思っています」

「よし。それじゃ、彼女《かのじょ》をなだめてきてくれるか？　さもないと、ぼくたちは苦境《くきょう》に立たされることになる」

「はい、だんなさま……。でも、おねがいですから――あたしをクローゼットから出すのを忘れないでくださいね」

料理人は樽《たる》に差してあった傘《かさ》を全部出し、逆《さか》さまに置いて椅子《いす》にしていた。いま、そこにちょこんとすわり、ひざの上にお茶のトレイをのせている。グローリアはゆいいつ残っている空間にあぐらをかいてすわり、料理人のひざに体を押《お》しつけていた。

「あんたの作ったチーズトーストだけど――うちの娘《むすめ》はチャツネを少しのせるのよ」料理人は糖蜜《とうみつ》入りの丸パンをワンピースのポケットに入れた。「これは娘の分」涙《なみだ》がぽろぽろと鼻の横から口のはしへと流れていく。「娘に再会するころには石みたいに固くなってるだろうけど、なにもないよりはマシ。娘は糖蜜入りの丸パンが大好きなの。あの子が工場で待っていると思うと、たまらない。母親がもどってこない理由も知らないのよ。わたしが犬の群れに襲《おそ》われたと思うんじゃないかしら？」

「犬って？」

「工場の夜は、すっごく冷えるの！　寒くて、じめじめしてる。眠《ねむ》るところは床《ゆか》しかない。だから、リクシーにわたしのコートを持っていかなきゃならないの。それと、横になれるマットレスとか？」

「つまり、人々は本当に、工場からまったく出られないのね。出なきゃならない事情があって、きちんとおねがいしても、ダメってこと？」

「工場の外には、ほとんどだれもいない――ムカつく治安警備隊《ちあんけいびたい》以外はね。それから、もちろん、金持ち。実業家。議員とかの上流階級も。工場にはいま、これまで一度も工場に入ったことのない人たちがいる――そういう人たちは、給料を出されたとしても（ちなみに、出ちゃいないけど）機械を動かすことなんかできない。いまは水が地面からあふれだすわ、山から流れてくるわで、二十四時間ポンプを動かしつづけなきゃならないの。しかも、食事は仕事場で出すほうが楽だなんていわれてる。そりゃ、お国やなにかを守るために一致団結《いっちだんけつ》しなきゃならないのは、わかるわよ。でも、子どもたちまで巻きこむとなると、どうなのかしら……。湿気《しっけ》が心配なの。娘《むすめ》の肺に悪いんじゃないかって。リクシーは体が弱いのよ」

湿気《しっけ》は問題だ、うん。グローリアは思った。そして一瞬《いっしゅん》、恐《おそ》ろしい光景が頭に浮《う》かんだ――プレスト市をかこむ城壁《じょうへき》の縁《ふち》まで、いっぱいにたまった水。そんなときにスプーンなんて、いったいなんの役に立つの？

「あら、もうスプーンなんて作ってないわよ」料理人はいった。「ポンプを動かしているだけ。それと、ポンプの製作。そうしないと、水位がどんどん上がってきて、機械が故障してしまう……。わたしを行かせて、グローリア。わたしひとりのことなら、カバみたいにここに閉じこめられていてもかまわない――食べ物とまともなお茶をくれるなら――でも、わたしはリクシーのところにもどらなきゃならないの。わたしはこっそり工場を抜《ぬ》けだして、暖かい服を取りに来ただけなんだから……それと、できればマットレス一、二枚と糖蜜《とうみつ》入りの丸パンも」

「それじゃ、まるで監獄《かんごく》じゃない！」とグローリア。「工場はあなたに外出させてあげるべきだわ――あなたは悪いことをしたわけじゃないんだもの！」

「あら、工場はわたしたちの安全を守ろうとしているだけよ。警備《けいび》の人にいわれたわ、出ていったら危険だって。ほら、犬の群れがいるから。だけど、わたしはこういったの――一時間外出させてくれたら、ウイスキーを一本持ってきてあげる。マダムだって、ウイスキー一本くらい出しおしみはしないでしょ？　で、マダムはどこ？　彼女《かのじょ》がクローゼットの前を通る音は、聞いてないけど。とにかく、わたしは工場にもどらなきゃならないの。リクシーがものすごく心配するわ、わたしが犬の群れに襲《おそ》われたんじゃないかって！」

「犬って？」

「もし、あの女に心ってものがあったら――狂犬病《きょうけんびょう》の犬がうろついていようがいまいが――わたしはひざまずいておねがいする。わたしのリクシーを、あの池のような場所から出してください……そしてわたしたちを、わたしと娘《むすめ》を、ここで働かせてください。お給料はいりません――工場ではお給料は出ないんです――わたしたちが働いているのは、公共の利益のためだからだそうです。わたしと娘の寝《ね》る場所は、このクローゼットでかまいませんから」

「でも、ここじゃ棺《かん》おけみたいじゃない！」グローリアは考えもせずにいい、料理人を閉じこめていることに、またもやぞっとした。

「これを棺《かん》おけって呼ぶの？　スプーン工場を見るべきね。工場は大きくて、広々としてるかもしれないけど、それをいうなら、北極だって広々してる。スプリーマも視察に来るべきよ――先月みたいに。いまの状態を自分の目で見るべきだわ」

グローリアはうなずくと、エプロンをはずしながら立ち上がった。「行かなくちゃ」とつぶやいたときには、すでに母音《ぼいん》が口のなかで甘《あま》いトフィーのように変化しはじめていた。

「まさか、視察の栄誉《えいよ》にあずかるとは思ってもいなかったもので、マダム……」

第一工場（スプーン）のオーナーは、第三工場（フォーク）でおこなわれる会議に出かけていた。工場長と副工場長も。というわけで、マダム・スプリーマを出迎《でむか》える役目は、製造監督《かんとく》者《しゃ》にふりかかった。監督者は真っ赤になってあやまりながら、追われるウサギのような表情で出迎えた。そのほうがマシになると思ったのか、かけていた眼鏡《めがね》をむしりとるようにはずす。

「また訪問しますといったでしょう」とグローリア。「だから、こうして来たんですよ！」

金属とオイルのにおいは、湿気《しっけ》とカビのにおいにかわっていた。ヒギーを見つけなきゃ！

どうしてもヒギーを見つけなきゃ！

研磨室《けんましつ》を通りぬけ、とにかく早足で歩いていき、グローリアは常に監督者《かんとくしゃ》の先を行くようにした。犬のデイジーさえ、駆《か》けださなくてはならないほどの速さで歩く。グローリアはまっすぐハッチへ向かった。前回は、そこから地下へ下りたところで、ヒギーを見つけた。ポンプを動かす大きな音が、頭のなかでひびいている気がする。スピーカーから流れる陽気な行進曲は、耐《た》えがたい騒音《そうおん》をさらにひどくしているだけだ。研磨室からは、新たにノコギリを引く音が聞こえてきた。

「スプーンからポンプの製造に切りかえています……おわかりかと思いますが、マダム」監督《かんとく》者《しゃ》は息を切らして、必死にグローリアについてくる。「ビームポンプとホースの製造です。あくまで一時的なものです。状況《じょうきょう》が元通りになるまでのことです」

地下室へ通じるハッチは閉まっていたけれど、ハッチの枠《わく》はガタガタと震《ふる》えている。まるで囚人《しゅうじん》たちが下から脱出《だっしゅつ》しようとしているかのようだ。

「あの、おねがいが……」グローリアはそこで自分を止めた。「いまから、下の作業員たちを訪ねます」といい直し、ハッチを指さす。

返事をするように、ハッチがわずかに持ち上がって閉じた。その下から水があふれてくる。ハッチは水に浮《う》かんでいるのだ。「えっ、ウソ……。みんな、おぼれてしまったの？」

グローリアのかん高い声に仰天《ぎょうてん》した監督者《かんとくしゃ》は、うっかり眼鏡《めがね》を落としてしまった。「いえ、いえ！　そうではありません、マダム。水位が……ずっと上がりつづけていましたでしょう？　われわれはポンプを地下室から引き上げなくてはならなかったんです。一階まで。わかりますか？」

というわけで、彼《かれ》らはそうしていた。機械室では、ポンプを動かす音と、パイプが水を吸いだす音がひびいている。何台ものポンプが、静かにたたずむ役に立たない巨大《きょだい》なスプーン製造機のあいだを、ほぼうめつくしていた。

いまや、男性も、女性も、少年も、可動式の横木を動かしている。横の部屋へ通じるドアが開いていて、悪夢のような光景が見えた。細長いゴムがヘビのようにからまりあい、もつれたりねじれたりしている。その中心にいるのは、顔を布でおおった少女たちだ。悪臭《あくしゅう》ただよう空気に、すすのようなものがそこらじゅうに舞《ま》っている。一瞬《いっしゅん》、グローリアは気絶するのかと思った。視界に黒いものが点々とあらわれたからだ。けれど、ゴムの小さな破片が空気中を雪のようにただよっているだけだった。

「ホースです」監督者《かんとくしゃ》はあわてて、そのドアを閉めた。「光栄なことに、われわれはほぼ毎日、ノルマを達成しております。先週は、ナイフ工場とフォーク工場より多くのホースを製造しました」

そういうことだったのか！　夜に運びだされるテーブル。タイヤをはずされたバス。グローリアははっと気づいた。工場は手に入るすべてのゴムと木材が必要なのだ——ゴムは、あふれる水を城壁《じょうへき》の外まで運ぶホースを作るため、そして木材はポンプを作るため。ポンプとホース！　じゃあ、あたしはすっかり誤解して、罪のない治安警備隊《ちあんけいびたい》を非難してしまったってこと？

ほっとしたことに、クッションやまくら、時計といった細々《こまごま》としたもの、おもちゃや楽器も、グローリアの目に入ってきた——どれも恐《おそ》ろしくじゃまだけれど、確かに〝家にいるような雰《ふん》囲気《いき》〟をかもしだしている。グローリアが足を止め、壁《かべ》に立てかけられた馬の絵に感心していると、絵の持ち主が小声で話しかけてきた。「あの卑劣《ひれつ》な治安警備隊《ちあんけいびたい》が略奪《りゃくだつ》していたんですよ。けど、けっきょく、だれかがひと言いってくれたにちがいない——あいつらをねじふせてくれたんでしょう。全部——なにもかも——返せって！　あいつら、これをうちの居間の壁からはずしていきやがった——けど、もどってきたんです、ほら！」返事の代わりに、グローリアは驚《おどろ》きで息をのんだ……それでも、治安警備隊について自分の判断が正しかったことがわかり、ずいぶん気が楽になった。

デイジーは後ろ脚《あし》のあいだにはさんでいたしっぽを解放し、グローリアのそばからはなれた。ポンプを動かす人々のなかに、友だちのにおいがする。ヒギーだ。ゴールデンレトリーバーはグローリアの注意を引こうと、大きな声でほえた。

デイジーがいなかったら、グローリアは友だちに気づかなかっただろう。ヒギーの丸いぽっちゃりした顔は、穴のあいたサッカーボールのようにげっそりして、髪《かみ》は三トーンくらい暗くなっていた。ベルトはいちばん細いところで締《し》めているのに、ズボンのウエストがあまって腰《こし》の骨に乗っかり、いまにも倒《たお》れそうだ。デイジーがヒギーの胸に前足をかけると、ヒギーは押《お》し倒されそうになった。

ヒギーはつかんでいた横木を放し、犬を一生の友のように抱《だ》きしめた。そして彼《かれ》とグローリアはおたがいを見た――彼は濃《こ》い黒のヴェールを、グローリアは友だちを。

その瞬間《しゅんかん》、グローリアはヒギーを連れて帰らなくてはいけないとわかった。こんなところに置いていけない。ヒギーをあたしの秘書にすればいい！　そうよ！　できないことはないでしょ？　工場にはポンプを動かす人が何百人もいるんだから、少年ひとりくらい手放せるはず。というか、最高権力者であるスプリーマのおねがいを断る度胸なんて、あるわけがない！

「かわいい犬ですね、マダム」ヒギーがいった。「安全な家から出さないほうがいいですよ、ほかの悪い犬たちに襲《おそ》われないように。デイジーは、バターみたいにやわらかいんだから」

声変わりしてる！　グローリアは笑いたくなった。〝まあ、こちらの男性はどなたかしら〟といってみたい！「ええ、バターみたいにやわらかいわね」

「おれたちは親友なんだよな、デイジー？　マダムのメイドのグローリアのことです――彼女《かのじょ》とおれは、知り合いなんです」ヒギーは充血《じゅうけつ》した目を、ほこらしげに輝《かがや》かせた。

〝ぜんぜんわかってないじゃない〟グローリアは心のなかでいい、実際にはこう返した。「一日、お休みにしましょう。みなさん！　全員に休んでいいと知らせてください、監督者《かんとくしゃ》さん！　休日にします！」

すきま風の入る廊下《ろうか》で、敷物《しきもの》が持ち上がり、はしからはしまで波打っていくように、その知らせはたちまち工場じゅうに広がった。カタン、カタン、カタン……。ポンプが一台、また一台と静かになっていく。伝える声は千倍に増え、どんどん大きくなって、騒々《そうぞう》しい音楽にも負けない音量になる。金《かな》づちやのこぎりの音もやんだ。グローリアは、歓声《かんせい》が上がるのを待った。

ところが、歓声《かんせい》はひとつも聞こえてこない。少しずつ、いろんな音が再開していく――ポンプ、のこぎり、金づち、溶接《ようせつ》。

監督者《かんとくしゃ》が気づかうように、せきばらいをした。「それは親切なお考えですが、マダム、市民は工場から出るのを恐《おそ》れております。犬の群れのことで」

「犬の群れ？」

「凶暴《きょうぼう》な犬の群れですよ、マダム。狂犬病《きょうけんびょう》にかかった犬たちです。まだつかまらずに、うろついています。生き物を殺すんですよ」監督者《かんとくしゃ》は壊《こわ》れた眼鏡《めがね》に目を落とした。彼《かれ》の口調には、もうあまり敬意がこもっていない。〝狂犬病の犬のことくらい、だれでも知っている〟とほのめかしているのだ。

「もちろん、その群れに、わたしたちの飼い犬は入っていませんか、マダム」銀の縁《ふち》どりのあるティーカップでグローリアにお茶を運んできてくれた女性がいった。「ペットはみんな、ウエルカムセンターがあずかっているんです。猫《ねこ》。犬。ウサギ。わたしたちはここにペットを連れてくるしかなかったんですけど、治安警備隊《ちあんけいびたい》が来てセンターへ連れていったんです――動物園の近くらしいんですが」

やせ細った十代の女の子が、ホースのある部屋からはいだしてきた。着ている夏物のワンピースは、もとは薄《うす》いブルーだったのだろう。この寒さには、まったく合わない格好だ。「わたしは休みをとる！」女の子はいった。「スプリーマがすすめてくれたんだから、わたしは休みたい！」じゃまする者は許さない、という顔だ。

「気でもちがったのか？　犬に襲《おそ》われたらどうすんだよ？」ヒギーがいった。「新聞、読んでないのか？　おれなら、金をもらったって、ここを出る気はないね」

「ほっといて」女の子はいい返す。「あたしにはしなきゃならないことがあるの！」

監督者《かんとくしゃ》は少女に行けというように両手をふり、警備員《けいびいん》を探してあたりを見まわした。

「そういえば、思い出したのだけれど……」グローリアは口を開いた。「するべきことが山積みで、手伝ってくれるメイドがひとり必要なの。この子なら、ちょうどいいわ、監督者《かんとくしゃ》さん。彼女《かのじょ》をゆずってくださるわよね。いらっしゃい、あなた――デイジーも連れてきて」

来たときと同じ速度で、マダム・スプリーマは第一工場（スプーン）を出ていった。その後ろを、ひょろっとした少女がデイジーに引っぱられていく。

お屋敷《やしき》へ帰る車のなか、グローリアはずっと目をこらして、店の戸口や路地の奥《おく》、庭のなかに狂犬病《きょうけんびょう》の犬がいないか探した。これからは、毎日ちゃんと新聞を読まなきゃ。

そのとき、ふと思った。そういえば、何日も新聞を見ていない。たぶん、最近は工場にしか配達されていないのだろう。当然だわ！　新聞配達の少年も工場に駆《か》りだされてるんだもの！

「アッピス、悪いけど、毎朝わたしのところに〈ザ・ヴォイス〉を持ってきてくれる？」

「かしこまりました、マダム」運転手はいった。

「アッピス、人々がうわさしている狂犬病《きょうけんびょう》の犬って見たことある？」

「ええ、ありますとも、マダム。それもたくさん」

あたしがひと晩じゅう玄関《げんかん》の階段にすわっているあいだに、野犬の群れが街をうろつき、口から泡《あわ》をふきながら公園にひそんで、生き物を殺していたなんて！　そう考えたら、ぞっとして冷や汗《あせ》が出てきた。心臓がドキドキしておさまらない。

「今日は働けません、マダム」後部座席の隅《すみ》でうずくまるナナフシがいった。いつまでもむすっとしているところを見ると、十四歳《さい》くらいだろう。スプリーマにさえ反抗《はんこう》してやろうと、あごを突《つ》きだしている。「ママを探さなきゃならないから」

「その必要はないわ」とグローリア。

「あるってば」

「本当にないのよ、リクシー。あたしがもう探しておいたから」

第十五章 野犬

棺《ひつぎ》にどんどん水がたまっていく。雑種犬のハインツは腹まで水につかり、ボクルマを口にくわえていた。すると棺が浅瀬《あさせ》に乗り上げ、からまりあった木の根の下にひっかかった。二匹《ひき》の犬はひとしきり苦労して、木の根のあいだから土手によじのぼった。

岸に上がると、ハインツは本能的にもと来た方向へ、茶色い丘《おか》とクレム少年のほうへひき返そうとした。だが、二匹《ひき》を上陸させる場所は川が決めたように、二匹の行ける場所を決めるのは地形だ。いまいるのは、道のない森のような湿地帯《しっちたい》。ここはトカゲの土地、オオカミとイノシシの国、ヘビとヒアリの領土だ。ハインツはどっちへ鼻を向けても、背中の毛が逆立《さかだ》った。

それでも、クジャクに出くわしたのは、うれしい驚《おどろ》きだった。

きっとどこかの別荘《べっそう》の庭か動物園から迷いでて、洪水《こうずい》に追われ、この荒《あ》れた湿地帯《しっちたい》に来たにちがいない。排水口《はいすいこう》に流れこんだ宝石みたいだ。ちょうどいま、クジャクはその美しい尾羽《おばね》を引きずって、イラクサの茂《しげ》みを進んでいく。ボクルマはクジャクに飛びかかり、鳥の頭の後ろに嚙《か》みつこうとした。ところがクジャクは走りだした。背中にボクルマを乗せたまま、走りつづける。ハインツはあとを追い、クジャクの尾羽に飛びつこうとする。開けたところに出てようやく、クジャクが止まった。といっても、止めたのはハインツでもなければ、ボクルマでもない。

目の前にあらわれた犬の群れは、全部で十二匹《ひき》。どの犬も歯をむき、耳を寝《ね》かせ、恐《おそ》ろしいうなり声を上げている。野犬たち――野良犬《のらいぬ》たち――は考えをひとつにしているか、考えることをすっかりあきらめ、ただ群れのリーダーに従っているようだった。

野犬たちはクジャクを引き裂《さ》き、カラフルな爆発《ばくはつ》現場にしてしまった。ボクルマは横に放りだされた。ハインツは少しはなれたところにすわって、身じろぎもせず、しっぽを脚《あし》のあいだにはさんでいる。ネズミに噛《か》まれた腰《こし》の傷口がまた開き、温かい血がたれてくる。ハインツは転がって腹を見せる服従の姿勢は取らなかった――あたりには、血に飢《う》えた気配が濃厚《のうこう》にただよっている。ハインツはただひっこんでいた。どうぞどうぞ、全部、みなさんのものです――礼儀《れいぎ》正しく、そうしめしているのだ――おれは空腹じゃないんで。

クジャクではたいして腹の足しにはならない――羽根ばかりで、肉はちょっぴりだ――が、群れはその後、鬼《おに》の首でも取ったかのようにふるまった。しっぽをぴんと立て、頭をピストルのように上に向ける。ボクルマはひと口ももらえなかったのに、勝利のパレードにくわわった。堂々と先頭を行くのは、もちろん群れのリーダー――名無《ナナシ》しだ。なめらかな灰色のたるんだ皮《ひ》膚《ふ》には毛がなく、まるで生まれたての怪物《かいぶつ》のよう。目も皮膚と同じ灰色なので、亡霊《ぼうれい》みたいに見える。

「野犬だ」ナナシはいった。ハインツに挑《いど》んでいるのだ。

「へえ、そうなんだ?」とハインツ。二匹《ひき》はたがいを見定めようとした。ナナシには、ハインツより見定めるべきところが多かった。それも、かなり。ナナシの根本だけになったしっぽから、上の歯が下の歯よりわずかに出た口元までは、子牛ほどの大きさがある。

「自由な犬たちだ」ナナシはいった。「もう、つながれちゃいない」

ハインツはぽりぽりと耳をかく。

「強い群れだ。最強のな」とナナシ。

ハインツは思いきり伸《の》びをする。

ナナシはハインツを切り株にたたきつけ、胸の上に立ち、雑種犬ののどに口をのせた。「仲間になるか？」

のどに押《お》しつけられた口が重くて、ハインツは声も出ない。首にたれてくるよだれは、自分のよだれではない。

ボクルマがさっとハインツのお尻《しり》に近づいてきて、鼻をくんくんさせると、かん高い声でほえた。「なかまなる。なかまなる」


ナナシの群れには、とくに意見はなかった。リーダーが代表して話し、残りの犬たちは適当にうなっているだけだ。ハインツはそんなタイプの犬ではなかった。考えることをやめるなんて、できない。クレム少年を忘れるなんて、できない。ハインツは家族とくらす犬で、この悪党たちはハインツの家族じゃない。

それでも、野生のくらしには魅力《みりょく》があった。古い先祖たちの血が、血管のなかでうたいだす。群れでともに走る犬たちは、兄弟姉妹《きょうだいしまい》、仲間で味方。おまけに、食べ物は最高……。

……それに、狩《か》りは楽しかった——遠ぼえのコーラス、ちらつく光と影《かげ》のなかを駆《か》けぬける追跡《ついせき》、駆《か》けっこ、そしてもちろん獲物《えもの》も。獲物を追って、野バラ、イバラ、イラクサの茂《しげ》みをぬけ、浅瀬《あさせ》をわたり、左右に分かれてとりかこむ。そこでナナシが飛びかかったあと、残りの犬たちが乱入してとどめを刺《さ》す。その味ときたら、頭上の雷《かみなり》すらかき消すほどだ。

生肉を食べているおかげで、ハインツはたちまち体調がよくなり、健康になって、不安や疲《つか》れで具合が悪くなることも少なくなった。クレムはきっと見つかるだろう。いずれ、そのうち。それまでは、水につかった湿地帯《しっちたい》こそ、犬が成長できる遊び場だ。

第十六章 ✣ 審判《しんぱん》の日

プレスト市

閉じこめられていた玄関《げんかん》クローゼットから出された料理人は、グローリアをうらんでいないようだった。なにしろ、娘《むすめ》のリクシーを連れてきてくれたのだ。料理人はすっかり感心していた――グローリアは、ただクローゼットに夕食を運んでいただけじゃないのね。

料理人が朝食を作ってリクシーが給仕《きゅうじ》するようになると、グローリアは朝食の時間、なにをすればいいのかわからなくなった。キッチンと居間のあいだの通路にたたずんで、パンとジャムがほしいなと思っていると、親子が小声で自分のことを話しているのが聞こえてきた。

「〝本物〟はどこにいるの？　始末されちゃったのかな、どう思う？　庭に埋《う》まってるとか？」とリクシー。

「グローリアはあんたをスプーン工場から助けだしてくれたのよ、リクシー。本物はだれも助けやしない」

「だけどグローリアは、スプリーマのふりをしてることがわたしたちにバレてるって、知ってるんだよ！　てことは、たぶん、わたしとママのことも殺したがるってば！　わたしたちをだまらせるために――秘密を守るために」

「バカなこといううんじゃないよ。グローリアはわたしの夕食に毒を盛って、クローゼットのなかに放置しておくこともできたのよ？　でも、そんなことはしなかった。わたしをクローゼットから出して——もう工場にもどる必要はないといってくれたのよ。わたしがたのんだとおりにして、あんたを助けだしてくれたから、わたしたちはいまここに無事でいられるの。グローリアがあんたを入れてくれた部屋は、記念式典におとずれたサモス島の大使が泊《と》まった四柱式ベッドの部屋なんだよ！」

「ただの口止め料じゃん」とリクシー。

「あら、わたしにそんなものはいらないわ。口止め料なんてもらわなくても、秘密はしゃべらない。それどころか、もしマダム・スプリーマがだんなさんに切り刻まれて、トーストにのっけて食べられていたとしても、かまわない。やたらと怒《おこ》りっぽいんだもの、あの女。理由もなくわたしをクビにして、未払《みばら》いのお給料もはらわないんだから。ここでずっと料理人をしていたら、わたしたちはそもそも工場へ行くことなんてなかったのよ。でも、こっちのスプリーマは、あんたを工場から連れだして暖かいベッドをあたえてくれた。ほらほら、文句はやめて、パンを食べちゃいなさい」

　グローリアはそっとキッチンからはなれると、リビングのドアをノックして、なかに入った。テーブルに着いたものの、なにもいえない。なにから話せばいいのか、わからない。

「スタッフがもどったようだね」ティモールがグローリアを見もせずにいった。「喜ばしいことだ」なぜか、夜が明けるたびに、疲《つか》れと怒《いか》りが増していくように見える。ティモールの目にはクマができ、清潔なシャツもカフスを留めるのもあきらめてしまったようだ。

「はい、だんなさま。リクシーは料理人の娘《むすめ》なんです。あたしが第一工場から連れてきました」

「まるで、おみやげだな」

「まるで、カカシみたいな子です。工場では、あまり食べ物がないんです。それに寒くて。それであたし、リクシーにメイドになってもらえばいいと思ったんです！」

「二番目のメイド、というわけだ」

またもや、グローリアの胸に芽生えていた小さな誇《ほこ》りはしぼんで、枯《か》れてしまった。工場や応接室ではマダム・スプリーマとしてあつかわれても、ティモールはあたしがただのメイドだってことを知っている。自分の妻のヴェールと靴《くつ》と手袋《てぶくろ》を身に着けた、ただのメイドだってことを。

「それで、料理人とリクシーには、われわれの状況《じょうきょう》を認識させるべきだろうか？」ティモールはたずねた。

「どういう意味ですか、だんなさま？　よくわから――」

「ふたりに、いま起きていることを説明するのか？」

グローリアは身をすくめた。これ以上、彼《かれ》をいらだたせたくない。「もう知っていると思います、だんなさま」ティモールの顔に浮《う》かんだ表情に、グローリアはあわててつけたした。「でも、心配いりません！　本当です！　あたしたちがマダムを殺していないかぎり、だいじょうぶ。実際、そんなことしてないんですから」

ティモールはバターナイフを暖炉《だんろ》に投げつけた。ナイフの当たった装飾《そうしょく》タイルが割れた。やがてティモールは両手に顔をうずめ、だまりこんでしまった。沈黙《ちんもく》の時間は四日間にも思えた。

だれかが話さなきゃ。「みんなのペットは、飼い主が工場にいるあいだ、ウェルカムセンターがあずかっているそうです。今日、訪問してもいいですか？　あの、ペットのほうです、工場じゃなくて。ペットたちを元気づけたいんです。訪問したら、あの――ペットを元気づけられると思いますか？」さらに、二週間か四週間待たされた気がした。大人の男の人が暖炉《だんろ》に物を投げつけたうえに、目の前で胸が張り裂《さ》けんばかりに泣きだしたら、どうすればいいの？　そういうことが書いてあるマナーの本はどこ？　ぜったいにまずいことをいわないように、グローリアはティモールの助言をあおぐことにした。「この件に関するあなたの意見は、だんなさま？」

　ティモールは両手をひざの上に置くと、テーブルの隅《すみ》から身を乗りだし、鼻がグローリアの鼻に触《ふ》れそうなほど顔を近づけた。「ぼくに意見などない」

　グローリアは心底驚《おどろ》いた。「本当ですか？　まったく、なにも？」

　今度はティモールが驚《おどろ》いて、頭にかかっていた濃《こ》い霧《きり》がいくらか晴れたようだった。彼《かれ》は立ち上がると、サイドボードの上にある〈てっぺん邸《てい》〉を描《えが》いた油絵に近づき、じっと見つめた。

「ここがどんなところか、知っているか？　以前はネズミがいたものだ。ぼくたちが引っ越してきたときは、そこらじゅうにいた。屋根裏はネズミだらけだった。古い建物だし、先代の男性最高指導者《スプリーモ》はネズミにかまわず共存していた。しかし、マダムはお気に召《め》さなかった。ネズミに強い難色をしめしたんだ。一週間以内に、ネズミはすべて駆除《くじょ》されたよ。それと同じで、以前はわたしにも意見があった。それはもう、たくさんの意見が。だが、マダムはお気に召さなかった。というわけで、ひとつ残らず駆除された」

置き時計の後ろから、ティモールは六回折りたたまれたしわくちゃの便箋《びんせん》を引っぱりだした。気象学者たちがスプリーマに手わたしたものだ。ティモールは便箋を広げた。読んだ。そして胸のポケットに入れた。「犬たちのところへ行ってきなさい、グローリア。ただし、今日は生き物も人間も拾ってこないように。わかったか？　リムジンで行きなさい。ぼくは裁判所まで、わざわざアッピスに送ってもらう必要はないから。歩いていくほうがいい。ぼくがどこへ行ったのか、彼《かれ》にはぜったいにいうんじゃないぞ。いま、ぼくが話したことをいってごらん」

「だれもお屋敷《やしき》に連れてこないこと。だんなさまが裁判所へ行ったことは、アッピスにいわないこと」

グローリアは朝食のテーブルに置かれた新聞をちらりと見た。そのとたん、ティモールが裁判所へ行く理由がわかった。新聞には、こんな見出しがおどっている。

気象局員の裁判
今日、始まる

グローリアが運転手を呼ぶブザーを押《お》したか押さないかのうちに、アッピスの車が表に到《とう》着《ちゃく》した。さすがに気味が悪い。だれでもたいてい、立ち上がってべつのことをする前に、それまでしていたことを終わらせなくてはならないものだ。なのに、アッピスはちがう。ブザーが一回鳴っただけで、もう玄関《げんかん》にいたのだ。車は門の向こうで、エンジン音をひびかせている。

「〈ペット・ウェルカムセンター〉まで行ってください」グローリアは車に乗りこんだ。

ぎこちない間《ま》があった。「それはどこにあるんですか、マダム？」

「動物園の近くと聞いたから、そのあたりに行けば、鳴き声が聞こえるんじゃないかしら」

「ガソリンがほんのわずかしかありません、マダム」

グローリアはじっと動かなかった。いっしょに犬たちのようすを見にいくって、デイジーと固く約束したんだもの。

「新しいメイドが入ったんですね、マダム」アッピスは鏡を見ながら、かぶっている帽子《ぼうし》を整えている。「玄関《げんかん》に出てきました」

「ええ。リクシーというの」

「彼女《かのじょ》の身元調査《ヴェット》はしたんですか？」

「獣医《ヴェット》？」グローリアの頭に、犬がノミやジステンパーの検査を受けているようすが浮《う》かんだ。

「してないと思うけど」

「職員は全員、身元調査をしなくてはいけません。ご自身の安全のためです、マダム。無政府主義者の可能性だってあるんですよ。スパイや、やっかい者かも」

「それくらい、わかってるわ」グローリアはわかっていた。あれこれ質問して、なにも知らないことがバレてはいけない。残念ながら、公共の場では、グローリアの無知は少しずつずり落ちるペチコートのようなものだった。でもいまは、ずり落ちているのがはっきりわかる。「あなたは身元調査を受けたの、アッピス？」

運転手はバックミラーごしにグローリアを見た。「わたしは特別護衛官《ごえいかん》です、マダム。いうまでもありません」

「あら！　そうよね……もちろん、知っていたけれど、すっかり忘れていたわ。失礼。ティミーとわたしにとっては、ただのアッピスだから」神経質なクスクス笑いが間欠泉《かんけつせん》のようにこみ上げてきて、のどが苦しい。グローリアは窓を下げて歌いたい気分だった。

♪アッピスなら手をたたこう
　アッピスなら……

だめだめ！　スプリーマがクスクス笑ったことなんてあった？　ないわ、ただの一度も。グローリアはヴェールの内側に指を入れ、強く噛《か》んだ。「〈ペット・ウェルカムセンター〉まで、おねがい」

「失礼ですが、マダム、それはあまり賢明《けんめい》ではないと思います」

とつぜん、グローリアは自分がまちがっている状態にうんざりしてきた。クスクス笑いは小さな怒《いか》りのうなりにかわり、まるでスズメバチでものみこんだかのように騒《さわ》ぎだした。「わたしのことを賢明《けんめい》じゃないというのね、アッピス。バカみたいってことかしら、アッピス？」しかも、ついに完ぺきな発音ができた――ドレスを着た有刺鉄線《ゆうしてっせん》だ。

アッピスが車を走らせて一時間がたった。窓を下げているのに、動物園のそばを通っても、猛獣《もうじゅう》の咆哮《ほうこう》も、象《ぞう》のかん高いおたけびも、鳥の歌声も聞こえない。とうとう運転手はいった。「たいへん申しわけありません、マダム。どうしても見つかりません」そしてグローリアの返事も待たず、お屋敷《やしき》へひき返した。

ゴールデンレトリーバーのデイジーが、ずっとグローリアの手をつついている――ぐい、ぐい、ぐい。なでてほしいのだ。さらに、べつのことがグローリアの意識をつついていた――裁判所ではどうなってるのかしら？　いまごろ、ティモールはたぶん、気象学者たちの持ってきた手紙を見せているだろう。とんでもないあやまちは、きっとただされる。そうでしょ？　だれも牢屋《ろうや》に入れられることはないはずだ。

ぐい、ぐい、ぐい。

でも、もし天気予報の人たちの無実が証明されたら、どうなるの？　裁判所はだれをとがめるんだろう？

法曹院《ほうそういん》と法科大学の前を通りかかったとき、車がプスプスと音を立て、燃料切れで止まってしまった。グローリアには、これが今朝《けさ》初めて起きた本当に偶然《ぐうぜん》の出来事に思えた。

アッピスがガソリンを探しに行っているうちに、グローリアと犬はさっさと車を降りて姿を消した。とつぜん、動物園とほかのみんなのペットより、はるかに重大な用事ができたのだ。

裁判所は角を曲がってすぐのところにあった。エントランスホールの天井《てんじょう》は、みぞの彫《ほ》られた柱に支えられ、低い雲くらいの高さにあった。そこには外国の神々が描《えが》かれていて、神さまたちがまとっている衣は、この天気にしては少なすぎる。グローリアはベンチにすわり、だれにも見られていないのを確かめてから、帽子《ぼうし》を取って髪《かみ》を下ろし、コートを裏返しに着た。ぐい、ぐい、ぐい――デイジーはおなかを空《す》かせているけれど、グローリアは犬にあげるおやつを持っていない。

もし〝マダム・スプリーマ〟が証言するよう法廷《ほうてい》に呼ばれたら、どうなるんだろう？　あたしがマダムのふりをしなきゃならないの？

「あの日、あなたは合わない眼鏡《めがね》をかけていましたか、かけていませんでしたか？」

「もちろん、かけていません。わたしはウソをついていました」グローリアはそういわなくてはならないだろう（法廷《ほうてい》で証言する人は、真実をいわなくてはならないからだ。ウソをついたら、炎《ほのお》につつまれて死ぬ。ヒギーがそういっていた）。「最後の列車に乗って街から出られるように、城門を開けたままにしておきたかったんです」

「しかし、マダム、あなたは最後の列車に乗らなかったではありませんか」（裁判官はそういうだろう）「なぜなら、あなたはまだここにいらっしゃる。馬鹿《ばか》げた帽子《ぼうし》にふりふりのワンピース、ニワトリの足みたいに見える気取った手袋《てぶくろ》を身に着けて」

そこで、一点のくもりもない真実が明らかになるだろう。

そしてティモールは、メイドにスプリーマのふりをさせた罪で逮捕《たいほ》される。さらに、世間をだました卑劣《ひれつ》なメイド本人は……。

ティモールがとんでもない災《わざわ》いを引きよせているあいだに、グローリアはほかの犬たちをかわいがりに行くことを選んでいたのだ。

「いいかね、卑劣《ひれつ》な悪いメイドよ」（裁判官はいうだろう）「おまえはアフェイリアの最高指導者のふりをした。それは、だれもが知る重い反逆罪である」

「おい、そこのあんた！」がらんとしたホールに、大きな怒声《どせい》がひびいた。

グローリアはとっさに、降参と両手を上げそうになった。けれど実際は、帽子《ぼうし》と手袋《てぶくろ》の上にすわって隠《かく》した。「ここにそんな動物を入れてもらっちゃ、こまるよ！」守衛《しゅえい》はクリップボードでデイジーを指す。「連れて出ていってくれ！　ここは裁判所だぞ！」

グローリアは急いで出ていった。下を向き、わざと足を引きずってよろけるように歩き、だれにもスプリーマとまちがえられないように逃《に》げた。デイジーはグローリアのよたよた歩きについてくる。ところが、その後ろから足音がする――足音はどんどん速くなり、少女と犬に追いつこうとする。手がグローリアの二の腕《うで》をつかんだ。

「きみがここにいることを、アッピスは知っているのか？」耳元でティモールがいった。

グローリアは心臓がのどまでせり上がってきて、首をふるだけでせいいっぱいだった。

ティモールは裁判に出るため、きちんとした服装をしていたけれど、追いこまれて後ろめたそうな顔をしているせいで、せっかくのコートと靴《くつ》が盗品《とうひん》みたいに見える。おまけに髪《かみ》まで汗《あせ》びっしょりだ。

「どうなりましたか？　マダムの眼鏡《めがね》のことを説明したんですか？」グローリアはたずねた。

ところが、ティモールに説明する機会はなかったという。手紙を見せることも、妻のウソをわびることも、罪のない気象学者たちを救うこともできなかった。どうやら、〈ザ・ヴォイス〉はめずらしいまちがいをおかしていたらしい。

「裁判は昨日だった」

どうも、被告人《ひこくにん》たちは裁判にも出られなかったようだ。彼《かれ》らは拘置所《こうちしょ》から有罪の答弁を提出していた。彼らに代わって証言してくれる人は、だれもいなかった。そして裁判に出席できないまま有罪となり、十五年の重労働をいいわたされていた。

「面会したいとたのみましたか？」

「それは不可能だといわれたよ」

「どうして、有罪の答弁なんて――」グローリアは空《くう》に向かって話していた。ティモールはすでに歩きだしていたのだ。

ふたりはだまりこくってお屋敷《やしき》への坂道をのぼり、グローリアはマダムの変装を直しながら、置いていかれないように走っていった。だんだん、ふたりの足音が工場のポンプのにぶい音とそろっていく。プレスト市の心臓の鼓動《こどう》は、日に日に大きくなっていた。


午後、グローリアはメイドの制服に着がえ、お屋敷《やしき》を上から下まで掃除《そうじ》した。料理人はティモールの執務室《しつむしつ》の前に夕食のトレイを置いておいたけれど、寝《ね》る時間になっても食事は手つかずのままで、最後にはうっかり犬のデイジーに食べられてしまった。

十五年？　グローリアが生きてきた年月と同じ長さだ。ベッドに横になって、グローリアはこれまでのことを、十五年間の人生で経験してきたことをすべて思い返してみた。眠《ねむ》れるわけがない。天気予報の人たちは眠っていないだろう。グローリアは彼《かれ》らの未来を想像してみた。来る日も来る日も、なにもない未来。家族に会えない。家に帰れない。犬もいない。天気予報の仕事もできない。してもいないことで、有罪をみとめる人なんている……？

まくらのどちら側を向いても眠《ねむ》れない――小さなベッドのどこで寝《ね》ても眠れない。グローリアはベッドの足元にまくらを置いて寝てみたものの、どうにもならなかった。十五年なんて！

いちばんいいのは一分一分を眠ってやりすごすことだけれど、刑務所《けいむしょ》の看守《かんしゅ》と〝重労働〟で、天気予報の人たちはきっと眠れないだろう……いまのグローリアと同じように。

マダムの帽子《ぼうし》と服は、ドアの裏側のフックにかけられ、むっつりとだまりこくっている。

「あなたなら、そうしたいと思いさえすれば、なにかできたのに。ガミガミおばさん」グローリアはドアの裏にかけられたマダムの抜《ぬ》けがらに向かってつぶやいた。

執務室《しつむしつ》のドアの下から、ランプの明かりがもれている。廊下《ろうか》の時計は四時十五分を指していた。

「安心してください！　どうすればいいか、わかりました！」グローリアは声を張り上げ、ドアをドンドンたたいた。「あたしなら、なんとかできます！」

ティモールの執務室《しつむしつ》には、だれも入ってはいけないことになっている。ぜったいに。メイドは入ってはいけない。だれも入ってはいけない。ティモールがドアを開けると、なかの散らかりようで、メイドが一度も片づけに入ったことがないのがわかった。グローリアは（主寝室《しゅしんしつ》に彼《かれ》を探しに行くまで）知らなかったのだが、じつはティモールは執務室の質素な小さいベッドで眠《ねむ》っていた。ベッドの上には、格子《こうし》つきの窓がある。その格子が、いまはとりわけ恐《おそ》ろしく見える。

ティモールはドアの側柱《そくちゅう》にもたれかかった。「やめろ。もう、やめてくれないか？」その顔はアイロンがけに失敗した洗濯物《せんたくもの》みたいに、しわが目立つ。昼間のままのかっこうをしているので、服もしわだらけだ。「もう、スプリーマのふりはしなくていい。そもそも、きみにそんなことをたのむべきじゃなかったんだ……。聞いてくれ。こういうことにしよう……。聞いているか？　昨日《きのう》、マダム・スプリーマは城壁《じょうへき》から身を投げた。プレスト市の苦難とそれに加担してしまった自分の行動に、耐《た》えがたい悲しみを覚えたからだ。手紙についてウソをついたのは、みんなの希望と幸福を守りたかったからとはいえ、非常におろかな行動だった」

「身を投げた……？」グローリアは城壁《じょうへき》の向こうを怒濤《どとう》のように流れる水を見て、くらくらしたことがある。いま、あのときと同じ、めまいのするような感覚に襲《おそ》われていた。あざやかなブルーとグリーンのシルクのワンピースを着たマダムが、カワセミのように川へ飛びこむ姿が、まざまざと目に浮《う》かぶ。「いやです」

「もう寝《ね》なさい、グローリア」

「ウソをつくなんて、だめです――そういうウソはだめ。それに、ウソをつく必要なんてありません。あたしが許してくれるようにおねがいすればいいんです！」

「なんだって？」

「あの、正確にはなんていうかわからないんですけど、とにかく〝許す《パードン》〟っていう意味の言葉です。あたしはスプリーマです。あたしが許すといえば、ぜったいに囚人《しゅうじん》を出してあげなきゃならないはずです。彼《かれ》らがなにをしたとしても。ちがいますか？」

廊下《ろうか》をはさんだ向かいにあるキッチンでは、犬のデイジーが目を覚まし、エナメル製の餌入《えさい》れに鼻を突《つ》っこんで、ガタンゴトンと音を立てながら床《ゆか》を歩きまわっている。もう、朝だと思っているのだ。そんな騒々《そうぞう》しさにも負けず、グローリアにははっきり聞こえる気がした――テイモールの頭のなかで、いくつもの考えが自動車の燃料ポンプのようにカチカチと音を立てて駆《か》けめぐっている。グローリアは、彼《かれ》がわかってくれることを祈《いの》った。

「彼《かれ》らに恩赦《ステイト・パードン》をあたえるといっているのかね？」

「そう、それです！　やっぱり〝許す《パードン》〟っていう言葉が入ってたんですね！　そうすれば、マダムがウソをついたなんていう必要はなくなります。あたしが彼《かれ》らを許せばいいんです……えっと、マダムが許すという意味ですけど。そして恩赦《おんしや》をあたえるんです。どうですか？」

だんなさまが笑うところなんて——心から笑うところなんて——いままで見たことがなかったと思う。まるで屋根裏部屋の傾斜窓《けいしやまど》が勢いよく開いて、日ざしが飛びこんできたかのようだった。ティモールはワインセラーへ駆《か》けおり、シャンパンのボトルを持ってもどってくると、勇ましく華麗《かれい》に栓《せん》を抜《ぬ》き、泡《あわ》だつ淡《あわ》い金色の液体をほとばしらせた。

「あたし、お酒は飲めません、だんなさま」

「ぼくもさ。しかし、この泡《あわ》はじつに楽しそうじゃないか！　ついさっきまで暗闇《くらやみ》に閉じこめられていたのに、いまはこうして解き放たれている！　料理人を起こして、なにか作るようにいいなさい。二人前だ。それから、スリッパを探してきなさい、グローリア。足が冷えきっているだろう」

カーペットにシャンパンが染《し》みこんで、そのあたりだけ色が濃《こ》くなっていく。グローリアのつま先にも伝わってくる。

「ところで、ウエルカムセンターの犬たちはどうだった？」ティモールがたずねた。

「犬って？　犬なんていませんでした」

THE VOICE

ザ・ヴォイス

イン・アトラメント・ノン・エスト・ウェリタス

天気に関するウソで
気象学者ら、15年の刑《けい》

数週間前に議会に伝えられた天気予報の背後には、邪悪《じゃあく》な力が働いていたのかもしれない。情報局の調べによると、高く評価されている気象学者２名が、城門を開けたままにして五大工場を破壊《はかい》するため、〝ウソをつくよう買収〟されていたという。

本日、気象学会の首席教授と気象科学研究所の首席予報官の両者が、国家の敵と共謀《きょうぼう》した罪で15年の重労働を宣告された。

そうした敵は、最後の列車でプレスト市から脱出《だっしゅつ》したと考えられている。疑わしきは、もちろんローズ市である。文明の程度が低い、あの薄汚《うすよご》れたコミュニティは、法と秩序《ちつじょ》と議会による統治を長年にわたって拒否《きょひ》している。

この女性がウソをついたのか?

地方の住民、無事に避難《ひなん》!

山地と海のあいだの各地で、洪水《こうずい》により家を追われたアフェイリア国民に、プレハブの仮設住宅が用意される。場所はブリードン山地ほか6ヵ所で、増水した川よりじゅうぶん高いところにあり、安全を確保できる。救難局いわく「必要に応じて、村、集落、農場、植林地から、落ち着いて避難《ひなん》してもらいました。混乱はありませんでした。隣人《りんじん》どうし助け合うという、じつにアフェイリア国民らしい姿が見られました!」

この状況《じょうきょう》は、アフェイリア国空軍機によって見守られている。

国民のために最善をつくす、
コヴェット議員!

今日のアナグラム: 男子も じれるな

第十七章 自業自得《じごうじとく》

上流 湿地帯《しっちたい》の西岸

狩《か》りに成功するたびに、ナナシは群れへの支配を強めていった。なにを狩るか、だれがとどめを刺《さ》すか、だれが最初に食べるか、どれもナナシが選ぶ。決めるのはナナシだ。

いまだ、攻撃《こうげき》しろ、

さあ、移動するぞ、

よし、眠《ねむ》ろう。

雌犬《めすいぬ》たちは、ナナシに対する愛情と恐怖《きょうふ》が半々だった。雄犬《おすいぬ》たちはナナシをただただ恐《おそ》れていた……が、数々の勝利を楽しんでもいた。川の西側の水につかった土手は、南へ百ラムビット広がっているが、ナナシの頭のなかでは、もうすべて自分のものだった。ほかの犬たちは、この水につかった世界全体で、ナナシが生殺与奪《せいさつよだつ》の権利を持つことを受け入れていた。

ある谷では、洪水《こうずい》が人のいなくなった家々の軒《のき》まで達していて、犬たちは屋根から屋根へ泳がなくてはならなかった。さらに先では、水がふたたび浅くなり、木々や道は泥《どろ》まみれだった。何百匹《びき》ものウナギが水のなかで右往左往しているのは、生まれてから毎年帰ってくる池が見つからないせいだ。ナナシはひまつぶしにウナギを食べたが、ほかの犬たちは食べなかった。くねくねとのたうつ魚なんて。ヘビみたいで気味が悪い。

太いロープのような大きなヘビが川から出てきたときは、もちろん怖《こわ》かった。ヘビは土手で丸まったりねじれたりして、ひとことおりのアルファベットを書いた。群れの仲間がみんな逃《に》げだすなか、ナナシは身を固くしただけだった。そして群れにヘビをとりかこむよう命令したが、だれも出てこようとしない——頭にきたナナシは歯をむいて、ほかの犬たちのあいだを走りまわった。おろかな小さいボクルマは、うっかりナナシの前に出てしまい、ボールのようにけられ、ヘビのいるほうへ飛ばされてしまった。

ハインツはボクルマを助けるために、走った——助けるというより、「取ってこい」といわれて反射的に駆《か》けだすのに似ている。ところがナナシは、激怒《げきど》のあまり、ハインツが獲物《えもの》を自分のものだと主張していると思いこんだ。ハインツに体当たりしようとしたが、はずしてしまい、気づくと黄色いヘビにぐるぐる巻きにされていた。ヘビのうろこがナナシの毛のない灰色の皮膚《ひふ》にこすれ、奇妙《きみょう》な音を立てる。

ヘビは犬の頭のてっぺんに噛《か》みついた。

ハインツはすぐ近くにいたので、ヘビに噛《か》みついた。口のなかでうろこがはがれ、あばれるヘビの動きでハインツの体は宙に浮《う》く。それでもハインツは口をはなさない。ボクルマも巨大《きょだい》なヘビにかぷっ、かぷっ、かぷっと噛《か》みつく。するとヘビは——だれもが驚《おどろ》いたことに——急に死んでしまった。

群れはヘビを食べたが、獲物《えもの》をしとめた興奮が冷めてくると、そのひどい味に気づいてはなれていった。ナナシはまったく口をつけなかった。ヘビの毒はクマネズミやミズハタネズミを殺すだけの強さしかないとはいえ、大きな犬は震《ふる》え、ふらつき、吐《は》いた。ナナシの頭の傷をなめたり、寄りそってくれたりする仲間はいない。だれにもそんな勇気はなかった。ナナシは怒《おこ》って威嚇《いかく》していたのだ。

ともあれ、ヘビをしとめたのは、ハインツとボクルマだ。今日は二匹《ひき》の〝ついてる日〟だった。

洪水《こうずい》から頭を出すでこぼこした丘《おか》の連なりは、深い闇《やみ》につつまれた眠《ねむ》りから立ちのぼってきた夢のようだ。ある小さな丘の上に、母屋《おもや》から切りはなされた納屋《なや》があった。その納屋には、一頭のまだら模様の農耕馬がいる。泳いで農場の仲間の動物たちに合流するのは簡単だっただろうが、ロープで納屋の壁《かべ》につながれていたのだ。馬は口のとどくところにあるもの――わら、干し草、袋《ふくろ》を半分――を食いつくし、やがて空腹になった。後ろに山をなしたフンは、長いあいだ待っている証拠《しょうこ》だ。とうとう、馬は横たわって自分をつなぐロープにしゃぶりつき、ひもじい思いに耐《た》えた。まぎらわしいことに、口のまわりの白い模様が笑っている形になっていて、ピエロのように楽しそうに見える。

犬たちは納屋《なや》の入り口を半円形にかこんだ。馬はぎょっとして、よろけながら立ち上がった。ナナシにとって、馬は肉でしかない。ロープにつながれている馬は、ちょろい獲物《えもの》だ。皮肉なことに、そのロープがナナシの破滅《はめつ》の元となった。

馬の口の横から引《ひ》き綱《づな》がぶらさがっていて、先端《せんたん》に大きな結び目がある。それを見たハインツは、お気に入りのおもちゃと大好きな少年を思い出した。クレム少年は馬が好きだ。散歩しているとき、クレムはいつもジャガイモ畑に寄って、畑をたがやす馬に話しかけていたものだ。そこでハインツは、馬の前に立ちはだかった。納屋《なや》の入り口に集まるほかの犬と同じくらい、しとめて食べたい気持ちもある。それでもなぜか、かわいそうだという思いが痛いほど胸にこみ上げてきて、心をゆさぶる。ハインツは、この馬を守らなければという思いに駆《か》られた。ボクルマが意気揚々《いきようよう》と得意げに（そして、おろかにも）、ハインツの横にすわった。「ぼくのいぬ」

これには群れもとまどい、ためらった。

頭痛でかすむナナシの視界に、反乱のきざしが見えた。ナナシは白目をむき、思考は煮《に》えくりかえるコールタールとなり、口は泡《あわ》をふく。わかるのは、なにかを殺す必要があるということだけ。

ハインツはけんかの得意な犬ではなかった。おかしくなった猟犬《りょうけん》と戦って勝てる見込みはない。ハインツは馬フンの山の後ろに飛びこんだ。ナナシを馬から引きはなそうと考えたのだ。かすかな望みだ。一回の大きなジャンプで、猟犬は納屋《なや》の半分を移動した。その勢いに体はすぐには止まらず、ぬかるみをすべってフンの山に突《つ》っこんだ。

緑色に光る無数のハエがいっせいに舞《ま》い上がり、ブンブンうなる雲と化した。口にも、目にも、耳にも、わんわんとハエがたかってくる。ナナシは次の呼吸で百匹《びき》のハエを吸いこみ、鼻の穴をふさがれた。その次の呼吸で、さらに百匹のハエがのどにつまった。足はやわらかい茶色のどろどろにしずんでいく。ナナシは上にのぼり、頭からしっぽまでブルンと体を震《ふる》わせると、空気を求めてあえいだが、入ってくるのはハエ、ハエ、ハエ。馬は目を白黒させ、恐怖《きょうふ》で耳を寝《ね》かせて、自分にできるゆいいつの方法で身を守った。頭を下げて、尻《しり》を上げ、後ろ脚《あし》でけり上げたのだ。

ナナシは背中から落ちた。目を見開いて、完全に死んでいる。頭のすぐそばにはライバルのハインツがいて、ハインツにはナナシの灰色の耳のなかのピンク色が見えた。納屋《なや》いっぱいに広がったハエたちは、ぎらぎら光る緑のもやのようだ。

おびえきった馬は引《ひ》き綱《づな》を壁《かべ》につないでいた金具をもぎとったが、逃《に》げ道は戸口に集まる犬たちにふさがれていた。馬は激しく震《ふる》えながら、納屋《なや》の奥《おく》へ移動する。

野犬の群れはあらゆる方向を向いていた。ほえる者はいない。これまでは、大きな灰色の猟《りょう》犬《けん》が彼《かれ》らをたばねていた。だが群れをたばねていた糸は、切れてしまった。ナナシは死んだのだ。

ハインツは結び目のあるロープを拾った——昔からずっとお気に入りのおもちゃだ。おかげで、たちまち心が安らいだ。ロープの先に馬がつながれているくらいで、あきらめるつもりはない。ハインツと馬とボクルマは、納屋《なや》から明るい日ざしの下に出た。歩いていくと、群れから次々に質問が飛んできた。

「つまり、これからはひょっとして、あんたが……？」

「ボスは死んじまったわけだし……」

「あなたよね……？」

「……群れをまとめるのは？」

「それとも、おれたちのなかの一匹《びき》か？」

ハインツは歩きつづけた。三、四匹《ひき》の雌犬《めすいぬ》がついてこようとしたが、やっぱり馬の足が怖《こわ》すぎて、ひき返していった。

馬はふり返らなかった。馬は自分の後ろの世界は存在すらしないと思っている、といわれている。とはいえ、ひょっとしたら、見切りをつけるべきときを知っているだけなのかもしれない。どちらが馬の考えかなんて、わかりっこない。

第十八章　なんですか《パードン》？

プレスト市

「──したいです」グローリアはいった。

「望みます」

「──恩赦《おんしゃ》をあげることを望みます」

「あたえること」

「天気予報の人たちに恩赦《おんしゃ》をあたえることを望みます」

「気象学者」

「きちょーがっしゃ」

「き、しょ、う、が、く、しゃ」

「き、しょ、う、がっ、しゃ」

「もう、いい。天気予報の人たちでいこう」ティモールは折れた。

グローリアは早い時間から、コヴェットに直接指示を出す練習をしていた──それから、彼《かれ》の前で署名をしなくてはならない場合に備え、スプリーマの名前を書く練習も。

「練習をつづけたまえ」とティモール。

グローリアの書く文字は、大きくて子どもっぽく、のびのびしていて、読みやすい。マダム・スプリーマのサインは、地震計《じしんけい》が書いたような文字だ――真ん中がいきなり荒々《あらあら》しく飛び出している。ただ形をまねればいいというものではなく、(ティモールいわく)書類に飛びかって刺《さ》し殺す勢いが必要だった。「Sはもっとするどく。もっと怒《おこ》ったように」

「どうやってSの字を怒《おこ》らせるんですか?」

「知らん。そんなことは妻に聞いてくれ。いいから書け」

グローリアは自分を奮《ふる》いたたせようと、天気予報の人たちのことを考えた。刑務所《けいむしょ》の鉄格子《てつごうし》をつかんで、泣きながら小さな空を見ようと格闘《かくとう》している姿を。そのうちドアが開いて、看守《かんしゅ》がこういうだろう――帰ってよし。スプリーマのおかげだぞ。そうなったら、天気予報の人たちはどんなに喜ぶだろう!

「どうして、天気予報の人たちは『スプリーマはわたしたちの手紙を読み上げなかったんです』っていわなかったんですか?」

「きっと、そういったのに、だれにも信じてもらえなかったんだろう。だいたい、スプリーマの言葉を疑う人間がいると思うか?」

「信じてもらえないなんて、ひどい」グローリアはきっぱりいった。「あのときといっしょだわ。シャンデリアの掃除《そうじ》中にろうそくがなくなって、あたしはボズが食べちゃったんですといったのに、マダムは信じてくれなかったんです。しかもあたしが盗《ぬす》んだと決めつけて、一ヵ月お給料なしにされてしまいました」

「それで、ボズはろうそくを食べたのか?」

「決まってるじゃないですか! ボズはなんでも食べちゃうんですよ。靴《くつ》。自分のベッド。デイジーのごはん……」

「確かに」ティモールは考えこむようにいった。「あれはとんでもない犬だった」

門の外にあるベルが鳴った――門は危険な犬が入ってこないように、ずっと閉ざして施錠《せじょう》してある。ベルを鳴らしたのは、新聞配達の少年だった。リクシーが新聞を家のなかに持ってくると、見出しを読んで悲鳴を上げるのが聞こえた。

人の命を守るため　犬を殺処分
狂犬病《きょうけんびょう》の発生には〝即時《そくじ》の対応が必要〟
――ドッグ・センター

〈ペット・ウェルカムセンター〉の犬たちに狂犬病《きょうけんびょう》が発生したため、昨夜……

グローリアは応接室のソファにすわって、ひざの上にゴールデンレトリーバーのデイジーを乗せていた。ほかの犬がみんな処分されてしまったというニュースをそっと聞かせてから、デイジーをなぐさめているのだ。犬はひざの上に寝《ね》そべって、なにも知らず、元気にグローリアの指についたインクをなめている。グローリアは、たくさんの犬が殺されるところは考えまいとした――狂犬病《きょうけんびょう》にかかって口から泡《あわ》をふいている犬を、銃《じゅう》を持った男たちが……。犬がいなくなった街なんて、だれが想像できる？　それはきっと、とつぜん赤毛の子どもがひとり残らずいなくなったり、花の咲《さ》く木が急に全部消えてしまったりするようなものだろう。グローリアは、新聞に書かれているように、治安警備隊《ちあんけいびたい》は英雄《えいゆう》だと思ってみようとしたけれど、むずかしかった。

「アッピスがウェルカムセンターにたどりつけないふりをしたのは、このせいだったのかも。たぶん、すべての犬が狂犬病《きょうけんびょう》にかかってるのを知っていたのよ。だって、ほんとは保安局の人なんだもの。『賢明《けんめい》ではない』なんていってたけど、本当は、あまりにも危険で恐《おそ》ろしいっていう意味だったんだわ」グローリアはまた犬を抱《だ》きしめ――「少なくとも、あたしにはおまえがいる、デイジー！」――わっと泣きだした。

ティモールは腕時計《うでどけい》を見た。「すぐコヴェットが来るぞ、マダム」

「マダムは犬の件で深く心を痛めています」ティモールはスプリーマの机から、妻がこの場にいない理由を説明した。「いま、気持ちを落ち着けているところです」

コヴェット議員とその秘書はソファにすわった。応接室は薄暗《うすぐら》いので、コヴェットは腰《こし》を下ろしたとき、クッションが犬の白い毛にまみれていることには気づかなかったけれど、だんだん見えてきた。「公共の安全のために必要だったんです」彼《かれ》はそっけなく答えた。

「とはいえ、非常に悲しいことです」秘書のマイルドが小声でいい、ティモールに力なくほほえみかける。

くしゃくしゃに丸められてくずかごに入っているのは、地震計《じしんけい》の書いた爆破《ばくは》地震データのようなサインでうめつくされた八枚の紙だ。ティモールはその紙のことを、頭から閉めだせずにいた。「最新の天気予報は、なんといっていますか?」

コヴェットはいらだちを隠《かく》そうともしない。「さあ、どうですかね。火災と疫病《えきびょう》ってところじゃないですか。ところで、衣類用ブラシはありますかな?」

ようやく、スプリ、、、ーマが亡霊《ぼうれい》のように入ってきて、机の向こうにすわった。死んだ犬たちをしのんで黒い喪服《もふく》を着ているせいで、暗い部屋ではほとんど見えない。「国民はひどく動揺《どうよう》しているにちがいありません。わたしにできることはありますか?」

「なにもありません」コヴェットがきびきびと答える。「国民は殺処分の必要性を理解しています。狂犬病《きょうけんびょう》で死にたい人間など、いないでしょう?」

「あまりに急なことでしたからね、マダム」マイルドがひざを抱《かか》えて、小声でいう。「さっきまで元気だった犬たちが、次の瞬間《しゅんかん》には殺し合いをしていたんです。なんと恐《おそ》ろしい症状《しょうじょう》でしょう」いまにも泣きそうな口調だ。

コヴェットがはっと体を引いた。机の下から白い犬があらわれて、彼《かれ》のほうへ向かってくる。

「マダムにできることがあります!」コヴェットはとつぜん明るい声で叫《さけ》んだ。「国民へ模範《もはん》をしめすのです!」

「なんの?」

「勇気ですよ、マダム! 連帯です。悲しみに勇敢《ゆうかん》に立ち向かう姿を見せるんです! 議会は、スプリーマも自分のペットを差しだすべきだと考えています」そういうと、コヴェットはいやな気持ちをおさえ、首輪をさっとつかんで犬をつかまえた。そこへちょうどリクシーが入ってきた。「そこのメイド、リードを持ってきたまえ」コヴェットはリクシーに命じた。

「だめ！　持ってこないで、リクシー！　そんなことしてはだめ！　ぜったい！　やめて！」スプリーマは叫《さけ》び――甘《あま》くひびくはずの母音《ぼいん》は、石けんの泡《あわ》のようにはじけた――デイジーを救おうと動いた。

机の角で、ティモールが行く手をはばんだ。「まあ、まあ、落ち着きなさい」とグローリアの頭を胸で受けとめ、やさしく小さい声で、ほかのだれにも聞こえないようになだめる。「しっかりするんだ。きみもぼくも絞首刑《こうしゅけい》になってしまうぞ。それでもいいのか？」彼《かれ》につかまれたグローリアの腕《うで》には、あざが残った。

リクシーが予備のリードを持ってくると、コヴェットは戦利品を連れて帰ろうとした。

すると、ティモールが声を張り上げた。「お帰りになる前に、コヴェット議員、今朝《けさ》は犬より重要な議題があります。そもそも、これは朝の報告の場であって、国政について話し合う場ではありません」

「なんですと？」とコヴェット。「確かにそうだが、そっちこそ、われわれが話し合う場にいるべきではないんじゃないかね。くれぐれも忘れないでほしいものですな。あなたはスプリーマの夫にすぎんのですぞ」

「わたしは現在、マダムの秘書官を務めています。前任者が不在なものですから」

グローリアの帽子《ぼうし》の後ろから、押《お》しこんでおいた髪《かみ》がこぼれでた。ティモールが押さえて形をくずしてしまったところから、はみだしてきたのだ。ティモールはヴェールを動かさないように、こっそり髪を押しもどそうとした。「なんですか《パードン》、マダム？」まるで、マダムがなにかいったかのように問いかける。「なんですか《パードン》？」

マダム・スプリーマはじっとして、震《ふる》えながら大きく息を吸いこんだ。「そうそう」机の向こうで一歩下がる。「そうだったわね。わたしは天気予報の人たち二名に、恩赦《パードン》をあたえることを望みます、コヴェット議員。夫が文書を作成しましたが、あなたはわたしが署名するところを見ておかなくてはいけないのでしょう?」そこで、書類の下の空白部分にぐさっとペン先を突《つ》き刺《さ》した。

コヴェットは秘書と顔を見合わせた。驚《おどろ》いているというより、とまどっている。「あいにく……」そういったものの、明らかにその先をどうつづけていいかわからないようすだ。

マイルドは書類をまとめ、議員にわたした。小声で話し合うふたりの口元は、白い羊皮紙《ようひし》に隠《かく》れて見えない。

「あいにく」コヴェットはいった。「マダムのおっしゃる二名は、今朝《けさ》、脱獄《だつごく》をはかったため射殺されました」そして、マダムに心底とまどった顔を向ける。「わたしはてっきり、あなたが……」そこで言葉につまって、とぎれた。

「……あなたにすぐ知らせがいったものと思っていました」マイルドがひきつぎ、話をしめくくった。

コヴェットはいやがる犬を引っぱって、帰っていった。ティモールはすぐ応接室の鍵《かぎ》をかけ、グローリアがあとを追えないようにした。それでも、グローリアはティモールの手に口をふさがれたまま、ドアをけった。

「あたしの犬! あたしのデイジー!」玄関《げんかん》のドアが閉まると、ティモールはグローリアの口から手をはなした。

「実際には、きみの犬じゃない」

「よくもデイジーをひきわたしたわね！　はい、どうぞって！　大きらい。最初からこんなこと……」

「最初から、十五の小娘《こむすめ》にスプリーマのふりなどたのむのではなかったと思っている。だが、しかたない。これでは、気象学者らも浮《う》かばれない。きみのせいだぞ、モグダ！」

肩《かた》から上だけの彫刻《ちょうこく》が、サイドボードからすました顔でふたりを見つめている。ティモールはその彫刻を力いっぱいなぐりつけ、バラのつぼみのようなくちびるがあった場所にぽっかりと穴をあけた。

「十六です」グローリアはいい返した。「もう、十六歳《さい》です。今日が誕生日ですから」

玄関《げんかん》のベルが鳴った。リクシーが出て、また驚《おどろ》いた声を上げるのが聞こえてくる。やがて、応接室のドアがノックされた。「あの、マダム。ミスターなんとか――すごくやせてるほうです――がもどってきました」

玄関前《げんかんまえ》の階段に、マイルドが立っていた。両ひじを体のわきにつけ、かかとをぴたりとくっつけている。そして彼《かれ》の横には、デイジーがいる――うれしそうに、舌をたらして、タンポポの綿毛みたいに抜《ぬ》け毛をまきちらし、まるで笑っているようにハアハアいっている。「まあ！」とマダム・スプリーマ。「まあ！」

「デイジーは〝労働者たちのマスコット〟です、とコヴェット議員に思い出していただきました」マイルドはいった。「この犬を城壁《じょうへき》の外へ放りだすという考えに、国民は納得《なっとく》しないでしよう、とわたしから提案したんです」そして犬のリードを二本の指でつまみ、悪だくみの共犯者のようにウインクしながらグローリアにわたすと、とびきりやさしい笑顔を見せた。

第十九章 ❖ 助けて

上流

馬は楽しい仲間になった——馬と雑種犬のハインツは仲よくやっていけた。けれど馬の動きはゆっくりで、立ち止まって草を食べたりするし、ハインツは獲物《えもの》のにおいを追って駆《か》けまわる。いっぽう、子犬のボクルマは、なにか自分のものにできないかと、ふらふら探しにいってしまう。そして、これというものを見つけると、だれにもあげないぞというようにその上にすわりこむ。といっても、くさった袋《ふくろ》や、こわれた車輪、落ちたヤドリギなんて、だれもほしがりはしない。

よく雨がふった。ときには、みぞれがふってきた。それでも、太陽が輝《かがや》くこともあり、そんなときは湯気が上がるほど暖かくなって、湿地帯《しっちたい》の植物がなべで煮《に》こまれるホウレンソウみたいに見える。そうなると、すべてのにおいが強くなる。

人間のにおいがすることも、ますます増えてきた。大きな枝、低い木の茂《しげ》み、ふみ倒《たお》されたアシに、まとわりついて残っているのだ。湿地帯《しっちたい》は人間がよくいる場所ではないが、いくつもの大きな集団がここを通ったのはまちがいない。みんな、同じ方向へ向かっている。ときどき深みをよけて道すじがそれることはあるものの、においの跡《あと》はかならずまた南へ向かう。決まって南だ。ハインツは人々の足音が聞こえないかと耳をすませたが、川のとどろきがすべての音をかき消していた。

夜になると、ハインツは馬のそばで横になり、馬の口元からのびる引《ひ》き綱《づな》の結び目を嚙《か》みながらまどろみ、不安な夢のうずまく眠《ねむ》りに落ちた。それでも鼻はけっして休まず、周囲のにおいをかぎわけて探しつづける。本当に大切なにおいを探しつづける。ハインツにこう教えてくれるにおいを。

「クレムだ」


ハインツは馬にもっと早く進めとせかした。においが前より強くなっている。近くに人間たちがいるにちがいない。ほんの少し先に、走ってたった三十分の距離《きょり》に。とはいえ、馬は犬よりはるかに大きく、坂をのぼるには犬より広い幅《はば》が必要だ。馬は懸命《けんめい》に急な坂をのぼろうとしていた。

とがった奇妙《きみょう》な岩が、水にしずんだ森からいくつも突《つ》きだしている。ハインツはそんな岩のひとつにのぼり、上からいまいる位置を確認した。半分のぼっただけでも、すばらしい景色が見える。川は大きく広がって海に流れこみ、向こう岸すら見えない。水が黄色い三つ編みのように見えるところは、流れがもっとも激しい場所だ。

ところどころで、細い煙《けむり》も上がっている――キャンプのたき火だろうか？　ということは、近い！　人間たちはすぐそこにいる！　暗くなる前に追いつこうと、ハインツは決心した。

川では、釣《つ》り舟《ぶね》が下流へ流されていく。激しい流れにとらわれ、舵《かじ》はとっくにもぎとられている。舟には人も乗っていた――ハインツに見えるのは、船底にしゃがみこんでいる人々の背中だけ。

そこへとつぜん――雹《ひょう》がふりだした。初めのうちは小さい粒《つぶ》で、鳥の群れをまとめて撃《う》ち落とす散弾《さんだん》のようだった。やがてだんだん大きくなっていき、開けた場所にいる生き物をかたっぱしから傷つける白い爆発《ばくはつ》さながらになった。川の上では、釣り舟《つりぶね》がとつぜん雹《ひょう》という積み荷を負わされた。雹の重さは石炭と変わらない。舟はだんだんしずみだし、横から水が流れこんできたかと思うと、氷の重みで水中に姿を消してしまった。

ハインツはそばの植物もろとも、とがった岩を勢いよくずり落ちて、地面に転がった。すりむき、息を切らして倒《たお》れたハインツは、雹《ひょう》がぶつかってくる強烈《きょうれつ》な痛みにキャンと鳴いた。ようやく、はって岩の下のくぼみにたどりつくと、外に雹が積もっていくのをながめた。雹はどんどん積もり、ハインツをこの隠《かく》れ場所に閉じこめていく。

ふりだしたときと同じくとつぜんに、雹《ひょう》はやんだ。ハインツはあせって、閉じこめられた場所から脱出《だっしゅつ》しようともがいた。氷の壁《かべ》がくずれると、ボクルマが落ちている氷の粒《つぶ》をなめているのが見えた。

ところが、馬は恐怖《きょうふ》に駆《か》られて走りだしていた。痛い雹《ひょう》から逃《に》げられるところを求め、四方八方を探した。パニックになって向かった先は、川だった。これなら、馬のあとをたどるのは簡単だ――馬がいなないきはじめたときには、さらに簡単になった。

馬はひざまで来る深い泥《どろ》のなかを突《つ》き進んでいた。抜《ぬ》けだそうとあばれるたびに、さらに深くしずんでしまう。ハインツはぬかるみの周囲をめぐり、自分がはまりこまずに馬を助けだす方法を探した。犬の姿を見て、馬は少し落ち着いた――ハインツは前に助けてくれたのだから、また助けてくれるかもしれない――が、犬への信頼は状況《じょうきょう》をさらに悪化させただけだった。これでハインツは、不可能なことをなしとげなくてはならなくなったのだ。馬の頭からのびる引《ひ》き綱《づな》は、泥の表面に軽くのっている。しずんではいない。先に結び目のあるロープが、取りにおいでと、ハインツをやわらかい泥の上にさそっている。増水でりんかくがめちゃくちゃになった大きな川から、波が打ち寄せて岸を洗い、泥をさらにやわらかくしていく。ところが、そんな波のひとつが、ロープの先をこっちへ近づけてくれた。ハインツはすかさず飛び出して引き綱をくわえた。そして馬の頭にかけられた馬具を力いっぱい引っぱった。なんとしても、馬を安全なところに引き上げたい。馬は頭を下げ、犬のほうへ首をのばす――すると馬具が耳の後ろから前にすべり、すぽっと抜けてしまった。ハインツは後ろに投げだされ、一回転して乾《かわ》いた地面に落っこちた。

助けを呼んでこなきゃ！　とがった岩から周囲を見下ろしたときに、助けがすぐ近くにいるのはわかっていた。ハインツはいくつも煙《けむり》が上がっていた方向へ走りだした。もう旅の仲間にじゃまされることなく、全速力で低木やイバラの茂《しげ》みを駆《か》けぬける――肩《かた》はばより広いすきまなら、どこへでも突《つ》っこんでいく。視界の隅《すみ》に、おぼれたアナグマや、死肉をついばむハゲワシ、リスにヤマアラシ、そして自分の目玉の血管が作る赤い線の模様が見えた。湿地帯《しっちたい》のさまざまなにおいが鼻に流れこんできて、しっぽから出ていく――ハインツはいろんなにおいに満たされていた。息が切れても、においはまだ全身の血流にのって暴れている。ハインツは走ってクレム少年を探していた。（馬のことは、ほとんど忘れていた）クレムはきっとあそこにいる！　クレムなら、なにもかもなんとかしてくれる……。

　だんだん暗くなってきた。夜が木の枝のすきまから、落ち葉のようにふってくる。人の声が聞こえ、キャンプのたき火とウサギを料理するにおい、人間の汗《あせ》と湿《しめ》った服のにおいもする……。クレムはきっとここにいる。そうだ、あそこにいる少年、こっちに背を向け、たき火のほうを向いている。あれがクレムかもしれない！　きっとクレムにちがいない！　ハインツはほかのものには目もくれなかった。悲しみと恐怖《きょうふ》の鼻をつくにおいが、そこらじゅうにただよっている。だけど、おれなら、なぐさめてやれる！　たくさんの長所がある犬なのだ！　少年のところへはずむように駆《か》けていき、ハインツは少年の丸めた背中に飛びついて前足をのせた。やっと会えたねとはしゃいだ声でほえたつもりが、出てきたのは奇妙《きみょう》に怒《おこ》った声だった――おれを置いていったな。きみは、おれを置いて行っちまった……。

　それはクレムではなかった。

　少年はうろたえた叫《さけ》び声を上げ、飛び上がった。近くの少女も悲鳴を上げる。

「野犬だ！」だれかが声を張り上げた。「野犬が出たぞ！」

　ひとりの男がたき火から燃える枝をひっつかんだ。べつの男は鍬《くわ》をつかむ。

　だが、ひとりは銃《じゅう》を持っていた。

　少年がじゃまで、あたりは薄暗《うすぐら》く、手に持ったライフル銃《じゅう》は疲労《ひろう》と恐怖《きょうふ》で震《ふる》えている。移動中の人々はたがいに集まり、母親たちは子どもたちを抱《だ》きかかえた。弾《たま》は大きくはずれた。新たな弾が薬室にこめられた。

ハインツはくるりとまわって、木立ちへ逃《に》げこんだ。大きなイラクサが顔に突《つ》っこんできて、ちくちくする刺毛《しもう》が鼻に入る。また銃声《じゅうせい》がして、ハインツは逃げつづけた。たき火が森まで追いかけてきたにちがいないと思ったのだ。熱い炎《ほのお》が火の粉《こ》をまきちらしながら追ってくる……なのにとつぜん、どこもかしこも真《ま》っ暗《くら》になった。

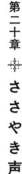

第二十章 ささやき声

プレスト市

グローリアは、狂犬病《きょうけんびょう》のせいで飼い犬を殺されてしまった人々をなぐさめることにした。奇妙《きみょう》なことに、グローリアがまた工場を訪問するつもりだといっても、ティモールは反対しなかった。「波風を立てるんじゃないぞ」といっただけだ。「くれぐれも念を押《お》しておく。みんなのためにも、ぜったいに波風を立てるな」

グローリアはてっきり、ティモールは天気予報の人たちが亡《な》くなったという知らせに落ちこんでいると思っていた。天気予報の人たちが逮捕《たいほ》されたというニュースを聞いたとき、ティモールは力なくぐったりしていた。ところが、彼《かれ》らが亡くなったと聞くと、固くこわばってしまったようだった。文字どおり、硬直《こうちょく》している。まるで信用できないアイロン台みたいに、いきなり折れてバタンと人をはさんでしまいそうだ。とはいえ、この新しいティモールをアイロン台収納だなにもどすのは、本人にその気がなければ至難のわざだ——彼にはとにかく鋼《はがね》の精神力がある。

アッピスが馬に引かせた荷車で到着《とうちゃく》した——ガソリンを節約するためだ、というか、彼《かれ》はそういっている。ひょっとすると、スプリーマが荷馬車に乗るのをこばんで、けっきょく工場訪問をやめるのを期待していたのかもしれない。そうなれば、アッピスはスプリーマの護衛《ごえい》をしなくてすむ——いまや工場は多くの人で混みあい、不満がうずまいており、そんな場所で人を守るのはむずかしい仕事だ。ところが、彼の予想は大まちがいだった——プレストに来る前のグローリアは、荷馬車しか知らなかったのだ……。しかも、グローリア自身が不満のかたまりだった。

けれど、死んだ犬については、コヴェット議員のいっていたとおりだった。グローリアがデイジーを連れて第一工場（スプーン）に着いたとき、失ったペットのことをひどく悲しんだり泣きわめいたりしている人はいなかった。労働者には、もっと恐《おそ》ろしい心配事があったのだ。

工場をぐるりとかこむ庭では、いまやゴムホースが植物のつるのようにからみあったり、ぐるぐる巻きになったりしている。まるで『眠《ねむ》れる森の美女』の宮殿《きゅうでん》をかこむ森だ。工場のドアはチェーンと南京錠《ナンキンじょう》で閉ざされている。〃自分自身の安全のために〃だれも出ていくことは許されない。ウエルカムセンターの犬たちは殺処分されたかもしれないけれど、狂犬病《きょうけんびょう》にかかった野良犬《のらいぬ》は、もちろんまだ街をうろついている。

新聞はそう伝えていた。

水をくみだすポンプの音は、さらにうるさくなっていた。すごい数のポンプが作られたからだ。城壁《じょうへき》の外では水位が九メートルに達し、工場の地下にたまった水は前よりへっているということは、ポンプが役目を果たしているのだろう。あるいは、ポンプを動かす人々が自分の役目を果たしているともいえる。夜も昼もずっと。

なかはひどい湿気《しっけ》で、壁《かべ》にも、機械にも、人々の顔にも、びっしり水滴《すいてき》がついている。しかも、外よりずっと寒い。騒音《そうおん》の交響曲《こうきょうきょく》に、せきの音がくわわる——赤ちゃんのせき、子どものせき、女の人のかん高いせきに、大型の猟犬《りょうけん》がほえるような男の人の低い大きなせき。働く人たちの服は、みんなわきの下が破れている。ポンプのハンドルをひたすら動かしてきたせいだ。グローリアのおかげで、治安警備隊《ちあんけいびたい》の持ってきたカーペットが何重にも敷《し》かれ、子どもたちはそういうカーペットの島（ただし、ここも湿《しめ》っている）にすわっていた。もう駆《か》けまわっている子はいない。子どもたちのエネルギーは、すべてせきに吸いとられているようだった。

グローリアが到着《とうちゃく》したのは、勤務交代の時間だった。疲《つか》れきったポンプ作業員はほかの人と交代し、すわって休けいする。汚《よご》れたエプロンを着けた男の人たちが、深皿に入ったシチューを運んできた。

「お肉！　今日はお肉が入ってる！」女の人がうれしそうに叫《さけ》んだ。「どうやって手に入れたのか知らないけど、大歓迎《だいかんげい》だわ！　見てください、マダム、お肉ですよ！　ごちそうだわ！」

驚《おどろ》いたことに、ゴールデンレトリーバーのデイジーは、だれのお皿にも鼻を突《つ》っこもうとさえしなかった。食べている人の前でしっぽをふったりもしない。ただ大きな茶色の瞳《ひとみ》で悲しそうにじっと見つめてから、グローリアの靴《くつ》の上に頭を乗せ、パタンとふせてしまった。

けれどスプリーマが来たという知らせが工場に広がるうちに、ほかの部屋からも人々が急いでやってきた。それはたくさんの人がスプリーマをとりかこみ、どういうわけか工場の製造監《かん》督者《とくしゃ》や経営陣《けいえいじん》――マダムの運転手まで――が押《お》しのけられ、マダムとその犬からどんどん遠ざけられていく。労働者たちは、デイジーをなでてほめてやりたくて待ちきれないらしい。そのうち、せきの音に混じって、小さなささやき声が聞こえはじめた。

「子どもたちを出してやって、マダム！」

「おねがいです、マダム！」

「……わたしたちは出ていけないにしても……子どもたちはいいでしょう？」

「……ここは体に悪い……」

「うちの子は肺が悪いんだ」

「……あのせきが聞こえるだろ？」

「……ここから出してやってくれませんか？　湿気《しっけ》のひどくないところへ」

「暖かいところへ」

「……家へ……」

「……自分の家の自分のベッドで眠《ねむ》らせてやりたいんです」

「……家で……」

監督者《かんとくしゃ》たちがひじでかきわけて進んでくると、押《お》しよせていた労働者たちは面倒《めんどう》なことになるのを恐《おそ》れて下がっていった。それでも目はスプリーマにすがりつき、どうか裏切らないでとうったえてくる。

グローリアはきょろきょろと友だちのヒギーを探した。たぶん、ほかの機械室にいるのだろう。あそこにいる男の人は、ヒギーのお父さんかもしれない――まゆ毛と、あごと、植木鉢《うえきばち》みたいな体形からのびる細い脚《あし》がそっくり。でも、あれがヒギーなんてことはありえない。どう見ても、年をとった男の人だ。しわのある灰色がかった顔、薄《うす》くなりつつある髪《かみ》、ぬれた壁《かべ》にぐったりともたれて眠《ねむ》りこみ、ひざの上に食べかけのシチューの皿をのせている。たこができて硬《かた》くなった両手は、開いて体の横の床《ゆか》に置かれ、二匹《ひき》の死んだカニのようだ。デイジーはグローリアに、あれはほんとにヒギーだよと教えてあげた。

現場監督《かんとく》から写真を求められたとき、グローリアは彼《かれ》のメモ帳から一ページ破りとってなにやら書きこむと、小さく折りたたんでヒギーの丸めた指のあいだに押《お》しこんだ。ぐっすり眠《ねむ》りこんでいるヒギーは、身じろぎもしない。メモにはこう書かれていた。

――メイドのグローリアより、愛をこめて。×××

「こんなところにいるべきじゃないわ、ヒギー」グローリアはささやいた。「こんなところにいていい人なんて、だれもいない」

外に出ると、運転手のアッピスが、ほかの四つの工場にも行くつもりですかとたずねた。やめておくことを強くすすめるという。グローリアは行きたいと主張してアッピスをこまらせてやりたかった……けれど、ティモールに「波風を立てるな」といわれたことを思い出し、お屋《や》敷《しき》へ送ってもらうことにした。


とはいえ、すぐに波風を立てることになるだろう。グローリアは本格的な嵐《あらし》をまき起こすつもりだった。なにがなんでも子どもたちを工場から出してあげると、自分に固く誓《ちか》っていたのだ。全員を出してあげられたら、もっといい――工場を閉鎖《へいさ》して、必要なら、機械を水にしずめてしまおう。

犬のデイジーは荷車の板のすきまから過ぎゆく道路を見つめながら、不思議に思っていた。どうして、工場の人たちは（たいてい、やさしくていい人たちなのに）、犬の肉を食べなくてはいけなかったんだろう？　みんなの抱《かか》えた餌入《えさい》れからただよってきたにおいで、デイジーにはとてつもない数の犬が解体されたのがわかった。

第二十一章 ❖ 晩餐会《ばんさんかい》

プレスト市

ティモールがスケジュール帳を見て、毎年恒例《こうれい》の晩餐会《ばんさんかい》があることを告げると、グローリアは大きな問題に気づいた。

「どうやって食べればいいんですか？」

「ナイフとフォークを使えばいいんじゃないか。まともなテーブルマナーも守ってもらいたいね」

「でも、食べるにはヴェールを上げなきゃいけないんですよ！」

ティモールには、妻がこういうピンチをどうやって乗りこえていたのか、わからなかった――スプリーマは晩餐会《ばんさんかい》に夫を連れていったことがなかったのだ。「のどが痛いことにすればどうだろう。そうすれば、ヴェールを上げる必要も、お決まりのスピーチをする必要もなくなる。もちろん、食べる必要もない」

「あたしは話したいんです！」グローリアは抗議《こうぎ》した。「みんなに、こういいたいんです。工場を閉めて、全員、家に帰してあげてって！」

ティモールは目を閉じた――いらだちのせいか、悲しみのせいか、グローリアにはわからない。「それでは、来賓《らいひん》を驚《おどろ》かせてしまうだろう。〝なんとしても工場を休ませるな〟というのが、スプリーマの考えだったからね。覚えているだろ？」

　グローリアが弱気になったのは、一瞬《いっしゅん》だけだった。「あたしの考えが変わることだってあるかもしれないでしょ！　あたしのやり方がまちがってたって、気づくかもしれないじゃない！」

　ティモールにけわしい目を向けられ、グローリアはいい直した。

「すみません。スプリーマが自分のやり方がまちがっていたと気づいて、みんなにつらい思いをさせて悪かったと思うことだって、あるんじゃないですか」

「だとしたら、羊がガオーとほえて、ライオンがメーと鳴くこともあるかもな。いいか、きみの役目はスプリーマのふりをすることであって、本人を改善することじゃない」

　グローリアの目にこみ上げてきた涙《なみだ》が、勝手にこぼれだし、深い暗黒の世界では右も左もわからないただの少女であることをさらけだしてしまった。「どうして、みんなは家に帰れないんですか？　なにも作ってないんですよ！　ただひたすらポンプを動かしているだけなのに。なぜ、みんなはあそこにいなきゃならないんですか？　まるで罰《ばつ》を受けてるみたい。なにも悪いことなんかしてないのに！　あたしにはわかりません！」

　ティモールはどならなかった。グローリアをすわらせ、妻にするときのように、上《うわ》の空でブランデーをついでやる。せっかくなので、グローリアはぐいとあおった。頭のなかで榴散弾《りゅうさんだん》が爆発《ばくはつ》する。ティモールはグローリアの向かいに腰《こし》を下ろした。

「プレストの――事実上、アフェイリアの――経済全体が工場にたよっているんだ。ぼくたちは世界のカトラリー製造をになっている。工場を取ったら、われわれになにが残る？　わずかばかりの農業。広大な森林地帯。運輸業——といっても、カトラリー製造がなかったらなにを運ぶ？　プレスト市は非常に裕福《ゆうふく》だ。アフェイリアのほかの地域はそれほどでもないが、この街だけは裕福だ。もし国を動かす立場に立つことがあったら、グローリア、収入源をひとつの産業だけにたよってはいけない。その産業がだめになったら、なにを当てにすればいい？」

「覚えておきます、だんなさま」グローリアはおとなしく答えた（けれど、国を動かすことは、グローリアのしたいことリストの上位には入っていなかった）。

「それと、中心的な産業を街でいちばん低い場所につくらないことだ。低い場所は洪水《こうずい》に弱い」

「それも覚えておきます、だんなさま」

「それから、帯鋼《おびこう》やニッケルといった、外国から輸入しなくてはならない原料にたよらないことだ」

「はい」

「そして中心的産業は、ひどい環境《かんきょう》でつまらないものを——根本的に、なくたって世界はこまらないものを——作らせて、多くの人々に退屈《たいくつ》な人生を送らせるようなものにしないことだ」

彼《かれ》の声ににじむ怒《いか》りに、グローリアはたじろいだ。「やっぱり、だんなさま……」

「や、や、やっぱり？」

「こういおうとしただけです。やっぱり、だんなさまの考えは、ネズミみたいにグ、ジ、ョされてしまったわけじゃなかったんですね。まだまだ、たくさんあるんですね」

ティモールは目を閉じ、深呼吸して、怒《いか》りがおさまるのを待った。そして、ポンプを動かす必要性の説明にもどった。

「ここプレストで必要な経費はすべて、五大工場がまかなっている。つまり工場には、この洪水《ずい》を乗りきってもらう必要がある、わかるね？　だから機械をぬらしてはいけない。洪水が引いたあと、ちゃんと使えるようにしておかなくてはならないだろう？　工場のオーナーたちは、ポンプを動かす発電機のために大量の燃料が必要だっただろう……。それで燃料がつきると、人力でポンプを動かすしかなかったんだ。昼も夜も、水を排出《はいしゅつ》するために」

「それでも……ポンプを動かす価値があるとは思えません。みんな、せきこんで、手をマメだらけにして、ひどい湿気《しっけ》のなか……」グローリアはひき下がらない。

「きみには、そう思えないかもしれない。しかし、きみはぼくの妻じゃない。きみにはちがう考えがあるだろう。それはぼくも同じだ。だが、ぼくたちの考えは世間に発表しないでおこう。さもないと、ふたりともしばり首だ……。さて、今夜のいまいましい晩餐会《ばんさんかい》に着ていくものを選んでおいで」

グローリアはおとなしくドアへ向かった——さらに階段の下まで行った。キッチンからいいにおいがただよってくる。ニンニクとローズマリー、そしてチョコレートケーキが焼けるにおい。グローリアはひき返し、執務室《しつむしつ》のドアの前で丸一分間立っていたが、やがて少しだけドアを開け、すきまから早口でいった。「ポンプを動かしている人たちは、あたしたちよりきつい仕事をしています。ポンプの仕事は、あたしたちよりたくさんのエネルギーを使うでしょ？　だから、彼《かれ》らにはあたしたちより多くの食べ物が必要です。それに、あたしたちはそんなにたくさんはいりません。だから、ポンプを動かす仕事をしていない人たちは、自分たちの食料をいくらか工場へ送るべきだと思います」
ティモールがばっとドアを開け、グローリアは後ろに飛びのいた。「プレスト市の人口は六万人だ、グローリア。おそらく、そのうちの五万九千人が、いま工場にいる。千人が五万九千人をやしなえたら、奇跡《きせき》だな」腹立たしげにうなり、両手で髪《かみ》をかき上げる。「ほら……。着がえてきたら、取り引きに応じてやる」

　こうしてふたりは、すべての議員、国防軍のすべての高官と有力者に手紙を送り、自分たちに配給された食料の半分を最寄《もよ》りの工場へ送るようたのんだ。

「あたしたちは送るけど……この人たちは送ってくれませんよね」グローリアは悲しそうにいった。

「希望は永遠にわきでる、という詩人の言葉もあるじゃないか。ところで、たのみがある。今夜の晩餐会《ばんさんかい》では、しっかり耳をすまし、口はいっさい使わないでくれ。わかったね？」

　晩餐会《ばんさんかい》では、ヴェールの内側で食べることに頭を悩《なや》ませることはまったくなかった。出されたどの料理も、グローリアはとても食べる気になれなかったのだ。

　まねかれたお客さん——銀行家、工場のオーナー、建設業者に弁護士——は、食料不足のなか、料理人がどんなディナーを出すのかと興味しんしんだった。食品農業大臣が客にメニューカードをめくるようすすめると、歓声《かんせい》とうれしそうな笑い声が上がった——それどころか、拍《はく》手《しゅ》まで鳴りひびいた。

メ ニ ュ ー

・前菜・

ペンギンの胸肉の薄切《うすぎ》り
ヒヨコ豆のレムラードソース添《ぞ》え

・主菜・

一品をお選びください
キリンのヒレ肉　竹の子炒《いた》めを添《そ》えて
または
ライオンのビール煮《に》こみ
ヒマワリの種とポワッソン・ドール＊のすり身添《ぞ》え

・デザート・

トラのミルクで作った
ブラックベリーのアイスクリーム

＊金魚

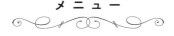

宴会場《えんかいじょう》の地下では、動物園にいた六十頭をこえる動物の死体が暗がりにつるされ、熟成《じゅくせい》を待っていた。お客さんはその見学にさそわれたけれど、ほとんどが断った――お皿にきれいに盛られた料理のほうが好みだったのだ。

動物園で歩きまわる動物を見ているほうがずっと好きなグローリアは、ヴェールの奥《おく》で静かに涙《なみだ》を流した。だれが動物を殺していいと許可したのか、ティモールにつきとめてほしいけれど、いまたずねるわけにはいかない。キッチンからシェフが呼ばれ、スプリーマから直接お礼をいうとき、グローリアは礼儀《れいぎ》正しく軽く頭を下げ、シェフに向かってディナーナイフを何本も投げつけたいのをこらえた。

客どうしはみんな知り合いだったけれど、彼《かれ》らはティモールのことは知らなかった。マダム・スプリーマはこれまで、いつもひとりで晩餐会《ばんさんかい》に出席していたのだ。お客さんたちはティモールを警戒《けいかい》しているようだった。彼はきちんと、自分は妻の秘書官をつとめていますと説明した。グローリアの肩《かた》にたのもしい手を置き、妻はのどに痛みがあって食事と会話がつらいので、今日はスピーチをいたしませんと伝えた。人々が仕事の話を始めると、彼は秘書官らしくメモをとる。ところが防衛大臣がそのメモ帳をひったくり、ティモールの顔の前でチッチッチッと人さし指をふった。「友人どうしの楽しいおしゃべりです。この部屋での会話が外にもれることは、だれものぞまないでしょう」

お客さんたちは大量のワインを飲んだ。陽気になる人もいれば、悲しくなる人や、騒《さわ》ぎだす人、怒《おこ》りっぽくなる人もいる。まともなマナーと上品な会話は、大声と一方的な質問に変わりはて、答えに耳を貸す者はいない。

「うちの労働者には、不満がたまっています」第二工場（ナイフ）の工場長がいった。「犬の肉があるので食事は出してやれますが、ほかに労働者を管理する手段がありません」

「そうとも、労働者の管理がきみの仕事だ」貿易産業大臣がいう。「きみができないのなら、ほかの人間に代わってもらうまでだ」

「いえいえ、それにはおよびません、大臣！」工場長はあわてた。「もちろん、できますとも。わたしはただ……」

あちこちで口論が起こった。拳《こぶし》がテーブルをたたき、白いテーブルクロスには、いまや血のように赤いブラックベリーの染《し》みが点々とついている。幹部連盟の会長はというと、たとえスプリーマが無理でも、スピーチは必要だと思っているようだった。

いっぽうの手に持ったグラスからワインをこぼしながら、もういっぽうの手をふって、会長はろれつのまわらない口調でいった。「全員、賛同してくれると思う。なにがあろうと、この国の将来のためには、五大工場を動かしつづけ、機械を水から守り、人々を……閉じこめて問題を起こさせないようにすることが重要である。われわれが食事をあたえているかぎり、彼《かれ》らは食べていける。必要なのは、それだけだ。閉じこめておくこと。それに、なにが起ころうと、特定の重要な公人たちで、この……この……不愉快な状況を乗りこえねばならん！　そう、国の要《かなめ》となる人々で。街を洪水《こうずい》が来る前の状態にもどすことができる人々で！」

「われわれのことですか？」だれかが聞いた。

彼《かれ》は驚《おどろ》いたように見まわした。「もちろん、われわれのことだ！　そうとも」

「それなら、ノアの箱舟《はこぶね》があってよかったな」アフェイリア銀行総裁《そうさい》がつぶやいた。

その言葉がひそめた声でささやかれるのが、グローリアの耳に何度も入ってきた——ノアの箱舟《はこぶね》。その言葉を口にする人はかならず、ちらりとグローリアのほうを見てうなずくのだ。

「……われわれのような主要メンバーであり、優秀《ゆうしゅう》な人材は……必要不可欠……ノアの箱舟《はこぶね》に……」

「……わたしたちみたいな人間を失う危険はおかせない……ノアの箱舟《はこぶね》……」

「……最悪の場合……ノアの箱舟《はこぶね》……」

「何人乗れるか、どなたかごぞんじ？ ノアの箱舟《はこぶね》に？」

「ご本人が知っているにちがいない——彼女《かのじょ》の考えなのだから……」

「ノアの箱舟《はこぶね》ってなんのこと？」グローリアは小声でティモールにたずねた。「聞いてみたほうがいい？」

ティモールは首をふった。「きみはすでに知っているると思われているようだ。だから、おやめ」

第二十二章 森の老人

上流の湿地帯《しっちたい》

熱い。目が覚めたときに感じたのは、熱さだった。なにかが燃えているにおいもする。雑種犬のハインツは、周囲を見るため頭を起こそうとしたが、体が灰色のものにくるまれていた。きしむ灰色の繊維《せんい》にきつくしばられて、動けない。脚《あし》は体にぴたりと押《お》しつけられ、もがくこともできない。まぶたのすきまから見える灰色以外のゆいいつの色は、下からのぼってくる黄色と赤に光る炎《ほのお》だ。ハインツは直火《じかび》で焼かれているのだ。

灰色のクモの巣のような繊維《せんい》は、ハインツの毛にくっつき、繊維どうしできつくからみあっている。どんなに身もだえしても、ゆるまない。鼻づらだけが繊維から出ていて、口を開けられる。ハインツは心臓が追いつけないほどの速さで呼吸した。口も鼻も煙《けむり》でいっぱい。煙のにおいしかわからない。世界のほかのにおいは、すべて取り上げられてしまった。それは目が見えないより悪い。においがわからなければ、犬には自分のいる場所がわからないのだ。灰色のクモの巣はハインツの胸をきつくしめつけ、息をさせてくれない。どうしてこんなことになったのか、ハインツには思い出せなかった。

ローストした大きなかたまり肉のように、ハインツは火から下ろされ、香りのいい葉っぱの上にのせられた。包丁をとぐ音がする。やがて包丁の先が、ハインツをくるむ灰色の繊維《せんい》を鼻からしっぽまですうっと切った。繊維はモモの実が種からはがれるようにするりと落ち、体に押《お》しつけられていたハインツの脚《あし》を、人の手がのばしていく――一本、二本、三本、四本。どうやらハインツは料理され、これから食べられるようだ。

「汗《あせ》をかくのはすんだ。今度は水分をとろう」冷たい水をすくった手が、ハインツの口元にあてられた。「めやくちゃに走りまわったと思えばいいさ、わんころ」

老人がしゃべると、長いひげが胸ではずむ。彼《かれ》はハインツに話しかけ、ボクルマに話しかけ、馬に話しかける――馬は泥沼《どろぬま》から助けだされていた。（老人がどうやって助けだしたのかは、馬にさえわからなかった）老人の客はだれも彼に答えないが、それでも彼は話をする。ハインツは、レシピを口に出しながら夕食を作っていたクレムの母親を思い出した。

まわりの木々が身を乗りだして聞き入っているようだった――聞いているうちに年をとって、ひげがのびたらしい。というのも、灰色のクモの巣のようなコケが幹から下がっていたからだ。川から吹《ふ》いてくる風がコケをゆらすと、木々も話しているように見える。長い灰色のヒゲを胸にはずませながら。

銃弾《じゅうだん》はハインツの背中をかすっていたが、走る速度を落とすほどではなかった。倒《たお》れそうになりながらも、ハインツは全速力で森の老人がくらしているところに駆《か》けこんだのだった。

「おまえは野良犬《のらいぬ》か、それとも飼い犬か？」老人は樹液と薬草とハチミツを混ぜ合わせている。それを弾丸《だんがん》がかすったやけどにぬるのだ。飼い犬だろうと野良犬だろうと、老人はハインツを低く見たりはしなかっただろう。それどころか〝人間〟でも〝動物〟でも、彼《かれ》にとってたいしたちがいはないようだった。洪水《こうずい》のせいで、それはたくさんの人間と動物が、安全な場所を求めて老人の住むところを通っていった。川が増水するたびに、老人は住む場所を少しずつずらしていくが、必要以上に移動することはない。川は老人に、食べる魚や、洗いものや料理に必要な水、露天《ろてん》の住まいをいろどる漂流物《ひょうりゅうぶつ》をあたえてくれる。

「たぶん、世界が終わるんだろう」老人はひとつかみの草で馬をこすってやりながら、話しかける。「ひょっとしたら、終わりではないかもしれん――ただ自然がはしゃいでいるだけかもしれんなあ。どっちにしろ、〝終わり〟から逃《に》げてもしようがない」

老人は生きのびることにほとんど関心がないようだったが、ハインツとボクルマにあたえる魚からは、骨を――ごく小さな髪《かみ》の毛くらい細い骨さえ――ていねいに取りのぞいてくれた。それから、ハインツをひざの上に引きよせ、耳をやさしくなでてくれた。

ハインツの胸で愛がよみがえる。あれやこれやのせいで、愛情はすっかり病《や》んでいたのだ。ネズミに噛《か》まれ、ナナシと戦い、銃弾《じゅうだん》が飛んでくるなかを逃《に》げ……。それがいま、灰色のコケのベッドで眠《ねむ》り、クレムやピクニックの夢を見たら、自分の長所が全部ゆっくりともどってきた。なかでもいちばんの長所が、愛だ。

ところが、森の老人は客に長居をされるのを好まなかった。ある日、老人は馬を連れだすと、ハインツが引《ひ》き綱《づな》の結び目に夢中なのを見ていたので、引き綱の先を犬にくわえさせ、行けと声をかけた。「行け。どんどん行け。ほら、行け。わしをそっとしておいてくれ」

ハインツはわからないというように、大きな目で老人をふり返った。愛はどうなったの？焼いたウナギは？　耳を引っぱったり、老いた指で毛をかきわけてノミを取ってくれたりしたのは？　ボクルマは元気よく駆《か》けだしたが、ハインツは開けた土地のはずれで長い時間たたずみ、自分のかんちがいであることを祈《いの》った。老人はハインツに背を向けたまま、アヤメの葉を編んで寝床《ねどこ》のマット作りに集中している。

犬たちが森を駆《か》けぬけていく音が聞こえると、老人はマットをわきに置いた。そして小声で悪態をついた——まったく犬ってのは、どいつもこいつも、人の心を鷲《わし》づかみにしおって。


ビッグロックの近くの土手では、奇妙《きみょう》な生き物たちがうろついていた——巨大《きょだい》なヤモリ、木の幹をはいのぼって枝で鈴《すず》のような音を立てる貝、毛むくじゃらの鹿、鳥ほどもある大きなトンボ、青をのぞいたあらゆる色のネズミたち。ヒアリは群れをなして水面に浮《う》かび、たがいにつながって赤いイカダを作っている。昼間に鳴くフクロウに、暗闇《くらやみ》で光るカエル。しかも、その場所はウソをつく。

そびえる崖《がけ》のせいで、音はいつまでもこだまする。むらさき色のトカゲが獲物《えもの》に吹《ふ》きつける毒のせいで、いろんなにおいがこんがらがる。ときどき、ハインツは移動する人間のにおいをとらえたり、遠くの物音を聞きつけたりしたが、それがどこから来るのかはまったくわからなかった。

太陽が顔を出し、湿地帯《しっちたい》がきらきらと輝《かがや》いた。ハインツの前には、青空へ向かってゆるやかな坂になっている景色が広がり、そのふもとには甘《あま》い香りのヒヤシンスが咲《さ》く野原がある。ヒヤシンスのなかに転がる丸太の上で、数羽のウサギが集まって、長い耳の下で身を寄せあっていた。なによりうれしいのは、ヒヤシンスの野原の向こうに、人間の一団が苦労して坂をのぼっていく姿がはっきり見えたことだ。

結び目のあるロープが、急によだれでべとべとになった――ウサギを見たハインツは、自分がどれだけ空腹だったか思い出したのだ。

――わしも腹がへった。

ハインツの後ろで声がした。犬の死神だ。ハインツは鼻からしっぽの先までぶるっと体を震《ふる》わせた。脚《あし》が曲がり、しっぽが腹の下にひょいと入りこむ。

「きみも感じるかい?」ハインツは馬にたずねた。「危険を感じる?」馬は質問を理解できず、一歩前に進んだが、花をふもうとはしなかった。

ところが、ボクルマはずっとウサギを見ている。

「感じない?」ハインツは自信なさそうにいう。

「ぼくのうさぎ」ボクルマはヒヤシンスの野原を駆《か》けだした。

ヒヤシンスは大きくてじょうぶな植物で、ボクルマは子犬だ。かなり長い距離《きょり》を、子犬は花粉でくしゃみをしながら走りつづけた。やがて二本の花のあいだにふみこんだかと思うと、姿が消えた。

ハインツと馬はじっと見守り、ヒヤシンスの野原の向こうにボクルマがまたキャンキャン鳴きながらあらわれるのを待った。そよ風が吹《ふ》いている。ウサギたちは丸太の上で、横にゆれている。というより、ウサギたちの乗った丸太が横にゆれているのだ。花がぶつかりあい、そのあいだに闇《やみ》が見えた。

水だ。ヒヤシンスもウサギも、深く暗い水の流れに浮《う》かんでいたのだ。

長いあいだ、ハインツはじっと目をこらし、ボクルマが息を切らして水面に顔を出し、ヌマチウサギを丸太から落っことすのを待った。

景色にはなんの動きもない。聞こえてくるのは、カエルの合唱と、馬が安全にわたれる場所を探しに行く音だけ。ボクルマはトカゲかカワカマスかミズヘビにさらわれたのか、それともただおぼれてしまったのか、ハインツたちには知りようがない。

——わしのボクルマ。

犬の死神がハインツの耳元でいった。その口調は、意地悪でもなければ、あざわらうようでもない。やさしい上機嫌《じょうきげん》な声だ。

「あの犬には苦労させられるぞ」ハインツは犬の死神に警告《けいこく》した。「ほんとに、あんなやつがほしいのか？」

——心配いらない。なんでも大歓迎《だいかんげい》。もう、わしのボクルマだ。

第二十三章 バラ色の解決策

プレスト市

グローリアは鏡を見つめ、そこに映った自分の口にダークレッドの口紅をぬった。まるで壁《かべ》に落書きしているみたいに。グローリアは鏡に映る女性が気に入らなかった。この女性は、プレスト市民から国家元首《げんしゅ》に選ばれた。人々は彼女《かのじょ》に投票して権力の座につかせ、この大きなお屋敷《やしき》に住まわせて、リムジンと運転手のアッピスをあてがい、無料の食料品と、暖炉《だんろ》の上に飾《かざ》る裸《はだか》の彫像《ちょうぞう》をあたえた。「彼女はここに残って、なにもかも解決すべきだったのに」

「いったいどうやって？」ティモールはいった。「彼女《かのじょ》もただの人間だ。魔法《まほう》が使えたわけじゃない。それと、家具に落書きするのはやめてくれないか」彼《かれ》は床《ゆか》にあぐらをかいて、マダムの帽子《ぼうし》に作り物の秋の葉っぱを縫《ぬ》いつけている。〝スプリーマ〟がみすぼらしい姿であってはならない。

「でも、あんまりです。だんなさまは見てないじゃないですか！　もしマダムがあんなところを見たら、きっと工場を閉鎖《へいさ》して、みんなを家に帰したはずです」

「そして機械を水没《すいぼつ》させるのか？　工場の機械は何百万アフェイルもするんだぞ？」

「機械に市民ほどの価値はありません」

「あると思っている連中もいる」ティモールは帽子《ぼうし》を指先にのせてかかげ、縫《ぬ》い目を調べた。

「晩餐会《ばんさんかい》を思い出せ。あそこにいた人間は全員、機械のほうがはるかに重要だと思っていた。彼《かれ》らの話を聞いたはずだ――機械を水から守れ、人々を工場に閉じこめておけ」

グローリアはいらだった。どうして、だんなさまはもっと動揺《どうよう》しないのか。あたしの伝えた話に――寒くてじめじめした工場のようす、子どもたちにこれ以上つらい思いをさせないでほしいと声をひそめてうったえてきた母親の話に――もっと怒《いか》りを感じないのか。それでも、きちんと留めたカフスボタンとけわしい目、頭のなかでむずかしい割り算をしているような表情には、口答えを許さない雰囲気《ふんいき》があった。

ずいぶんたってからティモールは立ち上がり、グローリアに帽子《ぼうし》をわたした。「それじゃ。今日はくれぐれも気をつけてくれ」

グローリアの心臓が警告《けいこく》するようにドキンとした。「いつ？　どうして？　なにを？」

「コヴェットに工場を閉鎖《へいさ》するよう伝えるときだよ。きみのいうとおりだ――市民のほうが、スプーンよりはるかに大切だ。心配しなくていい、きみのいうべき言葉は、ぼくが紙に書いてわたすから」

「工場を閉める？　それは不可能ですよ、マダム！」コヴェット議員は声高《こわだか》に笑いながら首をふった。陽気な伯父《おじ》さんが、子どもの頭を軽くぽんとたたくときのような口調だ。

グローリアは、ティモールが書いてくれた言葉をしっかり覚えておいたのに！　せいいっぱいスプリーマをまねた声で、その言葉を全部話したのに。グローリアの話した言葉は、いまや死んだハエのように机の上に落ちている――コヴェットがあっさりたたき落としたのだ。「街の豊かさは、工場の働きにかかっています。工場のないプレストに、いったいなんの意味があるんです？　アフェイリアといえば、製造業です。アフェイリアとは、カトラリーを必要とする世界にとって、カトラリーそのものなんです！　プレスト市の人口の九十パーセントが、カトラリー製造で生計を立てているんですぞ！　製造業あってのプレスト市です！」

　グローリアはヴェールの内側で怒《いか》りのあまり顔が赤くなっているのがわかった。「いいえ！　アフェイリアは国民で成り立っているんです！」

　コヴェットの陽気な口調は、いくらかいらだちに変わった。「いやいや、それは暴論ですな。給料なしで、人々はどうやって食べるものを買うんです？　人々のポケットに給料を入れてやるのはだれですか？　工場でしょう！」

「でも、工場ではもう、カトラリーを作ってはいません！　それに、工場のオーナーたちは人々に給料をはらっていないんですよ！　知らなかったんですか？」

「そりゃ、はらいませんよ。工場には材料のニッケルが入荷してこないし、工場から製品を出荷することもできないんですぞ。おまけに、工場のオーナーは、たくさんのポンプを作る費用も出しています。そもそも、なぜ労働者に金が必要なんです？　金を使うものなど、なにもないというのに。彼《かれ》らは、食べるものと水をあたえられていますよね？　実際の話、マダム、わたしがいま話している女性は、去年、学校を卒業する年齢《ねんれい》を十三歳に下げ、工場により多くの労働者を送りこめるようにした女性と同じ人物でしょうか？　なぜ急に、国民に好かれようとなさるんです？　これまでのあなたの政策は、いつも非常に……実利的だったじゃありませんか」

グローリアはメモ帳からページを一枚はぎとり、そこに〝ジツリテキ〟と乱暴に書きとめた。コグェット議員は椅子《いす》の上で背すじをのばし、腕組《うでぐ》みをしている。「もっと重要な件について考えましょう」

グローリアは一瞬《いっしゅん》、向こう見ずな気分になった。「なんのことかしら？　ノアの箱舟《はこぶね》とか？」

コヴェット議員はあせって椅子《いす》から腰《こし》を浮《う》かせ、だれかに聞かれていないかときょろきょろした。「シーッ。いけません！　だめです、だめです。きっと、そういうことにはならないでしょう。ご主人はどちらですか――いや、秘書官だったか、なんでもいい……」

「あなたとミスター・マイルドのために、ウイスキーを取りに行っています」

部屋の外でグラスのぶつかる音がした。コヴェット議員の秘書のマイルドが、ぱっと立ち上がってドアに鍵《かぎ》をかける。グラスの音を聞いて、グローリアは自分も部屋の外にいたくてたまらなくなった。

コヴェット議員はいった。「政務について、ご主人に相談するのはひかえていただきたいものですな。彼《かれ》は議員ではありません」

ずいぶん長くスプリーマの服を着てきたグローリアは、どう答えるべきかちゃんとわかっていた。「ティミーのことはご心配なく。決断はここでします。夫はわたしの指示に従うだけです」

コヴェットはほほえんだ。「それでは、このとんでもない洪水《こうずい》を収束させることについて、話し合いましょう」

マイルドがたちまち机のそばに来て、グローリアの前に地図を広げると、いくつかの目印を指さした。彼《かれ》はオーデコロンとピンクの石けんの香りがする。彼がしゃべると、息から歯磨《はみが》き粉《こ》のにおいがする。「何千年も昔、川がここビッグロックで二本に分岐《ぶんき》しました。科学者の考えでは、地震《じしん》で亀裂《きれつ》が入ったらしく、わかりますよね、それで――」

「地質学の話は飛ばしてくれ、マイルド」コヴェットがぴしゃりといったので、グローリアはそのすきにメモ帳に〝ブンギ〟と書きとめた。

「つまり、一本の川が二本になったわけです。そのうちの一本が、われわれのほうに流れているフルカ川――これはラテン語でフォークという意味……」

「わたしはちゃんと学校を出ているんですよ、ミスター・マイルド」グローリアはたしなめた。これで、あたしがラテン語を知っていると思ってくれるといいのだけれど。

「そして、こちらのもう一本は、ローズ川と呼ばれていました」

「そのラテン語はなんていう意味なの？」

マイルドはほほえんだ。「おそらく、水の色がピンクがかっていたのでしょう。赤い砂岩《さがん》の影響《えいきょう》で。しかし、もちろんごぞんじでしょうが、七十年前、ここビッグロックにダムが建設されました。すべての水を、われわれのいるここプレストへ流れるようにしたのです。天才的な技術でした。余分に入ってきた水は川の底をけずり、川はかなり深くなりました。おかげで、ニッケルや石油などを運ぶ船が、海から上流のここまで安全に入ってこられるようになったのです。しかも、カトラリーを積んだ船がここから出航できるようになり、地上輸送の必要がなくなりました」

「天才的ですね、あなたのいうとおりだわ」

「天才的ですとも」マイルドの声は、彼《かれ》の着ているビロードのベストのようにやわらかくひびく。「もちろん、ダムはローズ川に終止符《しゅうしふ》を打ちました。ローズ川は消滅《しょうめつ》しました。残念ですが、必要なことだったのです。果樹園や作物は枯《か》れてしまったため、ロージーたち（ローズ市民は自分たちのことをそう呼びます）のほとんどはここに来て、工場で働くようになりました。いい、いい、それもまた、プレストの経済発展を助けたのです！」

「歴史の授業はもういい」コヴェットがぴしゃりといった。「スプリーマはそれくらい、ごぞんじだ」

「もちろん、そうでしょう。大変、失礼いたしました、マダム。では、仮《かり》にダムをなくせば、川はふたたび二本に分かれるでしょう。半分はこちらへ、もう半分はあちらへ流れます。ジャジャーン！　プレストのほうへ流れる水の量は、いまの半分になるというわけです！」

「まあ、すばらしい！」グローリアは喜びのあまり、手袋《てぶくろ》でニワトリの足みたいに見える手で拍手《はくしゅ》した。

「そうでしょう」マイルドはやさしく、ひかえめにいった。まるで自分が考えたことのようだ。

「それに、ローズ市の人々も、川の水がもどって大喜びするわね！」

「ううむ」とマイルド。

「まだあそこに住んでいる人がいるなら、ですけど。いるのかしら？」

コヴェットが割りこんだ。「ほとんど、いやしませんよ。いかがわしい連中。移民。そんな類《たぐい》だけです」

グローリアはメモ帳に書きとめる――なんて鼻もちならない人。「何人くらいいるんですか?」

マイルドとコヴェットが同時に口を開いた。

「三百人?」

「千人?」

「でも、どうやって? どうやって、ダムをなくすつもり?」グローリアはたずねた。

「爆破《ばくは》するんですよ、マダム」

「ああ。そういうこと。ちょっと失礼しますね」グローリアは急いで、文書室へ通じるドアから出ていった。スカートをズロースが隠《かく》れるぎりぎりまでたくし上げ、裏の階段を一段ぬかしで駆《か》け上がる。思ったとおり、応接室から閉めだされたティモールは、次に話を盗《ぬす》み聞きしやすい場所を見つけていた——応接室の真上の部屋だ。

「言葉の問題かね?」ティモールはたずねた。盗《ぬす》み聞きはあまり成功していなかったらしい。

グローリアはうなずき、書きとめておいたメモを読んだ。

「ブンギ」

「分岐《ぶんき》のことかな? やれやれ! 分かれることだ」

「ジツリテキ」

「実際的、実用的という意味だ。正しいかまちがっているかなどと悩《なや》んで時間をむだにせず、必要なことをおこなうことだ」

グローリアは紙をくしゃくしゃに丸めた。「コヴェット議員は、ビッググロックのダムを爆破《ばくは》して、川をまた二本にブンギしたがっています。それは本当に名案ですか……それとも、ちがう？　ミスター・マイルドは『ううむ』といってて、コヴェット議員はなんだかうさんくさいんです」

ティモールは目を閉じて考えた。額で血管が脈打っている。まるで、いろんな考えが血管のなかを流れているようだ。「洪水《こうずい》が収まるまで待つのなら、いい考えかもしれない。川がいまのような状態でダムを破壊《はかい》するとなると……」彼《かれ》の目が開いた。「……ローズ市は住人もろとも流されてしまう」

「ローズ市は、この街みたいに城壁《じょうへき》にかこまれていないんですか？」

「そんなものはない」

「でも、考えてみて。もしダムの破壊《はかい》で洪水《こうずい》を止められたら、人々は工場に住みこんで四六時中ポンプを動かす必要はなくなります！　労働者たちは、ローズ市民《ロージー》は消防士に火をつけたり、おたがいに殺し合ったりしているといっています——新聞で読んだそうです！　それにコヴェット議員の話では、ローズ市にはいかがわしい人たちしかいなくて、数も多くないって……どうしてそんなことを知っているのか、わからないけど。それをいうなら、新聞も。どうして知ってるのかしら？」

「その謎《なぞ》を解くあいだ、この点についてもよく考えてほしい——ローズ市の人々はアフェイリア国民だよ、グローリア。つまり、スプリーマには彼《かれ》らを守る義務がある。それに、たとえ彼らが国民ではなかったとしても、きみは〝いかがわしい人たち〟の赤《あか》ん坊《ぼう》まで犠牲《ぎせい》にしてもかまわないというのか？」

「うーん、とにかく」グローリアは話をそらされるまいと、提案した。「たぶん、洪水《こうずい》が収まるまで、彼《かれ》らにどこかへ行ってもらうことならできますよね？」

「それには、前もってだれかがローズ市民に知らせる必要がある。となると、具体的にどうやって知らせるのか。なにしろ通信ケーブルは断線しているからね。それに、だれが――」

「飛行機！」

「――自分たちの街を丸ごと破壊《はかい》されると聞いて、だれが賛成する？　浅はかではいけないよ、グローリア」

「それはバカって意味ですか？」

「そんなような意味だ。とにかく、浅はかではいけない。一万六千人の男と女と子どもをおぼれさせて、われわれが助かる？　それは実利的じゃない、大量殺戮《さつりく》だ」

「一万六千人？　三百人じゃなくて？」

「一万六千人の男と女と子どもたちだ」


グローリアは鏡で服装を確認してから、また急いで裏の階段を下りていった。

「お待たせ」と声をかけ、自分の机にもどる。「どこまで話したかしら？」

「飛行機でビッグロックのダムに爆弾《ばくだん》を落とすという話です」コヴェット議員はいらだたしげに答え、机の向こうから国家命令の書類を押《お》しやって署名をせまった。

グローリアはなめらかでやわらかい紙を見た。金色の縁《ふち》はざらざらしていて、美しい手書きの文字がならんでいる。議会の書記官はとても見事な書類にしてくれていた。大きな渦《うず》まきのような大文字に、長さのそろった線、背の高い文字は堂々と立っている。すべては、スプリーマが一万六千人の人々を溺死《できし》させる命令を出すためだ。しかも、署名用の特別なペンまである――昔の羽根ペンに似せた万年筆で、クジャクの羽根が使われていた。

「母がよくいっていました。クジャクの羽根を家のなかに持ちこむのは、縁起が悪いって」グローリアはいつまでも書類を見つめた。

「帽子《ぼうし》をとったほうが、よく見えて署名しやすいんじゃないですかねえ」コヴェット議員はじれったそうに声を荒《あら》らげる。ちょうど犬のデイジーがやってきて、コヴェットのズボンによだれをくっつけたのだ。

「いいえ。このままで結構よ、ありがとう」グローリアはペンを置いた。「工場で働いている人たちは、大勢の人々がおぼれ死ぬことなど望まないと思います。工場の人たちは、地下室でのことを忘れないはずです。ポンプを動かしても動かしても、水は上がってくるばかり……。だめです。そういえば、彼《かれ》らはこういっていました。ただ子どもたちを安全で暖かく清潔なところですごさせたい、きちんと食事をさせたいだけだって。彼らの要求が通るまで、ほかのことはなにも考えられません」

秘書が書類をかき集めるあいだ、コヴェット議員は噴火《ふんか》寸前の火山みたいに腰《こし》をゆすっていた。議員はあんぐりと口を開け、グローリアをにらみつけている。「彼《かれ》らが望んでいるのは、城壁《じょうへき》が倒《たお》れ、洪水《こうずい》に流されて死んでしまうことじゃない！」

ところがそのとき、マイルドが青い目を見開き、長い手の指をぱっと広げた。なにかひらめいたのだ。「彼《かれ》らに聞いてみてはいかがでしょう？　国民の考えを聞くのです！　これぞ民主主義ではないでしょうか」

コヴェットは秘書を見つめた。「彼《かれ》らに聞く？」

「はい、住民投票です、議員！　わたしが手配しましょう……。二日ください……。しかし、これ以上スプリーマの時間をうばうわけにはまいりません。さあ、わたしがお手伝いしますのでコートを着てください、議員」

　コヴェットは大またでつかつかと廊下《ろうか》を歩きだした。ぶつぶついいながら、毛だらけになったズボンをはらっている。話を聞かれないように議員が遠ざかるのを待ってから、マイルドはグローリアを軽くひじでつつき、ささやいた。「じつに！　じつにお見事でしたよ、マダム！　お見それしました！」


　グローリアが〝国民に聞く〟というマイルドの案を話すと、ティモールは顔をしかめ、長々と窓の外を見つめた。「彼《かれ》が実行しないといいんだが」

「どうして？　ダムを壊《こわ》してローズ市の人たちをおぼれさせるなんてことに、みんなが賛成するわけないじゃありませんか！」

「彼《かれ》らはおびえている。人はおびえると、頭から脳みそを取り出して、安全な高いたなに上げてしまうものだ」

「もうっ！　それでも、みんな善良な人たちです。わざとだれかをおぼれさせるわけがありません！」

　ティモールはまだ窓の外を見つめている。「善良な人々か。〝善良な人々〟という言葉は矛盾語法《オクシモロン》だと聞いたことがある」

「どういう意味ですか？　すごくバカな雄牛《モロンオックス》ってこと？」

「たがいに反する意味を持つ言葉の組み合わせだよ。きみとぼくのようなものさ」

THE VOICE
ザ・ヴォイス

イン・アトラメント・ノン・エスト・ウェリタス

〝士気はすばらしく高い〟

昨日の工場視察のあと、マダム・スプリーマは労働者の士気は〝すばらしく高い〟とのべた。「彼《かれ》らの明るさと元気には、本当に感心しました。彼らは持てる力をすべて注《そそ》ぎこみ、とても大変な作業にはげんでいます。まるでひとつの家族のように、一致《いっち》団結《だんけつ》してこの難局を乗りこえようとしています。疲《つか》れているはずなのに、まるでヘラクレスのように力強く働きつづけているのです!」

動物園からの脱走《だっそう》

数ヵ月にわたる雨が地すべりをひき起こし、昨日、プレスト動物園から数十頭の動物が脱走《だっそう》した。

檻《おり》はゆがみ、鳥舎《ちょうしゃ》はくずれ、ぬかるんだ地面は泥水《どろみず》に変わった。行方《ゆくえ》がわからなくなっているのは、パンダ、ライオン、トラ、ヘビ、カバ、クマなどで、その数は600頭にのぼると見られている。シマウマ１頭とチンパンジー３頭は、〝同じ動物園の動物によって〟殺された。プレストの街中で最初に目撃《もくげき》された動物のなかには、クロコダイルとアリゲーターもいる。園長のミッカ・ポッグによると、どの動物も〝捕獲《ほかく》はむずかしいと判明〟したという。治安警備隊《ちあんけいびたい》は武装しており、必要なら射殺するよう指示されている。

安全な工場内で生活している人々以外は、すべての危険がなくなるまで、家から出ないでください。

昨夜死んだ3頭のチンパンジー

第二十四章 だれも信じるな

プレスト市　てっぺん邸《てい》

グローリアは新聞を床《ゆか》に投げすてた。「ウソばっかり！　あたしは工場の人たちの士気が高いなんて、ひと言もいってない！　毎日毎日、ウソばっかり！」

「ちなみに〝士気〟の意味はわかっているのかい？」とティモール。

「いいえ。でも、水びたしで寒くてみじめって意味じゃないことくらい、想像がつきます。この新聞にのっていることは、ひと言も信じない」

「この新聞の編集長は、ぼくが大いに尊敬している女性だ」ティモールは警戒《けいかい》の表情を向けたが、グローリアは気づかない。

「このあいだは、犬のフンで目がつぶれると書いてありました。そんなこと、信じられるわけないじゃないですか？」

「それなら、犬の散歩から帰ってきた直後にぼくのサンドウィッチを作るのは、やめておくれ。その記事はまぎれもない真実だ」

ところが、グローリアのとつぜんの怒《いか》りは収まらない。「それにあたしは……狂犬病《きょうけんびょう》の犬たちが街をうろついていたなんて、信じません。天気予報の人たちが裁判にかけられたなんて、信じません。天気予報の人たちは、ただ銃殺《じゅうさつ》されたと思っています。〈ペット・ウエルカムセンター〉なんて、最初から存在してなかったんです。集められた犬はみんな殺されて、解体されて、工場で働く人たちの食事にされてしまったんです」

まるで、スプリーマのきついコルセットをぬいで、全身がほっと深呼吸したかのようだった。来る日も来る日もたくさんのことを信じるまいとがんばってきて、とつぜん、これ以上がんばれなくなってしまった。グローリアは真実に圧倒《あっとう》されてしまったのだ。「なんなんですか？晩餐会《ばんさんかい》で、工場の人の話が耳に入らなかったとでも思っているんですか？　工場で働いている人たちは、犬の肉を食べさせられているんですよ！　〝動物園から逃《に》げだした動物〟？　昨日、動物たちが逃げだしたなんて、ありえません。だって、だんなさまもあたしも知ってるじゃありませんか。動物たちはすでに、晩餐会であの上流階級の人たちに食べられちゃったんだもの！　新聞が作り話を書きたてているんだと思います！」ティモールは物騒《ぶっそう》なほど怒《いか》りで青ざめているけれど、グローリアも負けないくらい怒《おこ》っている。グローリアはごくんとつばをのみこんだ。「それに、どうしてだんなさまが新聞の肩《かた》をもつのかわかりません！」

ティモールは立ち上がった。グローリアは窓から放りだされるかもしれないと思った。「〈ザ・ヴォイス〉の編集長は、頭脳明晰《ずのうめいせき》で信念を持った女性だ。彼女《かのじょ》のことは、ずっと昔からよく知っている。彼女ほど高潔な人はいない。彼女がでっちあげの記事などのせるわけがない」

グローリアの怒《いか》りは、しずまるのをこばんだ。心のなかで、キャンキャンほえる犬のように、いつまでも跳《と》びはねている。「もし、いじめられてウソの記事を書かされていたとしたら？」

「信じてくれ、ヘカベ・ライトフット教授はいじめられるような女性じゃない」

「どうして、彼女《かのじょ》はちがうといえるんですか？　みんな、いじめられてるのに！」グローリアは噛《か》みついた。(これも、真実がとつぜん、嘔吐《おうと》のようにこみ上げてくる恐《おそ》ろしい瞬間のひとつだった)「工場で働く人たちはいじめられています。ミスター・マイルドも、コヴェット議員にいじめられています。パグ犬のボズは、ゴールデンレトリーバーのデイジーをいじめています。マダムはだれでもいじめます——あたしや料理人、マダムの秘書、だんなさまも……」

ティモールはグローリアの手から新聞をひったくり、暖炉《だんろ》のほうへ投げた。恐《おそ》ろしい沈黙《ちんもく》が、グローリアが口にしていたかもしれないほかのすべての言葉をおおい隠《かく》す。ようやく、ティモールが口を開いた。「きみの話の証拠《しょうこ》を見せてくれ。ぼくの親友がニュースをでっちあげているなんてことを、きみが証明できるとは思えないがね」といいつつも、彼《かれ》の目には、かすかな疑いの色が浮《う》かんでいた。

グローリアは屋根裏にある自分の部屋へ新聞を取りに行くと……そこには、すでにだれかが——グローリアが——いた。その人物がふり向いたところで、意味がわかった。メイドのリクシーがグローリアの服を着ていたのだ。実際、グローリアの服が全部、床《ゆか》の上で山になっている。リクシーはそれを試着している最中だった。

「なにしてるの?」

「着られるものがないか、探してるの。この屋根裏部屋は電気も通ってないでしょ。あんたはそれでもかまわないだろうけど——田舎者《いなかもの》だもんね」

「ウールのワンピースをあげたじゃない」

「あれ、ちくちくするんだもん。ほんと、ひどい服ばっかり」リクシーは悪びれないばかりか、グローリアと鉢合《はちあ》わせて喜んでいるようだ。

「それは、収穫祭用《しゅうかくさいよう》のワンピースよ。それを着て、納屋《なや》の棟上《むねあ》げ式に行ったの」グローリアはいった。

「うわ。そこまで田舎者《いなかもの》なんだ……。ねえ、なんで？　いまはサテンやレースのついた服をいっぱい持ってるのに。なんのために、こんな服をとってあるの？」

「ちゃらちゃらした服は好みじゃないから」

「そんなの、ウソ！　盗《ぬす》んだんでしょ。メイドがスプリーマの服で着飾《きかざ》ってるなんてことがだれかに知れたら、どうなるだろうね？　それって反逆罪だよ。反逆罪で射殺されるかもね。柱にしばりつけられて、目かくしされて、一列にならんだ兵士がライフルに弾《たま》をこめたとき、あんたは恐怖《きょうふ》でおもらししちゃうんだよ。そして、バン！」リクシーはグローリアの顔の前で手をたたいた。「だから、よくばっちゃだめ。そういう服とこういう服、両方着るわけにはいかないでしょ？　というわけで、こっちはあたしがもらっとく。ついでに、スプリーマのシルクの下着も試させてよ。あんたのニッカーズをはく気はないから」リクシーの目は大胆不敵《だいたんふてき》に光っている。「これからは、シルクのズロースはあたしのね。口紅も。ピンクのやつ」ベッドの上の小さな服の山から、リクシーはまだあれこれ引っぱっている。

「あっ、ギンガムチェックのワンピースはだめ！　それは母さんが新年に送ってくれたの！　まだ袖《そで》を通したこともないのよ！」

「それじゃ、なんでこんなにしわくちゃなの？」（グローリアはだまっていた。家族の夢が見られるように、まくらの下に置いて寝ていたとはいいたくない）「まあ、いいわ。あたしの代わりにアイロンかけといて」

「いや！　そのギンガムのワンピースはあげない。おねがい、わかって」

リクシーは両手を腰《こし》にあてた。鏡の前で何度も練習したポーズのようだ。「そんなものをどうするつもりなんですか、奥《おく》さま？」そして、いっぽうの腕《うで》で服をごっそり――なかには、グローリアの妹がお別れにプレゼントしてくれた寝間着《ねまき》もある――抱《かか》えて出ていった。

確かに、そのとおりだ。グローリアになにができるだろう？　リクシーにほしがるものをなんでもあげる以外、選択肢《せんたくし》はない。そうしないと、真相をばらされ、銃殺《じゅうさつ》にされてしまう。スプリーマを演じつづけ、スプリーマのちゃらちゃらしたこったデザインの服を着つづける以外に、どんな選択肢がある？　それに正直、いつかまたギンガムチェックのワンピースを着られる日なんて、来るのかしら？

ティモールが待っているので、ちらかった服はあとまわしにして、グローリアはベッドの下からこれまでの〈ザ・ヴォイス〉を全部引っぱりだした。すると、一面に自分の写真がのっていた――〝マダム・スプリーマがナイフ工場を視察〟。その顔はもちろん、黒いヴェールに隠《かく》されていた。

ふたりは図書室の大きな敷物《しきもの》の上に新聞を広げ、日付順にならべた――大きな、白い、しわだらけのニュースの海。それから新聞の上にはいつくばって、探す……。

「なにを探すんですか、だんなさま？」

「まちがいだよ。いつからまちがった記事がのるようになったのか、つきとめるんだ。教授はまちがいをけっして許さなかったし、ウソにスポットライトを当てることだって、もちろん許さなかった。〝真実を語れば、悪魔《あくま》も恥《は》じ入る〟が口ぐせだったんだ。おかげで教師としてはおっかなかったが、優秀《ゆうしゅう》な新聞の編集長になった。ぼくは卒業してから、彼女《かのじょ》としばしば夕食をともにしていた。妻はどうしてもいっしょに行こうとしなかった――彼女は賢《かしこ》い女性がきらいでね。ついでに、ぼくが妻抜《ぬ》きでどこかへ出かけることもきらっていた。しまいには、保安局から〝不適切な交友関係〟であると通告されたよ。スプリーマの夫であるぼくが、〝国家機密をマスコミに流す〟かもしれないんだとさ。というわけで、もうライトフット教授とは食事をしていない」

「だんなさまが学校で教わった先生なら、いまごろはかなりのお年ですよね。年配の人はミスをするものでしょう」

「言葉に気をつけたまえ！　ぼくのことを、いったいいくつだと思っているんだ？　ライトフット教授はたぶん五十……五十五歳《さい》くらいだろう」

「だから、いったじゃないですか。年配の人って」グローリアはくちびるを噛《か》んだ。「あの、だんなさま……」

「なんだね？」

「あたしはいつ、マダム・スプリーマのふりをやめられますか？」

両ひざをついて目の前の記事を調べているティモールには、聞こえなかったらしい。

「いつ、やめられますか……？」

「じつは、ここまで長く演じさせることになるとは思っていなかったんだ。最初のうちは。すまない。マダムのふりは、とっさの思いつきだった。きみも知ってのとおり」

「それじゃ、あの……ずっとつづける……ってことですか？」

「いやいや、まさか！」ティモールは両ひざをついたまま体を起こした。グローリアをずっとそばにおいて妻のふりをさせるという考えに、がくぜんとしている。「洪水《こうずい》が引いて、きみが街から出られるようになるか……妻がもどってくるまでの話だ、決まってるじゃないか。心配はいらない。それよりずっと前に、ぼくたちのしていることが発覚して射殺されるだろうしね。いや、冗談《じょうだん》！　冗談だよ！」

　ふたりは新聞記事の調査にもどり……なにかはわからないまま、探しつづけた。グローリアはでたらめな新聞記事にひどく怒《おこ》ってしまったことを、心から後悔《こうかい》していた。ティモールは明らかにライトフット教授のことが大好きだ――おバカな新聞がときどきでっちあげの記事で紙面をうめたからって、なんだっていうの？

　ティモールはまだ話している。「彼女《かのじょ》はとてつもなく賢《かしこ》いんだ。物事を正しくおこなうことに、とにかくこだわる。学校にいたころ、ぼくたちは彼女の後ろでよく物まねをしたものさ。『ええ、そうね、けれどそれが真実よ』『あなたの意見を聞きたいんじゃないの。それは真実かと聞いているの』だが、ふり返ってみると、彼女は……忘れられない先生だ。ラテン語とギリシャ語に、のめりこんでいた。たぶん、許されるなら、彼女は〈ザ・ヴォイス〉をラテン語で出していただろう。わかるか？　ヘカベ・ライトフットのすべてを知りたければ、新聞名の下の紋章《もんしょう》を見るだけでいい。〝イン・アトラメント・エスト・ウエリタス〟――〝インクのなかに真実はある〟という意味だ」

「じゃあ……〝ノン〟はどういう意味ですか？」

「ノン？」

「はい。ここには〝イン・アトラメント・ノン・エスト・ウェリタス〟と書いてあります——それと、こっちにも——こっちにも」

ティモールはグローリアの手から新聞をひったくり、四つんばいになってほかの新聞の上を動きまわった。くしゃくしゃになった新聞が山脈のように盛り上がる。「くそっ。くそっ。くそっ」

「どうして？　どういう意味なんですか？」

「どうもこうも、〝——真実はない〟って意味だ」

図書室のドアがノックされ、リクシーが（グローリアの青いギンガムのワンピースを着て）コヴェット議員が来たことを知らせ、許しも待たずに彼《かれ》をなかに入れた。内務大臣はドア口に立ち、新聞のちらかった部屋に目を走らせた。スプリーマの夫が四つんばいになっている。不意を突《つ》かれたティモールは、すぐには立ち上がれなかった。

「蛾《が》がいるの！」マホガニーの机の向こうから、大きな声がした。「モウセンガがカーペットに卵を産まないように、新聞紙を広げてちょうだい！」見えるのは、スプリーマのむらさき色のドレスの後ろだけだ。「モウセンガには我慢《がまん》できないでしょ？　卵がかえって、あのぞっとする白いウジ虫がわいてくるのよ。本当はメイドの仕事だけれど、あの娘《むすめ》はまったくの役立たずで、なにひとつまともにできやしないんだもの。主人もこまったもので、どこか攣《つ》ったらしくて。あなた、コヴェット議員をべつの部屋へご案内して。それから、攣《つ》ったのが治るまで、もどってこないで」

ふたりがいなくなったあと、グローリアは机の下で長いあいだ丸くなっていた。遅《おく》れてやってきた恐怖《きょうふ》に歯がカタカタ鳴る。そういえば、帽子《ぼうし》をどこに置いてきたんだっけ？　そしていつぽうの手を着いたとき、蛾《が》の死体がつぶれた。


ティモールはすぐもどってきた。「コヴェットとぼくは、ガソリン節約のために、一台の車を共有している。コヴェットは今夜、車を使いたがったが、彼《かれ》が道路をはさんだ向かいにあるアッピスの家を訪ねると、アッピスは不在でリムジンもなかったらしい。アッピスがいつもどるか、ぼくにわかるか？　うちの運転手にも、やっぱり私生活というものがあるらしい」

「あたしは二輪馬車のほうがいい」グローリアはいった。「二輪馬車のあつかいは得意なの」

ため息をつくティモール。「だめだ。そんなことをしてもらっちゃ、こまる。まだ、いわなくちゃならないのか？　国家元首《げんしゅ》というものは、馬に引かせた乗り物をみずから運転して街をうろついたりしないものだ。廃品《はいひん》回収業者じゃあるまいし。たのむから、忘れないでくれ」彼《かれ》は新聞を正しい順番に重ねていく。「ヘカベの自宅に電話してみた。〈ザ・ヴォイス〉の会社にも。どっちの回線もつながらなかった。たぶん、もう市内の電話回線もだめになってしまったんだろう」そのとき、新聞のクイズが目に留まった。「アナグラムは解けるかい？」

「やったことがありません、だんなさま。それはなんですか？」

「クイズだよ。文字をならべかえて、べつの言葉を作るんだ。ヘカベはこういうものを楽しんでいた。ぼく自身は解けたためしがない」ティモールはグローリアに新聞の一面を見せた——グローリアの写真がのっているページだ。写真の顔は破れていたけれど、隅《すみ》のクイズ欄《らん》はまだ読める——ママ スープ無理だ。

「それは〟マダム・スプリーマ〟です」とグローリア。「簡単だわ」

「確かに。じゃあ……時間があるときに、残りも解いてくれないか？」

「なぜですか？」

「ぼくがそうたのんでいるからだが？　そういうものじゃないのか？　主人とメイドというのは？　わたしがたのみ、きみはたのまれたことをするんだろ？」

屋根裏の自分の部屋で、グローリアはせまいベッドのなかでぎゅっと丸くなっていた。とても眠《ねむ》れそうにない。ひとつには、リクシーに寝間着《ねまき》を盗《ぬす》まれてしまって寒いから。それでも、夢が待ちぶせしていた。夢はグローリアを眠りの暗い淵《ふち》に引きずりこみ、恐怖《きょうふ》におぼれさせる。グローリアはこんな夢を見た。ワンピースがぬげない——ボタンをはずしたくても、ボタンがない。帽子《ぼうし》が頭にくっついてしまい、助けてとおねがいしても、だれもがひざを曲げるおじぎをして「スプリーマよ、永遠なれ」というのだ。グローリアが、自分が何者でどこから来たのか説明しようとしても、言葉は蛾《が》に変わってしまう。蛾はヴェールの内側に閉じこめられて、グローリアの髪《かみ》に卵を産みつけはじめる。スプリーマよ、永遠なれ。

目が覚めると、グローリアは頭をかきむしり、口を真一文字《まいちもんじ》に引き結んでいた。ナイトテーブルの引き出しに入っていたろうそくを全部灯《とも》したところで、やっと暗闇《くらやみ》はベッドの足元まで下がり、いやな夢は室内用便器のなかにひっこんだ。スプリーマよ、永遠なれ、永遠なれ、永遠なれ……。グローリアは紙を取り出し、毎晩しているようにマダムのサインの練習をした。それから新聞を出し、アナグラムを解きにかかった。

縄《なわ》がかつぐの　＝革《かわ》のながぐつ
タイヤ合うよ　＝やあ太陽
ママ スープ無理だ　＝マダム・スプリーマ
あと 蜜《みつ》うまい　＝甘《あま》い糖蜜《とうみつ》
あつい善人　＝ついに安全
化粧《けしょう》積んだ　＝団結しよう

やがて、アナグラムはだんだん見つけにくくなっていった。内側のページに隠《かく》され、子ども向けのジョークや本の紹介《しょうかい》記事のあいだにまぎれこんでいる。けれど解くのは、数を重ねるほど簡単になっていった。

飛んでよチキン　＝きちんと読んで
へんな社長 移住したわ　＝編集長じゃないわたし（？）

もっと簡単で、もっと不安をかきたてられるのが、これ。

男子も　じれるな　　　**＝だれも信じるな**

ろうそくの炎《ほのお》がゆらめき、影《かげ》が部屋じゅうを激しく動く。まるで、クロヒョウがうろついているみたいだ。

うん　それ運ぶぜ　　　**＝これは全部ウソ**

外で、雷《かみなり》が不満そうにとどろいた。稲光《いなずま》が部屋を焼きつくすように白く照らし……。

危機ののち、時間いる　　**＝命の危機、感じる**

そのとき、どしゃぶりの雨がふってきて、天窓から雨もりが始まった——ポトン、ポトン、ポトン……。

田舎《いなか》も知れぬし　　　**＝死ぬかもしれない**

グローリアは立ち上がり、クローゼットから手探りでスモックと小さすぎるコートを引っぱりだしたものの、震《ふる》えは止まらない。ベッドカバーにくるまっていると、ずっと見つめていた最後のアナグラム――わし　湯をしたてる――が、えんぴつも使わずに解けた。稲妻《いなずま》がグローリアの脳裏に答えを書いた。

わたしを許して

グローリアは音を立てずに階下へ向かった。スプリーマのぜいたくな寝室《しんしつ》で寝《ね》ているリクシーを起こしては、まずい。グローリアはティモールの部屋にするりと入ると、手探りで進み、机にぶつかって痛い思いをした。また稲妻《いなずま》が光って、ティモールの眠《ねむ》っている場所を教えてくれる。

「すみません、だんなさま。あの……」小声で呼びかけたけれど、彼《かれ》は目を覚まさない。いちばん礼儀《れいぎ》正しい起こし方はなんだろうと考えて、グローリアは手探りでティモールの足を探した。ところが、ベッドのまくら元と足元をまちがえ、彼の顔に手をのせてしまった。そこですかさず手を口へずらし、彼が驚《おどろ》いて叫《さけ》ぶのを止めなくてはならなかった。「ごめんなさい！　ごめんなさい！　ごめんなさい、だんなさま！　どならないで。リクシーに聞こえちゃう。アナグラムが解けました」

ティモールは卓上《たくじょう》ランプを灯《とも》し、紙きれに目をこらした。見えるのは、地震計《じしんけい》の記録のような妻の署名ばかり。無数の署名のあいだに、だんだん、えんぴつ書きの単語が見えてきた。

「〝糖蜜《とうみつ》〟？　〝糖蜜〟のために、ぼくを起こしたのか？」

グローリアは丸でかこんでおいた単語を指さした。「本当にすみません、だんなさま。だんなさまの先生でお友だちの方が、大変なことになっているみたいなんです」

ティモールはグローリアにベッドにもどるようにいい、家を出た。けれどグローリアは、玄《げん》関《かん》クローゼットでゴムの長靴《ながぐつ》と料理人の黒っぽいコートを見つけるやいなや、走って彼《かれ》のあとを追った。ゴム長をはいているし、ティモールは脚《あし》が長いし、雨水が丘《おか》を滝《たき》のように流れていくしで大変だったけれど、なんとか追いついた。

「新聞社へ行くんですか？」

「帰りなさい」

「それとも、ライトフット教授のお宅ですか？」

「帰れといっているんだ、グローリア」

「ヘカベって変わった名前ですね。ヘカベなんて、いままで聞いたことがありませんでした」

「いわれたとおりにしないか」

「なぜ新聞は、狂犬病《きょうけんびょう》の犬がいるとかライオンが逃《に》げたなんて、ウソをつくんでしょう？」

「そう書けば、だれも工場から出ようとしなくなるからさ。工場から出なければ、騒《さわ》ぎが起こる心配はない。ポンプを昼夜問わず動かしつづけることができる。わかったら、帰りなさい」

「もし教授がぜったいにウソをつかない人なら、あんなことをしているのはだれだと思いますか？　ウソの記事を書いてる人のことです」

「もし今夜、彼女《かのじょ》が話してくれたら、明日きみにも教えてやろう。もう、行きなさい」

グローリアは食いさがる。「いいたいことがあったんです。〝編集長じゃないわたし〟は、まちがってると思うんです。〝編集長、わたしじゃない〟？　それじゃ、意味がわかんない」

「ああ、それじゃ意味が通じないね。きっと、〝わたしじゃない。（編集長）〟と読ませるんだろう。編集長であるヘカベが、自分が書いたんじゃないといっているんだ」

「うわ！　頭いい！　まちがってしまって、すみません」グローリアは息を切らして、置いていかれないようにがんばる。長靴《ながぐつ》が大きすぎて、脚《あし》のまわりでゴボゴボと音を立てる。コートのポケットでは、料理人のマッチ箱がカサコソ鳴る。雨粒《あまつぶ》が目に入った。

「いや、いや。きみはよくやってくれた、グローリア。ありがとう」

その言葉に、グローリアはなにもいえなくなった。〈てっぺん邸《てい》〉に来てからずっと、スプリーマから感謝されたことは一度もなかった。

ふたりはヘカベの家へ向かって、公園を抜《ぬ》けていった。木々は幹だけになり、枝は全部、薪《たきぎ》やポンプの横木に使うために切り落とされていた。頭のそばを飛びかうコウモリは姿が見えず、ひらひら舞《ま》う音は調子の悪い心臓の鼓動《こどう》のようだ。玄関《げんかん》のドアは触《ふ》れたとたんに勢いよく開き、ティモールははっと息をのんだ。

「あっ、治安警備隊《ちあんけいびたい》が街じゅうの家に押《お》し入ったんです」グローリアは説明した。「あたしがそういう現場を見かけたのは……」そこで口をつぐみ、お屋敷《やしき》を逃《に》げだそうとした夜のことを打ち明けるのは思いとどまった。

ところが、ヘカベ・ライトフットのきれいな家からなくなっているものはなかった。すべての壁《かべ》をうめつくす本だなは、木材目当てに壊《こわ》されてはいない。照明がつかなかったけれど、それはただの燃料不足だ。グローリアはマッチをすった。暗い廊下《ろうか》に、骨のように白い石膏製《せっこうせい》の頭が四つ――アリストテレス、カトー、プリニウス、キケロ――がぬっとあらわれ、侵入者《しんにゅうしゃ》たちを見つめる。ティモールはやさしくヘカベの名前を呼んだ。大きな家でひとりで眠《ねむ》っている女性を怖《こわ》がらせたくない。

とはいえ、彼《かれ》は好きなだけ大声で呼びかけてもよかった。古代ローマの軍団が剣《けん》と盾《たて》をぶつけあい、ラテン語で鬨《とき》の声を上げたとしても、ヘカベが目を覚ますことはなかっただろう。グローリアはもう一本、マッチをすった。

教授はベッドの上に、死んで横たわっていた。いっぽうの手に印刷機のインクが入った大きなびんを持ち、口、舌、頬《ほお》、首、髪《かみ》、そしてベッドカバーまで、インクで真っ黒に染まっていた。

「ちょうどソクラテスと同じですね、ヘカベ。おろかで天才を尊重できず、性根《しょうね》が曲がってい て真実を重んじられない人間から、毒を盛られるとは」ティモールはマッチの火を吹《ふ》き消した。「ぐっすりおやすみ、友よ。目覚めたら、そこはエリュシオン（ギリシャ神話で、善人が死後に暮らす場所）ですよ」

ティモールが立ち上がって大きな黒っぽい衣装だんすにもたれかかると、たんすのなかでハンガーが骨のようにカタカタ鳴った。

「どうしましょう？　だれに知らせればいいんでしょう？」グローリアは小声で聞いた。

ティモールはゆっくり考えて答えた。「だれにも知らせない。いっさいいわない。この街で信用できる人間はいないと思ったほうがいい。だれひとり、信用できない。わかったか？」

「わかりました、だんなさま」

第二十五章 接触《せっしょく》

上流 ビッグロック・ベンド

ビッグロック・ベンドまで来ると、馬の足が止まった。ここで川は正面のダムにぶつかり、南東へ進路を変えてさらに流れていく。こんなところでものを考えるなんて、ほぼ不可能だ。何トンもの水が方向を変えるすさまじい音がとどろいている。長く急な坂が、ダムのてっぺんへ向かってつづいている。

自分だけなら、雑種犬のハインツはあっというまにのぼれただろう。だが、ハインツにはわかっていた。はげましてやらないと、馬はあっさり回れ右をして湿地帯《しっちたい》へ姿を消してしまう。馬を見捨てるわけにはいかない。これが安全への道だ——犬は確信していた。だからこそ、人間たちはぞろぞろ南へ向かっている——つまり、この丘《おか》の向こうに安全が待っているのだ!

ハインツは馬の引《ひ》き綱《づな》の先にある結び目をくわえ、急な坂を観察してジグザグのコースを見つけると、馬を引いて歩きだした。坂のなかほどで、馬が止まった。疲《つか》れはててしまったのか? ひどくおびえているのか? 犬はふたたび引き綱を引っぱり、馬に進めとうながす。馬はふたたび頭を低くして、頭につけた馬具をすべり落とし、ハインツは馬具と引き綱だけを引っぱるかっこうになった。

ハインツは馬に背を向け、声のするほうへのぼっていった。すごく近い! すごく近い!

前回、避難中《ひなんちゅう》の人々はハインツに銃撃《じゅうげき》してきた。今度の人たちも、たぶん銃で撃《う》ってくるだろう。それでもにおいが――体調をくずし、すっかり汚《よご》れ、銃を持った必死で避難する人々のにおいが――花崗岩《かこうがん》の丘《おか》のはるかてっぺんへと犬を引きつける。

避難《ひなん》する人々はすわって休んでいた。夕日が見える――何週間も霧雨《きりさめ》や雹《ひょう》や陰気《いんき》な雲に見舞《みま》われたあとでは、希少なすばらしいながめだ。前方では、干上《ひあ》がった古い川の跡《あと》が細い谷となってローズ市へくだっている。ローズ市は、夕日であざやかな赤に染められて、息をのむ美しさだ。

街をとりまく一帯は、いろんなものでごったがえしていた。テント、ひっくり返った荷車、物干しロープに防水布をつるして作った屋根、天水桶《てんすいおけ》、荷物……。何週間もかけてやってきた避難民《ひなんみん》は、自分たちがいちばん乗りだと思っていたのに、すでに数百人もの人々が到着《とうちゃく》しているのを目《ま》の当たりにした。ダムのてっぺんからは見るべきものがたくさんあったので、しばらくはだれも、後ろに犬がいることに気づかなかった。

犬のハインツは、それ以上は近寄らなかった。その場にしばらくたたずんでから、背を向けて、また崖《がけ》の向こうへ姿を消した。そして、引《ひ》き綱《づな》をくわえて再登場。今度はさらに二、三歩近づいてから、立ち止まる。ハインツは夕日を見つめていた。目の前の人影《ひとかげ》は、夕日でシルエットになっている。その手には銃《じゅう》があるだろうか――ハインツには見分けがつかなかった。

人々は、野良犬《のらいぬ》があっちを向いてまた駆《か》けだしていくのを見ていた。犬は馬の頭につける馬具をくわえてもどってくると、結び目のある引《ひ》き綱《づな》の横にぽとんと置いて、ワンとほえた。

人間がそろってぎょっとするのを見て、ハインツは思った——ほえるんじゃなかった。

だれかが石を拾って、投げた。

「やめて」子どもがいった。「あれは、いいワンワンだよ」

「きたならしい雑種犬よ」と子どもの母親。

石を投げられ、ハインツは震《ふる》え上がった。銃《じゅう》で撃《う》たれたときのことを思い出す。あの痛み、恐怖《きょうふ》、息を切らして走っているうちに、世界がだんだんぼやけて……。それでも、ハインツは逃《に》げなかった。馬が坂のとちゅうで動けなくなっている。馬には助けが必要だ。おれはハインツだ、クレム少年の犬で、たくさんの長所があって、どんな犬でもきっと来ただろう距離《きょり》を旅してきた。ハインツは背を向け、来たほうを向いてすわった。無防備な標的になった。

拳銃《けんじゅう》を持った男が前へ歩いていき、馬の頭につける馬具を拾った。そしてふり向いたとたん——あとをついてきた自分の子につまずき、転んでしまった。子どもは大きな棒を持っていて、父親の下から自力で抜《ぬ》けだすと、犬のほうへ走っていく。父親は手探りで拳銃を出し、撃鉄《げきてつ》を起こしたが、子どもがじゃまで撃《う》てない。

「ワンワン、すごくふるえてる！」子どもは声を張り上げ、みんなの「やめなさい！」にもかまわず、野良犬《のらいぬ》をなではじめた。

銃弾《じゅうだん》がかすった傷が、まだひりひりする。なでられると痛い。だが、ハインツは動かなかった。痛みをこえた、もっとすてきな感覚がある。それに、動けるとは思えなかった。どういうわけか、まるで氷のバケツに入れられたウィペット犬（イギリス原産のすらりとした中型犬）のように、体がひどく震《ふる》えている。あまりに激しく震えるので、自分の爪《つめ》が岩にこすれる音が聞こえるほどだ。空はうずまく雲のようなムクドリの群れにおおわれている。ハインツは上を向いて、遠ぼえをした――とても長く悲痛な遠ぼえに、空をのぼる月が大きな金色のゴングのように震えた。

子どもは持っていた棒で指した。「したに、おうまさんがいる」

THE VOICE

ザ・ヴォイス

イン・アトラメント・ノン・エスト・ウェリタス

労働者が議会に懇願《こんがん》
〝洪水《こうずい》を収束させる対策を〟

水位は下がらず、不安は高まる

降水量はへっているにもかかわらず、フルカ川の水位はまだ高く、危険な状態がつづいている。

五大工場すべての労働者は、議会に対し、洪水《こうずい》の解決策を見つけるよう——それも早急《さっきゅう》に見つけるよう——懇願《こんがん》している。彼《かれ》らの不安はもっともである。天気は好転したものの、城壁《じょうへき》の外では水が引く気配がない。〈ザ・ヴォイス〉に毎日とどく手紙にも、同じように心配する質問が書かれており、編集長としてずばり回答できない自分に無力感を覚えている。

「街をかこむ城壁《じょうへき》がくずれはじめたら、どうなるんですか?」

「水を介《かい》して感染する病気——腸チフスや黄熱病《おうねつびょう》——がプレストに入りこんだら、どうなるんですか?」

「食料がつきるまで、あとどれくらいですか?」

「街の外では、農家や畑、森林や動物に、どれくらいの被害《ひがい》が出ていますか?」

これで街は助かる?

地質学者らは、ビッグロックのダムを破壊《はかい》できれば、こちらに流れこむ水が半減し、一気にわれわれの街を救えると提言した! (予想図)

避難民《ひなんみん》〝ローズ市民に虐殺《ぎゃくさつ》される〟

上流地域からローズ市にたどりついた避難民《ひなんみん》のニュースがとどいた。空腹と苦しみを抱《かか》えてやってきた彼《かれ》らを、ローズ市を支配するカルト集団が虐殺《ぎゃくさつ》したという。未確認の情報によれば、先月は150人の死者が出たらしい。

プレスト市〈てっぺん邸《てい》〉

第二十六章 ❖ 幽霊《ゆうれい》

グローリアは夢を見た。ヘカベの幽霊《ゆうれい》が壁《かべ》や閉まったドアを通りぬけ、髪《かみ》からポトリポトリとインクをしたたらせ、口からインクを吹《ふ》きだしながら、リクシーの声でしゃべる。「あんたのワンピースをちょうだい。あんたのお金を全部、ちょうだい。あんたの髪をちょうだい。あんたの歯をちょうだい！　あんたには必要ないでしょう、もう死んでるんだから……」そこで幽霊は彼女《かのじょ》の服を引っぱる。グローリアは目を覚まし、からまったシーツを引き裂《さ》いて金切り声で叫《さけ》んだ。「あたしはなにも持ってない！　もう、なにひとつ残ってないわ。全部、あなたが奪《うば》ったじゃない！」寝室《しんしつ》は、夢で見たインクのように黒い闇《やみ》に閉ざされていた。

一度目が覚めると、もう眠《ねむ》れない。家のきしみや息づかいといったなんでもない音が、急に怖《こわ》い音に聞こえてくる。階段を歩く幽霊《ゆうれい》の足音や、亡霊《ぼうれい》たちが集まって騒《さわ》ぐ音……。ひょっとしたら、リクシーがまたあれこれ脅《おど》しとろうとやってくる音かも。グローリアはベッドからすべり下り、戸だなに隠《かく》れた。「ほんとだってば、あたしはなにも持ってない！　なにひとつ、残ってない」闇《やみ》のなかでつぶやく。

それは本当だった。あらゆるコイン、すべてのメモ帳、くりだしえんぴつ、ヘアブラシ、マダムの宝石と香水瓶《こうすいびん》のうちのいくつかも、リクシーに持っていかれてしまった。脅《おど》しと侮辱《ぶじょく》の言葉を浴びせられて。おまけに、毎日、お金を要求される。「ティモールの財布《さいふ》から盗《ぬす》んできなよ」、「金庫の錠前《じょうまえ》の組み合わせ番号をつきとめて」リクシーは、あたしにはなんでもかんでも手がとどくと思っているらしい。

だれにいえばいい？　料理人は自分の娘《むすめ》がそんなことをするなんて信じないだろうし、ティモールはそもそもリクシーを〝助けだした〟きみが悪いというだろう。けれど、グローリアはどうしてもリクシーを買収しなくてはならなかった。リクシーは、ティモールとグローリアが確実に銃殺《じゅうさつ》になる秘密を知っているのだ！

マダムの茶色いシルクのデイドレスのスカートが顔をかすめ、グローリアは身震《みぶる》いした。戸だなのなかはすきま風が入ってきて、凍《こご》えそうに寒い。戸だなといっても、軒下《のきした》の一部をふさぐ二枚の扉《とびら》にすぎない。奥《おく》にある一枚の板が、その向こうに広がる階下の天井裏《てんじょううら》にあたる空間とへだてているだけだ。こんなに恐怖《きょうふ》でいっぱいなら、これ以上は怖《こわ》くなりようがない。グローリアはそう思い、奥の板をはずして天井裏をのぞいてみた。真っ暗だ。

ろうそくとハンガーを持ち、ゆがんだ板をどかすと、グローリアは戸だなの後ろから出て、文字どおり下の部屋の天井裏《てんじょううら》を歩きまわった。家の角にあるリクシーの部屋を見つけるのは、簡単だった。

グローリアはハンガーで床板《ゆかいた》を――というか、リクシーのベッドの上にある天井《てんじょう》を――ひっかきはじめた。のどが痛くなるほど低い声で、うなるようにいう。「それはおまえのものじゃない。おまえが盗《ぬす》むのを見たぞ。全部、見たぞ」

苦労したのに、返ってきたのはイビキだった。グローリアはさらに床板《ゆかいた》をひっかいたりこすったりした。

「おまえを見ているぞ、リクシー。おまえが盗《ぬす》むところを見ている。近いうちに、夜、やつらがおまえを捕《つか》まえにくるだろう。おれもやつらに捕まった。おれも泥棒《どろぼう》だったんだ。いまでは、昼間はずっと悪魔《あくま》どもになぐられ、あざだらけ。夜は、おれより悪いやつをひと晩じゅう探している。そんなやつが見つかれば、悪魔どもも、おれを放っておいてくれるだろうからな。そして、ついに見つけた。悪魔どもに見せてやる。おまえの盗んだものを全部、悪魔どもに見せてやる……」

悲鳴がひびいた。あまりに大きな悲鳴に、グローリアはぎょっとして立ち上がり、梁《はり》に頭をぶつけてしまい、そのひょうしに大きなクモが手に落ちてきた。さいわい、先に火を吹《ふ》き消してからろうそくを放りだし、めちゃくちゃに手をふってクモをふり落とすだけの冷静さはあった。そうでなかったら、お屋敷《やしき》は火事になっていただろう。グローリアはハンガーで少し長めにひっかき、のどの奥《おく》で低いうめき声を出した。そして垂木《たるき》と割れやすい床板《ゆかいた》の上をはって、戸だなの裏のゆがんだ板までひき返し、星明かりの入る多少は明るい寝室《しんしつ》へもどっていった。

グローリアが階下へ走っていくと、リクシーはベッドの上に立ち、まだ悲鳴を上げながら天《てん》井《じょう》を見つめていた。武器の代わりに飾《かざ》りもの——サモス島の木彫《きぼ》りのトキ——をふり回している。

「悲鳴を上げた？」グローリアは、〝お呼びでしょうか、奥《おく》さま〟という口調でたずねた。

「なにかいる……上に！」

「リスかしら?」無邪気《むじゃき》につぶやくグローリア。

「リスがしゃべる?」金切り声を上げるリクシー。

いいい、仕返しをしてやりたいという誘惑《ゆうわく》は、とてつもなく強くなることがある。「それじゃ、幽霊がいるのかも」グローリアはいった。「このお屋敷《やしき》には幽霊《ゆうれい》が出るって、マダムがいってたもの。でも幽霊の声が聞こえるのは、翌日に死ぬ人だけなんだって。しかも、たいていは悪人だけだって」

「ウソつき!」リクシーはどなって、木彫《きぼ》りのトキをグローリアめがけて投げた。グローリアは木彫りを受けとめると、注意深く暖炉《だんろ》の上にもどしてから、おしとやかにおやすみなさいと告げた。

「ウソつき、ウソつき、ウソつき!」リクシーの言葉が廊下《ろうか》まで追ってくる。グローリアは急いで屋根裏部屋にもどった。万一、料理人やティモールがなんの騒《さわ》ぎかと見に来たりしたら、こまる。


朝、グローリアは部屋の前に、自分の服が全部山積みになっているのを見つけた。青いギンガムチェックのワンピースは、ピンクの口紅の線があちこちに残り、ボタンはすべてなくなっている。それでも、グローリアが家に帰るためのお金は、ちゃんと入っていた。

THE VOICE

ザ・ヴォイス

イン・アトラメント・ノン・エスト・ウェリタス

水害解決まであと一歩!

コヴェット議員は、数日以内に川の水位を下げる計画を、マダム・スプリーマに提出した。専門家らは計画の成功に自信を示している。

今日、ビッグロック・ダムの爆破《ばくは》に賛成か否《いな》かの住民投票をおこなうことが発表される。ダムが破壊《はかい》されれば、氾濫《はんらん》した川の水の多くが、かつての支流へ流れこむだろう。80年前は、ローズ市の横を通ってアフェイリアの西の国境まで流れていた支流だ。下の地図に、この計画の利点を示した。小紙の編集長としては、これは数週間前におこなうべきだったと考えている。

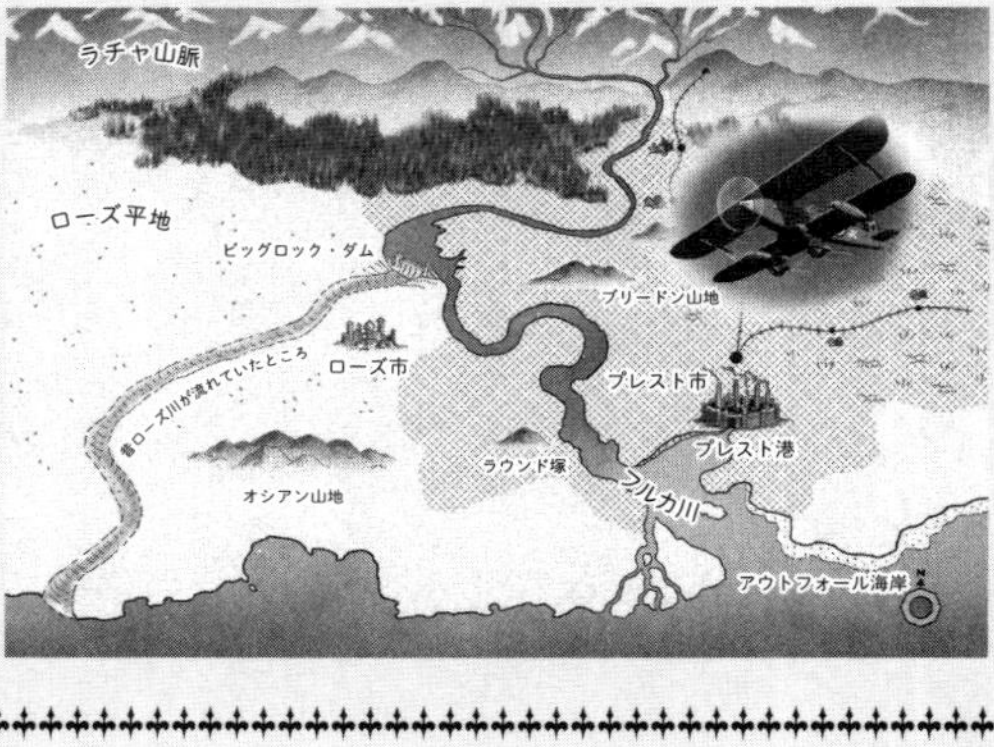

あなたの一票を有効に

プレスト市の未来は
あなたの判断にかかっている

救助活動中のパイロット
ローズ市に撃墜《げきつい》される

アフェイリアのもっとも優秀《ゆうしゅう》な若者が２名、それぞれの事故により、短い生涯《しょうがい》を閉じた。彼《かれ》らは飛行機で北部の避難民《ひなんみん》へ毛布・食料・医薬品を輸送中、撃《う》ち落とされた。リオン・スウェイル少佐と〝ヘイ〟・スタック大尉《たいい》は、雹《ひょう》をともなう嵐《あらし》と水のない着陸場所を見つける困難にもかかわらず、これらの救援《きゅうえん》任務に志願した。同僚《どうりょう》将校らは、深い悲しみと怒《いか》りを表明している。

２名とも、フルカ川上流へ向かって飛行中、ビッグロック・ダムを通過した際に、ローズ市の市民軍から標的にされたと思われる。たくさんの物資で重量が増し、救助の必要な人々を見つけるため低く飛行していた彼《かれ》らは、たやすい標的だっただろう。議会とアフェイリア空軍大将は、ローズ市による恥知《はじし》らずな殺害行為《こうい》に、強い不快感を表明した。

少佐と大尉《たいい》のご家族、友人、
同僚《どうりょう》のみなさまに、
心からお悔《く》やみ申し上げます。

第二十七章 投票日

プレスト市

命を落としたパイロットの新聞記事を読んで、グローリアはローズ市とそこに住む人たち全員に対する憎《にく》しみがこみ上げてくるのを感じた。家を失った人々を助けようとしていた人を撃《う》ち落とす？ グローリアは、燃える飛行機が空から真《ま》っ逆《さか》さまに落ちていくところが目に浮かぶようだった。飛行機からまきちらされる毛布、食料、服、おもちゃ、そして若者……。ところが、ティモールの怒《いか》りの声に、グローリアはもう一度よく考えさせられた。

「これを見ろ！ ここに描《か》かれているローズ市は、まるで村みたいじゃないか！ しかも、描いてある場所が完全にまちがっている！ これでは確かに、ダムの破壊《はかい》に反対するのはむずかしい！ ここに書かれていることはなにもかも、ダムの破壊に賛成票を投じさせようとしている。きみは工場へ行かなくてはいけない、マダム、人々がこのでたらめの記事を読んで、爆破《ばくは》に賛成票を入れる前に！ みんなに伝えるんだ……。きみが話すべきことは、ぼくが書いておこう」ティモールは書きはじめた。オペラの脚本《きゃくほん》が書かれた紙きれの裏に、背の高い怒《おこ》った文字で書いていく。文字は戦いに挑《いど》むかのように、前のめりになっている。グローリアは読むのに苦労しそうだとわかった。それに〝マダム〟と呼びかけられたことで、ティモールに妻と混同されているのもわかった。

グローリアはまだ新聞のトップ記事に気を取られていた。「このパイロットたちは？　この人たちのことまで、でっちあげるなんてできないでしょ――できるんですか？　自分の夫や息子が死んだか死んでないかくらい、家族にはわかるはずです！」

「このページは丸ごとウソだ」

「でも……今回は、さすがにほんとだと思います！」

「じゃあ、ヘカベはむだ死にしたというのか？　元はといえば、きみがいいだしたんだぞ。『この新聞にのっていることは、ひと言も信じない』って。なのに、とつぜん、今度は本当だといいだすのか？　いいだろう。わかった。パイロットのことは、ぼくが確認しよう。けど、きみは工場へ行き、人々がダムの爆破《ばくは》に賛成票を入れるのを阻止《そし》するんだ。行け！」

ティモールがあまりに怒《おこ》っているので、グローリアはコートのボタンをかけちがえながら、急いでドアへ向かった。


ゴールデンレトリーバーのデイジーは、工場の騒音《そうおん》とにおいにはすっかり慣れっこだった――それどころか、そこのみんなにちやほやされるのを楽しんでさえいた。ところが、翌日、グローリアに連れられてスプーン工場にやってくると、デイジーは門のところでおすわりし、それ以上一歩も先へ進もうとしない。グローリアはしかたなく、デイジーを運転手のアッピスに二輪馬車で家に送りかえしてもらうことにした。馬車を引く馬も、デイジーと同じく、本能的に逃《に》げたがっていた。

その気持ちはグローリアも同じだったけれど、ここでしなければならない仕事がある。

荷馬車でやってきた議会印刷業者が、投票用紙とえんぴつの入った箱を、ちょうど配達しおえたところだった。グローリアは彼《かれ》に、ほかの工場へ連れていってほしいから待っていて、とたのむだけの冷静さがあった。そうすれば、ほかの工場では、グローリアが到着《とうちゃく》するまでだれも投票できない。

監督者《かんとくしゃ》はひどくうろたえたようすで、ボールを止めようとするゴールキーパーさながらに、グローリアの前でひょいひょいと動いた。「マダム・スプリーマ！　それはいかがなものかと……。おやめになったほうが……」彼《かれ》の後ろから、サッカーの試合を見物する観客より大きなどよめきが起こった。経営陣《けいえいじん》はそれぞれの投票用紙を握《にぎ》りしめ、三階にあるオフィスの外のバルコニーから、不安そうに見つめている。その視線の先では、労働者たちがえんぴつと投票用紙の箱にむらがっている。

「わたしが話をするまで、投票用紙を支給しないでちょうだい」グローリアは騒《さわ》ぎに負けないよう声を張り上げなくてはならなかった。「みんなに、真剣《しんけん》に聞いてもらいたいんです」そこらじゅうに〈ザ・ヴォイス〉がある。床《ゆか》に散乱し、機械の蝶番《ちょうつがい》にはさまっている。スピーカーからスプリーマの到着《とうちゃく》が知らされると、労働者たちはどっと押《お》しよせ、新聞をふりかざした。ポンプを動かしている労働者までが持ち場をはなれ、騒ぎにくわわった。

激しい怒《いか》りに駆《か》られた表情で、やつれて髪《かみ》が乱れ、汗《あせ》びっしょりになった人々が、グローリアのところに集まってくる。口々にどなり、頬《ほお》をむらさき色にして、つばを飛ばしながら。後ろの人々が前へ前へと突《つ》きすすみ、とうとう前の人々がグローリアにぶつかって足をふむ事態になった。彼《かれ》らがどっちに投票するかは、聞くまでもない。

「ローズ市の殺し屋どもの息の根を止めてください、マダム！」

「……人間じゃない！」

「ケダモノよ！」

「爆弾《ばくだん》を落として焼きつくしてください、マダム！」

労働者たちは細長く丸めた新聞で、こん棒のように手のひらをたたいている。〈ザ・ヴォイス〉は、パイロット死亡のニュースを、水害の解決法と混同して伝えたのだ。

「連中を止めなきゃならない！」

「許せない」

「いったい、どういう人たちなの？」

まるで、彼《かれ》らの憎《にく》しみはグローリアに向けられているかのようだった。工場の監督者《かんとくしゃ》たちがグローリアを助けようと、つめかける労働者を乱暴に押《お》しのけ、仕事にもどれと指示しながらやってくるけれど、怒《いか》り心頭《しんとう》の労働者たちはほとんど気づいていない。スプリーマは悪者どもを成敗するべきだ！　命を落とした気の毒なパイロットと、殺された避難民《ひなんみん》のために、スプリーマは空の安全をとりもどすべきだ！　スプリーマは水害を解決しなければならない。

「でも、あれは真実ではありません」グローリアはほとんどひとり言のようにつぶやいた。それから、もっと大きな声でいった。「もしあの記事が真実ではなかったら、どうするんです？」何度でもいう。「あの記事が真実ではなかったら、どうするんですか？」

「新聞に書いてあったんだぞ！　なんで、新聞があんな話をでっちあげるんだ？」労働者たちはわめいた。マダムがすでに爆撃隊《ばくげきたい》をローズ市へ送りこんでいないことに、いきどおっている。

だれもいないの？　ヘカベのアナグラムを解いて、新聞がウソの記事をたれ流していると気づいた人は――このなかのひとりも――いないの？　グローリアはここに来るとき、こんな想像をしていた――ダムを破壊《はかい》して一万人を超《こ》えるローズ市民を死なせたいと思っている人なんて、だれもいない、いないいないだろう。ティモールはとてもすばらしいスピーチ原稿《げんこう》を用意してくれていた。彼《かれ》の手書きの文字を解読したとたん、グローリアはその言葉の美しさに泣いてしまったほどだ。けれど、このスピーチには、壁《かべ》にかけられる大きな地図と、常識と、聴衆にすわって耳をかたむけてもらうことが必要だった。グローリアはおろかにも、説明を始めた。「もし、わたしたちが爆弾《ばくだん》――」

言葉はそこで終わった。というのも、〝爆弾《ばくだん》〟という言葉がそこかしこで爆発し、工場じゅうに衝撃波《しょうげきは》が広がって、屋根の垂木《たるき》からハトがふり落とされ、地下からネズミが飛び出してきたのだ。グローリアは群衆のなかにヒギーの顔を見つけた。年齢《ねんれい》よりも老《ふ》け、やせこけているけれど、もう青白くはない。声をかぎりに叫《さけ》んでいるせいで、顔はむらさき色になり、目は血走っている。「爆弾落とせ！　爆弾落とせ！」

労働者たちの大合唱は、だんだん大きくなっていく。「爆弾《ばくだん》落とせ！　爆弾落とせ！　爆弾落とせ！」

新聞の一面が、ローズ市民に対する思いやりを根こそぎうばっていた。グローリアはヒギーの手にメモをすべりこませようかと考えた。

――あれは真実じゃない。全部、ウソ。

けれど、ヒギーがそれをみんなに伝えようとすれば、八《や》つ裂《ざ》きにされてしまうだけだ。グローリアは叫《さけ》びたかった。「あの記事は真実じゃない！　どうして、議会にあんなことがわかるの？　彼《かれ》らはみんなにウソをついてるんだってば！　彼らは編集長のヘカベを殺したのよ！」でも、そんなことをいえば、自分が八つ裂きにされてしまうのはわかっている。それに、もし労働者たちに殺されずにすんだとしても、ヘカベを殺した闇《やみ》の力がグローリアの小さなかん高い声をだまらせるだろう。

ともあれ、人々はグローリアにダムを爆破《ばくは》しろとうったえている。そう望んでいる。そう要求している。そして、アフェイリア国民の望むことをするのが、スプリーマの仕事だ。そうでしょ？

それに、もし新聞記事がすべて真実で、パイロットが本当に殺されたのだとしたら？　もし城壁《じょうへき》から本当に水がもれていて、ほかに解決策がないとしたら？　気づくと、グローリアはつま先立ちになっていた。頭のなかで疑問がひしめきあっている……でも、答えはひとつもない。

グローリアはスツールの上に乗った。そして、ベルトコンベアの上へ。さらに鋼板《こうはん》が出てくる機械の上に乗って、浸漬《しんせき》タンクにのぼる。

学校に通っていたころ――もう百年前に感じる――グローリアの先生はいっぽうの手を上げ、もういっぽうの人さし指を口に当てるだけで、教室じゅうの騒《さわ》がしい、興奮しやすい、小ぜりあいをして叫《さけ》んでいる子どもたちを静かにさせた。グローリアはいま、いっぽうの手を上げた。そしてあの先生みたいに、人さし指を口に当てる。

大人たちの脚《あし》が森のようにそびえるなか、忘れられ、おびえた、きげんの悪い小さな子どもたちが自分の指を口に当て、いっぽうの手を上げた。その子たちのお姉さんやお兄さんがそれを見て、同じことをする。ぼんやり覚えている習慣に、自動的に体が動く。子どもたちの母親も、自分たちの学校時代を思い出し、同じことをする。ひとり、またひとり。十人、そして二十人。たくさんの人々が、手の森に変わった。グローリアはティモールのスピーチ原稿《げんこう》をコートの袖《そで》に押《お》しこみ、せきの音しか聞こえなくなるまで待った。〝工場咳《こうじょうぜき》〟にかかった人のせきだ。

「はい。よく聞いて」グローリアは、パントマイムの悪役のように、秘密の話をもちかける仕草をする。数百人の聴衆にもかかわらず、声を落とし、下にむらがる人々の最前列にだけ聞こえるように話す。「こんな話を聞いたんだけれど、本当かしら？　みなさんがわが子を愛する気持ちより強く、ローズ市の人々を憎《にく》んでいるというのは、本当？　ローズ市民のすることなんて、どうでもいいじゃない。なにを気にしているの？　ローズ市民にはネズミがお似合い。いい、いい、ローズ市民はみんな、いいあらそったり、けんかしたり、殺しあったりしているそうです。なら、そうさせておきましょう。大事なことから順番に取り組まなきゃ。まず、新聞によると、ローズ市民はみんな、いいあらそったり、けんかしたり、殺しあったりしているそうです。なら、そうさせておきましょう。大事なことから順番に取り組まなきゃ。まず、みなさんがほしいものはなんですか？　いちばんほしいものは？　これはみなさんにとって、大きなチャンスですよ。わかりませんか？　わたしは、みなさんのお子さんを工場から出してあげると誓《ちか》いました。だから、そのために力を貸してください！　議会にうったえてください——子どもたちが安全で暖かいところにいられるようになるまで、ダムの爆破《ばくは》に賛成票は投じない。先日、フォーク工場で、三人の子どもが亡《な》くなりました！　この工場でも同じことが起こってほしいですか？　議会にこういいましょう。子どもたちがまともな世話を受けられるようになるまでは、ポンプは動かさないし、ホースも直さない！　新聞にのっていたパイロットたちなら、たぶんパラシュートで降下して、いまごろどこか安全なところにいるでしょう。彼《かれ》らは〝行方《ゆくえ》がわからない〟だけです。気分転換《きぶんてんかん》に、自分のことを考えてみてください！　みなさんにはその資格があります。休みを取ってください。仕事の手を止めてください。わたしのいったことを、ほかの人たちにも伝えてください」

みんな驚《おどろ》いた顔で、グローリアを見た。「なんていってるんだ？」「スプリーマがなんだって？」という声が、後ろのほうから飛んでくる。最前列の人々は聞いた話を後ろへ伝える――グローリアの言葉をくり返す声が重なりあって、奇妙《きみょう》なさざめきになる。グローリアは真実を話したわけではない――ウソを使って、新聞とはちがうことをしてのけたのだ。

労働者たちは――多くの人が体調をくずし、熱を出している――興奮状態になっていた。いくら考えを変えても、まだ血はわきたっている。彼《かれ》らは小さな投票用紙を破って、空中に投げすてはじめた。うつろな目をした子どもたちが紙ふぶきを見て笑うと、ほかの大人たちもこぞって投票用紙を破り、小さい子たちを楽しませようと宙へ放った。

議会印刷業者の荷馬車に乗り、白紙の投票用紙といっしょに、グローリアは第二、第三、第四の工場をおとずれ、いずれも投票前に労働者たちに話をすることができた。どの工場でも、殺気だった群衆を、なんとかストライキをする労働者に変身させた。ところが第五工場（鋳物《いもの》）では、運転手のアッピスとコヴェエット議員の秘書のマイルドが、どういうわけか騒《さわ》ぎを聞きつけ、二輪馬車の横でグローリアを待っていた。

驚《おどろ》いたことに、ふたりはグローリアを反逆罪やウソをついた罪でつかまえることも、工場に入るのを止めることもなかった。ところが、グローリアはもう機械の上にのぼったり、騒《さわ》ぐ群衆たちに演説したりする必要はなかった。工場の門はだれも出られないように鍵《かぎ》がかかっていたので、労働者たちは屋根から屋根へ手旗《てばた》信号でやりとりしていた。旗をふって、グローリアの話が工場から工場へと伝わっていたのだ。大事なことから順番に。子どもたちのことを考えて。ストライキをして、ほしいものを手に入れよう！

もう投票用紙は必要なかった。ストライキは始まっていたのだ。

もう十六歳《さい》とはいえ、グローリアはまだ、悪いことをすればひっぱたかれると思っていた。今回は、ひっぱたかれるか、逮捕《たいほ》されるかにちがいない。ところが、マイルドはただグローリアに手を差しだし、二輪馬車に乗りこむのを助けてくれた。グローリアの手をぎゅっと握《にぎ》ったまま、かがみこんでささやく。「これはこれは！　ずいぶんすばらしいゲームになりましたね！」

お屋敷《やしき》へ向かううちに、勝ったという気持ちがゆらぎはじめた。ティモールにこの成功をアイスクリームのように差しだしたいと思っていたのに、せっかくのアイスクリームはどんどん溶《と》けて、最後にはべたべたになった冷たい手だけが残された気がする。ポンプを動かすのをやめたせいで、もし水が上がってきて、工場の人たちが全員おぼれてしまったら？　あたしがダムの爆破《ばくは》を止めたせいで、もし街をかこむ城壁《じょうへき》が倒《たお》れ、みんな死んでしまったら？　あたしのしたことが、もしアフェイリアの経済に、二度と立ち直れないほどの打撃《だげき》をあたえてしまうことになったら？

ティモールは妙《みょう》な雰囲気《ふんいき》だった。「で？　うまくいったのか？」明らかになんの期待もしていない。

「まずまずです。怒《おこ》らないでください。せっかく書いてもらった原稿《げんこう》は、読みませんでした……」

ティモールは絶望のうなり声をもらした。

「でも、子どもたちを工場から出してもらえるまで、みんなにストライキをさせることはできました。それで、全員、投票用紙を破りすてたんです」

ティモールは長いこと、グローリアをまじまじと見つめた。「どうやって……。なんと並はずれた人物なんだ、きみは」

「でも、みんながおぼれたりしないといいんですけど。ほら、ポンプを動かすのをやめたから……。あ――だんなさまは、あのパイロットたちの家を訪ねたんですか？　きっと、本当は撃《う》ち落とされてなんかいなかったんでしょ。そうですよね」

ティモールは答えないことを選んだ。

第二十八章 裏切り

プレスト市

人々がストライキに入ってポンプを動かすのをやめると、不気味な静けさが街をつつみこんだ。城壁《じょうへき》の向こうを流れる洪水《こうずい》の音はまだ聞こえるけれど、絶え間なくつづくゴトンゴトンゴトンというポンプの音は消えていた。

それといっしょに、ずっとグローリアを悩《なや》ませてきた頭痛も消えた。数ヵ月ぶりに、グローリアは寝《ね》すごした。数日ぶりに、朝食が食べたくて目が覚めた。

けれどキッチンでは、料理人と娘《むすめ》のリクシーがひそひそ話をしていたので、グローリアは入るのをためらった。リクシーのようすは、まるで水を入れすぎたヤカンがだんだん沸騰《ふっとう》していくみたいだ。声をひそめてはいるものの、口調にはシューッとふきだす熱い蒸気みたいな勢いがある。リクシーは物をふりまわしながら、グローリアが聞いたこともない言葉で悪態をついていたかと思うと、ふとだまりこんだ。あまりに静かになったので、グローリアはひざをついて、鍵穴《かぎあな》からのぞいてみた。ひょっとしたら、すばらしい奇跡《きせき》が起きて、リクシーが倒《たお》れて死んでいるかもしれない。ところが、リクシーは両手を腰《こし》にあてていた。彼女《かのじょ》の大のお気に入りのポーズだ。そしてとうとつに、つんと上を向いて宣言した。「出ていこうよ！　こんなところ、出ていこう。わたし、いわなきゃならないことがある！」リクシーのいいたいこととは、幽霊《ゆうれい》のささやきのことでも、しゃべるリスのことでも、グローリアを脅《おど》そうとしたことでもなかった。「わたしは、こんなところにとどまっていたくない。あのみすぼらしい、ウソつきのちっちゃいメイドに仕えなきゃならないなんて、いや。出ていこう」

「でもねえ――」と料理人。

「でも。わたしたちには、いいお金になるものがあるでしょ、ママ。話せば、お金をもらえそうなことを知ってるじゃん！　新聞記者。政治家。そういう人たちに話せば、たんまり報酬《ほうしゅう》がもらえる――たぶん、家と大金とか……。そういうものでしょ。すごい情報を持ちこんだ人は報酬がもらえる。わたしたちには、すごいネタがある！　みんなの大切なスプリーマが、じつは田舎《いなか》から出てきたみすぼらしいただのメイドだって、しゃべっちゃえばいいんだってば。スプリーマの夫と共謀《きょうぼう》して、みんなをだましてるって！　待っててごらん！　秘密を明かしたわたしは、メダルと大金がもらえるから」

　グローリアは、急になにもかもが手に負えなくなったような気がした――体は動かず、頰《ほお》は冷たくなっている。それでも頭のなかでは、脳が考えて、考えて、考えて、つまらない役に立たないアイデアをひねりだしつづけていた。こうなったら、だんなさまのところへ行って、打ち明けるしかない――あたしは許されない、恐《おそ》ろしい、おろかな、なかったことにはできないことをしてしまいました。

　グローリアが椅子《いす》を引いたとき、ティモールが最初にしたのは、自分の朝食を彼女《かのじょ》へ差しだすことだった。おかげで、グローリアはよけいに話しづらくなった。そもそも、リクシーを〈てっぺん邸《てい》〉に連れてきたのはグローリアだ。感染したら死にいたる細菌《さいきん》を持ちこんだようなものだ。「あたしは本当にとんでもないことをしてしまいました、だんなさま……」

「彼女《かのじょ》は殺されるさ」ティモールは落ち着きはらっていた。リクシーが自分たちの秘密を売ろうとしていることを、グローリアが説明しおわったときだ。「もちろん、ぼくたちも銃殺《じゅうさつ》されるだろうが、まずはリクシーが始末される。そんな秘密を知っているメイド？　そんなものが存在したら、彼《かれ》らがバカみたいに見えてしまう。彼女にそれを説明してやることもできるが、聞く耳は持たないだろうね」

「リクシーを殺してやりたいけれど、お母さんの料理人のことを思うと、あたしにはできそうにありません。たとえ、銃《じゅう》があったとしても」

「おまえに人が殺せるかい、グローリア？」

「いいえ、だんなさま。たぶん、できないと思います。でも、だれだって、ときには殺してやりたいって思うことくらいあるでしょ――」グローリアは口をつぐんだ。

料理人がのっしのっしと皿を片づけにやってきたのだ。赤くなった目と鼻をのぞいて、顔は真っ白。料理人は食器をカチャカチャ鳴らして、トレイを持ち上げた。「あれは玄関《げんかん》クローゼットに入れておきました、だんなさま」料理人はきっぱりといった。

「なんのことだい？」

「裏切り者のことです。裏切り者は、わたしが玄関《げんかん》クローゼットに閉じこめておきました。これから先あの子をどうするかはともかく、当面はこれで間に合わせるしかないでしょう」

「きみの……？」

食器が警告《けいこく》するように大きな音を立て、トレイの上でおどった。「娘《むすめ》のことは心から愛しています。わたしのリクシーは、まだ政治のことはなにも知りません。現実の政治のことは。それがどういうものかわかれば、あの子にもひと目でよいスプリーマがわかるようになるでしょう。いまのところ、あの子の頭は空《から》っぽです。ですから、玄関《げんかん》クローゼットのなかで、選択肢《せんたくし》を考えています」料理人はグローリアのほうを向いて、激しくうなずいた。「わたしに関するかぎり、こちらにいらっしゃる方がマダム・スプリーマです、だんなさま。彼女《かのじょ》には証明書はないかもしれませんが、必要な資質はおありです。街じゅうの親が同じことをいうでしょう。ですから、だんなさまの奥《おく》さまには申しわけありませんが、わたしはこちらのスプリーマを支持します」食器が割れる危険もかまわず、料理人はエプロンのポケットから今朝《けさ》の新聞を引っぱりだし、テーブルにたたきつけた。「だれも気にかけてくれなかったというのに、こちらのスプリーマは子どもたちを工場から出してくれました。それを読んで、小さなグローリアがいてくれることと、わたしがお仕えしていることに感謝してください、だんなさま」

見出しには、こう書かれていた。

マダム・スプリーマ
子どもたちのために
健康的な環境《かんきょう》を求める

第二十九章 バラ色の未来

ローズ市

避難者《ひなんしゃ》たちはビッグロック・ダムからローズ市へ向かって、不安そうによろよろと歩いていた。日ざしを浴びて、街は輝《かがや》くように美しい。ピンク色の石でできた家も、長年の砂ぼこりで金色になった木造の家も。大きな古い市庁舎、舗装《ほそう》された大きな広場、鐘《かね》のきらめく鐘楼《しょうろう》がある。千もある農園は、トマトの赤とスイートコーンの黄色のあざやかなモザイクに見えた。ただし、街のまわりに集まる避難民《ひなんみん》キャンプだけは、みにくい景色だった。ごみの山のあいだを動きまわる避難者は、ハエのように見える。ところが、その雑然とした場所では、色とりどりのアフェイリア国旗が何百枚も空に向けられていた。まるで、空を横ぎる鳥たちに、ローズ市民が国をほこる気持ちを全力で見せているかのようだ。

急がずにはいられない。あそこで、愛する人たちが待っているかもしれない。友だちやご近所さんや家族も、ここにたどりついているかもしれない。もしそうだったら、どんなにうれしいことか。

雑種犬のハインツには、なにも見えなかった。だれかの上着にくるまれ、抱《だ》きかかえられて運ばれているのだ。大きなゆれで眠《ねむ》りから覚めかけたとき、馬が見えた。結び目のあるロープは、知らない少年が握《にぎ》っている……でも、クレム少年の姿はない。ハインツはしっかり考えず、よく見ることもせず、正しい方向へも進んでこなかったのだ。持って生まれた数々の長所は、どういうわけか旅のとちゅうで、どこかへ消えてしまっていた。まるで、バッグの穴からぽろぽろ落ちていく貴重品のように。不注意だった。がさつだった。おまけに、いまでは疲《つか》れはて、もうちゃんと見ることもできない。できることといえば、ボクルマがしずんだみたいに、深く暗い眠《ねむ》りの淵《ふち》にしずむことだけ。

たくさんのアフェイリアの国旗は、飾《かざ》りではないことがわかった——畑で使う支柱の上に平らにかぶせ、屋根を作っていたのだ。国旗の屋根の下には、家を失った人たちが数人ずつ、荷物にかこまれてすわっている。彼《かれ》らは新しくやってきた人々に必死で目を走らせ、知っている顔を探した。

「どこから来たんだ?」

「スネーク・ランディング。きみたちは?」

「ブルズ・クリーク。ほかにブルズ・クリークから来た人たちに会わなかったか?」

「いいや。残念だけど」

街へつづく車道で、ひとりの老人がアフェイリアの伝統的な麦わら帽子《ぼうし》をかぶり、色とりどりのスカーフを巻いて屋台を出していた。彼《かれ》は近づいてきた一行に片手を上げた。あいさつかもしれないし、止まれと命じているのかもしれない——目は深く落ちくぼみ、表情が読めない。

「何人いる?」とたずねた老人の口調には、外国語のなまりがあった。

やってきた人々の希望は、たちまち不安にかわる。歓迎《かんげい》されていないのだ! あまりにたくさんの避難民《ひなんみん》に、ローズ市民もがまんの限界に達していたのだ！　もし、また歓迎されないよそ者の集団がやってきたら、どうしてやろうか。ああいう連中は、あれがほしい、これがほしい、それもほしいと……。

老人は大きく息を吸いこんで、これまで百回も口にしてきたセリフを暗唱しはじめた。

「ローズ市へようこそ。みなさんの力になれるよう最善をつくします。小さいお子さんやお年寄りがいらっしゃる場合は、われわれの家ですごしてもらえる部屋をお探ししますが、現在、ほぼすべての家が満員ですので、かなりご高齢《こうれい》の方、赤ちゃんを連れたお母さんに限らせていただいております――なんと！　馬を連れていらっしゃる！　馬とは驚《おどろ》いた……。どこまで、話しましたかな？　ああ、そうそう……。愛にできることは、わたしたちがおこないます。みなさんにお会いできて、光栄です。ここに避難《ひなん》してきたおひとりおひとりが、贈《おく》り物《もの》です。わたし自身も、このありがたい街に戦争難民としてやってきました。もっといろいろしてあげられたらよいのですが。さしあたっては、豆のおかゆをご用意しています。どうぞすわってください。運んできましょう」

雑種犬のハインツは食べようとしなかった。多くの人たちが食事もとらず、真っ先にいちばん重要なリストを見に行ったので、ハインツは彼《かれ》らについていった。

長い壁《かべ》をおおいつくすリストには、ローズ市にたどりついた人々の名前が書かれていた。新たにやってきた人々がそこに駆《か》けつける。一、二百ラムビットもの距離《きょり》を歩いてきたその脚《あし》で、大事な人たちの名前が見つかるかもしれないという希望に駆《か》られて走ってくる。必死の形相《ぎょうそう》の避難者《ひなんしゃ》たちは名前の列に次々と指を走らせ、リストの最後まで来ると、また最初から見直した。ひょっとしたら、探している名前を見落とした可能性もある。

ハインツはたくさんの足のあいだに立ち、一本の指で壁《かべ》をなぞるという奇妙《きみょう》な儀式《ぎしき》を見つめた。犬にリストは読めない――わかるのは、においだけだ。この新しい場所のにおいの地図を作らなくてはならない。それはわかっているが、くたくただ。ハインツは馬を――この世界に残されたゆいいつの友だちを――探すことにした。

馬は疲《つか》れたようすで、いやいや小さな子どもたちを乗せていた。ハインツは馬の後ろをついて歩いた。そこから見えるのは、やわらかい地面についた馬の足跡《あしあと》だけで、かぎとれるのは馬のフンのかぐわしい香りだけ。ハインツにはひたすら探しつづけることは、とてもできなかった。壁《かべ》に指を走らせて名前を探す、取り乱した人々のようにはできない。

急な動きに、ハインツはたじろいだ。アフェイリアの国旗のひとつが支柱から飛ばされ、丸まって地面をすべってくる。そしてハインツをつつみこんだ。ハインツはぎょっとした。野犬のボスだったナナシに勇敢《ゆうかん》に立ち向かい、白く泡立《あわだ》つ急流をわたり、ネズミの群れと戦い、太いロープのような大蛇《だいじゃ》を殺した犬だというのに、すっかり恐怖《きょうふ》にのまれてしまった。こっちに走ってくる足音がする。どなり声も聞こえる。ハインツは駆《か》けだそうとしたが、体にまとわりつく旗から抜《ぬ》けだせない。身をよじり、もがき、体を震《ふる》わせ、情けない声を出す。走ってくる足音はさらに増えて地面をゆらす。野犬の群れが獲物《えもの》にとどめを刺《さ》そうと向かってくるかのようだ。ハインツの脚《あし》は激しく動いているが、体は仰向《あおむ》けで、爪《つめ》が旗の布地にひっかかって抜けだせそうにない。体温が急上昇《きゅうじょうしょう》する。いくつもの手が旗を引っぱりはじめた。

「こら、こら、こら！」弓のこで木を切るような、がらがら声がどなる。「じっとしていろ、じっと！」

いろんなにおいが、日に照らされて熱くなった木綿《もめん》を通して入ってくる。記憶《きおく》にあるにおいを、思いきりかぐ。おがくず。猫《ねこ》。ギンバイカの茂《しげ》み。ウサギのシチュー。魚の餌《えさ》。クレム少年。結び目のあるロープ。ゴムボール。クレム少年。ホテイアオイ。犬の死神……。

手が旗をつかんで力いっぱい引っぱると、ハインツは転がりでて、そのまま地面をころころ転がった。立ち上がったものの、目が回って走れず、その場にうずくまる。

「わるいおうまさん」子どものむずかる声がした。「もどっておいで！　どこいくの？」

ハインツが目を開けると、馬の大きな鼻に視界をふさがれた。馬はよだれたっぷりのくしゃみをして、犬をつついた。生まれたばかりの子馬を初めて立ち上がらせるときのように、つついてくる。ハインツが仰向《あおむ》けに転がると、上にもうひとつの顔があった。目のくらむまるい太陽。なにも見えない。そのとき、ふたつの手がハインツを抱《だ》き上げ、あのなつかしいたくさんのにおいがもどってきた――汗《あせ》、クレム少年、ロープ、クレム少年、家、ボール、楽しさ、クレム、クレム、クレム……。ハインツは舌をのばしてなめた――舌が顔をなめると、顔がハインツの首に押《お》しつけられ……。そして悲しみは、卵のからのように、割れてはがれ落ちた。

クレムは自分の犬を抱《かか》えて立ったまま、汚《よご》れてかたまった犬の毛に喜びのしょっぱい涙《なみだ》を落とした。馬は少年もつついた。まるで、こういっているかのようだ――そろそろ時間よ、ぼうや。そろそろよ。

THE VOICE
ザ・ヴォイス

イン・アトラメント・ノン・エスト・ウェリタス

ノアの恥《はじ》の箱舟《はこぶね》
〝太《金》っ《持》た《ち》猫ども〟
自分たちだけ助かろうとする
〝箱舟《はこぶね》〟はもっと有効に利用する

　富裕層《ふゆうそう》と有力者による計画の衝撃的《しょうげきてき》内容が明らかになった。彼《かれ》らはほかの市民を見捨て、船でプレストを脱出《だっしゅつ》しようとたくらんでいたのだ。街の多くの著名人たちが逮捕《たいほ》された。

　昨夜、恐《おそ》ろしいことに、銀行家、工場のオーナー、有名人、大実業家、そして数名の政治家までもが、城壁《じょうへき》が倒壊《とうかい》したらぜいたくな船でひそかに逃《に》げようと準備していたことが発表された。「これはゆゆしき問題だ」内務大臣のコヴェット議員はのべた。「非常にショックを受け、強い憤《いきどお》りを感じている。国民の模範《もはん》となるべき人々が、ここまで恥《は》ずべき行動に出るとは」

はるかに有効な利用法

「件《くだん》の船は、はるかに有効に利用されるだろう。帆《ほ》をたたみ、城壁《じょうへき》にくさりで固定して、街の子どもたちの家として使用したいと考えている。危機的状況《じょうきょう》において真っ先に考えるべきは、常に罪なき子どもたちのことであり、われわれ自身のことではない」

スプリーマのねがいを実現

マダム・スプリーマは、われらが英雄《えいゆう》である工場労働者の子どもたちを、湿気《しっけ》に悩《なや》まされない清潔な場所へ移してほしいと、くりかえし呼びかけてきた。

昨夜、自身もひとりの父親であるコヴェット議員が、これに賛成した。「工場はもはや、子どもたちにとって健康的な場所とはいえない。例の〝ノアの箱舟《はこぶね》〟を、子どもたちの家としよう。ひきょうな〝太った猫《ねこ》ども〟がくつろぐはずだった暖かく安全な箱舟で、子どもたちによく遊び、よく眠《ねむ》ってもらおう」

編集長の個人的見解として、〝ノアの箱舟《はこぶね》〟をたたえる言葉をつけたしておく。子どもたちはわれわれの未来であり、万一（あってはならないことだが）城壁《じょうへき》がくずれた場合、箱舟に乗っていれば、もっとも安全な場所にいられることになる。

さらに、コヴェット議員に祝意を表したい。彼《かれ》は先週、マダム・スプリーマから〝苦難に際し、プレスト市と市民につくした功績により〟ナイト爵位《しゃくい》をさずかった。

第三十章 ハーメルンの笛ふき

プレスト市

　グローリアはものすごく怒《おこ》っていた。ティモールが読もうとしている新聞の後ろを、バシッとたたいた。「〈ザ・ヴォイス〉なんて、読むんじゃありませんでした！　コヴェットはあたしのところに相談に来るべきだったのに！　だって、あたしはだれも逮捕《たいほ》しなさいなんていってないんですよ！　だれが逮捕されたんですか？　何人？　それに、あたしは彼《かれ》にナイトの称号《しょうごう》なんてあげてません！　あんな人、好きでもないのに！」

「真実である必要があるかい？」ティモールはいった。「〝編集長の個人的見解として〟と、ここに書いてあるじゃないか。しかし、驚《おどろ》きだね。編集長のヘカベは完全に……口を閉ざされてしまったというのに」

　その震《ふる》える声に、グローリアははっとした。ティモールの心のなかで、どんな悲しみと怒《いか》りがせめぎあっていたのだろう？　そのあいだ、あたしはリビングでかんしゃくを起こしていた。グローリアはあわてて話題を変えた。「コヴェット議員に子どもがいたなんて、知りませんでした。とても子どものいるお父さんには見えません」

「父親らしい見ためというのが、あるのかい？」

「コヴェット議員の子どもたちは、きっと工場に働きに出されてなんかいないと思います」

「ああ。家で母親から勉強を教わっているよ。いい男の子たちだ。父親によく似ているが、父親より礼儀《れいぎ》をわきまえている。富裕層《ふゆうそう》と権力者はいつでも免除《めんじょ》される——そうじゃなかったら、きみもぼくも、いまごろポンプを動かしていただろう。自分も恵《めぐ》まれているのを忘れないことだ」

「え、忘れてなんかいません、だんなさま。ちゃんとわかってます」

グローリアはこの状況《じょうきょう》の明るい面を探してみた。コヴェットは空軍兵を送りだしてビッグロック・ダムを爆破《ばくは》させるつもりに決まっている。工場労働者のストライキに負けて小さな子どもたちに新しい家をあたえる気など、ないにちがいない。「コヴェット議員は、見かけよりマシな人にちがいありません。自分のことしか考えていない上流階級の人たちとその脱出《だっしゅつ》計画に、あれだけ怒《おこ》っているんだもの」

「いやいや、ノアの箱舟《はこぶね》のことなら、彼《かれ》はよく知っていたとも」ティモールはいった。「動物園の動物を使ったディナーのときも、そのあとも」

「そうなんですか?」

「ディナーの翌日、きみが〝ノアの箱舟《はこぶね》〟と口にしたとき、彼《かれ》はあせったようすで、きみにそれ以上しゃべらせないよう止めたじゃないか。きみがなにを話そうとしていたか、彼にはわかっていたんだよ。たとえ、きみがわかっていなくても」

「そうでした!　確かに、そうでした!　つまり……コヴェット議員はそもそも〝ショックを受け、強い憤《いきどお》りを感じて〟なんかいないってこと?」とグローリア。

「気にするな。意地の張り合いでは、きみが勝ったようだ、グローリア。おめでとう。料理人がいっていたように、きみは子どもたちを工場から出してやったんだ。しかし、なにかある……。なにかひっかかる」ティモールは髪《かみ》をくしゃくしゃにして、またなでつけると、新聞に目をもどした。「この記事では、大きな陰謀《いんぼう》のように聞こえる……しかし、そんな話はぼくたちの耳には入っていない……。きみに報告に来た人間もいない。反乱の気配がする。権力争いの気配が。逮捕《たいほ》された者のリストを、刑務所長《けいむしょちょう》からもらっておこう。運がよければ、記事はすべてウソで、陰謀などなかったとわかるだろう……。それと、ここ数日〈ザ・ヴォイス〉の編集長を名乗っている人物がだれなのか、つきとめなくてはならない……。きみは、浮《う》かぶ宮殿《きゅうでん》に子どもたちが無事に落ち着いたか、見に行ってくれるか?」

「もちろん! 楽しい仕事になりそうです」グローリアは帽子《ぼうし》とヴェールを身に着けた。「それから、なにも連れて帰らないと約束します」

玄関《げんかん》でベルが鳴り、ドアののぞき穴を見ると、色つきのガラス板の向こうにミスター・マイルドの姿があった。

「えっ!」グローリアは悲鳴を上げた。「コヴェット議員の秘書が、ここになにしに来たの? 彼《かれ》を入れるのはよしましょう!」

マイルドの目は熱意で輝《かがや》いている。「……そこで、われわれは考えたわけです。マダムの美しい犬、デイジーが先頭に立つべきです!」

グローリアも興奮していた。〃浮《う》かぶ宮殿《きゅうでん》〃までパレードする子どもたちの先頭を、デイジーが歩くのだ。とはいえ、マイルドが来たことに、グローリアはあせっていた。彼《かれ》を玄関《げんかん》に入れたくはなかったけれど、ひょろっとした彼は、ドアの掛け金《がね》をはずしたとたん、ドアのすきまからするりと入りこんできたのだ。

「わたしもいっしょに行きます！　ちょっと待ってて、コートを着るから」グローリアは急いでマイルドを外へ追いやろうと考えた。

マイルドはひるんだ。「どうか気を悪くなさらないでください、マダム。今日スポットライトを浴びるべき人物は、コヴェット議員です。恥《は》ずべき〝ノアの箱舟《はこぶね》の陰謀《いんぼう》〟――議員はそう呼んでいます――を暴《あば》いたのは彼《かれ》ですし、あの船のはるかに有効な利用法を思いついたのも彼です。コヴェット議員はときどき偉《えら》そうな態度をとることもありますが、わたしは彼につくしたいと思っております。ですから、おねがいです、マダム。今日はお屋敷《やしき》にいてください。彼に注目を浴びさせてやってください……そしてあなたの代理として、デイジーをパレードに出してやってください！　労働者たちのマスコット犬を！」

「もちろんですとも！　ええ！　では、ミスター・コヴェット……じゃなくて、コヴェット卿《きょう》と呼ぶべきかしら……コヴェット議員によろしく伝えてください」グローリアは玄関《げんかん》のドアを開けた。デイジーをマイルドにあずけることに不安はなかった。彼《かれ》はすでに一度、デイジーをコヴェット議員の悪意から救ってくれたことがある。マイルドなら、デイジーを無事に連れて帰ってきてくれるはずだ。

犬のリードを受けとったマイルドが、お屋敷《やしき》の前の階段を下りはじめたちょうどそのとき、玄関《げんかん》クローゼットからドンドンという音がひびいた――グローリアが恐《おそ》れていた音だ。

リクシー。

「出して。行かないで！　閉じこめられてるの！　あたし、秘密を知ってる！」クローゼットのなかで、コウモリが暴れているような音がする。傘《かさ》を乱暴にたたきつけているのだ。グローリアには、自分の心臓がばらばらになる音に思えた。

マイルドは階段をもどってくると、音のするほうを見て、いぶかしげに眉《まゆ》を上げた。グローリアは吐《は》き気《け》を覚え、ヴェールを上げずにどうやって吐こうか悩《なや》んだ。

「出してくれたら、秘密を教えてあげる！　彼女《かのじょ》に閉じこめられたの。あたしが知りすぎたから！」

マイルドはかすかな笑みを浮《う》かべた。「従業員におこまりですか？」

グローリアは強くうなずき、そのひょうしに帽子《ぼうし》から髪《かみ》の毛がこぼれでた。「あのメイドは料理用ブランデーを飲んだんです。酔《よ》っぱらって、大あばれしたんですよ！　どこかに閉じこめるしかなかったんです！」

その答えに、マイルドは長々と考えこんだ。「その問題を……取りのぞいて差し上げましょうか？」

「いえ、いえ！　彼女《かのじょ》にはたくさんつらいことがあったんです、気の毒な子なの」

マイルドはごくわずかに首をかたむけた。まるで、かすかにおもしろがっているかのようだ。そして意外にも――驚《おどろ》くことに――去っていった。ポケットからしつけたコーンフレークを出して、デイジーをポニーの引く二輪馬車におびきよせながら。

マイルドがいなくなるとすぐ、グローリアは屋根裏へ向かった。ティモールと料理人にも知らせて、双眼鏡《そうがんきょう》でいっしょにわくわくする光景をながめたい。デイジーを先頭に立たせるのをみとめたからには、パレードを見逃《みのが》すつもりはなかった。「あとで殺してあげる、リクシー」グローリアは通りすぎざまにクローゼットのドアをけった。半分は、本気だった。

工場の門はいまも開放され、十歳《さい》以下のすべての子どもたちが、うれしそうに足を高く上げて行進しながら、五大工場から街の港へ向かっていた。子どもたちの親やお兄さんやお姉さんは柵《さく》の内側から見守り、謎《なぞ》めいたノアの箱舟《はこぶね》へと行進していく小さい子たちに、お祭り気分で手をふっている。お別れのつらい悲しみなどない。（べつに船はどこかへ行くわけではないし、〈ザ・ヴォイス〉によれば、一日二日たって子どもたちが落ち着いたら、親は訪問することができるとのことだった）みんなの話からすると、その船は王子さまや王女さまにふさわしい宮《きゅう》殿《でん》に改装されているという（といっても、だれも実際に目にしたわけではない。というのも、船が停泊《ていはく》しているのは、治安警備隊《ちあんけいびたい》の兵舎の裏だからだ）。政治家と大実業家が乗って逃《に》げるつもりだったなら、船のなかは当然、快適だろう。学校やゲーム、頭ジラミのいない羽根まくらのついた寝台《しんだい》もあるらしい！（本来のノアの箱舟の話を知っている人たちは、すでに動物でいっぱいなのではないかと心配していたけれど、この箱舟は本物の箱舟よりはるかに快適で、動物は乗っていないと保証された）

ゴールデンレトリーバーのデイジーは、ミスター・マイルドをどう判断していいかわからなかった――この男は、あまりにたくさんのにおいが混ざっている。デイジーはコヴェットに引きつけられた。ポケットからタバコのにおいがするし、明らかにこっちを怖《こわ》がっている彼《かれ》のようすに、よけいかまいたくなる。けれど、マイルドの髪《かみ》はあまい香りのするオイルでなでつけられていた。わきの下からはなんのにおいもしないのに、ズボンからは洗濯《せんたく》のりとコーンフレークのにおいがする。マイルドをなめるべきか、転げまわるのにちょうどいい泥《どろ》んこの水たまりを見つけてやるべきか、悩《なや》む。デイジーは、なぜ今朝《けさ》グローリアが自分をマイルドにわたしたのかわからなかった。それでも、彼といっしょに行くのは悪くなかった——コーンフレークがあるかぎり。

パレードは街を縫《ぬ》うように進んだ。見守るのは、数人の消防士と空軍将校のボランティア、そしてふたりの報道カメラマンとわずかな治安警備兵《ちあんけいびへい》だ。船長は正装していて、しばらく彼《かれ》らを案内すると、「やることが山ほどあるから」と急いで先へ行ってしまった。（とはいえ、港に停泊《ていはく》している船のホテルに、いったいなぜ船長が必要なのかは、だれにもよくわからなかった）というわけで、コヴェエット議員とデイジーだけで、街の心臓である工場から子どもたちをプレスト港へ連れていくことになった——ハーメルンの笛ふきとその犬、というわけだ。兄弟《きょうだい》姉妹《しまい》は手をつなぎ、年長の子どもたちが年少の子どもたちを連れ……。カトラリー吹奏楽団《すいそうがくだん》が演奏していた。子どもたちは行進のまねごとをする。マイルドはそのなかを歩きまわっては、うたおうと子どもたちをはげます。まるで、泡立《あわだ》つスープをかき回す細長いスプーンみたいだ。

「なんていい人なの」グローリアは双眼鏡《そうがんきょう》をのぞきながら、いった。

人々の興奮と、さわやかな寒さの明るい朝に影響《えいきょう》されて、デイジーは頭を上げ、元気よく歩いた。女王が手をふるように、しっぽを前後にふってみせる。コヴェット議員は秘書からしっけたコーンフレークをわたされてるのに、それはまだポケットから出てこない。自分の手からデイジーにあたえる気になれないのだ。治安警備隊兵舎《ちあんけいびたい》のいかめしい門が開いた先には、建物をつらぬくがらんとした長い通路があった。そこを通りぬけると、城壁《じょうへき》へ上がる石の階段に警備兵がずらりとならんでいた。彼《かれ》らが敬礼するなか、コヴェット議員と犬は階段をえっちらおっちらとのぼっていった。秘書のマイルドが議員と犬に追いつこうと、二段抜《ぬ》かしでのぼってくる。もちろん、コーンフレークを持って!

ところが、マイルドにハーネスを着けられ、デイジーはまぎれもない不安を覚えた。そして泣き声にも。五百人の子どもたちが、初めてホテルを目にして、すっかりおびえていたのだ。

約束では、本とおもちゃでいっぱいのぜいたくな船のはずだった。ところが、ノアの箱舟《はこぶね》は大きなみにくい鉱石運搬船《うんぱんせん》だったのだ——洪水《こうずい》で港が水にしずんだあと、一隻《せき》だけ残っていた船だ。ロープを打ち上げ花火でなんとか船まで放ち、近くに引き寄せ、城壁《じょうへき》にしっかりとつないである。船は大きなみにくい兵舎の裏に隠《かく》され、街のほかの場所からはまったく見えなかった。そして人々に見えないところで、お祭りムードは軍事作戦に変わった。

白い帆布《はんぷ》が、公園のすべり台のように、城壁《じょうへき》のてっぺんから船の甲板《かんぱん》までななめに張られている。すべり台の下では、さらに多くの警備兵《けいびへい》がひかえていた。子どもたちはすべり台をすべってごらんとさそわれたけれど、だれもうんとはいわない。

そのとき、子どもたちの目が、城壁《じょうへき》から飛び出したふわふわの白い犬に釘《くぎ》づけになった。水平ひきこみ式クレーンが回転し、デイジーを空中にぶらさげ、やさしく甲板《かんぱん》へ下ろしていく。

デイジーは子どもたちに向かって、助けてとほえた。

拡声器から、コヴェット議員が声をかける。「デイジーにつづくのは、だれかな？　楽しいすべり台をすべってみたい子は、だーれだ？」

気の強そうな女の子が――運動靴《うんどうぐつ》ではなくブーツをはき、両手をぎゅっと拳骨《げんこつ》にして――帆布《はんぷ》のすべり台に飛びおりた。女の子の友だちが、キャーと声を上げて、あとにつづく。怖《こわ》がりな子たちがまだためらっていると、アイスクリームをあげようと提案された。それでもだめだとわかると、マイルドはいった。「コヴェット議員もすべってみたいですよね？」

「立場をわきまえよ、マイルド。わたしがそんなことをしたいわけがあるか」とコヴェット。

そこで治安警備隊《ちあんけいびたい》が出てくると、子どもたちをひとりずつ、ニッケル鉱石の袋《ふくろ》みたいにすべり台へ放りなげた。


子どもたちの叫《さけ》び声は、遊園地の歓声《かんせい》とはちがった。デイジーは遊園地で、子どもたちが興奮して叫ぶのをよく見かけたことがある。まだおなかに巻きついている吊《つ》り帯にじゃまされて、走ろうとしたデイジーは前後にゆれだした。やめて、やめて、やめて、とほえる。なにかが、とんでもなくおかしい。なんとかしてくれるはずのグローリアは、どこ？　船体の横を激しく流れる水は、まるで脅《おど》してくるようだ。

「これがすんだら」コヴェットは秘書にいった。「あの犬は船から投げすてろ、いいな？　これは命令だ。船に船長はいるかね？　姿が見えないが」

秘書のマイルドも、船長の姿を求めて甲板《かんぱん》と船橋《せんきょう》に目を走らせる。「機関室でしょうか？」

子どもたちは、前方の船倉《せんそう》に積みこまれた。ほかの帆布《はんぷ》のすべり台からも、倉庫に転げおちる石炭のように、子どもたちがすべり下りてくる。船室はなく、寝台もなく、食堂もなければ、甲板《かんぱん》で遊べるゲームもない。アイスクリームもない。暗くがらんとした、さびついた金属の洞《どう》窟《くつ》で、子どもたちの泣き声がこだまするばかり。前の船倉がいっぱいになると、警備兵《けいびへい》は後ろの船倉に子どもを積んだ。それは、軍隊らしい正確な動きで進められる作戦だった。最後のひとりが積みこまれると、警備兵たちは船を下りようと、城壁《じょうへき》にひっかけたはしごにむらがった。城壁につながれた浮《う》かぶホテルは、予定外の旅に出ようとしているのだ。

「縄《なわ》をとけ、出航だ！」

船のエンジンがうなり、せきこみ、震《ふる》えて目を覚ます。

「コヴェット議員、これで労働者たちは、あなたのどんな命令にも従うでしょう」マイルドは議員に、満面の笑みを向けた。「労働者がいわれたとおりにする理由が、ここに五百人もそろっているのですから。これで、あなたは勝ち札を手に入れたわけです……。おっと、いい忘れるところでした、コヴェット議員。勝手ながら、あなたのおぼっちゃまたちを、先にこちらにお連れしておきました」

「なんだって？」

「息子さんたちです。もちろん、おふたりには船員室のひとつを用意しました。上のほうにある船首楼《せんしゅうろう》の近くです、議員。ひょっとして、お別れをおっしゃりたいのではないですか？」

コヴェットはまじまじと秘書を見た――そんなことは、これまでめったにしたことがなかった――秘書のくちびるの上に生えた淡《あわ》い黄色のうぶ毛、冷たい青い瞳《ひとみ》、弓のような形の口、ナイフのようにとがった鼻……。

そのあいだずっと、コヴェットの耳には、ハンマーで城壁《じょうへき》の索止《さくど》めをたたき係留索《けいりゅうさく》をはずす音、船が目を覚ます音が聞こえていた。

「息子らを乗せろとはいっとらんぞ、マイルド！」

「船員室です、議員、船首楼《せんしゅうろう》のはずれの。ご自分の目で確かめてきてはいかがですか」

コヴェットはひとつだけ残っていた帆布《はんぷ》のすべり台に飛びこむと、百人の汚《きたな》い子どもたちが残した汚れをごっそりくっつけながら船にすべり下りた。なんとか立ち上がり、警備兵《けいびへい》をどなりつける。「中止だ！　この船を出航させるのは許さん！　船長はどこだ？」コヴェットにはだんだんわかってきた。治安警備隊《ちあんけいびたい》も自分を裏切っていたのだ。彼《かれ》らはいまや、マイルドの部下だ。コヴェットは息子たちを探して、船首へ走る。つまずきながら甲板《かんぱん》を進み、息子たちの名前を呼ぶ。

そこに息子たちはいなかった。

これもマイルドのウソなのか？　それとも、探す場所をまちがっているのだろうか？　判断がつかずにかたまっているうちに、巨大《きょだい》な船は大きくゆれ、係留《けいりゅう》場所からはなれた。横向きに下流へ動き、安全な城壁《じょうへき》から出ていく。増水した川の力をまともにくらうと、船はかたむいたが、体勢を立て直して川を進んだ。船体の真下では、ラチャ山脈の雪どけ水が猛然《もうぜん》と海をめざしている。そんな船に乗っているのは、五百人の小さい子どもたちと、一匹《びき》の犬と、コヴェット議員——いまは〝コヴェット卿《きょう》〟となった内務大臣だ。

グローリアとティモールと料理人は、屋根裏部屋から双眼鏡《そうがんきょう》で、治安警備隊《ちあんけいびたい》兵舎のなにも書かれていない正面を見つめていた。すると思いがけず、船が城壁《じょうへき》の向こうにあらわれ、どんどんと遠ざかっていくのが見えた。

「船が流されてる!」

「子どもたちはもう、船に乗っているんじゃないかしら」料理人はつぶやいた。

「そんなこといわないで! 子どもたちは乗ってないって、いってよ! 乗ってないって、いって!」ティモールの腕《うで》にしがみつくグローリア。

「船の係留索《けいりゅうさく》がはずれたにちがいない」ティモールはいった。

〈てっぺん邸《てい》〉の住人のなかでひとりだけ、真相を知っている者がいた——ゴールデンレトリーバーのデイジーだ。ハーネスがまだ水平ひきこみ式クレーンにひっかかっていたデイジーは、足元から甲板《かんぱん》が動きだすと宙づりになってしまった。巻き上げ機はデイジーをなぐりつけ、船の手すりはデイジーをさらおうとするので、犬は動きだした船の上でゆらゆらと前後にゆれていた。

波止場《はとば》側のクレーンの操縦席《そうじゅうせき》にすわったマイルドは、ハーネスを放し、犬が後部甲板《かんぱん》に落っこちるのをながめた。最初は海に落とすつもりだったが、気が変わった。デイジーがいれば、コヴェットがさぞ喜ぶだろうと、ふと思いついたのだ。

甲板《かんぱん》を転がってきた消火バケツが勢いよくぶつかり、犬は横に倒《たお》れたが、甲板の手すりのおかげでなんとか海にすべり落ちずにすんだ。城壁《じょうへき》の上では、マイルドが歓喜《かんき》にうなっていた。

第三十一章 液状化

フルカ川の上

ディーゼル船〈ニコロデオン号〉には、五百人の小さい子どもたち、一匹《ぴき》の犬、内務大臣のコヴェット議員……そして——もちろん！——船員がひとり乗っていた。

コヴェットはなんとかまともに考えようとしていた。当然だ！　いまでも、船員が船橋《せんきょう》で操《そう》舵輪《だりん》と格闘《かくとう》しているのが見える。コヴェットがするべきことは、その船員に船をUターンさせて港へもどれと指示を出すことだけだ。しかし秘書のマイルドが権力を握《にぎ》っていると思うと、我慢《がまん》ならない。それなら、この船に乗っているほうがまだマシだ。とはいえ、一万五千トン級の船がこんなにもたよりなく感じられるとは、思いもしなかった。船は急降下し、横に流され、制御《せいぎょ》できなくなってしまったかのようだ……。恥《は》ずかしながらコヴェットは、完全に震《ふる》え上がっていた。

怖《こわ》がることはない、怖がることはない、怖がることはない。コヴェットは自分にいい聞かせた。船には船員がいるし、船員は嵐《あらし》で荒《あ》れる海を乗りきるのに慣れている。〈ニコロデオン号〉は逆流にぶつかった。ハッチの下から——そしてコヴェットの口からも——恐《おそ》ろしい悲鳴が上がる。コヴェットは前に転び、両手両ひざをついた格好で甲板《かんぱん》をすべっていき、操舵室《そうだしつ》へつづくはしごに激突《げきとつ》した。船が安定すると、はしごをよじのぼり、てっぺんに着いたところで、船橋楼《せんきょうろう》のドアがバシッと顔にぶつかってきた。

船員は制服ではなく作業服を着ていた。死にものぐるいで操縦《そうじゅう》していて、体を激しく左右にひねっている。

「船長はどこだ?」コヴェットはつめよったが、じろりとにらまれただけだった。「船をUターンさせて港へもどれ」

「そんなところに突《つ》っ立ってないで、協力してくれ!」返ってきたのは、それだけ。

「わたしは内務大臣のコヴェット卿《きょう》だぞ、そのわたしが指示しているんだ……。こっちを見ろ、船長はどこにいる? 船長と話がある」

船員はげらげらと笑ったが、少しも愉快《ゆかい》そうではない。「そいつは、おれだ。あんたが探してるのは、おれだよ。おれが船長兼《けん》船員。このきたねえ〝おんぼろ船《さびたバケツ》〟のな」

激しくゆれた瞬間《しゅんかん》、コヴェットはそれが船員の名前にちがいないと思った。

「たのむから、こいつをつかんでくれ!」とサビタバケツ。

コヴェットは四つんばいであわてて船橋《せんきょう》を移動すると、よろけながら立ち上がり、船員と向きあって操舵輪《そうだりん》を握《にぎ》った。まるで暴れ牛の角《つの》をつかんでいるようだ。大の男がふたりがかりで、かろうじて操舵輪の回転を止められる。正面から向き合った相手の顔に浮《う》かぶ表情を見て、コヴェットは骨の髄《ずい》までぞっとした。サビタバケツは船を下流へ動かす計画など、なにも知らないのだ。

「おれはエンジンを動かせといわれて来た。『なんで』と聞いたよ。『なんで、エンジンを動かしてほしいんだ? この船は浮《う》かぶホテルなんだろ! どこへも行きゃしない!』けど、おれはこいつに乗りこんだ。そして下にいるあいだに、連中が船をつなぐくさりをはずしてるのが聞こえたんだ！　甲板《かんぱん》に駆《か》け上がったら——だれもいやしねえ——みんなずらかってた——船から逃《に》げやがったんだ——船長もだれもかれも。そんで、船は流されてた。そんなこと、あっていいわけがねえ！　船にはガキどもも乗ってるんだぞ！　どんなバカが、ガキでいっぱいの船をこんな激流に漂流《ひょうりゅう》させるんだよ？」

「恐《おそ》ろしい事故だったのだよ！　船の係留索《けいりゅうさく》がほどけてしまったんだ！」コヴェットは堂々とウソをついた。「わたしはこの目で見た」

「いいや。ほどけたんじゃなく、ほどかれたんだ——でなきゃ、連中はなんでエンジンを動かしたがったんだ？　あいつらを捕《つか》まえたら、ただじゃ——」

ぎょっとしたコヴェットは、たったいま名案をひらめいたふりをした。「そうそう！　川にある小島なら、エイト島なら、いつでも船を停《と》められるよな？　島の風下に避難《ひなん》したまえ。嵐《あらし》をやりすごそうではないか。きみならできるだろう？」

サビタバケツは泣きそうな声になった、というか実際に泣いていた。「そんなとこまでたどりつけたとしても、座礁《ざしょう》しちまうのがオチだろう。ともかく。どこかで。それに、もし船がばらばらにならずにすんだとしても……。下にはニッケル鉱石がある！　洪水《こうずい》はいきなり襲《おそ》ってきたから、積み荷を全部は下ろせなかったんだ。第三船倉《せんそう》には半分ほど、細かい鉱石が入ってる」

「で？　それがいったいなんだと——」

「あのハッチから水が入らないようにしたほうがいいぜ、だんな。さもないと、おれたち全員、あの世行きだ！」サビタバケツはコヴェットに歯をむいた。そのようすは、狂犬病《きょうけんびょう》にかかった犬さながら。口のはしに泡《あわ》までついていた。

犬のデイジーは、前後にすべったあと、ふたつの甲板室《かんぱんしつ》のあいだに体をねじこんだ。ちょうどブックエンドにはさまれた本のような状態だ。船倉《せんそう》に閉じこめられた子どもたちの叫《さけ》び声が聞こえる。船が上下にゆれ、はげしく震《ふる》え、回転するのを感じる――川を流れてくる物が船の側面にぶつかる音も聞こえる。第五工場（鋳物《いもの》）でかいだことのある、ニッケル鉱石のつんとするにおいもかぎとれる。どれもこれも、意味がわからない。デイジーは急に気持ちが悪くなってきて、驚《おどろ》いた。

これまでデイジーは、おおむね、人間を愛し、人間から（大いに）愛されて生きてきた。食べ物は、たいした理由もなく口に入ってきた。自分でなにかを決めたことはない。もっと賢《かしこ》い犬だったら、そのへんを駆《か》けまわって人間たちに危険を知らせ、次に起こることを予測し、解決策のないところで解決策を見つけだそうとしただろう。いま、こうして甲板室《かんぱんしつ》のあいだにはさまっているデイジーには、どうやって解決すればいいのかわからなかった。それでも……。

デイジーは泣き声をたどって第一船倉《せんそう》へ行った。驚《おどろ》いたことに、たくさんの子どもたちが一ヵ所に閉じこめられていた。みんな泣いている。デイジーは身を乗りだした。そうすれば、子どもたちをなめてやれるかのように。船が横にゆれたひょうしに、デイジーの体は一回転して帆布《はんぷ》のすべり台に落っこち、背中ですべっていった。

五十人の子どもたちがどっと笑った。残りの子どもたちは、びっくりして泣きやんだ。

その日の午後、デイジーはかぞえきれないほどの悲しみと恐怖《きょうふ》を、その大きな背中に背負った。それでも、みんなをなぐさめる力はつきていない。ひとりの小さい子ども――しめった塩のように、真っ白で身じろぎもしない――が、船倉《せんそう》を流れる赤さび色の水のなかにすわっていた。目はうつろで、肌《はだ》は冷たくなり、両手はちぢんだクモのよう。デイジーはひざの上に片足をのせ、顔を子どもの頰《ほお》にくっつけ、腕《うで》をつついた。見えない不安が、子どもの顔を滝《たき》のように流れおちる。デイジーはそれをなめ、のみこんだ。そして、ただ子どもの胸におでこを押《お》しつけて立っていた。すると二本の細い腕が上がってきて、デイジーをぎゅっぎゅっぎゅっと抱《だ》きしめた。

〝すばらしい毛なみ、やさしく物をくわえるやわらかい口、そして愛情あふれる犬であれ〟犬の神さまはかつて、世界一のゴールデンレトリーバーにそういった。だからデイジーは、けっして自分のつとめをおこたらない。

コヴェットはまた息子たちのことを考えていた。船室にいないのなら、おそらくマイルドがほかの子どもたちといっしょに船倉《せんそう》のひとつに放りこんだのだろう。コヴェットは名前を呼びながら、船尾《せんび》へ向かった。息子ふたりの顔を探すため、二百の顔を見た。子どもたちはすでに足首まで雨水につかり、だまって彼《かれ》を見上げる。コヴェットはくるりと背を向け、船の反対側にある第一船倉へと走りながら、何度も名前を呼んだ――〝シャルト！　オーガスト！〟――が、見えるのは他人の子どもばかり……。すると一匹《ぴき》の犬が彼に気づいて、しっぽをふった。

そうだ！　息子たちはまだ安全な陸地にいるのだ。わたしを船に乗りこませるための、マイルドの策略《さくりゃく》だったのだ。心の底からほっとして、コヴェットは大声で笑いだした。

やがて、コヴェットはしゃがんで、下の子どもたちの顔をよく見た。今度は父親の目で見た。この子どもたちにも、みんな、父親がいる。

「きみらを全員、なんとしても、そこから出してやらねばならんな」

二時間かけて、コヴェットは船倉《せんそう》から子どもたちを引っぱり上げた。船首から船尾《せんび》までならぶ船倉で雨水につかっていた子どもたちを、船室や、ロッカーや、甲板室《かんぱんしつ》や、救命ボートに入れてやる。屋根のある通路はどこも、悲しげな小さい顔でいっぱいになった。子どもたちのカタカタ鳴る歯の音が、船のどこにいても聞こえてくる。子どもたちに食べさせねばならん！　食事をすれば、体が温まるだろう。コヴェットはエイト島ですごす子どもたちと乗組員のために食料を注文したことを思い出した。しかし、その食料はどこに積まれたのだろう？　なぜ、わたしはもっと注意をはらっていなかったんだ？

コヴェットの食料探しに、白いゴールデンレトリーバーがくわわった。船がゆれてバランスをくずしたコヴェットは、犬の背中につかまった。温かい――この船で、たったひとつの温かいもの。「よしよし、ワンころ。食べ物を探せ」コヴェットがつぶやくと、デイジーはかたむいた甲板《かんぱん》を救命ボートに向かってよろよろ進み、帆布《はんぷ》の下に頭を突《つ》っこんだ。なかで、子どもたちの笑い声がはじける。しっぽをふりふり、デイジーは頭をひっこめると、ふり返ってコヴェットを見た。彼《かれ》は自分でも思いがけないことに、犬を信じた。帆布を開け、パッチン錠《じょう》のついた金属の箱を引っぱりだす。箱はデイジーのよだれまみれだ。中身は、チョコレート、レーズン、ビスケット。救命ボートのなかの子どもたちに少しずつ配ってやり、コヴェットはその一分間で、これまでの人生でできたより多くの友だちができた。とはいえ、チョコレートバー二本とビスケット五袋《ふくろ》では、五百人の子どもたちにはぜんぜん足りない。コヴェット自身はなにも食べなかった。彼の胃袋は、川をさかのぼるときのサケのように、食べ物を受けつけなくなっていた。

犬はコヴェットをとなりの第三船倉《せんそう》へ連れていった。この船倉だけは、ハッチが閉まっている。コヴェットは犬を見て、ハッチを見て、また犬を見た。「いやいや、ここにはないよ、ワンころ。サビタバケツが、ここには鉱石が入っているといっていた。食べ物なんかあるわけ……」彼《かれ》は金属でできたハッチのふたに、どっかりとすわりこんだ。体の重みでふたがくずれて穴があき、さびたかけらが下にある物にシャワーのようにふりそそぐ。コヴェットが穴にはまった体を引っこぬくと、日光で船倉のなかが見えた。大量のニッケル鉱石の上に、食料の入った缶《かん》や袋《ふくろ》が積みかさなっている――島で一週間ほどすごせるように用意された食料だ。彼はハッチのふたをどかそうとしたが、重すぎてどうにもならない。さっきお尻《しり》であけた穴から手をのばしてみたが、どの袋にもとどかない。ところが、穴に腕《うで》を突《つ》っこんで頬《ほお》をふたに押《お》しつけていたら、ふた全体がさびてレースのようにスカスカになっているのがわかった。

「第三船倉《せんそう》に食料がある」コヴェットは船橋《せんきょう》から声を張り上げた。「どうやって開ければいい？」

操舵輪《そうだりん》と格闘中《かくとうちゅう》のサビタバケツは、どなった。「そんなことしてみろ、頭をぶんなぐるぞ」

コヴェットは社会的地位が一気に下がった気がした。ここでは議員の自分より若い船員のほうが上なのだ。コヴェットは金属製のふみ段をよじのぼり、手すりを力いっぱい握《にぎ》ったせいで指を切ってしまった。頭がドアの敷居《しきい》の上に出たところで、たずねる。「なぜだね？」

「いったいだろ！　そこには、きたねえニッケル鉱石が入ってるからだ、このバカ！」船員はゆっくりうたうような口調で、子どもにいい聞かせるみたいに話した。「あれは船から下ろされなかったんだ。フォークやスプーンになる機会をなくしたのさ。ああああああ。けど、あれが水にぬれると、液状化して、おれたちはとんでもないことになる。そんなことになりたいか？」

エキジョーカ。なんのことだか、コヴェットにはさっぱりわからなかったが、人が大げさに話すときに使う言葉のように聞こえた。大災害！　大洪水《だいこうずい》！　全滅《ぜんめつ》！　サビタバケツの言葉は、アフェイリアに起きたことを完ぺきに表現しているような気がする——液体に変わった世界。コヴェットはその言葉をしっかり覚えておき、いつかスピーチで使おうと思った——液状化。

「エイト島まで、あとどれくらいだね？」

「はあ？　とっくに通りすぎたわ、アホか！　あの島は水没《すいぼつ》してる。なくなっちまった。水面より上には、なんも見えねえ」

コヴェットはめまいに襲《おそ》われた。ついさっきまでは、少なくとも、どこへ向かっているかわかっていた——〈ニコロデオン号〉はエイト島へ向かっていた。ところが、その目的地は波の下にしずんだという。もはや存在しないのだ！　もどることはできず、行くところもなく、はるかな海へと進むしかない。

さびたハッチのふたに穴をあけてしまったことは、だまっておいた。サビタバケツに頭をなぐられてはたまらない。

デイジーは船の上をうろうろ歩きまわって、かわいそうな小さな顔を見つけるたびに、元気づける仕事にはげんだ。しっぽは重くたれ下がっている。なにしろ、グローリアを探しているのに見つからないのだ。それでも見つけるまでは、このしょっぱい悲しみの深い淵《ふち》をなめるしかない。デイジーはボールを取ってくる芸こそマスターできなかったかもしれないけれど、笑みを拾って持ち主に持ってきてやることなら、生まれつき知っていた。

ずっと下流、といっても海はまだ遠い地点で、フルカ川の水は海水とぶつかった。川をさかのぼってくる潮の流れが、川の水を押《お》しもどす。ふつうなら、これで川の流れは遅《おそ》くなり、ほとんど止まるものだ。ところが、フルカ川の増水で、海の水と川の水は騎兵隊《きへいたい》のように激突《げきとつ》した。白や茶色や黒の水が盛大《せいだい》にぶつかりあって、漂流物《ひょうりゅうぶつ》やがらくたや死骸《しがい》を空中にまきちらす。水の合流地点だ。

船がそこにさしかかったのは、暗くなったあとだった。月はのぼり始めたばかり。ぶつかりあう水の音がとどろき、月は遠くはなれた安全な空からながめている。コヴェットとサビタバケツはふたりとも、全力をふりしぼって〈ニコロデオン号〉を前に向けつづけていた。船と同じ高さのくだけちる波に、船首で切りこんでいく。水は船《ふな》べりを乗りこえ、甲板《かんぱん》の昇降口《しょうこうぐち》階段に流れこんだ。冷たい水をかぶって眠《ねむ》りから起こされた子どもたちが騒《さわ》いでいる。ハッチの開いた船倉《せんそう》が、冷たい海水を飲みこむのだ。船のスクリューは水面から出てしまい、ぱらぱらと水滴《すいてき》をまきちらすだけ。そのかん高い音が、サビタバケツのどなる汚《きたな》い言葉もかき消した。流れてきた大きなごみが船にぶつかると、まるで巨人《きょじん》が「フン、フン、フン、えーいっ」と船をけちらそうとしているかのようだった。船は大きくゆれ——船首が下がっては上がり、また下がっては上がり——まるで一万五千トン級の木馬だ。月は灰色にたなびく雲で目をおおった。

「こんなに船がゆれるのは、おかしい！」サビタバケツは叫《さけ》んだ。「おまえ、まさか第三船倉《せんそう》を開けようとなんかしてないよな！」

「そんなことはしないとも。しかし、ふたがさびてスカスカになっていた。たぶん、あそこから水が入ったんだろう」

今度はののしることなく、サビタバケツはコヴェットにキックをおみまいした。ところがキックはずれ、ロープソールの靴《くつ》が操舵室《そうだしつ》の外へ飛んでいき、船《ふな》べりの向こうへ消えていった。「わ、わたしがさびつかせたわけじゃない！」コヴェットはいい返した。「なぜ、けられにゃならんのだ——」

「おまえはなんにもわかっちゃいねえ、この役立たずが……。もう、おしまいだ。おれたちは死んだも同然だ。いいか、砂みたいに細かいニッケル鉱石に水が入ると、どろどろの液状になっちまう。それが船倉《せんそう》で勢いよくいっぽうに流れたら、船は……」そこで彼《かれ》の科学的解説は祈《いの》りへと変わった。サビタバケツは操舵輪《そうだりん》を放して、逃《に》げだした。階段の両側の手すりをつかんですべりおり、甲板《かんぱん》を走りだす——なにか目的があるわけではなく、ただ走る。甲板を流れる水に足首を取られそうになる。前方にそびえたつガラスのような波が、とがった船首にくだかれて、銀色の破片のようなしぶきをばらまいた。水しぶきが落ちてくると、サビタバケツも落ちていった。背中ですべって甲板の手すりの下をくぐり、海に消えてしまったのだ。まるで最初からいなかったかのように。

第三船倉《せんそう》では、三百トンのニッケル鉱石がゆっくりと液状化を完了《かんりょう》し、どろどろになっていた。船が巨大《きょだい》な波から急降下すると、どろどろは前へ後ろへバシャンバシャンとゆれる。だがもし、そのうち船体がいっぽうに大きくかたむいて、重い黒いどろどろがそっちへ一気に流れたら……船はさらにかたむき……どろどろがさらにそっちへ流れ……。船のかたむきが大きくなるほど、どろどろは勢いをつけて上へ流れ、最後には〈ニコロデオン号〉を横倒《よこだお》しにしてしまうだろう。

多くの船に死の苦しみをもたらすもの――それが液状化だ。

THE VOICE
ザ・ヴォイス

イン・アトラメント・ノン・エスト・ウェリタス

500人がエイト島へ

命の危機においては
議会が断固たる行動を取るべきときもある

副スプリーモをつとめる
コヴェット卿《きょう》からのメッセージ

昨日、わたしは安全を守る抜本的《ばっぽんてき》対策として、500人の子どもたちをエイト島へ移送した。街をかこむ城壁《じょうへき》は1時間ごとに弱くなっている。子どもたちにとっては、エイト島にいるほうが安全だろう。しかし子どもたちの安全を確かなものにするため、われわれはビッグロック・ダムを爆破《ばくは》しなくてはならない。川の流れが速すぎて、ノアの箱舟《はこぶね》は上流へもどれない。ダムが破壊《はかい》され、川がおだやかにならないかぎり、子どもたちはプレストに帰ってくることができないのだ。

しかし、ひょっとすると、みなさんは工場が水びたしになって機械が壊《こわ》れることを望んでいるのだろうか?　もしかすると、将来の仕事などいらないのだろうか?　家族を食べさせる手段などいらない?　ひょっとすると、洪水《こうずい》で城壁《じょうへき》が倒《たお》れても気にしないのだろうか?

スプリーマとわたしは気にかけている。われわれには、洪水《こうずい》を収束させるだけでなく、この街と市民の仕事を確保するという厳粛《げんしゅく》な義務がある。だからこそわれわれは、みなさんがポンプを動かす仕事にもどるまでは、ビッグロック・ダムを爆破《ばくは》する飛行機を送りだすことはない。

くりかえす。

みなさんがまた働きださないかぎり、ビッグロックへ爆撃機《ばくげきき》を送ることはない。

ビッグロック・ダムが破壊《はかい》されないかぎり、ノアの箱舟《はこぶね》は帰ってこない。

エイト島の子どもたちが心を震《ふる》わせながら、みなさんの答えを待っている。

1875-1928

〈ザ・ヴォイス〉から非常に悲しいお知らせがある。みなさんから大いに愛されたわれわれの編集長、ヘカベ・ライトフット教授が、病気のため短い療養《りょうよう》期間ののち亡《な》くなった。

彼女《かのじょ》の学術的知識と真実を追究する姿勢は、同僚《どうりょう》からも読者のみなさんからも、心から惜《お》しまれるだろう。

第三十二章 ❖ 脅迫《きょうはく》

プレスト市

〈てっぺん邸《てい》〉は朝早く、耳なれたガタン、ゴトンという音で目を覚ました。ポンプを動かす音だ。ホースがやさしい音を立てて水をくみだし、水は薄汚《うすよご》れた噴水《ふんすい》となって城壁《じょうへき》の外へ出ていく。まるで、死体が蘇生措置《そせいそち》を受けて心臓をひくつかせているようだ。それから三十分のあいだに、ポンプのスピードは上がり、音はますます大きくなっていった。五つの工場すべてで、市民が機械室にたまった水をくみだそうとはげんでいるのだ。ストライキは完全に終わっていた。

表で大声がする。それぞれの工場で勤務時間を終えた人々だ。工場のオーナーたちが「愛国心を示す」ため、労働者を解放してやったのだ。群衆が〈てっぺん邸《てい》〉の外に集まっていた。何人かが鉄柵《てっさく》のすきまに顔を突《つ》っこんでいる。まるで動物園でエサを待つ動物だ。着ている服は、百年前のものかと思うほどぼろぼろ。彼《かれ》らは疲《つか》れきっていて、気力だけで、てっぺんヶ丘《がおか》をのぼってきたのだ。

「ダムを爆破《ばくは》しろ！　ダムを爆破しろ！」群衆は声を張り上げた。「もうポンプは動いている、聞こえるだろ！　ポンプは動いている！　子どもたちを帰してくれ！」

ティモールは治安警備隊《ちあんけいびたい》に電話をかけたが、電話はうんともすんともいわなかった。

革のロングコートを着て馬にまたがった男が、群衆のあいだを進んでくる。舗装《ほそう》された急な坂道で、馬のひづめがすべる。男は押《お》しよせる群衆と騒々《そうぞう》しさに、馬ほどは驚《おどろ》いていないようすだ。

「マイルドだ!」ティモールは上階に向かって叫《さけ》んだ。

「ちょっと来て手伝ってくれませんか――」グローリアは豊かすぎる髪《かみ》を帽子《ぼうし》に押《お》しこもうと格闘《かくとう》する。

運転手のアッピスが向かいにある自宅から道をわたってきて、すでにマイルドを入れようと門の錠《じょう》を開けている。馬の後ろから、何人かの市民が正面の庭に押《お》し入ってきた。

グローリアは緑色のサテンのジャケットにずらりとならぶボタンを留め、メイドの制服をスプリーマのベッドの下にけり入れた。鏡に口紅で描《か》かれた口が、スプリーマに変装した十六歳《さい》の少女をあざわらう。そんな自分の姿をぼかそうと、グローリアはヴェールを下ろした。

グローリアとティモールが応接室に入っていくと、すでにマイルドがいた。そして意匠《いしょう》をこらした書類も、奥《おく》のスプリーマの机に用意されていた。前と同じざらざらした縁《ふち》が金色に染められた紙に、同じクジャクの羽根をあしらった万年筆、同じ渦《うず》まきのような手書きの文字で書かれたビッグロック・ダムの爆破《ばくは》を命じる文章。

「コヴェット卿《きょう》はどこ?」グローリアはたずねた。

「ああ、議員から申しわけないと伝えるようにいわれました」秘書のマイルドは答える。「彼《かれ》は……来られません。このような状況《じょうきょう》で姿を見せるのは、恐《おそ》ろしいそうです。なにしろ、子どもたちを人質《ひとじち》にとっているのですから。ええ、非情なやり方ですとも。しかしながら彼は、するべきだと思ったことをしたまでです。そしてごらんのとおり、工場で働く人々の一部が休み時間にここへ来て、ダム爆破《ばくは》の必要性をいかに痛感しているか、スプリーマにうったえています」

窓ガラスには、いくつもの顔が押《お》しつけられている。シャンデリアは、外からひびく「ダムを爆破《ばくは》しろ！」の大声にチリンチリンと震《ふる》えている。

「では、マダム？　国民の望むものをあたえてやっていただけますか？」

グローリアは万年筆を取った。万年筆を飾《かざ》る羽根で手の震《ふる》えが強調されてしまい、また万年筆を置く。

「いいえ。そのつもりはありません。ローズ市の人々が頭のおかしい悪人ばかりだとは思えません。たとえそうだとしても、おぼれさせるなんてまちがっています。ローズ市の人々を。子どもたちを。赤ちゃんたちを」グローリアは背すじがぞっとした。首の後ろに、だれかの手が置かれたのだ。

「サインしなさい」ティモールがグローリアの頭を書類のほうへ押《お》しやる。

「え？」

「サインするんだ、おろかな女め。何度いわせるつもりだ？　サ、イ、ン、し、ろ。おまえの馬鹿《ばか》ばかしいおろかでちっぽけな一生のなかで、一度くらい、ぼくのいうとおりにしたらどうなんだ。さもないと、神に誓《ちか》って、後悔《こうかい》することになるぞ」大声で、しかも耳元でどなられて、グローリアはちぢみ上がった。

それに、まるで床《ゆか》がくずれて暗い穴に落とされたような気がした。だんなさまはあたしの味方じゃないんだ。

ある意味、そのとおりだった。ティモールはグローリアに妻のふりをさせた時点で、すでに彼女《かのじょ》に国を裏切らせているのだから。今回は、それよりもう少し悪いことをさせようとしているだけだ——ローズ市にくらす大勢の罪なき人々の命をうばえ。

「サインはしません」グローリアはマイルドにいった。「先に、ローズ市からすべての人々を避難《ひなん》させないかぎり、サインはしません。ローズ市民をどこか……おぼれ死ぬ心配のないところへ移動させてください」

マイルドは小さな両手を優雅《ゆうが》に広げ、満面の笑みを浮《う》かべた。「ごもっともです。これぞ真の人道主義者の発言です。ローズ市に空からチラシをまいて知らせましょう。そして街が空《から》っぽになったら、ダムを爆破《ばくは》します」

「約束できますか？」

「約束します」

「あなたの名誉《めいよ》にかけて誓《ちか》う？」

「わたしの名誉《めいよ》にかけて誓《ちか》います」

グローリアはにっこりした。なんと！　ティモールには、最後の言葉は引き出せなかっただろう！　料理人のいっていたことは本当だった！　いまや、グローリアがスプリーマなのだ！のちにティモールは、そのことでグローリアを苦しめることになるかもしれないが、いまの時点では、彼女《かのじょ》はよい結果を勝ち取ってみせた！　おかげでグローリアはすごく賢《かしこ》くなった気がした。「ローズ市民の安全が確保されたという証拠《しょうこ》が手に入ってから、ダム爆破《ばくは》の書類にサインします」グローリアはそういうと、万年筆を槍投《やりな》げの槍のように机の向こうへ放った。

マイルドは自分の革のコートについたインクの染《し》みを見下ろし、かすかに顔をしかめた。鼻の穴が広がる。長いまつ毛が一度だけ下を向く。やがてマイルドは、深々とため息をついた。

「こちらは必要ありません」

彼《かれ》は机に身を乗りだした。まるでグローリアをひっぱたこうとするかに見えたが、ただ書類を自分のほうへ向けただけだった。そしていちばん下に、地震計《じしんけい》の波形《はけい》みたいな荒々《あらあら》しいサインをした。まるでスプリーマ本人が書いたかのような筆跡《ひっせき》だ。「こういった書類は、厳密には歴史学者のためのものです」マイルドはいう。「血痕《けっこん》をおおいかくす漆喰《しっくい》といったところでしょうか。わたしはすでに二週間前、ローズ市に二機の爆撃機《ばくげきき》を送っています。あいにく、どちらの爆撃機もダムの爆破に失敗したようです。しかし、成功するまで爆撃機を送りつづけます。おじょうさん、あなたはわたしにとって役に立つ存在ですが、わたしはメイドごときに、するべきことのじゃまをさせるつもりはありません」

ティモールはガッツポーズをして、歓喜《かんき》のおたけびを上げた。「ついに来た！」そこで落ち着いたようだった。「許してください、ミスター・マイルド。ぼくは妻から、彼女《かのじょ》がもどるまで代役を立てておくよう指示されていたんです。妻は自分のいないあいだに、何者かにスプリーマの座をうばわれるのを恐《おそ》れていたのでしょう。どうかご理解を！　このあわれな少女が会議に同席するのを、大目に見てやるしかなかったのです。彼女が自分の妻だというふりをしなくてはならなかったぼくの気持ちを、想像してみてください！」そして、勢いこんでグローリアの帽子《ぼうし》をむしりとった。帽子に押《お》しこんでいた髪《かみ》が、グローリアの顔の前に落ちてくる。

マイルドはまああと手を動かした。「どうかティミー、早まらないでください！　まだ、この少女の正体は明かさないでおきましょう。スプリーマがこの街にいると思わせておいたほうが、国民はより安全に感じられるでしょう。労働者たちがだまされたことには驚《おどろ》きませんが、なぜ議会までだまされたのかは謎《なぞ》です。まったく、お人よしの連中ですね。コヴェットまでだまされるとは。わたしはじつにおもしろいと思ったので、彼《かれ》には明かしておりません。このことは、われわれ三人だけの秘密です」

　ティモールは不満そうにうなると、肩《かた》をすくめ、うばった帽子《ぼうし》をグローリアの頭に乱暴にかぶせた。「この爆破《ばくは》任務は、ぼくがやる」彼《かれ》はつぶやき、さっそうと廊下《ろうか》の階段へ向かうと、肩ごしに声を張り上げた。「戦時中、ぼくは爆撃機《ばくげきき》に乗っていたんです。腕《うで》はいいんですよ。あなたのために、ぼくがこの仕事を片づけます」そして階段を駆《か》け上がり、宴会場《えんかいじょう》を横ぎって、通りに面したバルコニーへつづくガラス格子《こうし》のドアへ向かう。ドアは長いあいだ閉ざされたままだったので、ティモールは片方のドアハンドルをもぎとって、やっとバルコニーに出ることができた。庭のなかと塀《へい》の向こうに集まった群衆が、息をのんで静まりかえる。

「妻のスプリーマが、みなさんの望みどおり、ビッグロック・ダムの爆破《ばくは》を命じる文書に、たったいま、サインしました。ひとりのパイロットとして、そしてスプリーマの夫として、これはぼくが果たすべき任務だと思います！　みとめてもらえますか？」

　盛大《せいだい》な歓声《かんせい》に、マイルドの馬はおびえて果樹園へ逃《に》げだした。

宴会場《えんかいじょう》の奥《おく》から、グローリアとマイルドは、ティモールの黒い影《かげ》がバルコニーから群衆に手をふるのを見ていた。「デイジーはどこ?」グローリアは小声でたずねた。

「もちろん、ほかの人質《ひとじち》たちといっしょですよ」マイルドは腕時計《うでどけい》を見た。「いまごろは、エイト島に到着《とうちゃく》して、さぞみじめな時間をすごしていることでしょう。大事なワンちゃんを返してほしいですか? そうすることもできますよ。そのうえ、子どもたちも。ダムが破壊《はかい》され、ポンプが昼も夜も動くようになってからの話ですが。しかし、先にあなたにやってもらわなくてはならないことがあります。わたしはすでに逮捕《たいほ》しました――いえ、訂正《ていせい》します!――コヴエット議員がすでに、議会のメンバー、工場のオーナー、弁護士、銀行家を〝ノアの箱舟《はこぶね》に乗って街から逃《に》げだそうと計画した罪〟で逮捕しました。あなたは国家の緊急事態《きんきゅうじたい》を宣言するのです。そうすれば、〝マダム・スプリーマ〟があらゆることを、完全にコントロールできるようになります――といいますか、スプリーマと、忠実な副スプリーモにして首席議員であるコヴエットが」

「コヴエット議員が? あなたじゃなくて?」

「もちろんですとも! そのうち、人々はコヴエットを街じゅう追いかけまわし、彼《かれ》の家のドアをけり開け、彼をずたずたにするでしょう。なにしろ彼は、市民の子どもたちをさらって人質《ひとじち》にとったのですから。人々は彼を暴君、いじめの大将となじり、彼の家を焼きはらうでしょう。この事態が終わって、洪水《こうずい》が収まったら、だれかがその責任を負わねばなりません。だからこそ、本物のスプリーマは逃《に》げることを選んだのだと思います。いつでも、責められる人物が必要です。ただし、その人物とは、〝あのやさしいミスター・マイルド〟ではありません。

もちろん、スプリーマでもないので、ご安心を――あなたには、まだ使いみちがありますからね。おお！　責められ役にはコヴェットがちょうどいい、あの口やかましい、いやなやつ。彼なんぞのために涙《なみだ》を流すことはありませんよ。わたしが子どもをさらう計画を提案したとき、彼は賛成したんですから。といっても、みずから航海に出るつもりはなかったでしょうが……。おっと、しゃべりすぎましたかね？　ええ、実際、いまこの瞬間《しゅんかん》、コヴェットはエイト島にいます――五百人の子どもと一匹《ぴき》の犬の面倒《めんどう》を、しぶしぶみていることでしょう」自分の頭のさに有頂天《うちょうてん》になったマイルドは、頬《ほお》を紅潮させた。

「つまり、コヴェット議員がもどってきて群衆に殺されたら、今度は〝スプリーモ・マイルド〟が生まれるんでしょ？」グローリアはいった。

「だれのことです、わたしが？　ミスター・やさしい《マイルド》マイルドが？　わたしは何者にもなりません。わたしは見えない存在です」マイルドはいきなりグローリアの緑のジャケットの後ろに手をのばしたかと思うと、むんずと髪《かみ》をつかんだ。「わたしはドタバタ人形劇『パンチ&ジュディ』の人形使いといったところです」そういって、グローリアの頭を前後左右に引っぱる。「わたしの姿はだれにも見えず、だれも気に留めることはありません。しかし今後は、わたしが裏ですべてをあやつるのです」

マイルドは駆《か》け足で階段を下り、廊下《ろうか》を横ぎっていった。

玄関《げんかん》クローゼットに閉じこめられているリクシーは、外からの聞きなれない足音に、ふたたび助けを求めて叫《さけ》びはじめた――助けてくれたら、秘密の情報を教えてあげる。マイルドはふり返り、大声でグローリアにいった。「そういえば、忘れずにネズミの駆除《くじょ》業者を呼んで、玄関クローゼットの害獣《がいじゅう》を駆除《くじょ》させなくては。ほら、わたしはあなたにつくしているでしょう？ですが、よく覚えておいてください。わたしは比類なき天才ですが、スプリーマのそっくりさんなど、いくらでもいます。いわれたとおりにしなければ、いつでも交代させますからね」

THE VOICE
ザ・ヴォイス

イン・アトラメント・ノン・エスト・ウェリタス

人々は口を開いた
われわれは耳をかたむけた

「プレスト市の心臓を動かしつづけるために血と汗《あせ》と涙《なみだ》を流してきた人々が、昨日、声を合わせてビッグロック・ダムの破壊《はかい》とローズ市の〝水没《すいぼつ》〟を要求しました。ローズ市はわれわれの敵であることが、証明されたのです。

　では、喜びと感謝をこめて、アフェイリア空軍にたよりましょう。スプリーマの夫であるティモール・フィロタパンタソル大佐が、歓声《かんせい》を上げる労働者たちに向かって、自分が〝この任務を果たす〟と宣言してくれました。彼《かれ》の危険な任務が成功するよう、祈《いの》りましょう」

国会議事堂より　副スプリーモ　コヴェット卿《きょう》

昨日の住民投票において、ビッグロック・ダムを爆破《ばくは》し、フルカ川の水流を半分にする案について、プレスト市民は一票の反対もなく賛成した。この名誉《めいよ》ある任務をめぐって、アフェイリア空軍のあいだで大きな競争があるものと思われる。

読者からのおたより

スプリーマさま

わたしが先の大戦で戦ったのは、ごろつきやフーリガンが野蛮人《やばんじん》のようにふるまうのを見るためではありません。われわれの苦境《くきょう》を笑い、アフェイリアを支配するチャンスをうかがっている連中のことを考えると、はらわたが煮《に》えくりかえります。あの野蛮人《やばんじん》どもに冷たい水を流しこみ、法と秩序《ちつじょ》が悪と無政府主義に打ち勝つところを見物しましょう!

トリガー小路《こうじ》
あなたの忠実で
愛国的なしもべ
バニー・ウォーレン軍曹《ぐんそう》

第三十三章 ビッグロックで、にっちもさっちも

プレスト市

グローリアは城壁《じょうへき》から洪水《こうずい》に飛びこもうと決心した。これ以上、マイルドになにかやらされる前に——また、ティモールと口をきくことになる前に。だんなさまはあたしを利用していた。最初から味方なんかじゃなかったんだ。

ところがそのとき、ある考えがひらめいた。いま城壁《じょうへき》から飛びおりたら、犬のデイジーの居場所はだれにもわからなくなってしまう。というわけで、グローリアはいま、ティモールの執《しっ》務室《むしつ》のドア口に立ち、その情報をダーツの矢のように投げつけた。「デイジーはあの船に乗ったそうです。いまごろ、エイト島で子どもたちといっしょにいます」

「それはショックだ。かわいい犬だったのに」ティモールは戦時中の服装をしていた——革のコート、ショートブーツ、ゆったりしたズボン……。

「それから、マイルドがリクシーを始末する人をここによこすそうです」

ティモールの両手がブーツのひもをいじる。「じゃあ、きみの問題は解決だな」

「えっ、あたしはそんな——」いえ、やめておこう。グローリアにはティモールといい争う気はなかった。そんな価値はない。なにしろ彼《かれ》はグローリアに、あの人殺しの命令に署名しろといったのだ——いや、どなりつけたのだ。最初からずっと、グローリアを見くだしていた。テ

イモールはウソつきで、二枚舌で――。

ティモールはせきばらいをして、静かにいった。「さっきのぼくの芝居《しばい》じみた態度は、大目に見てくれ。ぼくが爆撃機《ばくげきき》に乗る必要があったんだ。それに、マイルドにこう信じこませなくてはならなかった。きみをスプリーマに仕立て上げたのは、ぼくの考えじゃなく、ぼくは自分の意思に反してきみを抱《かか》えこんでいて、ぼくたちはたがいの顔も見たくないほどの関係だと。もし、ぼくたちが共謀《きょうぼう》していると思われたら、ぼくはマイルドに殺されていただろう。そうなったら、ぼくはきみの役に立てなくなってしまう。もっと重要なのは、ぼくが爆撃に名乗りでなければ、ほかのパイロットが送りこまれる――そして、そのパイロットが命令に従ってしまうことだ」

グローリアの背すじがいきなりぴんとのびた。まるで三月ウサギ（『不思議の国のアリス』に登場するウサギ）みたいに。

「じゃあ、だんなさまは命令に従わないんですか？　爆弾《ばくだん》を落とさないってこと？」

「当たり前だ」

「ウソをついてたんですか？」とつぜん、説明のつかない恐怖《きょうふ》が、グローリアの全身を走りぬけた。「パイロットだったっていうのは、ウソじゃありませんよね！　だんなさまは飛行機を飛ばせますよね？　本物のパイロットですよね？」

ティモールはこれが証拠《しょうこ》だというように、革製のヘルメットをひょいとかかげた。「まだパイロットといえるだろうが、国家元首《げんしゅ》の夫には〝ふさわしくない職業〟と判断されてね。スプリーマに、それなら働いていないほうがいいといわれたんだ。心配いらないよ。ぼくがきみをここから出してやる」

「出すって、どこへ？」

「外だよ。プレスト市の外。マイルドの手のとどかないところへ。きみをこんなことに巻きこんだのは、ぼくだ。事態はきわめて危険になった。こうなった以上、きみを逃《に》がしてやるのが、ぼくのつとめだ」

「えっ！　でも、あたしはここをはなれるわけにはいきません！」

グローリアは説明しようとした。頭のなかにたくさんの理由がわいてきて、城壁《じょうへき》から身を投げるという計画をすっかり追い出してしまった。

リクシーをどこかに隠《かく》さなくてはいけない。「工場の奥《おく》がいいと思ったんですけど――ほら、工場から出たことなんかなかったみたいに。リクシーはマイルドに見つからないところに、どこへでも行けばいい」

エイト島から子どもたちを助けないと。「それに、デイジーも！　ああ、かわいそうなデイジー！　いつもの寝床《ねどこ》も、お気に入りのボールも、なにもないんですよ。デイジーがただの犬だってことは、わかってますけど……」

マイルドをジャッカルの餌《えさ》にしてやらなきゃ（ただし、ジャッカルが全部、宴会《えんかい》の料理になって食べられていなければだけれど）……。

治安警備隊《ちあんけいびたい》は、街の子どもたちを誘拐《ゆうかい》するマイルドに協力した罪で、銃殺《じゅうさつ》にするべきだ。議員と工場のオーナーと銀行家たちを、刑務所《けいむしょ》から出してあげなくてはいけない。もし、マイルドがただの悪意で刑務所に閉じこめていたなら、だけれど。

ヘカベ・ライトフットの像を作り、新聞社はこれ以上ウソをばらまく前に閉鎖《へいさ》する必要がある。

宴会場《えんかいじょう》の地下貯蔵庫につるされている動物園の動物たちの肉を、飢《う》えた人々に配らなくては。

「パイがいい！　パイなら、そんなに気持ち悪くないでしょ。と思ったんですけど、やっぱりちゃんとお墓にうめてあげたいです。動物だって、人間と同じようにお墓が必要です！　でも、いまは実利的に考えなきゃ」

となると、川でたくさんの魚をとる方法を考えなくてはならない。もう、食料はすっかりつきていた。「死んだ魚がたくさん浮《う》かんでるのを見たんですけど、死んでる魚は食べないほうがいいですよね。というか、つかまえる前に死んでいた魚は……」

「それに、いよいよ最悪の事態になったら、図書館の書だなを利用して救命ボートを作れると思います！」

グローリアがするべきことをあげていくにつれ、ティモールの笑い声が大きくなっていく。あんまり激しく笑うので、ティモールはアフエイリア空軍のネクタイをゆるめなくてはならなかった。笑いすぎて、飛行地図をたたみ直せない。ひたすら笑っているうちに、長いあいだ重い鎧《よろい》のように身に着けていた怒《いか》りが、ばらばらとふるい落とされていく。やがてティモールはグローリアのところに歩いていくと、彼女《かのじょ》が泣きやむまでぎゅっと抱《だ》きしめた。「まったく、女性というものは。きみたちの野心には終わりがないのかい？」

「あたしはここをはなれるなんて、できません」グローリアはティモールのジャケットに顔をうずめ、小さな声でいった。

「できるし、はなれなくてはならない。ぼくはここにもどらなくてはならないが、きみはちがう……ふだんの生活がもどるまで、きみはここをはなれていたほうがいい。わかったかい？」

「でも、あたしはみんなに対して責任があるはずです！」

「それはちがう。責任があるのは、スプリーマだ。スプリーマの夫にも責任はあるだろう。だが、メイドにはない。メイドにそんな資格はない。それに、優秀《ゆうしゅう》なメイドはかけがえのない存在だ。マイルドのような人間に命をうばわれる危険にさらすわけにはいかない。ほら、逃《に》げるが勝ちという言葉もあるじゃないか。逃げれば、まただれかに迷惑《めいわく》をかけることもできるさ。さあ、きみを安全なところへ送らせておくれ」


朝の五時、太陽はまだ地平線に横たわった赤く焼けた火かき棒でしかない。飛行機が飛びたつ予定は正午で、マイルドと十名のアフェイリア空軍軍楽隊と新聞社のカメラマンが来ることになっている。ところが、ティモールはそれよりずっと早く出発するつもりだった。

雨が軍用飛行場を沼《ぬま》に変えそうな勢いになると、空軍のすべての飛行機が高い土地へ移動し、丘《おか》のてっぺんにある大きなまるいトタン屋根の倉庫に避難《ひなん》した。こうして兵員輸送機も、爆撃《ばくげき》機《き》も、偵察機《ていさつき》も倉庫のなかにずらりとならび、第五工場（鋳物《いもの》）の平らなコンクリートの屋根ごしに東を向いている。

「さて、あれを見てくれ」ティモールは倉庫の壁《かべ》を指さした。「ここはかつて、ペンキの倉庫だった。所有していたのはノア・ピンクニーという男で、長年、ずっとあそこに建っていた」

さびついた鉄の壁に、ノア・ピンクニーがずっと前に書いた下手《へた》くそな文字が残っている――**ノアの箱舟《はこぶね》**。ティモールははっとした。〝ノアの箱舟計画〟と聞いてから、ずっと心にひっかかっていたことがなんだったのか、気づいたのだ。「あれは船のことじゃなかったんだ！　あの宴会《えんかい》で有力者たちが話していたのは、空軍の飛行機で脱出《だっしゅつ》しようと考えていただけなんだよ！　たぶん、ぼくの妻が賄賂《わいろ》と引きかえに座席を用意すると約束したんだろう。もちろん、ひどい話だ――二十匹《ぴき》かそこらのネズミどもが、しずみゆく船から逃《に》げだそうとしていたんだから――しかし、マイルドはその計画を、巨大《きょだい》な偽《にせ》の陰謀《いんぼう》にしたてあげることにしたんだ。それを利用して、力を持つ人間をひとり残らず逮捕《たいほ》した……。さらに、きわめつきの一撃《いちげき》。子どもたちを乗せた本物の〝ノアの箱舟〟を下流へ出航させれば、子どもを人質《ひとじち》にとられた労働者たちをいいなりにできる。こうしてマイルドは、プレスト市を手中におさめたんだ」

グローリアは息をのんだ。マイルドの手に髪《かみ》を引っぱられたときのことを思い出し、背すじがぞっとする。

「とんだ大ぼら吹《ふ》きね、あの男！　聞いてください。マイルドは、ほんとはローズ市に爆撃機《ばくげきき》を送りこんだりしていないに決まってます。あれもウソよ。〝毛布やなんかを輸送〟したパイロットなんて、新聞がでっちあげた話でしょ？　だんなさまは実際に出かけていって、確認したんですよね。パイロットは行方不明になんかなっていなかったんでしょ？　あの記事は、ただのでっちあげだったんですよね」

ティモールは片手を金属製の建物に押《お》しあてた。答えたくなさそうだ。やがて、口を開いた。

「ああ、確認したとも。ただ、そこで見たことは、きみにはだまっておこうと思っていた。悲しみにくれる家族、黒くぬられた玄関《げんかん》のドア、なにもかも。彼《かれ》らは、息子が人々の支援《しえん》とはげましのために上流へ向かって命を落としたと聞かされていた。ぼくは、息子さんは爆撃《ばくげき》の任務で亡《な》くなったんですよと告げるのはやめておいた。けど、実際は爆撃任務で亡くなったようだ。空軍の知人に聞いてみたら、ふたりの爆撃手が行方《ゆくえ》不明になっていた」

つまり、二機の飛行機は、実際にプレスト市から飛びたっていたのだ、爆弾《ばくだん》を積んで。そして二機とも、もどらなかった。いま、ふたつの巨大《きょだい》な爆弾が、アフェイリア空軍《AAF》66爆撃機《ばくげきき》の翼《つばさ》の下に搭載《とうさい》されている。

グローリアはそれを見ないようにしながら、コックピットまでよじのぼった。となりにティモールがすわる。全身革の服を着て、飛行機運用規程を持ち、上くちびるの上に汗《あせ》をかき、落ち着いていることをしめすように慎重《しんちょう》な言葉づかいで話す。「準備はいいかい？」リクシーはだまって出ていったか？」

「はい。マイルドが害獣《がいじゅう》をグジョするといったのを聞いていたので、ひと言も文句をいいませんでした」

「それはよかった。さて。ぼくたちは海へ飛んで、爆弾《ばくだん》を深い水の底へ落とす。それから、洪水《こうずい》が収まるまで安全にすごせる場所に、きみを降ろそう」

「あたしを降ろす？　あたしだけ？　だんなさまはどうするんですか？　ここにもどってきちゃ、だめです！　マイルドに殺されます！」

ティモールは燃料計をぽんとたたいただけだった。針はいっぱいまで上がって〈満タン〉を指し、震《ふる》えもしない。彼《かれ》は燃料計の前にはまったまるいガラスの縁《ふち》を、指先でつかんでほんの少しゆるめた。すると、針は半分まで下がった――ガラスが針を固定していたのだ。「ダムへ行くのに必要な燃料しか入っていない。これじゃ、帰りの燃料がない。だんだん、ミスター・マイルドのことが好きじゃなくなってきたよ」ティモールはまた、コックピットのハッチを開けた。

「え、どこへ行くんですか？」グローリアはあせってたずねた。

「タンクに燃料をいっぱいにしてから、プロペラを回す。プロペラを回すとき、きみにスロットルを前方へ倒《たお》してもらう必要がある——きみを連れてきたことには理由があるはずだと、最初からわかっていた」

「どこにも燃料がなかったら、どうするんですか？　もし使いはたされていたら？」

「航空機の燃料は、車や発電機には使えない。もし使えていたら、きっと治安警備隊《ちあんけいびたい》が盗《ぬす》んでブラックマーケットで売りさばいていただろう……。おっと。そのうんざりする帽子《ぼうし》は置いていけばいい。そんなものが必要になることは、二度とないだろう」

ティモールはグローリアの手からヴエール付きの三角帽子《さんかくぼうし》をもぎとろうとしたが、彼女《かのじょ》は放そうとしなかった。もう、この帽子をかぶらないなんて、すごくへんな感じがする。この帽子がないと、自分が何者でもないことが証明されてしまいそうで怖《こわ》い。ティモールが座席をはなれているあいだに、グローリアはぎゅっと目をつむり、プレストを永久に出ていくことは考えまいとした。

激しく震《ふる》える機体で前庭を横ぎろうというとき、ティモールがつけたした。「きみには、すべての事実を知らせておくべきだろう。ぼくが飛行するのは、十一年ぶりだ。しかも、当時乗っていたのは偵察機《ていさつき》で、爆撃機《ばくげきき》じゃない」

「ありがとうございます、だんなさま。でも、さしつかえなければ、それ以上の事実は聞きたくありません。滑走路《かっそうろ》はどこですか？」

「いま、見ているじゃないか」倉庫の前のコンクリートの前庭からは、第五工場の平らなコンクリートの屋根が見える。「前庭を横ぎってじゅうぶんな速度に達することができれば、あの鋳物《いもの》工場の屋根に飛んで、そこを滑走路《かっそうろ》に使える。運がよければ、屋根が終わる前に離陸《りりく》しているだろう」

そんな言葉では、グローリアの気持ちはまったく休まらなかった。

飛行機はドスンと工場の屋根に飛びおり、タールがぬられた屋根の上を音を立てて走り、スピードを上げていく。ティモールの両肩《りょうかた》に力が入り、飛行機を離陸《りりく》させようとしているのがわかる。グローリアは爆弾《ばくだん》の重みが伝わってくる気がした。まるで自分のおなかに入っているかのように、重くて苦しい。鋳物《いもの》工場の広大な屋根が、急にプールの飛びこみ板くらい短く感じる。飛行機は屋根のはしへと走っていく……。おねがいだから飛んで、飛んで、飛んで。

飛行機はまったく浮《う》き上がることなく、ただ屋根のはしから勢いよく飛び出した……けれど、向こうにある大学の廃墟《はいきょ》にまっさかさまに墜落《ついらく》することはなかった。ＡＡＦ66がついに離陸《りりく》すると、柱の上にならぶさまざまな学者の像がひょいと首をすくめた気がした。飛行機はじゅうぶんな高度に達したところで、街の上空をくるりと旋回《せんかい》した。地平線の上に顔を出しつつある太陽の縁《ふち》は、深紅《しんく》のかんむりをかぶっている。グローリアは完全に鳥の目で街をながめていた。

増水したフルカ川は、プレスト市を大海原《おおうなばら》にうかぶ島に変えていた。ちょうどそのとき、何本もの電信柱が通信ケーブルでひとつながりになったまま、下流へ流されていった。そして城《じょう》壁《へき》に激突《げきとつ》。そこでは同じく流されてきた大量の瓦礫《がれき》がぶつかりあい、こすれあって、さらに前方へと押《お》し流されていく。ひとつながりの電信柱は、そこにとどめを刺《さ》した。

城壁《じょうへき》のレンガの一部が大きく内側にふくれ、おできのようにはれ上がったかと思うと、激しい勢いで水をふきだした。どっと流れこんできた水に、市場の屋台をしまっておく倉庫がつぶれ、派手なしま模様のテントが駅前通りを流されていく。六本の電信柱はまだ、城壁のてっぺんにできたV字形のみぞを乗りこえようと格闘《かくとう》している。

「なんてこった！　本当にそんなことがありうるとは」ティモールは胸に下げた酸素マスクをさっとつかんで口に当てた。激しく息を吸いすぎて、のどが真空に吸いこまれそうになる。顔に酸素マスクを当てたティモールは、犬みたいに見える。グローリアは怖《こわ》くなった。

「なんのことですか？」

ティモールはマスクをとったものの、つぶやくような声しか出ない。「ありうるんだ。本当にそんなことが……。たぶん、もう始まっている。千年間くずれなかったんだから、くずれるはずがない、そんなことは絶対にありえないと思っていた。自然の脅威《きょうい》に、ぼくたちのすばらしいダムが少しばかり手を貸して、ぼくたちを滅《ほろ》ぼすんだ。プレストはおしまいだ！　街全体が――ただの瓦礫《がれき》の山と化し、海へ流されてしまう！」

「城壁《じょうへき》がほんの少し壊《こわ》れただけでしょ？」とグローリア。

ティモールはバケットシートのなかで体をよじって背すじをのばした。「確かに。そのとおりだ。城壁《じょうへき》のほんの一部だ」それからは、ふたりともだまって飛行した。

グローリアはまだしっかりつかんでいたスプリーマの帽子《ぼうし》を、じっくりと見た。これはおみやげにとっておこう（スプーン工場でもらった金メッキのカーヴィング・セットと、〈ザ・ヴォイス〉にのった自分の記事の切り抜《ぬ》きといっしょに）。

「どうして、いつもヴェールを着けていたんですか？」

失礼な質問だから無視されるかな。グローリアがそう思ったところで、ようやく答えが返ってきた。「妻は、ヴェールの奥《おく》にいれば〝だれにでも好かれる存在〟になれるというんだ。若者からは、そんな年寄りに自分たちのことなどわかるものかといわれずにすむ。老人は、自分たちと同じくらい年配で賢《かしこ》い人物だろうと想像することができる。つまり、すべての人々が望む年齢《ねんれい》になれるのさ」

「すごい名案！」グローリアはいった。てっきり、スプリーマはただのうぬぼれ屋だと思っていた。

「名案だが、真実ではない」とティモール。「かつては――ずっと前のことだが――ヴェールを着けていない時期があった。政治家には笑顔が重要だ。ありとあらゆる人々にほほえみかけなくてはならない――訪問者、有権者、支持者、赤ん坊《あかんぼう》、カメラ、ひどいジョーク……。彼女《かのじょ》はじつに野心家だった。まちがいなく、するべきことはなんでもして、スプリーマになったんだ。だが成功したとたん――スプリーマの地位を手に入れたとたん――彼女はほほえむことに怒《いか》りを覚え、笑えなくなってしまった、心からは。口は笑っていても、目はけっして笑わない。目が笑っていないと、人々は気づくものだ。ぼくは一度、うっかりそういってしまった。彼女はぜったいに許してくれなかったよ。だが、ぼくのいったことを信じたのは明らかだ。その場ですぐに〝ヴェールを着けた〟。そうすれば、目が笑っていないのを、だれにも見られることはないからね。あるいは、彼女が彼《かれ》らをどれだけ軽べつしているか、気づかれることはない」

グローリアは帽子《ぼうし》からヴェールを引っぱりはじめた。ひとつひとつの縫《ぬ》い目から、プチッ、プチッ、プチッとはずしていく。親切な太陽が、右の肩《かた》ごしにグローリアの手元を照らす。つまり……ふたりはまだ北へ向かって飛んでいるのだ……。「どこへ行くんですか？　海へ爆弾《ばくだん》を捨てに行くんじゃないんですか！」

ティモールはなにもいわない。

神話に出てくる怪物《かいぶつ》のように、フルカ川がずっと下で身をよじっている。茶色と緑色の怪物は、腹が透明《とうめい》で、のみこんだものがすべて見える。村。木々。道路。線路。

グローリアは、はっとした。飛行機はビッグロックとそこにあるダムへ向かっている。

「一万六千人の人々がくらしているといったのは、だんなさまですよ！」

「そしてプレストには六万人の市民がいる。さらに、エイト島に五百人。計算してごらん、おじょうちゃん。計算をしたことはあるかい？　まったくない？　城壁が壊れはじめているんだぞ！　川をおとなしくさせるには、ビッグロックで流れを二本に分け、水量を半分にするしかない。マイルドのことは忘れろ。コヴエットのことも。ぼくときたら、なにをやってもうまくいかない。教えてくれ――いまのぼくに、ダムを爆破《ばくは》する以外になにができる？」

ローズ市

第三十四章 質素な生活

新しく到着《とうちゃく》した人たちのリストが貼《は》りだされている場所以外にも、クレム少年には毎日おとずれるところがあった——ひざを骨折したパイロットが寝《ね》ているハンモックだ。そのパイロットは、エンジンがプスプスと音を立てる飛行機でやってきた。飛行機はダムの向こうから低く滑空《かっくう》してくると、ぎりぎりでテントをよけ、かたむいていっぽうの翼《つばさ》を地面につけて止まった。

どこへ向かっていたのか聞かれると、彼《かれ》は洪水《こうずい》で避難《ひなん》している人々に毛布と薬品をとどけて帰るとちゅうだったと答えた。ローズ市の人々は感心して、彼を英雄《えいゆう》としてあつかい、サボテンから作ったお酒をすすめた。さらに飛行機の修理にまでとりかかった。パイロットが回復したら、驚《おどろ》かせようと思ったのだ。

クレムは飛行機にあこがれていた。家にいたころは、上空に飛行機が飛んでくるたびに、母親と外へ駆《か》けだしたものだ。この飛行機が不時着したあと、クレムはほかの少年たちと走って見にいき、順番に操縦席《そうじゅうせき》にすわった。本物のパイロットに会いたくてたまらなかったクレムは、飼い犬のハインツといっしょにハンモックまで行った。まるで、神殿《しんでん》をおとずれる巡礼者《じゅんれいしゃ》だ。

「こいつはハインツ」クレムは犬を捧《ささ》げ物《もの》のようにかかげた。

こうして、クレムは毎日ハンモックをおとずれ、パイロットはいろんな話で少年を楽しませた。そのあいだ、ハインツはパイロットの胸の上にすわって震《ふる》えていた。

ハインツは、以前は不安も恐怖《きょうふ》も感じていなかったなと思ったが、たぶん、群れにいたほかの犬のことを思い出そうとしていたのだろう。群れにいたころがあったよな？　これまでずっと、しっぽを後ろ脚《あし》のあいだに隠《かく》していたわけじゃないよな？　まあ、どうだっていい。クレム少年は洪水《こうずい》にのみこまれてもいなければ、流されてもいなかったのだ。ハインツは少年の胸の上で眠《ねむ》っていると、山の家や木々、星のまたたく夜や釣《つ》りざおの夢を見る。本のことも。うまくいった夜は、水の壁《かべ》に夢を粉々にされたり、激流に悪夢の海へ流されることはなかった。

クレム少年は散歩に連れていこうとするが、ハインツは行こうとしなかった。二、三分後にはすわりこみ、てこでも動かなくなる。また川へ向かうのではないかと恐《おそ》れているのだ。川、ヘビ、火、雹《ひょう》、泥《どろ》、殺戮《さつりく》、銃《じゅう》……。ハインツは、貪欲《どんよく》なヒヤシンスと跳《は》ねるネズミが怖《こわ》かった。でも、いまはクレムがいる。クレムがついてる——ぼくの少年（ハインツはいま、少年のことをそう思っていた）。ぼくの少年。

第三十五章 乱気流の飛行

AAF66爆撃機《ばくげきき》のなか

「いまなら、なぜぼくの妻が逃《に》げたかわかるかい?」飛行中、ティモールがたずねた。「ときには、につちもさつちもいかない状況《じょうきょう》になって、自分ではなにをやってもうまくいかないことがある。だれもが、彼女《かのじょ》を責めただろう。彼女にはたくさんの計画があった。どんなことがあっても、あわれな工場に水が入るのをふせぎ、労働者たちが洪水《こうずい》のあいだもちゃんと働けるようにするための計画だ……しかし、雨がやまないことにはどうにもならない。だから、天気予報の人たちからの報告を読んだとき、彼女にはわかったんだ。なにもかも崩壊《ほうかい》し、自分はその責任を負わされると。それで彼女は怖気《おじけ》づいてしまった。ぼくに知らせてくれればよかったのに……。たぶん、列車のなかで説明するつもりだったんだろう……」

グローリアはシートベルトの許すかぎり、せいいっぱいティモールに背を向けて、不機嫌《ふきげん》に窓の外を見つめた——十六歳《さい》のメイドにとって、むっつりとだまりこむ以外に、どんな武器があるだろう? ティモールはダムを爆破《ばくは》するつもりだ。グローリアは、もう二度と彼《かれ》と口をきくまいと思った。こまったのは、頭のなかでいろんな思いが、つまった排水溝《はいすいこう》にたまるごみのように、どんどん積み重なっていくことだ。

「警告《けいこく》くらい、できるでしょ!」グローリアは思わず叫《さけ》んでしまった。「ローズ市に着陸して、これから起こることを警告するくらい、できるじゃないですか！」

「ぼくたちは大きな爆弾《ばくだん》をふたつ運んでいるんだよ。それを落とさないかぎり、どこにも着陸できない。それに、きみなら、どんな行動に出る？　高性能爆弾を積んだ飛行機が裏庭に着陸して、これからあなたの街を破壊《はかい》しますよといわれたら？」

グローリアはまたさっと顔をそむけ、窓の外に目をやった。あたしはまだ、たったの十六歳《さい》だ。どうするべきかなんて、わからない。でも、大人ならきっと、あたしより賢《かしこ》いはずだ。

空からのながめは、ものすごくきれいだ。天使たちは――グローリアは思った――下界ではなにもかもうまくいっていると、ひどいかんちがいをしているにちがいない。水につかった鉄道は、きちんとならぶ銀色の縫《ぬ》い目みたいに見える……。

となりで、ティモールがはっと息をのんだ。「ウソだろ！」ちょうど川のなかの列車の残《ざん》がいが目に入ったのだ。列車はばらばらになっていたけれど、流れる水の下にあっても、どの列車かは簡単に見分けがつく――プレスト市を出た最後の列車だ。

「まあ！　お気の毒に！」グローリアは思わずいった。「奥《おく》さまが！」

ティモールは、ひどく苦々しい笑い声を上げた。「ぼくも妻といっしょに、あの列車に乗っていたかったよ。そうしていれば、いまごろ、こんなところでこんなことをしていることはなかった。彼女《かのじょ》が逃《に》げようとしていたのは知っていた。けど、ぼくは彼女の好きにさせた。彼女はなんていうか……自然の脅威《きょうい》と同じだったからね。どっちみち、ぼくの言葉など役に立たなかっただろう……。そうだ、グローリア、きみがぜひ知っておくべきことがある」そのとき、ティモールは横のグローリアに目をやらなかったので、彼女には悪い話だとわかった。「もともとは、爆弾《ばくだん》を海に捨ててから、きみを安全な場所へ送りとどける計画だったよな？　しかし、いまとなっては、爆破しなくてはなら……」

「しなきゃならないわけない」

「……それに知ってのとおり、爆破《ばくは》にチャレンジするのは、ぼくが最初じゃない。ぼくたちの前に、二機の爆撃機《ばくげきき》がここに送られ、二機とももどってこなかった。彼《かれ》らが成功しなかったのはわかっている。プレストに流れる川の水位は下がっていないからだ。そうだな、たぶん、彼らは雹《ひょう》まじりの嵐《あらし》で墜落《ついらく》したんだろう。ひょっとしたら、ダムに爆弾《ばくだん》を落としたが、破壊《はかい》できなかったのかもしれない。おそらく、爆弾が爆発しなかったんだ。だが、いちばん可能性が高いのは、ローズ市民に撃《う》ち落とされたからだろう。となると、ローズ市はまた攻撃《こうげき》があると予想しているはずだ。そうじゃないか？　つまり、ぼくたちも撃墜《げきつい》される可能性が五十パーセント以上あるってことだ。ぼくはどうなってもいい。しかし、きみも連れてきてしまった。きみや、マイルドや、本当は存在しない狂犬病《きょうけんびょう》の犬たちの命をうばうのは、洪水《こうずい》じゃない……。このぼくだ――ぼくがこれからすることだ。あやまりたいが、〝すまない〟では、とても足りないよな？」

あまりに激しいティモールの口調に、グローリアはしかられているような気がした。彼《かれ》がどなると、声がすごく大きくて怖《こわ》い。

「で？　なにかいいたいんじゃないのか？」ティモールは声を張り上げる。

グローリアは、死刑囚《しけいしゅう》みたいに最後のねがいを聞いてもらえるのかしらと思った。「あの……ひょっとして……先にソーミルズまで飛んで、水につかっていないか見せてもらうことはできますか？　わたしの住んでいるところなんです。いえ、住んでいた。前に住んでいたところです」

「燃料が足りないな――ソーミルズまで飛んで、またひき返してくるには」

「あっ。そうですよね。じゃ、いいです」

水に映る爆撃機《ばくげきき》の姿が上流へさかのぼっていくようすは、産卵へ向かう巨大《きょだい》なサケのようだ。

「コヴェットの地図にのっている最寄《もよ》りの避難所《ひなんじょ》なら、見に行けるだろう。実在するか確かめてみよう」ティモールが提案した。

「見てみたいです」グローリアは礼儀《れいぎ》正しく答えた。まるで、裏庭の芝生《しばふ》でおこなわれるクローケー（芝生のコートで行うゲートボールの原型となった球技）の試合に招待されたかのように。


テントや、うれしそうな子どもたちに食事を出す屋外キッチンはなく、ホグ高地の避難民《ひなんみん》キャンプがあるはずの場所には、洪水《こうずい》につかったむきだしの泥《どろ》の丘《おか》があるだけだった。生き物の気配はまったくない――人っこひとり見えない。避難民キャンプもウソだったのだ。翼《つばさ》の下にある爆弾《ばくだん》が立てるコツコツという音が、指先でいらいらとテーブルをたたく音に聞こえる。

「あの人たち、だれかにようすを見に行かせることさえしなかったんだわ。食料や毛布やなにかも、送ってないのよ」グローリアはいった。「送ったのは二機の爆撃機《ばくげきき》だけで、そのことは市民にいっさい伝えない。あたし、ぜったいに許さない」

「たぶん、彼《かれ》らのしていることは子どもと同じさ――目をつむって、耳に指を突《つ》っこんでラララといっているうちに、危機がすぎさるのを期待しているんだ。もっと可能性が高いのは、コヴェットかだれかが飛行機を送りはしたが、どの飛行機ももどってこなかったか、もどってきて〝状況《じょうきょう》がひどすぎて助けようがない〟と報告したかだろう。ウソをつくほうが簡単だ。希望を失っていない人ばかりの街をコントロールするほうが楽だから……」ティモールはいらだって、とちゅうでやめた。「ところで、きみはぼくを責めないのか、グローリア？　ぼくに怒《いか》りをぶつけないのか？」

「それとは？」

グローリアは肩《かた》をすくめた。「それじゃ、口答えになってしまいます。マダム・スプリーマから、口答えするなっていわれました……。それ、やめてください」

「そういうふうに息を吐《は》くことです。はーあって。いかにも腹立たしそうに。マダムがしょっちゅうしてました。あたしは腹を立てたりしません」グローリアはひざの上で手を組み合わせた。

少なくとも一分はすぎたころ、ティモールがいった。「きみも腹を立てている」

「立ててません」

「立てている」

「立ててません」

そのうち、ふたりは笑いだした。笑わなければ泣いてしまうときの笑い方だ。

ちょうどそのとき、ずっと遠くに、ビッグロック・ダムが見えてきた。

「先に、街の上空を飛んでください」グローリアはいった。「見てみたいんです」

「見るって、なにを？　こんな上から見たところで、なにがわかる？」

「神さまにはわかるじゃないですか」

「いや、そういう仕組みじゃないと思うよ。神の御業《みわざ》というものは。地理的な問題じゃない。神は天にいるが、そんな巡航《じゅんこう》する偵察機《ていさつき》みたいに……。もしダムが警備《けいび》されていたら――ぼくたちを待ちかまえていたら――数秒で爆弾《ばくだん》を投下する。もし撃《う》たれたら、ぼくは真正面からダムに突《つ》っこんで、爆弾が爆発することを祈《いの》る。わかったか？」

「あたしを怖《こわ》がらせようとしてるだけでしょ」そうだとしたら、大成功だ。グローリアは一分たってようやく、つづきを話せるようになった。「ちがう方角からダムに近づけばいいんじゃないですか。向こうも、それは予想していないでしょう。川からダムへ近づくんじゃなくて、街の上を越えていくんです」

「まったく頑固《がんこ》な。まるでちっちゃいマダムだ！」

それでもティモールは翼《つばさ》をかたむけ、川からはなれた。飛行機はけわしい崖《がけ》をこえ、もっと低い緑色と金色の土地へ向かった。砂漠《さばく》地帯は、数週間もの異常な雨のおかげで色づき、息をのむ美しさになっていた。飛行機はローズ市の外側を飛びながら、どんどん高度を上げていく。雲から雲へと隠《かく》れられるくらい、高すぎて地上から見えなくなる（ことをふたりは、祈《いの》った）まで。ティモールは酸素マスクをつけた。恐怖《きょうふ》がグローリアのおなかを、生理痛のようにぎゅっと絞《し》めあげる。恐怖で死ぬことってあるのかしら、とグローリアは思った。視界に黒い点々が浮《う》かんだ。大きな濃《こ》い灰色の点々。

そしてそのとき、下にあるものが、ふたりの目に入った。

避難民《ひなんみん》キャンプだ。

「死の神よ！　全世界がここにある！」ティモールはささやいた。身を乗りだし、手袋《てぶくろ》をはめた手でフロントガラスをふき、もっとよく見えるようにする。そして機体をかたむけ、北へ急《きゅう》旋回《せんかい》すると、妻をのみこんだ大きな暗い川へひき返した。

二十分後、無謀《むぼう》なほど威勢《いせい》よく、ティモールは飛行機を低く飛ばして、座席のあいだにあるふたつの爆弾《ばくだん》投下レバーのひとつを引いた。一瞬《いっしゅん》、左右の重さのちがいで機体がかたむく。やがて、グローリアは大きな歓声《かんせい》を上げた。

「命中！」

沼地《ぬまち》の荒《あ》れた一角で、爆発《ばくはつ》の衝撃《しょうげき》にイグサがゆれた。黒い泥《どろ》がイグサに沼気《しょうき》を吐《は》きかける。グローリアはティモールのほうへ身を乗りだし、もうひとつの爆弾《ばくだん》投下レバーを引いた。

「やった！……いまの爆弾《ばくだん》はどこに落ちたんでしょう？　見えましたか？……あたしたち、だれも殺さなかったんですよ！　そんなこと、しなくてすんだんです！」グローリアは喜びにつつまれていた。

ところが、ティモールはそうでもないようすだ。「なにか解決したか？　なにも解決しちゃいない！」飛行機まで、がっかりしているようだった。翼《つばさ》を水平にたもつのに苦労している。

「もどってください！　ローズ市までもどってください、だんなさま！　さっきの人たちがどこから来たのか、つきとめましょう！」

ティモールは顔をしかめ、またフロントガラスをふいた（ばかばかしい。外はまだほこりが舞《ま》っているのに）。それでも、機体をローズ市へ向けた。「これは若者のゲームだな。ぼくの視力は落ちているようだ」

爆撃機《ばくげきき》は低くゆっくりした飛行に入った。機関銃手《きかんじゆうしゆ》や、ロケット砲の砲《ほう》手《ほうしゆ》、ダムをねらう三機めの爆撃機《ばくげきき》を警戒《けいかい》する見張りがいたとしたら、この爆撃機がもう爆弾《ばくだん》を運んでいないのが見てわかるだろう。ダムはとてつもなく大きい。流れこむ川の水はダムのてっぺんにどきそうな勢いで、深さはふだんの五倍に達しているが、ダムはまだ持ちこたえている。

ダムにも、機関銃手《きかんじゆうしゆ》や見張りや砲手《ほうしゆ》はいなかった。ティモールはゴーグルを上げて目をこすった。信じられないからではなく、もっとよく見ようと思ったのだ。

グローリアも目をこすった。「やっぱり。あれ、なんですか？　気のせいかと思ったんですけど……」

「ツクション！」

「おだいじに」

「火山灰だ！　天気予報の人々からの手紙を覚えているか？　火山活動が……山脈の真下で起きている、とかいうやつだ。覚えているか？　噴火《ふんか》があったんだ。それは灰だよ！　ラチャ山脈から風で飛んでくるんだ！」

飛行機がうなずいたようだった。空中を舞《ま》う黒やグレーの細かい灰を、プロペラでまきちらす。エンジンが一度、コホンとせきばらいのような音を立てた。吸気口が細かい灰をさらに吸いこむ。そして、つまった。

エンジンが止まった。

下には、峡谷《きようこく》の不気味な姿が見える。かつてはバラ色の川が平地を流れていた場所だ。いまでは切りたった峡谷となり、わずかな雨水が流れているほかは、とがった岩と、とげとげした葉を持つ背の高いピンクの草しかない。それだけ見えたところで、飛行機はダムの後ろから吹《ふ》いてきた下降気流につかまり、墜落《ついらく》した。

そこには、機関銃手《きかんじゅうしゅ》も、見張りも、砲手《ほうしゅ》も、だれひとりおらず、彼《かれ》らが墜落《ついらく》するのを見た者はいなかった。

第三十六章 ❖ 墜落《ついらく》した飛行機

ローズ市

ローズ市に墜落《ついらく》して一週間後、ひざを骨折したアフェイリア空軍《AAF》のパイロットは、航空機のエンジン音を耳にした。音ははるか上空から聞こえてくる——ずっと高いところなので、姿は見えない。それでもパイロットには、すぐわかった。ＡＡＦ爆撃機《ばくげきき》の音だ。いつものようにクレム少年がやってきたとき、パイロットはハンモックから下りようと格闘《かくとう》していた。

「手を貸してくれ！　飛行機の音が聞こえた。行かなきゃならない」体が万全でも、ハンモックから下りるのはむずかしい。ひざを骨折しているパイロットは、岸に打ち上げられたタコのように手脚《てあし》をばたつかせ、悪態をついた。

「なんで、ぼくには聞こえなかったんだろう？」クレムは飛行機を見逃《みのが》してしまったことに悲しくなった。

「いいからあの馬を連れてきてくれ、ぐずぐずするな、それと立ち上がるのを手伝ってくれ！」自信たっぷりの英雄《えいゆう》の姿は消えていた。代わりにあらわれたのは、この怒《おこ》っておびえた傷病兵《しょうびょうへい》だ。ハンモックと、骨折したひざと、クレム少年をののしる兵士。「あの馬だよ！　あの馬を連れてこい——そして、このムカつく犬をどこかへやってくれ、わかったか？」

危険の気配がする、それもはっきりと。雑種犬のハインツには、危険とハンモックの男の恐《きょう》怖《ふ》というふたつのにおいがかぎとれた。背中の毛が逆立《さかだ》つ。クレムにも気づいてほしい。

「みんなに、なんていえばいい？」クレムはたずねた。

「なにもいわなくていい！　おまえは、おれが出ていくところも、どっちへ行ったかも見なかったことにしろ」

「どこ行くの？」

「おまえの知ったことか！」マーク12爆撃機《ばくげきき》の音がするということは、プレスト市が彼《かれ》のやろうとした——そして失敗した——ことをさせるために、べつのパイロットを送りこんだことになる。ダムの爆破だ。こうしているいまも、爆撃機は空爆を実行するために調整しているところかもしれない。もしダムの破壊《はかい》に成功したら、おびただしい水が滝《たき》のようにふりかかってくるだろう。しかも、彼は走れる状態ではない。そういうことを、彼はクレム少年にいっさい話さなかった。当然だ。自分の身は自分で守れ。

クレムが馬を連れてくると、パイロットはなんとか馬にまたがった。結び目のあるロープで馬の尻《しり》をたたく。馬はのんびりと歩きだし、耳をくるくるまわした。クレムと犬のハインツは、パイロットと馬が去っていくのをとまどいながら見送った。やがて、クレムは空いたハンモックを物ほしげに見た。いま、クレムは地面に二枚の麻袋《あさぶくろ》を敷《し》き、だれかの暖炉《だんろ》前用の敷物《しきもの》をかけて寝《ね》ている。一時間だけでもハンモックで寝られたら、最高だろうな。一時間だけ、宙《ちゅう》に浮《う》かんでやさしくゆられたら……。

ハインツが駆《か》けだし、すぐ立ち止まると、期待をこめた目で少年を見た。

「おまえの友だちの馬、取られちゃったね」クレムは同情した。

ハインツは走ってひき返してくると、クレムの服の袖《そで》を噛《か》んで引っぱる。

「わかったよ。行く、行くってば。おまえは馬を……？」

驚《おどろ》いたことに、犬は馬を追いかけようとしていたのではなかった。ハインツは駆《か》け足で行ったり来たりしながら、空気のにおいをかいではクーンと鳴く。

ハインツの注意を引いているのは、もはや彼《かれ》を情けない声で鳴くだけのバカにしてしまった不安ではない。犬の神さまが、悪い知らせと緊急《きんきゅう》の任務でハインツの目を覚まさせたのだ。ダムの向こうでなにかが起きている。気をつけろ。

「散歩か？　歩きに行きたいのか？」クレムはたずねた。

だが、ハインツは走りたかった。

ＡＡＦ66爆撃機《ばくげきき》は北の峡谷《きょうこく》で、急斜面《きゅうしゃめん》の岩の上に、機首より尾翼《びよく》のほうを高くしてななめになっていた。ここに爆撃機が来たことを、下にある街は気づいていない。灰が雪のように機体にふってくる——土は土に、塵《ちり》は塵に。峡谷の斜面を流れてくる雨水は大きな流れとなり、いまや飛行機のなかを流れていき、足を置くスペースにたまってパイロットの革のブーツをぬらしている。それどころか、ティモールは全身、銀色の粒《つぶ》にまみれて輝《かがや》いている。といっても、粒の正体は水ではない――粉々に割れたフロントガラスの破片だ。グローリアはティモールの顔とのどから破片をひとつずつ、つまんでは取りのぞき、つまんでは取りのぞきをくり返している。「死なないで。死なないで。死んじゃだめ」

ティモールのシャツの前には血がついているけれど、どこから出血しているのかわからない。グローリアは彼《かれ》のヘルメットをはずした。のどからシューっという音がするが、それは彼の胸にのっている酸素マスクの音だ。グローリアはマスクを彼の口にかぶせ、息をしてくれますようにと祈《いの》った。

地面に衝突《しょうとつ》したときのことは、なにも覚えていない。最後の五分の記憶《きおく》は全部、ぶつかったときに粉々にくだけちってしまったにちがいない。なんとなく痛みを感じた記憶はあるものの、それはどこから食べてやろうかと体のまわりを飛びまわるカラスのような感じだった。鼻だけが、ずっと痛かった。コックピットの上をおおうキャノピーの外、操縦席《そうじゅうせき》側に、つるつるした灰色のまるいものが見える。まるで、難破船《なんぱせん》をあさろうと近づいてくるサメみたいだ。

「目を覚ましてくれたら、ギリシャ語を勉強します。ラテン語とギリシャ語と大きい数の割り算を勉強します。そして、もう二度と、役立たずと呼ばれるようなことはしません」

けれど、ティモールがそんな取り引きに乗って目を開けることはなかった。耳の穴からも血が出ている。「だんなさまの耳はすてきでです。マダムはだんなさまといっしょになれて、幸せだったと思います。マダムは実際、ごく平凡《へいぼん》なお顔でした。あたしみたいでした。見た目のことです。すみません」

鼻をつくにおいがした。航空機の燃料だ。グローリアは頭がくらくらしてきた。ティモールのほうは問題ない。背の高い彼《かれ》の頭は、新鮮《しんせん》な空気に近いところにある……。ただし、それ以外は、ティモールに問題ないといえるところはまったくない。「いますぐ脱出《だっしゅつ》しましょうか、だんなさま？　脱出するべきです。ほんとに、いますぐ脱出するべきですってば。そのほうがいいんじゃないですか？」グローリアの鼻からまたひとつ、大きな血のかたまりがティモールのシャツに落ち、彼女《かのじょ》はあやまった。

「モグダ！」ティモールははっと息を吸いこんだ。

グローリアはきわどいところで目が覚めた。身をよじって燃料のにおいの上までのび、割れたフロントガラスから頭を出して新鮮《しんせん》な空気を吸う。

「モグダってだれですか？　サイドボードの彫刻《ちょうこく》をなぐったときも、モグダといっていました」グローリアはこの質問で、ティモールが死んでいなかったという衝撃《しょうげき》を乗りこえる時間かせぎができることを祈《いの》った。大きい数の割り算を勉強するという約束は、ぜったいに守らなくてはいけないだろうか？

ティモールは目を開けた。「もちろん、妻のことだよ。まさか、生まれてからずっと、マダム・スプリーマと呼ばれていたと思っているのか？　モグダ・ガンボが彼女《かのじょ》の名前だ」

「あたしったら、どうして知らなかったんでしょう？」

「そりゃ、禁句だったからさ。口に出してはいけないことになっていたんだ。ときどき、こう思うよ。国家元首《げんしゅ》になりたいという彼女《かのじょ》の野望は、〝モグダ・ガンボ〟という名前を捨てたい気持ちから生まれたんじゃないだろうか。タバコを持ってないか？」

「持ってるわけないでしょ！　メイドがそんなものを持っていたら……。クビになってしまいます、だんなさま」

「そのとおりだ。ぼくもタバコは吸わない」

グローリアは飛行機から脱出《だっしゅつ》しましょうとうったえた。ティモールの意識ももどったことだ。彼《かれ》は天気を判断するかのように、首を少し回した。「それはどうだろう。なんとなく、下は愉快《ゆかい》じゃない気がする。脚《あし》も動かせないし。背骨が折れているかもしれない」

グローリアは両手で口を押《お》さえ、悲鳴がおさまるのを待った。「そっちの窓の外にある灰色の山みたいなものは、爆弾《ばくだん》じゃないですか、だんなさま。ふたつめの爆弾。あたしがレバーを引いたとき、落下しなかったのかも」

「どうりで。この爆撃機《ばくげきき》の操縦《そうじゅう》には力がいるなあと思っていたよ」ティモールは顔をそむけた。「きみは逃《に》げなさい。じゃあな」

とはいえ、どうして逃《に》げられるだろう？　ティモールに怖《こわ》くないふりができるのなら、あたしにだってできるはずだ。「いままで爆発《ばくはつ》しなかったんだから、きっとだいじょうぶでしょう」そういうと、グローリアはどっかりと腰《こし》を落ちつけた。「後ろに非常信号灯があります。金属の箱のなかに」

「タバコの代わりにはなりそうもないな」

「そうじゃなくて、あたしが取扱説明書《とりあつかいせつめいしょ》を読んで、非常信号灯をつける――点火する――とにかくそういうことができるかもしれないといってるんです。そうしたら、助けが来るかもしれません」

　ティモールは白目をむいた。「だめだ！　やめてくれ、たのむ！　市場でさらし首にされるのはごめんだ。たのむ。ぼくにはわかる――死んだらそれでおしまいだが、それまで地元民に痛めつけられるのは、あまり性《しょう》に合わない。爆弾《ばくだん》は『やあ、平和を守るために来たんだよ』とはいってくれないだろ？　ああ、それに、きみが信号灯をつけたら――それをいうなら、タバコも同じだ――ぼくたちは花火みたいに打ち上がるぞ。気化した燃料のにおいがするだろ？　だから、もう行ってくれないか？　ほかにいい考えはない、たのむから……」

　グローリアはティモールを怖《こわ》がらせてしまった自分がいやになった――いわれたとおり、逃《に》げていたかもしれないところだけれど、彼《かれ》に無意識に手首をつかまれている。というわけで、グローリアはじっとすわっていた。

「分岐《ぶんき》。気象学者。〝インクのなかに真実はある《イン・アトラメント・エスト・ウエリタス》〟。アナグラム。シツイテキ」グローリアはティモールから教わった言葉を全部覚えているか、確認していく。

「実利的《じつりてき》だよ」ティモールはほほえんだ。「失意といったら、がっかりすることだ。車が事故を起こしたときみたいに。あるいは、飛行機が墜落《ついらく》したときとか」


　雑種犬のハインツにはまだ、峡谷《きょうこく》のいろいろなにおいにかぎ覚えがあった。ローズ市まで運ばれてきたときにかいだことのあるにおいだ。どのにおいにも、それにまつわる記憶《きおく》がある。あの山頂の向こうで、馬は絶望して岩だなに立っていた。高い柱のような岩がいくつもそびえる場所は、雹《ひょう》がふってきたところだ……。老人の手。たくさんの記憶がハインツの注意を引こ

う と頭をノックしてくるが、いまはそんなことを考えている場合じゃない。ハインツの心臓はきつい山のぼりに悲鳴を上げている。時間が犬の背骨をつかんで、若さをふるい落としてしまったにちがいない。なんと。ハインツは急に老犬になっていた。おまけに、ハインツは昔から老いには我慢《がまん》ならなかった……。

「ハインツ、もっとゆっくり!」クレム少年が叫《さけ》んだ。

犬の死神があらわれて、ハインツの横をいっしょに走る。

「来るな」ハインツはいった。「おれはハインツ、たくさんの長所を持つ犬だ。まだ、終わりじゃない」

——知っている。おまえを迎《むか》えに来たのではない。

そういうと、犬の死神はそのまま先へ走っていった。

「いったいなにをしてるんですか、だんなさま?」グローリアはたずねた。おしゃべりに忙《いそが》しくしていれば、死ぬひまなんてないだろう。「だんなさまには、仕事部屋があるじゃないですか。そういうことは、仕事部屋でするものです。なにをしてるんですか?」

「書いているんだよ。芝居《しばい》を。物語を。ちょうどいま、オペラを書いているところなんだ。海の真ん中にある街が舞台《ぶたい》で、そこの人々はダチョウに乗って移動する——ダチョウがその気になってくれれば、だけどね。男たちは月へのぼるはしごを作っている。女たちは小鳥の歌で布を織り、その布ですばらしいドレスを仕立てる。それまでは、傷ついた人をつつむためにしか使われていなかったものだ。女たちはみんな、自分の夫が月にいちばん乗りして王さまになると思っている。だから女王さまにふさわしい衣装がほしいんだ。男たちはいっせいにはしごにのぼろうとする。だれもがいちばんにてっぺんにたどりつきたくて、小ぜりあいをしながら挑《ちょう》戦《せん》する。彼《かれ》らは月に工場をつくり、燃料となる木を切ろうと考えているんだ。もちろん、月にも木があるんだよ」

グローリアは興味を引かれた。「その人たちはなにを食べるんですか？」

「マナだよ。島の岩礁《がんしょう》で砂糖の結晶《けっしょう》のように育つんだ。だから、手で食べなきゃならない」

「スプーンもナイフも使わずに？」

「カトラリーはいっさい使わない」

「いつか、そのお話をみんなに見せるんですか？　だんなさまの書いたオペラを？」

「バカをいうんじゃない。プレストにオペラハウスはないじゃないか」

「家《ハウス》が必要なんですか？　オペラがなんなのか、あたしにはわかりません。聞いたことがないもの。きっとソーミルズにもないはずです」

「歌のついた劇のようなものだよ」ティモールはいまにも意識を失いそうだ。

「うたえるダチョウなんて、どこでつかまえるんですか？」

ティモールはため息をついた。「はいはい、くわしいことは追ってお知らせしますよ」そういうと、眠《ねむ》りに落ちていった。あるいは、眠りに似たものに。

彼《かれ》はひどく冷たくなっていた。グローリアは助けを呼んでくると約束したものの、その場をはなれなかった。あたしが行ってしまえば、だんなさまはひとりになってしまう。そう思うと耐《た》えられない。グローリアは後ろに手をのばし、自分の旅行かばんの中身を空けた。工場から贈《おく》られた金色のカトラリーが――スプリーマを演じていたときの記念の品が――カチャカチャと音を立てて床《ゆか》に落ちる。ギンガムチェックのワンピースと妹のネグリジェを広げ、さらに〈ザ・ヴォイス〉の切り抜《ぬ》きも、ティモールの体にかけて暖めようとした。

割れたフロントガラスから吹《ふ》きこんでくるすきま風に、新聞がはためき、死んだカモメの羽毛のように見える。

……イン・アトラメント・エスト・ウェリタス……プレストの敵……地方の人々は全員無事……狂犬病《きょうけんびょう》の犬……。破れた新聞がいくつものウソでグローリアをあざわらう。グローリアが新聞をかけおわったとたん、雨がふりだした。大きな冷たい雨粒《あまつぶ》が、割れたガラスのすきまから落ちてきて、新聞をぬらしていく。コックピットの屋根に積もった灰は洗いながされていく。

すると、頭上に一匹《ぴき》の犬が見えた。飛行機の上に立ち、グローリアを見下ろしている。舌からよだれをポタポタたらし、歯には点々と泡《あわ》がついている。

雑種犬のハインツが到着《とうちゃく》したとき、犬の死神は飛行機の車輪におしっこをかけ、自分のものだとマーキングしているところだった。犬の死神は機体の下をほり、巨大《きょだい》な前足で小石と土をかきだして谷へ落としていく。飛行機が下へすべった。プロペラが折れ、ピストルを撃《う》ったような音がひびく。

「やめろ」ハインツは止めた。

――なぜだ？　この人間たちは、おまえにとって大切な存在なのか？

「ちがう。だけど、もうじゅうぶんじゃないか。あんたはじゅうぶん、うばった」

――彼《かれ》らを守るために、わしと戦うつもりか？

「必要なら」

犬の死神は吐息《といき》まじりのゆるんだ笑い声を上げ、冥界《めいかい》のにおいをまきちらした――土、根っこ、そして腐敗《ふはい》。

――わしの仕事だ。ほかに選択肢《せんたくし》はない。

ハインツは首をかしげた。「このふたりは運命にゆだねることにすれば？」

――わしこそが運命だ！

働きすぎてまいってしまった犬の死神は、すわりこもうとするように三回まわったが、すわらなかった。死神はくたびれはてていた。洪水《こうずい》のおかげで、夜も昼もなくずっと忙《いそが》しい。ラチャ山脈から海まで――何千何万という人間と動物が死んでいく……。死神はそのことについて考えようと、気化した燃料のくらくらするにおいから、ゆっくりとはなれていった。ハインツはまた機体に飛びのり、ほこらしげに立った。

ワンとほえて、クレム少年を飛行機のほうへ呼ぶ。ほえたせいでせきこんだので、ハインツはすわって遠ぼえに切りかえた。自分の遠ぼえが谷の両側の壁《かべ》に何度もはね返る音がおもしろくて、聞き入ってしまう。クレムの姿が見えたときには、ハインツは飛行機のなかの少女に向かって、試しに歌をうたっているところだった。犬は少女の胸に横たわりたかったのだろう。前に泳ぎを楽しんだみたいに、人間の胸が上下する動きを楽しもうとやってきたのだ。だが、少女はハインツを見て不安そうな顔をしたし、ハインツはおいでといわれないのに知らない人の上に乗るほど行儀《ぎょうぎ》の悪い犬ではない。少女はクレムを見たときのほうが、ずっとうれしそうだった——ハインツにそれがわかったのは、少女が安心して泣きだしたからだ。（ハインツは三歳《さい》になるころには、人間がいろんな理由で泣くことをつきとめていた）

「もし背骨が折れていたら、動かしちゃいけない」クレム少年は、グローリアの説明を聞いて、そういった。「フォレストベンドでたくさんのドアがふってきて、けがをした男がいたんだけど、背骨が折れていたらいけないからって、みんなは何時間も彼《かれ》を動かそうとしなかったんだ」

「フォレストベンド？　じゃあ、ソーミルズを知ってる？」グローリアの胸に希望がわいた。

「もちろん。となりといってもいいくらいさ」

「それで、あなたのおうちは流されちゃったの？」

「ぼくんちどころか、あのへんはほとんど全部、流されちまった」

グローリアの悲痛な声は、飛行機が動いたとたん、ぴたりとやんだ。ふたりともキャッと叫《さけ》んだ。石が尾翼《びよく》に押《お》しのけられて転がり、ゴンと音を立てて爆弾《ばくだん》にぶつかる。クレムは全速力でその場をはなれ、必死で犬を呼んだ。グローリアは背中を丸め、身を固くする。みんな爆弾に吹《ふ》っとばされてはいないとわかると、クレムは思いきってひき返した。

「そこのおじさん——ぼくたちに爆弾《ばくだん》を落とすために来たのか？」少年は声を張り上げながら、石を拾う。

「ちがうってば！　あたしたちは爆弾《ばくだん》を沼《ぬま》にしずめようとしたの。でも、あたしがレバーを引いたとき、爆弾のひとつが落下しなくて、それからなにかが起こったんだけど、思い出せない」

クレムは一歩近づき、犬にこっちに来るよう合図したけれど、ハインツはまだじっとしている。「そいつ、きみの父ちゃんか？」

「ちがう。彼《かれ》はティモール。苗字《みょうじ》なのか名前なのかは知らない。ただのティモール。彼をここから出してあげなきゃ。ティモールがいなくなっていいわけないもの。そんなこと、あっちゃいけない」そういうと、グローリアは空《から》になった自分のかばんで、足を置くスペースにたまった水をくみだしにかかった。

「ぼくには家族がいる。みんな、ばらばらになっちゃった——舟が転覆《てんぷく》して。だけど、ぼくたちはローズに向かってた。だから、もうじき、みんな来ると思う。ぼくたち、別れわかれになっちゃったんだ。だけど、もうじき、みんな来る。そうだよね？」

クレムの激しい口調にグローリアはたじろいだものの、すぐに少年のいいたいことを完全に理解した。ぼくたちは仲間。いっしょに怖《こわ》い思いをしたことが、ふたりの心を結びつけていた。口には出せないけれど、ふたりとも洪水《こうずい》で家族を失ってしまったかもしれないのだ。

「おじさんの足、ペダルの下にひっかかってる」クレムは機体の横にはいおり、コックピットの横から目を細めてなかをのぞいている。

グローリアは制御《せいぎょ》装置の下にもぐりこんだ。機内を小川のように流れていく雨水が、体を通りぬけていく気がする。凍《こご》えそうに冷たい。金属の棒がティモールのブーツを上から押《お》さえているのが、はっきり見えた。グローリアは棒のいっぽうのはしを力いっぱい引っぱった。ところが、反対のはしが右のブーツにさらに深くめりこんだだけだった。たくさんの柱と装置がグローリアをとりかこみ、動きをじゃまして、つついてくる。彼女《かのじょ》は自分にいい聞かせた——これくらい、傘《かさ》とハンガーと泥《どろ》だらけのオーバーシューズがぶつかってくる玄関《げんかん》クローゼットにくらべたら、どうってことないわ。ティモールのパイロットブーツのひもを引っぱってみても、手元が見えない。非常用信号灯をつければ見えるかも……。燃料のにおいで頭がさらにくらくらしてきて、息を吸うたびに混乱する。そうだ、マッチがある！　信号灯の箱にマッチも入っていた。そのふたつがあれば、よく見えるようになるかもしれない。グローリアは座席のすきまに手をのばし……なにかで手を切った。

恐怖《きょうふ》と、金属が砂岩《さがん》にこすれる恐《おそ》ろしい音にあせって、やみくもに行ったり来たりしていたハインツは、視界の隅《すみ》に犬の死神の大きな姿をとらえた。犬の死神はコンクリートのダムの縁《ふち》に立って、見つめている。

グローリアの頭と両肩《りょうかた》が、コックピットのつぶれた前の部分からあらわれたかと思うと、彼《か》女《のじょ》は自分の座席の上に立ち、金色のカーヴィングナイフをふりかざした。

「いい武器だね」クレムは感心して、手まねきした。「もう、そこから出てきなよ」

「まだ！　彼《かれ》の靴《くつ》ひもを切って、ブーツから足を出さなきゃならないの！　こっちに来て、手伝って！」

さっと風が吹《ふ》いてきて、ピンク色のとげのある花をゆらした。風は爆撃機《ばくげきき》の折れた翼《つばさ》のひとつもとらえた。翼は大きな衝撃《しょうげき》とともに下へ落ち、機体とつながるワイヤーと電気ケーブルで宙づりになった。ワイヤーとケーブルは、まるで腱《けん》と血管だ。風が機体を動かした。飛行機と丘の斜面《しゃめん》とのすきまが、広がっていく。ハインツはそのすきまをぴょんと跳《と》んだ。石のかけらが峡谷《きょうこく》の壁《かべ》をかすめて落ちていく。

「そのおじさんはおいていこうよ、たのむから！　だれが見たって、死んでるよ」クレムは叫《さけ》んだ。

グローリアは言葉にならない怒声《どせい》を返した。そのとき、足首をつかまれた。

「死んでない」ティモールが静かにいった。「脚《あし》の感覚がある」

「死んじゃいますよ」とグローリア。「いますぐ、ここから出ないと」

第三十七章 被告側《ひこくがわ》の弁明

ローズ市

「じゃあ、ここに隠《かく》れていてくださいだんなさま。なにをしてもいいけれど、人に見られちゃだめですよ」グローリアはいったものの、岩の後ろで丸くなったティモールはぐったりしていて、とても立ち上がれそうにない。

グローリアとクレムは、急な斜面《しゃめん》をローズ市へ向かって下りていった。ティモールが隠《かく》れているのは爆弾《ばくだん》のすぐ近くで、安全とはいえない。とはいえ、彼《かれ》をもっと下へ運べば、地元の人たちに見つかって（ティモールいわく）〝ぼこぼこにされる〟かもしれない。グローリアが説明するしかない。説明しよう。説明できる。あたしはマダム・スプリーマなんだもの。なんとか説明して、あたしたちが平和のために来たことをわかってもらおう。

けっきょく、そんなことで悩《なや》んでも意味はなかった。

グローリアとクレムが平らなところまで下りてきたかどうかというとき、建物が倒《たお》れるような音がして、ピンクのとげのある花の茂《しげ》みでかろうじて止まっていた飛行機が、また岩の表面をすべりだしたのだ。丸々と太った灰色のさなぎのような不発弾《ふはつだん》をあとに残して、峡谷《きょうこく》をすべり落ちてくる。折れた翼《つばさ》が機体の後ろに引きずられ、激しくゆれて地面をたたく。金属と岩がぶつかりあって火花がちり、やがて燃料タンクに引火して、火柱がすべてを焼きつくした。

市議会の人々は市庁舎の上げ下げ式の窓から身を乗りだし、あの騒《さわ》ぎはなんだろうと首をかしげた――なぜ、人々が通りという通りにつめかけて、あんなに興奮しているのか？

峡谷《きょうこく》で起きた爆発《ばくはつ》を、ある人々はこう考えた――われらが英雄《えいゆう》の負傷したパイロットが、修理した飛行機を試運転して、また墜落《ついらく》してしまったにちがいない。ほかの人々は、ただ飛行機が空から落っこちてきたにちがいないと思った。男も、女も、子どもも、まだ飛行機の残《ざん》がいが燃えているというのに、どっと峡谷に押《お》しよせた。

ところが、ひとりのパイロットがよろよろと丘《おか》を下りてくる。両手をふって、爆弾《ばくだん》がどうとか叫《さけ》んでいるではないか。彼《かれ》が敵であるのは明らかだ――そこで人々は、野犬の群れのように、彼をやっつけた。

しばらくすると、男たちはロープでしばりあげた彼《かれ》を引きずるように丘《おか》を下り、その後ろを大声で抗議《こうぎ》する少女と少年と犬がついていった。

「どうして、ちゃんと隠《かく》れていられなかったんですか？」グローリアは怒《おこ》っていた。「なんで、見つからないように、じっとひそんでいられなかったんです？　みんなに説明できるまで隠れていてくださいって、いいましたよね！　なのに、そんなこともできないなんて。靴下《くつした》と空軍の軍服姿でのこのこ出てきて、両手をふりまわしたりして……。その結果が、これよ！　あの人たちにこんな目にあわされて！」

「ついに、ぼくの妻の口調をマスターしたね」ティモールはいった。「声の抑揚《よくよう》まで完ぺきだ。

金切り声までそっくりだよ」手に持った火のついていないタバコを見たが、いつのまにそんなものを持っていたのか思い出せない。「ぼくが〝のこのこ出てきた〟のは、子どもたちがいたからだ。あの群衆のなかに。ほかに、どうすればよかった？　子どもたちに不発弾《ふはつだん》のそばを走りまわらせておくのか？　そんなわけにはいかない。だから、わたしは〝のこのこ出てきて〟危険を知らせたんだ」

　グローリアとティモールは、鍵《かぎ》のかかった法廷《ほうてい》で、被告席《ひこくせき》にすわっていた。といっても、プレスト高等裁判所のものとちがい、ここの被告席は檻《おり》ではない。「実際のところ、ベビーサークルに近いよな」とティモール。法廷の壁《かべ》は壁画《へきが》におおわれていた。神話に出てくる正義をつかさどる者や立法者《りっぽうしゃ》を描《えが》いた精巧《せいこう》な絵だ——ネメシス、ソロモン王、ハムラビ王……。「ここまで来るあいだに見たか？　どの家にも絵が描《か》いてあった！　ヘナ（植物性の染料）のような赤い色で。砂岩《さがん》から顔料を作っているにちがいない。しかも、すべての屋根に旗ざおが立っていた。とても愛国心の強いアフェイリア国民がたくさんいるのは、明らかだ。ぼくたちが〈ザ・ヴォイス〉で読んだ記事とは、まったくちがう。ローズ市に関する記事に、真実はひと言もなかったんじゃないだろうか——あの新聞は、スプーン工場が次々とスプーンを作るように、ひたすらウソの記事を作っていたんだ。ここは美しいところだったにちがいない、ダムができる前は。そしてもちろん、避難民《ひなんみん》が来る前は。避難民キャンプはひどいありさまだ」

「これからどうなるんですか、だんなさま？」グローリアはたずねた。

「心配いらない。きみは軍人ではないし、刑事《けいじ》責任を問われる年齢《ねんれい》でもない。きみはだいじょうぶだよ」

「あたしのことじゃありません。だんなさまのことです」

「おお。それは聞かないでくれ」

「聞いてるんです」

「うーん……このタバコはたぶん、死刑《しけい》が決まった人間にあたえられる最後の一本だろう。死《し》刑囚《けいしゅう》にはそのうちマッチがあたえられると思うか？　あの犬がぼくを守ろうとしてくれたのは、うれしかったな。なんてすばらしい犬だろう。まさに、人間の最高の友だちだ」

「あの犬はハインツっていうんですよ」

「そうか、ハインツと彼《かれ》のすべての子犬に祝福あれ。いつだって、怒《いか》れる群衆より銃殺隊《じゅうさつたい》のほうがマシだ……。元気を出しなさい、グローリア。男の決意をゆらがせないでくれ。それはよくない。ああ、それから処刑《しょけい》の場には来ないでほしい。それが死にゆく男の最後の望みだ。わかったか？　来るんじゃないぞ」

しきりにひっかく音がしたかと思うと、ドアの下から黄色い液体が細く流れてきた。

「ハインツかも」とグローリア。

やがて、ノックがひとつ……。

「クレムもいるようだな」とティモール。「あの少年と犬は引きはなせないからね。おまえとデイ――すまない。考えなしだった」

驚《おどろ》いたことに、クレムが〝鍵《かぎ》のかかった〟法廷《ほうてい》に顔をのぞかせた。

「どうやったんだ、少年？」

「ドアの横のフックに鍵《かぎ》が下がってたんだ」とクレム。「グローリア！　リストを見に行ってきた！　避難《ひなん》してきた人の名前が壁《かべ》に貼《は》りだされてるんだけど、知ってる？　そこに〝ウィノウ〟っていう苗字《みょうじ》がならんでた。その人たち、グローリアの家族かもしれないよ！　見においでよ！」

グローリアの心臓が爆弾《ばくだん》のように爆発した。壁画《へきが》の神々が身を乗りだしてきて、少年の言葉をくり返している気がする――その人たち、グローリアの家族かもしれないよ！　でも、印刷されたものなんて、とても……信用できない。そのリストもウソかもしれない。ただのいたずら、おふざけ、まちがいかもしれない。グローリアにはリストを見る勇気がなかった。それに……。「いまは行けない、クレム」

「もちろん、行けるとも」ティモールがいった。「ドアは開いているじゃないか。ほら、行きなさい。幸運を祈《いの》る」

「行けないっていってるの」

クレムは仰天《ぎょうてん》した。あのリストほど重大なものはない。リストで名前を見つけることは、悪夢のスイッチを切る鍵《かぎ》を見つけることだ。探している名前を見つけることは、ハッピーエンドを見つけることだ。

「ティモールのほうが大事だわ」グローリアはいった。「あたしが説明しなきゃ……彼《かれ》は悪くないって説明しなくちゃ」

その瞬間《しゅんかん》、ローズ市議会の面々が登場した。一列にならんで、威風堂々《いふうどうどう》と法廷《ほうてい》に入ってくる。だれもが黄色い水たまりにふみこみ、クレムに顔をしかめてから、室内をひたすら駆《か》けまわる犬を見て、またクレムを見る。少年はハインツを呼ぶと、抱《だ》き上げてティモールの腕《うで》のなかに放りこんだ。「幸運のお守りだよ。ハインツはすごくツイてる犬なんだ」そして少年は去っていき、さらに入ってくる人々のためにドアが閉まらないよう支えた。

新聞記者がさっと入りこんで、隅《すみ》にすわった。速記官が記録をとる準備をする。正義がおこなわれるのを確認する陪審員《ばいしんいん》はいない。違法《いほう》に暴力をふるおうとする群衆もいない。

「開廷《かいてい》します」もごもごと議長が宣言した。白髪《しらが》まじりのわずかな巻き毛が頭の側面をかこんでいる。彼《かれ》は裁判官の深紅《しんく》のキャップを手に取り、また置いた。まるでキャップにほどこされた金糸《きんし》の刺繍《ししゅう》が自分には似合わないと思ったかのようだ。「被告人《ひこくにん》はご起立ください」そこでティモールの服についた血の染《し》みの数と、ティモールが痛みと犬に手こずっているようすを見て、また着席をいいわたした。「氏名は？」

「ティモール・フィロタパンタソル大佐。住まいはプレスト市〈てっぺん邸《てい》〉です」

速記官がため息をついた。「被告人《ひこくにん》、名前のつづりを教えてもらえますか？」

「はい、すいません」とティモール。

「いいたいことはあるかね、ティモール……大佐」議長はたずねた。

「はい。ここは美しい部屋ですね、議長」

議長は周囲を見まわした。「そうだね。残念ながら、ほとんど使われていないが。ところで、あなたはアフェイリア空軍の将校なのかね？」

「ちがいます」グローリアがバカにしたように発言した。「彼《かれ》はオペラ作家です」

議長は眼鏡《めがね》ごしにグローリアを見た。「で、あなたの氏名は？　おじょうさん」

グローリアはすでに立っていた。「議長、わたしはマダム・スプリーマ、アフェイリアの最高指導者です」

法廷《ほうてい》にクスクス笑いが広がった。やがて、この子は墜落《ついらく》事故で気が動転しているのかもしれないと心配した議長の妻は、笑いを押《お》しころして声をかけた。「あなたはスプリーマではないと思いますよ。おすわりなさい、どこかもっと――」

「ええ、そのとおりです」小さな人物は被告席《ひこくせき》から下りてきた。「でも、昨日《きのう》まではあたしがスプリーマでした」グローリアは議員から議員へわざとゆっくり視線をうつし、折れた鼻ごしににらみつけることで、よりいっそう強い印象を植えつけていく。「本物のスプリーマは、城《じょう》壁《へき》の門を閉めるときに逃《に》げてしまいました。それで、あたしが彼女《かのじょ》の役目をひきついだんです、洪水《こうずい》が収まって、本物のスプリーマがもどってくるまでのあいだだけ――でも、彼女がもどってくることは、もうありません。とても残念なことに、亡《な》くなってしまったからです。

こうして、あたしはふつうの人たちが知らないことを知るようになりました。ふつうの人たちは工場から出られず、新聞で読んだことしか知らず、新聞にはウソばかり書かれていたからです。ある人にこういわれたことがあります――災害が起きたとき、それはだれのせいでもない。それは正しいと思います。大事なのは、起きた災害に対してどう行動するかです。南のプレスト市では、彼《かれ》らはするべきことをなにもしませんでした。議会のことです。議会の人たちは、事態はそこまで悪くないというふりをしようとしました。彼らはこういうべきだったんです。『われわれはどうしていいかわからない、なにもわからない、どうすればいいだろうか?』ところが実際は、ウソをならべ、そのせいで状況《じょうきょう》が悪化すると、さらにウソを重ねたのです。そして、とんでもない計画を考えだしました……」

ティモールは両手で頭を抱《かか》えていたけれど、法廷《ほうてい》にはグローリアのおしゃべりをだまらせようとあせるようすはなかった。とはいえ、議員たちは彼女《かのじょ》の話に動揺《どうよう》していた。彼《かれ》らの不安はどんどん大きくなり、表情はどんどんけわしくなっていく。グローリアがわずかな期間とはいえ、自分の三倍近い年齢《ねんれい》の政治家になり変わっていたことを、彼らは半分信じかけているようだった。

準備しておいた言葉がつきても、グローリアは思いきってつづけた。声はずっと高くなり、話はさらにとっぴになって、現実ばなれしていく。街全体が新聞記事にだまされた？　女性が殺された？　狂犬病《きょうけんびょう》にかかった犬たち？　動物園の動物が料理された？　子どもたちがさらわれた？　法廷《ほうてい》は何度か話をさえぎって質問しようとした。あるいは、グローリアのまくしたてる話を止めようとしただけかもしれない。新聞記者はメモ帳のページが足りなくなり、足音をしのばせ、速記官からまっさらな紙を盗《ぬす》みに行く。

「あたしはみなさんに会って説明しなくてはならなかったので、ティモール大佐に連れていってほしいとたのんだんです」

とつぜん真実からそれた話に、ティモールははっと顔を上げた。

「あたしは、ダムの爆撃《ばくげき》はティモールに行かせるべきだといいました。それは、彼《かれ》を行かせなかったらほかの人間が行くことになり、そうなれば本当に爆弾《ばくだん》が落とされてしまうからです。それに、ティモールが戦争中に乗っていたのは偵察機《ていさつき》です。だから、子どもたちのいるところには――実際は、だれがいるところでも――ぜったいに爆弾を落としたりしません。それに、爆弾をのせたまま墜落《ついらく》したのは、あたしのせいなんです。あたしはかがみこんで投下レバーを引っぱったけれど、力が足りず、所定の位置までちゃんと動かせなかったんです。あたしたちは、その爆弾ももうひとつと同じように沼《ぬま》に落ちたと思っていました。バシャンって！ でも、ひとつは翼《つばさ》の下にセットされたままだったんです。だから、もしみなさんがだれかを銃殺刑《じゅうさつけい》にするつもりなら、あたしにするべきです。その理由は、あたしが役立たずだからというだけであって、あたしがみなさんを憎《にく》んでいるからではありません。憎んでなんかいません。ぜんぜん。みなさんはとても親切だもの」

速記官のえんぴつがポキンと折れた。新聞記者は手持ちのえんぴつを彼女《かのじょ》に放った。

「あたしたちはもう、もどれません。城壁《じょうへき》はプレスト市に倒《たお》れこもうとしています。五百人の子どもたちがエイト島に送られ、マイルドは洪水《こうずい》が引くまで連れもどさないつもりです。なぜって？ 汚《きたな》い工場を動かしつづけなくてはならないからでしょ——すべては、お金と、機械と、ティースプーンと、フォークと、ニッケルメッキをかけたあらゆるもののため。そして、マイルドはすべての権力を握《にぎ》りたがってて……。それから、ティモールは空軍の人間じゃありません——オペラを書いているんです」（グローリアはもう一度、いっておいた。最初にいってから時間がたっているので、議員たちが忘れているかもしれないからだ）

ローズ市議会の面々は、赤い革張りの椅子《いす》に前かがみにすわって、ひじをついている。壁画《へきが》に描《えが》かれた人々のようなおだやかで賢明《けんめい》なようすとはちがう。混乱して、怒《おこ》っているように見える。なんなら、こんな子どもの証言を聞かされるより、歯医者に行くほうがマシだと思っているようだ。被告席《ひこくせき》の犬まで、情けない声で鳴いている。室内の不穏《ふおん》な空気と、自分を抱《だ》くパイロットの手に力がこもったのを感じとっているのだ。

グローリアはつづける。「あたしは実家を出るとき、母さんにいわれました。『常に天使の側にいるようにしなさい。そうすれば、道をあやまることはないから』でも、それはあまり簡単ではありません。プレストでは、だれが天使か見分けがつかないんです。大きな街ではむずかしいことです。政治とお金、ほかの人たちよりすごく利口な人たちもいれば、自分のお母さんから天使の側にいなさいと教えられなかった人たちもいます。でも、少なくともティモールについては、賢《かしこ》い人で、天使のひとりだということを知っています。だからこそ、あたしはこうして彼《かれ》のそばにいるんです」

審議《しんぎ》する議員たちの顔に目を走らせると、グローリアの心はしずんだ。議長は下くちびるを突《つ》きだして、手に持った赤い裁判官の帽子《ぼうし》をじっと見つめ、裏返したり元にもどしたりをくり返している――赤から黒へ、黒から赤へ。「地面に穴をほる必要がある。深い穴を」議長はつぶやいた。

被告席《ひこくせき》で、ティモールは青くなった。死刑《しけい》を宣告された者を生き埋《う》めにするという、地方の異様な風習が頭に浮《う》かんだのだ。

議長の妻が手をのばして夫の手をぽんとたたいた。「あの、主人は少しまいっているようです。洪水《こうずい》がとんでもない規模になって、あまりに長びくものですから、わたくしたちはプレスト市を心配しはじめていたところだったんです。早いうちに通信ケーブルが切れてしまったので、みなさんがどうしのいでいるのか、まったくわかりませんでした。そこで、アドヴェンチャー・スカウトの一団にようすを見に行かせましたが、プレスト市に近づくことすらできませんでした。あの街は完全に陸の孤島《ことう》になってしまったでしょう？　知ってのとおり、わたくしたちには飛行機がありません。主人は、ダムがプレスト市の状況《じょうきょう》を悪化させていると考えました」

「われわれは、ダムの下をほりはじめた。ほったとも！」議長はまた声が出るようになった。

「深く――基礎《きそ》の真下を――川の水の一部をこちらへ流すために」

「だがそのとき、ごぞんじのとおり、避難民《ひなんみん》が到着《とうちゃく》しはじめたんです」副議長がいった。「毎週数十人、そのうち数百人単位で到着するようになりました！」

「おかげで、毎日四六時中、時間を取られるんです！」裁判官をつとめる四人目が、不満の声を上げた。「衛生問題、病気、食料の調達……。避難民《ひなんみん》が来てからは、ダムの下をほる時間がまったくない！」

五人目も飛びこんだ。「それでも、やります！　やりますとも！　労働力がないわけじゃなし。もっと早く助けられなかったことは、どんなにあやまっても足りません。城壁《じょうへき》が倒《たお》れようとしているとおっしゃいましたか？」

「はい、ぼくたちが出発するとき、北の城壁《じょうへき》がくずれはじめていました」とティモール。

「わからないのは……」（議長は自分のメモを見た）「……自分の書いた字が読めん……そのナントカという議員はなぜ、われわれに救援《きゅうえん》を求めなかったのかということだ。プレスト市には飛行機があるというのに！　一機がエンジンの故障でここに不時着したが、パイロットは上流に住む人々に援助物資《えんじょぶっし》を運ぶところだったとしかいわなかった。あなたがたの窮状《きゅうじょう》については、なにもいわなかった。だからわれわれは、あなたがたはなんとかやっていけているにちがいないと思っていたのだ」

法廷《ほうてい》のほかの議員たちも、それぞれのとまどいをぶつぶつと口にした。

ティモールが立ち上がり、ハインツは床《ゆか》にすべり落ちた。「ぼくたちがなぜ、助けを求めなかったのか？」ティモールはいまや興奮して、声を荒《あら》げている。「それは、あのいまいましいダムを作ったのは自分たちだからでしょう？　あなたがたから七十年も水をうばい、何世代ものローズ市民を気持ちのいい戸外ではなく、プレスト市の工場で働かせる原因を作ったのは、自分たちだからですよ！　新聞はローズ市について、人のいなくなった廃墟《はいきょ》の街で、仕事ぎらいの外国人移民が何組かキャンプしているだけだという記事を捏造《ねつぞう》しました。あなたのおつしやったパイロットは、救援物資《きゅうえんぶっし》を運んでいたのではありません。彼《かれ》がここに来た目的は〝ダムの爆破《ばくは》〟——まぎれもない戦争行為《こうい》です！　おそらく、彼の飛行機はぼくたちの飛行機と同じように困難な状況《じょうきょう》におちいったため、爆弾《ばくだん》を捨てて不時着したんでしょう。なに食わぬ笑顔で。

そして、なぜぼくたちがあなたがたに助けを求めなかったのかとたずねるなら、答えましょう。あなたがたのように親切で思いやりのある人々がこの世にまだいるとは、ぼくたちには想像もつかなかったからです！　というのも、プレスト市の新聞は嘘八百《うそはっぴゃく》をならべ、あなたたちのことを人道にもとる極悪非道《ごくあくひどう》な野蛮人《やばんじん》に仕立てあげていたからです！　プレスト市の偉《えら》い人たちが、とうの昔に思いやりを捨て去っていたからです！　思いやりでは、工場を動かしつづけることはできませんからね。親切には金がかかる。ぼくには、あなたたちが許してくれるとは、とても思えませんでした。ましてや、心配してもらえるなんて！　そういうことが頭をよぎりもしなかった自分を深く恥《は》じています！　自分の街を恥じています……といっても、もちろん一般市民のことではありません——彼《かれ》らはウソと脅《おど》しばかり聞かされて、真実がわからなくなっているのです……。聞いてください！」

ティモールは両手をパンと打ち鳴らし、速記官がキャッと声を上げた。

「もし、ぼくみたいに不名誉《ふめいよ》な人間を信用してもらえるなら、ぼくがあの爆弾《ばくだん》を——ぼくが運んできた不発弾《ふはつだん》を——みなさんがダムの下にほりはじめた穴に落とします。もし爆風を下へ——地中へ——向けられたら、そしてダムの基礎《きそ》に穴をあけることができたら、ダム全体を破《は》壊《かい》しなくてもすむかもしれません。ただし、それができるのはぼくだけです。ほかのだれにもできません。滑車装置《かっしゃそうち》を貸してもらえれば、なんとかやりとげられると思います。いえ、なにがなんでもやってみせます。しかし……あ、まったくなにをいっているんだ、ぼくは？」ティモールの話がとぎれた。彼《かれ》の計画はできあがったとたん、ばらばらにくずれていった。「だめだ！　だめだ、だめだ、だめだ！　時間がない！　何日もかかってしまう——いや、何週間もかかる——そんな時間はない！」彼は両手で髪《かみ》をくしゃくしゃにした。

裁判所の壁《かべ》では、ネメシス、ソロモン王、ハムラビ王が無表情で、被告人《ひこくにん》が新たな罪を告白するのを待っている。ティモールは窓のほうを向いた。壁画《へきが》にも、自分を審理《しんり》するとまどい顔の五人にも、顔を向けられない。

「聞いてください——プレストの人々は、ぼくがここへダムを爆破《ばくは》しに行ったと思っています。いまごろ、爆破がすんでいることをねがっているでしょう。プレスト市民は、本日中にフルカ川の水量が半分になるのを期待しています。なにも起こらなければ——洪水《こうずい》が引きはじめなかったら——ぼくが爆破に失敗したと考えるでしょう。そうなれば、彼《かれ》らはべつの爆撃機《ばくげきき》を送りこんできます――それもだめなら、またべつの爆撃機――それでもだめなら、またべつの爆撃機と、爆破が成功するまでつづけるでしょう。こうしているいまも、次の爆撃機がこちらに向かっているかもしれません。ダムの下をほっている時間はない。街の人すべてを、自宅から砂《さ》漠《ばく》地帯へ避《ひ》難《なん》させてください。避難民もすべて。今日じゅうに。みなさんはローズ市を捨てるしかありません。いいいいいいいいいい、いいいい……」

　恐《おそ》ろしい沈《ちん》黙《もく》が押《お》しよせ、葉を食いつくすイナゴの大群のように、ティモールの言葉を食いつくす。議員たちは被《ひ》告《こく》の証言について考えていた。震《ふる》える手が絵を描《か》いていく。落下する爆《ばく》弾《だん》、平和のハト、滑《かっ》車《しゃ》装《そう》置《ち》、飛行機……。メモ帳が議員から議員へと手わたされて議長にとどいたが、彼《かれ》はほとんど見もしなかった。

「いいや、ありえん。大佐」議長はいった。裁判官の帽《ぼう》子《し》は両手で絞《しぼ》りあげられている。「爆《ばく》弾《だん》のことは心配しないでくれたまえ。きみがもどって、プレスト市の人々にここの本当のようすを伝え、われわれの街を爆破しないようたのむことのほうがはるかに重要だ。そしてもちろん、われわれはプレスト市民に援《えん》助《じょ》を提供する」

　ティモールはあんぐりと口を開けた。「これだけお話ししてもまだ、プレスト市民が耳を貸すと思っているんですか？　それに時間がないんです。だいたい、ぼくにどうやって帰れというんです、議長？　もう、飛行機はないんですよ！　おねがいだから、避《ひ》難《なん》してください！　避難してくれ！　ちゃんとぼくの話を聞いてください――ぼくにはもう飛行機はないし、時間もないんです！」

　クレム少年が裁判所のドアの向こうから顔をのぞかせた。「あのパイロットの飛行機があるよ。あのおじさんは、きみたちがここに来る前に逃《に》げてった――どうしてかは知らない。だけど、あのおじさんの飛行機はすっかり直ってるよ」

第三十八章 ❈ どこにもない

ローズ市

ローズ市の人々は、若いパイロットの壊《こわ》れた爆撃機《ばくげきき》を、心をこめて献身的《けんしんてき》に直してくれていた。プレゼントを用意する子どもたちのように、相手をびっくりさせようとしていたのだ。それで〃ハンモックの男〃は自分の飛行機で帰れたことなど露知《つゆし》らず、馬の背にゆられて砂漠《さばく》地帯へ去ってしまった。修理された飛行機は、ローズ市のあらゆるものと同じく、たくさんの絵でかざられていた――アフェイリアの国旗、マーメイド、太陽と月……。翼《つばさ》の先にはリボンまで結んである。まぶしい日ざしにきらきらと輝《かがや》く姿は、まるで遊園地の乗り物のようだ。

驚《おどろ》いたことに、燃料は満タンに入っていた。

「ここには燃料があるんですか？」

市議会の人々はそわそわして、答えたくなさそうなようすだ。

「ちっぽけな油田を見つけたんです」議長の妻は見えすいたウソをつく。「石油と農業は、相《あい》性《しょう》がよくありません、大佐。できれば、石油のことは内密にしていただけると助かります。プレストのような大都市では石油の需要《じゅよう》が大きいのは、わかっていますが」

「なんと！　つまり、ローズ市の真ん中に、くさい黒煙《こくえん》を吐《は》くみにくい製油所などいらないとおっしゃるんですね？　驚《おどろ》きました！」

彼女《かのじょ》はティモールの頬《ほお》にキスをした。「わかってくれて、とてもうれしいです。製油所より、オペラハウスのほうがはるかに望ましいもの」

「ですが、みなさんはローズ市から避難《ひなん》してください。おねがいです。いますぐ。わかってください、緊急事態《きんきゅうじたい》なんです」

「いずれ、わかるでしょう」陽気に答える議長の妻に、ティモールの心はしずんだ。彼《かれ》はこの場を立ち去りたくてたまらなかった。きっとうまくいくと信じきっているおめでたい人々をなぐってしまう前に――そして、グローリアがリストに家族の名前を見つけて（あるいは、見つけられずに）もどってくる前に。

「飛行機のプロペラを回してくれる勇気のある方はいませんか?」ティモールは声をかけた。「ダムが吹《ふ》っとんだとき、ここにはひとりもいてほしくありません。そうそう、峡谷《きょうこく》にある爆弾《ばくだん》にはだれも近づけないでください。フェンスを建てるとか、見張りをつけるとかして、ぜったいに人が近づけないようにするんです。ぼくがいないあいだ、だれも爆弾の近くへ行かせないでください。わかりましたか?　ぼくのために、だれにも死んでほしくないんです」

クレム少年はグローリアを避難者《ひなんしゃ》リストのところまで案内した。クレムはグローリアを喜ばせられるとすっかり興奮していて、彼女《かのじょ》がしぶしぶついてきていることには気づかなかった。リストの最初には、こう書かれていた。

ウィノウ家　8月27日到着《とうちゃく》　方眼地図13／78。

「避難民《ひなんみん》キャンプ全体が、たくさんのマス目に分かれてるんだ」クレムは説明する。「ほらね？　だから、グローリアの家族は――ウィノウ家は――ここで、こっちへずっとたどっていくと〝クレメント・ウォーレン（男子）〟て書いてある。これで、ぼくの家族が来たら、どこへ行けばぼくが見つかるかわかるんだよ。グローリアはマス目をひとつ割り当てられて、そこがきみの場所ってことになる――家族が見つけてくれるまで。わかった？　宝の地図の宝物みたいになるんだよ」

「会いたいけど、それはあたしの家族じゃないと思う。たとえそうだとしても、話しに行くわけにはいかない」グローリアはいった。

クレムはきょとんとした。「家族に追い出されたの？　グローリアって、家族のやっかい者なの？」

「家族はいい人たちだし、大好きよ。でも、あたしは飛行機に乗らなくちゃ」

クレムはだんだん腹が立ってきた。「こんなふうに家族が見つかるなら、ぼくはなんだってするよ」

「あなたの家族も見つかるわ。もし見つからなかったら、あたしの家族のところへ行って、あたしから行くようにいわれたっていいなさい。みんな、あなたのことを永久にとっても大事にしてくれるから。そういう人たちなの」グローリアは急に止まった。あそこで、畑で使う支柱に結んだアフェイリア国旗の下にすわっているのは、母さん、おじいちゃん、そして妹と弟だ。グローリアはその場にくずれおちた。

犬のハインツがグローリアの腕《うで》から飛び出すと、日陰《ひかげ》でかたまっている人々のほうへ駆《か》けていき、おどして動かそうとした。人々は手で日ざしをさえぎって、犬の来たほうを見る。ウィノウ家の母親が立ち上がりかけたけれど、グローリアはすでに背を向けていた。

「もう、行かなきゃ」グローリアはクレムにいった。「ここに残ることはできないの。あたしが来たことは内緒《ないしょ》よ、聞いてる？　あたしはティモールともどらなきゃならない。まだ終わってないことがあるの。あたしたちはプレストに着陸したとたん、射殺されるかもしれない。でも、ティモールにはあたしが必要なの。あたしたちはひとつのチームだから」

「ちがう。グローリアは自分の家族より、マダム・スプリーマでいることのほうが好きなだけさ」

グローリアは少年を思いきりひっぱたいた。すぐに犬がもどってきて、ワンワンほえたてる。テントから声がした。「そうだよ。たぶん……。いまごろは、背ものびているだろうし……」

「ギンガムチェックのワンピースなんて、世の中に山ほどあるわよ……」

「ぼくらのグローリアは、人をひっぱたいたりしない」

グローリアはあわててクレムを追いたてた。「なにがしたいの、クレム？　あたしに〝ほらほら！　あたしはここにいますよ！〟といわせて、なんの意味があるわけ？　ここを出発したあと、あたしは死ぬかもしれないのよ？　いまここにいることを知らせたら、もっとつらい思いをさせるとは思わないの？　あたしの家族に？　家族はたぶん、あたしはいまごろプレストで安全にくらしていると思ってる。こんなの、フェアじゃない。いま、あたしがしたいのは、家族をぎゅっと抱《だ》きしめることだけ。家族を抱きしめて、そして……。でも、そんなことしたら、家族はぜったいあたしを行かせてくれない。それでも、あたしは行かなきゃならない……。あなたは、みんなを避難《ひなん》させて。約束してちょうだい。かならず避難させて！　そして、あなたも逃《に》げるのよ。みんな、どうしたの？　さんざん悪いことが起こるのを見てきたのに、これから、ええと……悪いことが起こるってわからないの？　マイルドはまた爆撃《ばくげき》しようとするわ！　ぜったいに！」そういうと、グローリアは全力で駆《か》けだした——爆撃機まで砂漠《さばく》を横ぎるあいだ、たとえ後ろ髪《がみ》を引かれる思いに苦しまなくてはならなかったとしても。クレムは走ってあとを追った。

爆撃機《ばくげきき》の横で、グローリアは家族との再会にとっておいた情熱を全部こめて、クレムを抱《だ》きしめた。飛行機のエンジン音に負けない声を張り上げる。「あたしの家族を見つけてくれて、ありがとう！　少なくともこれで、殺されるわけにはいかない理由ができたわ！　ハインツはどこへ行ったの？　さよならをいいたかったのに……」

「きみには、もどってきてほしくなかった」ティモールはいった。避難民《ひなんみん》とローズ市民が地面をならして作ってくれた細長い滑走路《かっそうろ》を、爆撃機《ばくげきき》はゴトゴトと進んでいく。

「もどってきてほしかったくせに」とグローリア。

「いやいや。正直な気持ちだ。本心だ。以前は、自分は子ども好きだと思っていた。きみを背負いこむまでは」

爆撃機《ばくげきき》は歓声《かんせい》とともに離陸《りりく》し、どんどん上昇《じょうしょう》して、やがてローズの街とそれをとりかこむ避《ひ》難民《なんみん》は、はるか下の模様にしか見えなくなった。翼《つばさ》の先に結ばれたリボンは、飛行機がスピードを上げると、あっというまに飛んでいった。二ヵ所ある爆弾《ばくだん》を搭載《とうさい》する部分は空《から》っぽで、布を引き裂《さ》くような音を立てている。そのあいだにすわるティモールとグローリアは、プレスト市に着いたらなにが待っていて、なにをすることになるのか、見当もつかずにいた。それでもだまって飛行し、いまにもＡＡＦ爆撃機が新たな爆弾をぶらさげてこっちに飛んでくるのが見えるのではないかと、半分覚悟《かくご》していた。

「じゃあ、どうしていないんですか？　子どものことです」一時間後、グローリアはたずねた。

「マダムが早々に、子どもはいらないときっぱりいったからさ……。とにかく、ぼくは子どものことはなにも知らない。子どものことより、タイプライターのことのほうがよっぽどくわしい」

「だんなさまだって、昔は子どもだったでしょ」

「え？　そうかもな。たぶん。思い出せないが。覚えているのは、〝男らしい〟ふりをするのがいかに大事だったかだ。『ホームシックだと、ティモール？　男らしくしろ』『怖《こわ》い夢を見ただと、ティモール？　男らしくしろ』『高いところが怖いだと、ティモール？　男らし……』それで、ぼくはパイロットになったんだと思う――人を喜ばせるのが好きだから。いまでもパイロットなのだろうが、結婚式《けっこんしき》の日、モグダにいわれたんだ――あなたは空軍をやめるのよって。ぼくたちは似合いの夫婦だった、ほら、ぼくは人を喜ばせるのが好きで、彼女《かのじょ》は喜ばされるのが好きだから。だったから。彼女は好きだった。もう、過去形だな」

「モグダとティモール」グローリアは反射的につぶやいた。

「うむ。モギーとティミー。猫《ねこ》とネズミみたいなひびきだろ？　静かな生活は望めない組み合わせ……。きみの家族はどうなんだい？　家族といっしょにいたほうがよかったんじゃないのか？」

「人ちがいでした」グローリアはそっけなくいった。「ちがうウィノウ家だったんです。もっとスピードを出せないんですか、だんなさま?」

「無理だよ。風は南へ回りこんでいる。ぼくたちは向かい風で飛行しているんだ。そんなに急いで到着《とうちゃく》したいのか?」

「どこに着陸するんですか?」

「鋳物《いもの》工場の屋根、だろうな。少なくとも、こっちにはサプライズ登場という利点がある。マイルドはいまごろ、ぼくがダムを爆破《ばくは》しなかったことに気づいているかもしれないが、まだ燃料切れで墜落《ついらく》したと思っているだろう……。サプライズといえば、ローズ市で捨てられた動物や迷子《まいご》をまた拾ってきたなんていわないでくれよ?」ティモールは飛行機の後ろから聞こえる物音のほうを、あごで指した。

「いいませんよ。あたしは、だんなさまだと思っていました」

ふたりともはっとふり向き、正体不明の物音がしてくる暗い機内を見つめた。不気味な歌声に、頭の毛が逆立《さかだ》つ。風のいたずら? 機体に穴があいているのだろうか? ティモールが機首をぐっと下げると、床《ゆか》をすべってこするような音がして、貨物室で固定されていない貨物が前へすべってきたのがわかった。

「なんだ、おみやげか!」ゆるんだ貨物がコックピットに合流すると、ティモールはいらだたしげに叫《さけ》んだ。「じつにありがたいよ、グローリア」

「あたしじゃありませんってば! きっとあたしたちが見ていないすきに、もぐりこんだんですよ。いらっしゃい、ハインツ!」

本当はここに犬がいてはいけないけれど、グローリアは元気が出た。温かいふわふわした生き物にさわれただけでなく、これでなにがなんでも生きてローズ市に帰らなくてはいけなくなったからだ。「あたしたち、生きて帰らなくちゃ」グローリアは真剣《しんけん》にいった。「たとえうつかりでも、他人の犬を盗《ぬす》むわけにはいかないもの」

ハインツは安心して、残りのフライトをグローリアのひざの上ですごした。その日、運命はハインツにひどいいたずらをしかけてきた。恐《おそ》ろしいことに、空へさらい、鼓膜《こまく》を痛くしたのだ。それでも、犬はその飛行機に乗りこまなくてはならなかった。自分が守るべき人のそばからはなれないことが、ハインツの使命だ。なぜ、ほかの犬ではなく自分がこのふたりを守る犬に選ばれたのかは、ハインツにはわからない。だが、犬の神さまがまちがうことは、まずない。ハインツはただねがった——この使命を果たしたら、クレムを探しに、またはるばるローズ市まで歩くはめになりませんように。

パイロットと乗客は、プレスト市はまだずっと先だというのに、気づくと座席で身を乗りだしていた。街はまだちゃんとあるだろうか？　洪水《こうずい》がついに城壁《じょうへき》を倒《たお》し、水にしずんだ街に死と破滅《はめつ》をもたらしていないだろうか？

やっと見えてくると、街をかこむ巨大《きょだい》なレンガの円の北側が、実際に倒《たお》れかけていた。激しく襲《おそ》いかかる容赦《ようしゃ》ない水の流れで、深いVの形に欠けている。水は通りにどっと流れこみ、店の正面を破壊《はかい》し、車を浮《う》かせ、壊《こわ》れた物やごみ、動物の死体を街灯柱にひっかけていく。街に押《お》し入ってきた川は、丘《おか》をくだって低い地区へ流れこむ。街の工業の中心地は、深い運河の迷路と化した。工場は洪水《こうずい》で腰《こし》の高さまで来る水につかり、ポンプからのびるパイプはもはやぴくりとも動かず、水の底で巨大《きょだい》なイカのように横たわっている。城壁《じょうへき》の崩壊《ほうかい》で、機械を守ろうというあらゆる努力も、ついに打ちくだかれてしまったにちがいない。工場の大きな建物は、いまや深い水から顔をのぞかせている状態だ——だが少なくとも、まだ建っている。煙突《えんとつ》はまだ、空高くそびえている。

「マイルドはタンクに半分だけの燃料で、ぼくをダムへ飛行させた。だから、ぼくのことは死んだと思っているはずだ。ぼくの死こそ、彼《かれ》の望んでいることだろ？　空軍の友人たちは、マイルドにぼくを射殺しろといわれたら、そうするのかな。友情はまだむだではないと思いたい」

「でも、マイルドは飛行機を撃《う》ちはしないでしょ？」グローリアが期待をこめていう。「街の上空では撃たないはずです！　だって、地上にいる人たちが死んじゃうかもしれないもの！」

「だから？　食べさせなきゃならない口がへるじゃないか」

「元気出して、だんなさま！　母さんがよくいってました。『弱気な人は手が冷たい……』じゃなくて……『弱気な人はけっして……』なにか弱気にまつわることなんですけど」

「弱気はなんの役にも立たない、とか？」

「『弱気な人が美人を得たためしはない』——これです！」

「美人はいま、最優先事項《じこう》じゃない。いいから、どこか着陸できる場所を探してくれ！」

第五工場（鋳物《いもの》）の屋根は、人でいっぱいだった。

屋上のハッチから、平らなコンクリートの屋根の上に出てきたにちがいない。すすけたコンクリートの上は、労働者にうめつくされている。すわっている者、立っている者、丸くなって眠《ねむ》ろうとしている者、そわそわと歩きまわっている者。人々がポンプを止めることを選んだか、洪水《こうずい》がついに機械をのみこんで彼《かれ》らを上へ追いやったかのどちらかだろう。

爆撃機《ばくげきき》が接近してくるのを見ると、人々は悲鳴を上げ、逃《に》げ道を探してきよろきよろしはじめた。稲光《いなびかり》におびえる牛のように、格納庫へ突進《とっしん》しようとしたり、屋根の縁《ふち》から飛びおりようとしたりする。

ティモールは全身の力をふりしぼって操縦桿《そうじゅうかん》を引き、機首を上げた。ＡＡＦ64爆撃機《ばくげきき》はなんとかふたたび高度を上げる。ハインツはグローリアのひざの上で立ち上がり、危ないというように、あるいは気持ちが悪くなったとうったえるように、クーンと鳴く。

「公園！　公園を使ってください！」グローリアはけたたましいエンジンに負けない声で叫《さけ》んだ。

「水が多すぎる！」

「じゃあ、べつの工場？」

といっても、工場の屋根はどれも、水につかった通りにかこまれて身動きのとれなくなった労働者でいっぱいだ。

「エイト島！」ティモールがいった。「飛行を習っていたころ、あそこでタッチアンドゴーの練習をしていた。あの島は固い砂州《さす》なんだ。少なくとも、当時はそうだった……」

もはや、当時とはちがっていた。

三十分後、ふたりが下を見ると、エイト島があるはずの場所に固い砂州《さす》は見当たらなかった。みにくいばら積み貨物船の姿もない。グローリアは心臓が止まりそうになった。「船はどこ？　子どもたちはどこにいるの？　ていうか、島はどこなの？」

ティモールはもう一度地図を確認したが、場所はまちがっていなかった。洪水《こうずい》がエイト島をすっかりのみこんでしまったのだ。

第三十九章 鐘楼《しょうろう》

ローズ市

犬が見つからないクレム少年は、足跡《あしあと》をたどって方眼地図13／78のマス目までひき返していった。そのとちゅう、みんなに「ぼくの犬、見なかった？　ハインツを見なかった？」とたずねる。こっちのほうが、知らない人たちを砂漠《さばく》に避難《ひなん》させるより緊急事態《きんきゅうじたい》に思えた。「ぼくの犬、見なかった？　三色の毛なみの雑種なんだけど」クレムが声をかけた人のほとんどはハインツのことを知っていたが、この二、三時間のうちにハインツを見かけた人はいなかった。

クレムはいつのまにかグローリアの家族の前に来ていたけれど、グローリアの指示をうまく伝える方法は思いつかなかった——犬のことが心配で、それどころじゃない。「グローリアが、砂漠《さばく》に避難《ひなん》してくださいっていってる。もうすぐダムが爆破《ばくは》されるんだって。周囲の人たちにも避難するようにいってください。なるべく早く」

そんなことをいわれても。グローリアの家族は、とまどった顔でクレムを見た。このやせっぽちの少年は恐《おそ》ろしい知らせをぶちまけたうえに、娘《むすめ》の名前を使ったのだ。「グローリアはここにいるの？　うちのグローリアを見たのかい？」

「うん。もう行っちゃったよ。ほんと、すごい女の子だね。飛行機が墜落《ついらく》したとき、鼻の骨を折っちゃったみたいだから、会ってもグローリアだってわからないかもしれない。グローリアはずっとスプリーマのふりをしてるんだよ、知ってた？　とにかく、グローリアから、早く町を出てと伝えるようにいわれたんだ。ほかの人たちにも知らせてって。だから、伝えに来たんだよ」そういうと、クレムはまた犬探しにもどった。

驚《おどろ》いたことに、グローリアの母親が追いかけてきた。母親は少年を押《お》し倒《たお》して地面に押さえつけると、麺棒《めんぼう》で生地《きじ》をたたくように「うちの娘《むすめ》はどこ！」と質問をたたきつけてきた。グローリアが家族につらい思いをさせるといっていたけれど、そのとおりだった――クレムがやっと逃《に》げ出したときには、彼《かれ》らはすっかりうろたえていた。おまけに、ハインツ探しに使えたはずの貴重な時間をむだにしてしまった。

クレムはパイロットのハンモックまで行ってみたが、年配の人が眠《ねむ》っていた。そこで、ネズミの集まるごみ捨て場へ行ってみた。もしかしたら、ハインツはネズミをつかまえているかもしれない。避難者《ひなんしゃ》リストのところにも行ってみた。毎日、ハインツといっしょに見に行っていた場所だ。いつのまにかHの欄《らん》でハインツの名前を探してしまい、クレムは自分がちょっとおかしくなっていることに気づいた。

もし、ぼくもグローリアの飛行機に乗せてもらっていたら、空から簡単にハインツを見つけられたかもしれない。代わりに、クレムは自分でも行ける町でいちばん高いところへ向かった――中央市場広場にあるピンクの鐘楼《しょうろう》だ。

鐘楼《しょうろう》の鐘《かね》が鳴っている――リン、ゴン、リン――なんてやかましい音。音が重なりあって、うるさいなんてものじゃない。おかげでなにも考えられない。鐘楼の階段を半分ほどのぼったところで、クレムはぴたりと足を止めた。

外から自分を見ている気がした。らせん階段にいる少年は、爆弾《ばくだん》でこっぱみじんに吹《ふ》きとばされていたかもしれないし、鹿の死体にひっかかっておぼれていたかもしれないし、川の土手が決壊《けっかい》したときに流されていたかもしれないし、川にいるワニに食われていたかもしれないし、黒い泥《どろ》にしずんでいたかもしれないし、うつ伏《ぶ》せでウナギに半分食われた状態で見つかっていたかもしれない……。頭に次々と浮《う》かぶ光景に、少年はどのくらい時間がすぎたのかも、外でなにが起きているのかも、まったくわからなかった。

階段のとちゅうでぼうっと立ちつくしていた時間は、数分だったかもしれない。

あるいは、数時間。

もしくは、数日。

第四十章 アッピス　プレスト市

運転手のアッピスはＡＡＦ67爆撃機《ばくげきき》の操縦席《そうじゅうせき》にすわり、航空機格納庫の外で、むすっとしていた。ビッグロック・ダムの爆破を命じられたことに、憤慨《ふんがい》しているのだ。彼《かれ》はアフェイリア情報局に勤めて十年になる――飛行機を飛ばしたければ、情報局ではなく空軍に入っていただろう。確かに、この任務をぜったいになしとげられると信頼できる人物は、プレスト市で彼しかいない――〝アッピスにまかせろ、彼ならやってのける〟。

離陸《りりく》は恐《おそ》ろしいものだ。アッピスはいくらか気分がよくなってきた。極度の危険や暴力に直面したときに起こる、胃の上部からアドレナリンがどっとわいてくる感覚を楽しむ。プレスト市はどんどん遠く小さくなっていき、ついには壊《こわ》れたおもちゃのお城にしか見えなくなった。彼《かれ》は自分の人生すべてを、あの城壁《じょうへき》にかこまれた小さな街とそこを牛耳《ぎゅうじ》る人々にささげてきた。

「車をまわしてくれ、アッピス」

「気象局の連中を始末しろ、アッピス」

「動物園の動物を食肉にしろ、アッピス」

「新聞社の女を殺せ、アッピス」

「ダムをふっとばせ……」

アッピスは北へ飛んだ。頭のなかに、いろんな光景があふれる——爆発《ばくはつ》、くずれるダム、ピンク色の町にどっと流れこむ水。肉のようなピンク色。ひとつのプロペラが一瞬《いっしゅん》、水平になった——それとも、目の錯覚《さっかく》だろうか。

下を向くと、ＡＡＦ33の残《ざん》がいが見えた。最初に送りこまれた爆撃機《ばくげきき》で、翼《つばさ》が木にひっかかっている。雹《ひょう》か、雷《かみなり》か、エンジンの故障で墜落《ついらく》したにちがいない。アドレナリンで、アッピスの体がまた熱くなる——恐怖《きょうふ》は人を奮《ふる》いたたせる。アッピスは恐怖が好きだった。とはいえ、もし撃《う》ち落とされたら——ティモールはきっと撃墜《げきつい》されたのだろう——それは志願したからだろうか？　いいや。

いいや。アッピスはただ命令に従っているだけだ。生まれてこのかた、ずっと他人の汚《きたな》い仕事をうけおってきた。もし、今回だけ、従わないことを選んだら？

そのとき、見えてきた。ビッグロック・ダムだ——そのとたん、ブランデーよりも強いアドレナリンが体を駆《か》けめぐる！　プロペラがまた回転しそこなった。アッピスは顔をしかめた。燃料計を見ると、針はまだ〈満タン〉を指している。アッピスは目盛り盤《ばん》をたたいた。針がすうっと下がって〈空《から》〉を指す。この飛行機には、半分の燃料しか入っていなかったのだ。

任務を実行するには、じゅうぶんな量だ。だが、帰るには足りない。

そのとき、アドレナリンがどっとわいてきた。あふれた川のように、アッピスの全身を勢いよく流れる。心臓が飛び出しそうになり、目の前が虹色《にじいろ》に輝《かがや》き、肺がふくらんで、腹がぞくぞくして、手のひらに汗《あせ》がにじむ。決断する時間はわずかしかないが、彼《かれ》の反射神経は電光石火《でんこうせっか》だ。馬鹿《ばか》ばかしい。決断することなどなにもない。これまでずっと、命令に従って生きてきた

——ほかにどうしろというのか？　ほかにできることがあるか？　ない。ない。なにもない。

エンジンは完全に停止したが、まだ任務をなしとげることはできる！　それが、彼《かれ》の誇《ほこ》りだ

——〝アッピスにまかせろ、彼ならやってのける〟。彼のモットーだ。アドレナリンが心臓に流れこみ、さらに脳へと、噴火《ふんか》する火山のマグマのように勢いよく上がっていく。彼はダムの壁《かべ》をつくる一枚のコンクリート板にねらいをつけた。ダムのてっぺんと水面のあいだへ、まっすぐ突《つ》っこんでいく。大声でアフェイリアの国歌をうたいながら。

第四十一章 ❖ 水、水、水

ローズ市

鐘楼《しょうろう》の階段に立っていたクレム少年は、鐘《かね》が鳴りやんでいることに気づいた。まわりを見まわす。階段の壁《かべ》をつくるレンガには、どれも細かい赤い模様が描《えが》かれていて、まるで巨人《きょじん》の腹のなかで消化されている気分になる。階段の少年は、まだ完全にひとりぼっちだった――家族はなく、親類もなく、犬もいない。犬のハインツにまで、捨てられてしまった。少年はもくもくと階段をのぼっていく。世のなかのだれもかれもがうらやましくてたまらない――グローリア、ティモール、あの馬……。鐘楼のてっぺんにたどりつくと、激しい風が鐘をゆらしていた。さらに、遠くから飛行機の低いうなりも聞こえてくる……。

ダムのほうを見ると、爆発《ばくはつ》がかろうじて見えた。黒い煙《けむり》の柱が上がり、煙のなかから爆撃機《ばくげきき》の水平尾翼《すいへいびよく》が飛んできた。水平尾翼は回転してダムの縁《ふち》をこえ、峡谷《きょうこく》へ落ちていく。そして二回目の爆発。焼け落ちたティモールの爆撃機が残していった爆弾《ばくだん》に、水平尾翼が当たったにちがいない。クレムがティモールを助け出すときに立っていた、あの爆弾に。

アッピスの爆撃機《ばくげきき》が突《つ》っこんだ衝撃《しょうげき》（と翼《つばさ》の下に搭載《とうさい》された二発の爆弾《ばくだん》）は、任務を果たすのにじゅうぶんだったろう。二回目の爆発のあと――ティモールの爆弾が爆発したあと――

装飾《そうしょく》をほどこされた石造りの建造物に、稲妻《いなずま》のような黒い模様が入りだした。ダム全体が街のほうへ一歩ふみだし、足がかりを失って前につんのめる。そして、ゆっくりゆっくりとうつぶせに倒《たお》れていった。ダムの後ろからあらわれたのは、茶色のモンスター。ぬれてすべる体は活力にあふれ、激しい怒《いか》りで口から泡《あわ》をふいている。二機の爆撃機《ばくげきき》のちっぽけな残《ざん》がいは、モンスターの手に握《にぎ》りつぶされた。

ビッグロック・ダムが倒《たお》れると、フルカ川は暴れ馬に引き裂《さ》かれる人間のように、まっぷたつに裂かれた。半分は峡谷《きょうこく》を流れてローズ市へ向かう。川は千枚のアフェイリア国旗をまとい、手押《てお》し車や鉢《はち》植えやテントを略奪《りゃくだつ》していく。通りに強引に流れこみ、窓枠《まどわく》から窓をもぎとる。柱は根本から折れ、塔《とう》は倒れ、メイポール（五月初めに春のおとずれを祝って立てる花などで飾《かざ》った柱）は引っこぬかれた。建物の壁《かべ》はピンクの砂糖がけのように溶《と》けて消えた。

法廷《ほうてい》のフレスコ画に描《えが》かれた神々は、流れてくる水が木のベンチやテーブルをはねとばすのを見つめていた。やがて壁画《へきが》は神々の美しい眉《まゆ》のところまで、はるばるラチャ山脈から流れてきた雪どけ水につかった。

ほこりっぽい街で、洪水《こうずい》からまぬかれた通りはひとつもなかった。水が百万トン、さらにまた百万トンと押《お》しよせて、丹精《たんせい》こめた庭やブドウ園、トタン製の物置き、かつては肥沃《ひよく》な農地だった耕作地を荒《あ》らしていく。水は激しくあばれ、なにもかも破壊《はかい》しながらつき進み、ローズ市をこえて、昔の川より三倍も広く地面をけずっていった。そこには、街の施設《しせつ》や家々からうばった戦利品が浮《う》かんでいた。

第四十二章 ❖ 海岸

エイト島の南を飛行する機内

　エイト島をあとにして、ティモールとグローリアは南へ進路をとり、〈ニコロデオン号〉を探して川に目を走らせていた。川から顔を出しているはずのエイト島は消えていたが、船まで消えるはずはない。

　くたくたになる作業だ。太陽が川に反射して、まぶしさに頭がずきずきする。船と五百人の子どもたちは、いったいどうしたのだろう？　グローリアは一度、しずんでいる大きな物体に川の水がぶつかっているところを見つけたと思った。けれどティモールに、満潮でさかのぼってくる海水と川の水がぶつかっているだけだといわれた。もう遠くに海が見えているというのに、〝浮《う》かぶホテル〟とそこに積みこまれた子どもたちの形跡《けいせき》は、どこにもない。ティモールは燃料計を確認した。「これ以上飛行したら、プレストに帰れなくなる」それでも、どうしても捜索《そうさく》をやめられない。

　そのとき、ふたりは目にした。

　空から見ると、それはひっくり返った小さなスクーナー（二本マストの縦帆《じゅうはん》の帆船《はんせん》）のようだった。ところが近づいてみると、鉱石運搬船《うんぱんせん》がほとんど逆《さか》さまになっているのだとわかった。生きている人の気配はない。

だまりこんで、ティモールとグローリアは飛行機から生存者を探した。あるいは、死体を。

フルカ川の本流は、海まで怒濤《どとう》のように流れている。大きな貨物船が行き来できるだけの深さもある。だがその西側には、もっと浅い支流が巨大《きょだい》な木の根のようにのびていて、黄色い砂丘《きゅう》が東西に広がっていた。川の東にある金色の海岸線にそって、数百人の子どもたちが駆《か》けっこしたり、砂をほったり、落ちているものをあさったり、けんかしたり……手をふったりしている。

〝たすけて〟の文字が砂地をほって書かれていた。そのまわりには、かぞえきれないほどの名前――ジョン、レム、マリ、ディズ……。大きな白い犬もいて、子どもたちのグループからグループへ、遊びから遊びへと駆《か》けまわり、おもにみんなのじゃまをしている。

ティモールとグローリアは、ハマカンザシの咲《さ》く砂丘《さきゅう》に着陸した。


グローリアは最初、コヴェット議員だとわからなかった。見なれたぽっちゃりした顔は、しぼんで、やつれ、頭《ず》がい骨《こつ》の形がわかるほどになっていたのだ。三十歳《さいふ》老けたように見える。洗練されたスーツは水にぬれて染《し》みができ、砂がこびりついている。ネクタイはベルト代わりにズボンを留めている。コヴェットのほうも、ふたりがだれだかわからなかったけれど、彼《かれ》の目には救い主に見えた。

がくがくと震《ふる》える手で、コヴェットはあちこちを指さす――砂丘《さきゅう》のあいだにある子どもたちが眠《ねむ》る場所、女の子が体を洗う場所、男の子が洗う場所。コヴェットが開いた競技会と、彼《かれ》が審判《しんぱん》に指名した子どもたち。彼はトネリコの一種を見せてくれた。トネリコの枝はすばらしい釣《つ》りざおになるし、昼間に枝を集めて山にしておけば、夜はたき火にして魚を料理したり、みんなで暖まったりできるという。コヴェットはまるで庭につくった隠《かく》れ家《が》を自慢《じまん》する子どものように、グローリアたちの手首をつかんで海岸ぞいを引っぱっていき、ときどき足を止めては、すれちがう子どもに名前で呼びかけようとした――「きみはブレイン？　モーリー？　ラシールかな？」よくまちがえたけれど、子どもたちは楽しそうに笑うだけで、近くの子どもたちも自分の名前を当ててみてとコヴェットに声を張り上げる。

「すばらしい子どもたちだよ――じつに優秀《ゆうしゅう》だ！　なかには料理ができる子もいる。釣《つ》り糸の結び方やなんかにくわしい子もいる。もちろん、デイジーがいなかったら、わたしひとりではどうにもならなかった。デイジーは驚《おどろ》くべき犬だよ。保育士にもなれば、牧羊犬にもなり、母親にもなる……。デイジーなら火星でも食べ物を見つけられるさ、断言してもいい！　食べ物をかぎつける天才的な鼻の持ち主だ！　サビタバケツが船《ふな》べりから転落したあと、わたしは船の安定をたもった――本当だとも！　砂州《さす》に触《ふ》れて――かすっただけだろうがね――初めて、わたしたちも船べりから落ちてしまったんだ。五秒後、あれは消えていた。彼女だ、彼女《かのじょ》は消えていた。船の代名詞は彼女だからな、知っているかね？　サビタバケツも消えた。彼《かれ》の本名を調べねば」

　ほかの子どもたちは亡《な》くなってしまったにちがいない。その子たちの遺体は河口の底で、液状化したニッケル鉱石にうまっているはずだ。けれど、コヴェットはその子たちのことには触《ふ》れず、ティモールも聞かなかった――まるで、想像を絶することはこの海辺の生活から消し去るという暗黙《あんもく》の決まりがあるかのようだった。そのうち、もっとあとになれば、たぶん……。

それでも、船の転覆《てんぷく》以降は、子どもたちはだれひとり亡《な》くなっていない。内務大臣のコヴェットが子どもたちに腰《こし》まである水のなかを歩かせ、フルカ川の河口からアウトフォール海岸にたどりついてからは、ひとりも亡くなっていなかった。いまでは、子どもたちは遊んだり、魚釣《つ》りをしたり、砂浜《すなはま》で文字の練習をしたり、コヴェットから戦時中の歌を教わったり、お返しに彼《かれ》にキャンプファイヤーの歌を教えてあげたりしている。毎朝、みんなでアフェイリアの国歌をうたった。さいわい、天気はおだやかになり、子どもたちはみんな茶色く日に焼けていた（ただ汚《よご》れているだけ、かもしれないけれど）。

コヴェットは頭の片隅《かたすみ》で、秘書のマイルドをこらしめる恐《おそ》ろしい方法を考えていた。「われわれが帰ったときには……帰ったときには……。それに、あのイカれたスプリーマめ！」（グローリアは抗議《こうぎ》しようと口を開け、すんでのところで、もうスプリーマではないことを思い出した）「あいつらは手を組んでいたにちがいない！　ふたり組の悪党め！　銃殺刑《じゅうさつけい》にしてやる！　ところであんた」コヴェットはとつぜん、いった。「あの男にそっくりだな。スプリーマのいいなりになっている男。彼女《かのじょ》の夫に。あんたはだれだね？」

「ああ、ただの空軍兵士です、議員」ティモールは答えた。「あなたを探しに来たんです」そして、コヴェットの関心をふたたび子どもたちに向ける。「子どもたちのなかに、モールス信号を知っている子はいますか？」

ガールスカウトの制服を着た少女がさっとティモールの前に立ち、まかせてくれというように胸をたたいた。「知ってます！」

「ＳＯＳと発信できるかい？」

「簡単です！」

「非常用ミラーを使えるかい？」

「使い方を教えてもらえれば」少女は一瞬《いっしゅん》迷っただけで、きっぱりいった。

ティモールは爆撃機《ばくげきき》の非常用キットを持ってきて、ミラーの使い方を教えはじめた。彼《かれ》の授業は三人から八十三人に増え、さらに多くの子どもたちが集まってきた。グローリアはそのようすをいとおしそうにながめながら、ティモールの厳しい教え方や、完ぺきへのこだわりに腹を立てていたことを思い出していた。彼にスプリーマそっくりの母音《ぼいん》の発音や、サインの書き方を教えこまれたのは、はるか昔のことに思える。

「ぼくはもどって、きみたちのお父さんお母さんに、きみたちのいどころを教えなくちゃならない」ティモールは子どもたちに話した。「水平線に船が見えるたびに、ＳＯＳの信号を送るんだ。ＳＯＳに答えない船はいない。漁船でも、郵便船でも。わかったかい？　全員を家まで……あるいは、とにかくここよりマシな場所へ運ぶには、四隻《せき》か五隻の船が必要だ。コヴェット議員、洪水《こうずい》が収まって、また船が上流へ行けるようになったら、船長たちに約束してやってください。プレストへ行ってくれれば、大金を出すと……」

グローリアはそっとその場をはなれ、犬を探しに行った。

ゴールデンレトリーバーのデイジーは、ギンガムチェックのワンピースを着た少女のことが、すぐにはだれだかわからなかった。犬はすっかり子どもたちに慣れていた。子どもたちは突進《とっしん》してきたり、抱《だ》きついてかん高い声でおしゃべりしたがったりするうえに、いっぺんにいろんなことをする。というわけで、グローリアに抱きしめられたデイジーは、もがいて抜《ぬ》けだし、海岸をとことこ走っていった。そこでようやく頭のなかの雲が晴れ、太陽の光が心臓、肺、肝《かん》臓《ぞう》へと痛いほど流れこみ、しっぽがぴんとなった。犬はふり向いて、少女を見た。もどっていって、においをかぐ。それから、大きなうるんだ目で問いかける——いままで、どこにいたの？　そして砂浜《すなはま》に転がって、脚《あし》を前後にのばした。

雑種犬のハインツが松ぼっくり拾いゲームからはなれ、ティモールとグローリアのところに駆《か》けもどってくると、デイジーのとなりにごろんと仰向《あおむ》けになった。デイジーは頭を起こしてこの新参者《しんざんもの》を見た。けれど、ハインツにこちらののどを食いやぶる気はないらしいとわかると、また頭のてっぺんを砂の上にあずけ、半分目を閉じた。

世界も仰向《あおむ》けに転がって、おなかをなでてもらうのを幸せそうに待っているようだった。

その後、デイジーはハインツを連れて、この雑種犬が初めて目にする黄色い砂浜《すなはま》のなわばりを案内した。砂丘《さきゅう》では、ビーチグラスの茂《しげ》みにヤマウズラが隠《かく》れていた。二匹《ひき》の鼻の下からヤマウズラのつがいが飛びたつと、デイジーはいつのまにかそのうちの一羽をくわえていて、面《めん》食《く》らっていた。ハインツはゴールデンレトリーバーがとどめを刺《さ》すのを待ったが、デイジーはやさしくヤマウズラをくわえたまま、とことこ走っていく。ハインツももう一羽をつかまえ、デイジーが見ている前でヤマウズラを腹の下に押《お》しこみ、体重をかけてとどめを刺した。デイジーはまねしてみたものの、どうしても卵を温める雌鶏《めんどり》のようになってしまう。デイジーが立ち上がると、ヤマウズラはなにごともなかったかのように飛んでいった。ヤマウズラまで、デイジーのことを〝まぬけ〟という目で見た。

つぎに、デイジーはハインツに海を見せた。半分は風景で、半分は突進《とっしん》してくる獣《けもの》のようだ。幾重《いくえ》にもつらなる冷たい波が向かってくるのもかまわず、デイジーはまっすぐ海に入っていくと、とくになにをするでもなく、その場にたたずんだ。次々に打ちよせる波が、犬にぶつかってはくだける。ハインツもまねしようとしたが、あまりにもびっくりして、そそくさと砂浜《すなはま》にもどった。ゴールデンレトリーバーが体をゆすって水をふりはらうと、ハインツはこんな神々《こうごう》しい光景を見るのは、クレム少年が玄関《げんかん》ポーチに回転花火をくりつけて火をつけたとき以来だと思った。


もうすぐ日がしずむ。ティモールは海岸から離陸《りりく》しようと急いだが、犬たちを見つけるのに時間がかかってしまった。二匹《ひき》が見つかると、グローリアはデイジーを飛行機で連れて帰ろうと必死になった。

ところが、コヴェット議員が驚《おどろ》いて反対する。「だめだ！　デイジーをあの意地悪女に返すなんて、もってのほかだ！」混乱とショックで、さらにつけたす。「そんなことは許さん！デイジーにはここにいてもらわなくちゃ、こまる！　じつにたよりになる犬なんだ！　デイジーがいないと……わたしひとりでやらねばならなくなる」

その言葉に、グローリアはぞっとした。リード（といっても、コヴェットのズボンのベルトだ）をデイジーの首輪につなぎ、コヴェットの手に押《お》しつけた。「じゃあ、デイジーのお世話をおねがいします。船が来たら、かならずデイジーを連れて帰ってきてください。早く帰れることを祈《いの》っています」

二十人の小さい子どもたちは、ハインツも手に入れたようだった。

飛行機のドアのところで、コヴェットがグローリアの手首をつかんだ。彼《かれ》の髪《かみ》はほとんどまっすぐに立っている。まるで、ちょうど電線をふんでしまったかのようだ。

「われわれには、こうする以外、どうしようもなかったんだ！　わかるよな？」コヴェットは必死にうったえた。「とてつもない災害だった、そうだろ！　われわれはなんというべきだったんだ？『いったい、どうなってるんだ？　みんな死ぬぞ！』か？　ちがう！　われわれは人々を、進むべき方向へうながしつづけた。人々を常に忙《いそが》しくさせておくべきだと考えたのだ。彼《かれ》らにずっとポンプを操作させておこう！　つまり、われわれは全員、同じことを考えていたのだ。『ここから出してくれ。飢《う》えさせないでくれ！　洪水《こうずい》に流されるのはごめんだ！』しかし、そんなことをいってなんになる？　だからわれわれは、ふだんどおりの生活をつづけたのだ。状況《じょうきょう》を把握《はあく》して、街を取りしきった。そういうふりをした。やっぱり、工場を閉めるわけにはいかなかったよな？　工場なしで、やっていけるか？　おまえにわかるか？　わかるやつなど、いるか？　世界へカトラリーを供給する、それがわれわれだ！　そうやって金をかせぐ。彼女《かのじょ》がいっていた……スプリーマが『何事も、けっきょくはお金なのよ』といっていた。肝心《かんじん》なのは、川がこんなふうになるとは思いもしていなかったこと……そこへ、この災害が起こったということなんだ。わかるか？」

ティモールはグローリアの腕《うで》から、コヴェットの手を力ずくで引きはなさなくてはならなかった。なんとか成功した結果、お別れの前にコヴェットと握手《あくしゅ》したがっているようなかっこうになってしまった。「通りかかった船を呼びよせるんです。そして、この調子でがんばってください。では、プレストでお会いしましょう」

「帰れるだけの燃料はあるんですか？」グローリアは飛行機に乗りこみながら、ティモールにたずねた。

「もしなかったら、ぼくが降りて押《お》していくよ」

雑種犬のハインツは迎《むか》え入れてくれた子どもたちから逃《のが》れ、大ジャンプして飛行機の翼《つばさ》に飛びのると、巣穴にもぐりこむテリア犬のようにコックピットにもぐりこみ、また自分を追いはらおうとするあらゆる手に打ち勝った。ハマカンザシが車輪にひっかかる。でこぼこに固まった砂地のせいで体が座席ではずんだが、燃料の少なくなった飛行機は前より軽い――太陽の下が水平線に触《ふ》れる前に、飛行機はなんとか離陸《りりく》した。

離陸《りりくご》後、ティモールがいった。「きみはいいことをしたね、グローリア。デイジーをコヴェットのところに置いてきてやった」

「でも、デイジーはあたしの犬じゃないんでしょ？」

「いやいや。きみの犬だ。この馬鹿《ばか》げたメロドラマの終幕までたどりつけたら、デイジーは完全にきみのものだ。約束する」

上空から見下ろすと、川が変化しているのがすぐにわかった。海水がさらに上流へさかのぼっているのは、川の流れが弱くなったからだ。まだ水につかった景色が広がっているけれど、フルカ川の流れは明らかに遅《おそ》くなっていた。何ヵ月も、目にも留まらぬ速さで流れる川を見てきたふたりには、ほとんどスローモーションに見える。

「洪水《こうずい》は終わったってことですか？」グローリアはたずねたものの、その本当の理由はわかっていた。ビッグロック・ダムが破壊《はかい》され、川がフルカ川とローズ川に分かれたからだ。「みんな、死んじゃったんですか？　あのやさしい人たちはみんな？」

ティモールは答えず、ただこういった。「プレストまで燃料がもつことを祈《いの》ってくれ。それから、着陸できそうなところを探してくれ。ぼくは一度にひとつのことしか考えられない」

「でも、避難《ひなん》してますよね？」グローリアはすがるようにたずねた。「ローズ市の人たちも、避難してきた人たちも――きっと避難してるはず。そうですよね？　避難しているわ。だんなさまが、ちゃんと話したもの。クレムがみんなに伝えるところだったもの。だから、みんな、おぼれたりしない！　ちゃんと逃《に》げているはず、母さんも、おじいちゃんも……。みんな、逃げてくれてる。あたしの家族はあそこにいたのに、あたしは話してこなかった！　みんなとの再会は、あとにとっておいたんです！　約束してください、あたしの家族は死なないって」

ティモールは計器盤《けいきばん》を慎重《しんちょう》にチェックすると、疲《つか》れをほぐそうとするように親指と人さし指で目頭《めがしら》を押《お》さえた。「約束する」聞こえない声でいう。

「なんですか？」

「約束する。ぜったいだ」

グローリアは心底ほっとして、座席の背にぐったりともたれた。すすりあげていた鼻も、どきどきしていた心臓も、だんだん落ち着いていった。

THE VOICE

ザ・ヴォイス

イン・アトラメント・ノン・エスト・ウェリタス

スプリーマの夫、殺害されたか ビッグロック・ダムでの 勇敢《ゆうかん》な任務中

マダム・スプリーマの夫である、ティモール・フィロタパンタソル大佐が、ローズ市の暴徒によって撃《う》ち落とされたと思われる。大佐はあふれたフルカ川の水をふたつに分けることで、アフェイリア南部の人々の苦しみに終止符《しゅうしふ》を打とうとしていた。

ハンサムな夫と献身的《けんしんてき》な妻が結婚《けっこん》したのは、15年前。ギリシャ系のフィロタパンタソル大佐（40）がプレスト市に来たのは、まだ子どものころだった。彼《かれ》は戦時中、偵察《ていさつ》任務で敵地上空を飛行し、そのすぐれた武勇をたたえられ、アフェイリア十字章を授与《じゅよ》された。

このきわめて悲しい出来事に際し、マダム・スプリーマに心からお悔《く》やみ申し上げる。

緊急事態法《きんきゅうじたいほう》　可決される

議会と産業界のトップ合わせて37名が、汚職《おしょく》・不当利得・反逆行為《こうい》のため、逮捕《たいほ》・投獄《とうごく》されたことにともない、緊急事態法《きんきゅうじたいほう》が発動した。これにより、遅《おく》れることも議論することもなく、スプリーマと副スプリーモのコヴェット卿《きょう》が、速《すみ》やかに合理的かつ有効な決定をすることが可能となる。

第四十三章 ✣ 必要なウソ

プレスト市

ちょうど夕暮れがおとずれるころ、プレスト市が見えてきた。三つの暗い丘《おか》がぼんやりとそびえている——てっぺんヶ丘、アフェイリア空軍の格納庫がある丘、そしてこれ見よがしな連《れん》邦《ぽう》銀行の高級ゴルフ場がある丘。工場の屋根はまだ、どこも人々でいっぱいだ。となると、ゴルフ場に着陸するしかない。フェアウェイはせまいけれど、芝生《しばふ》におおわれていて水はけがいい。そこはすばらしい滑走路《かっそうろ》になった……八番ホールのバンカー以外は。飛行機はそこに突《つ》っこみ、車輪を支える脚柱《きゃくちゅう》が折れてしまった。

燃料計の針は〝空《から》〟を指している。

ふたりは飛行機の残《ざん》がいからなんとか脱出《だっしゅつ》し、街に入った。武器はグローリアの金メッキのカトラリーと、ティモールの戦時中のピストル、そして三毛《みけ》の雑種犬が一匹《ぴき》。

発砲音《はっぽうおん》がした——遠くの音で、ふたりに向けられたものではない。黄色い治安警備隊《ちあんけいびたい》のバンが猛《もう》スピードで走ってきて、歩道に乗り上げながら角を曲がっていったけれど、ふたりを探しているわけではなかった。

「ハインツはここに来ちゃいけなかったのよ」グローリアは犬にいった。

「その犬は、ぼくたちがローズ市まで連れて帰ってくれると思ったのさ……ぼくたちがプレスト市に帰ってきたみたいに。きみがいっていたように、他人の犬を盗《ぬす》むわけにはいかないってことさ……。これからまっすぐ空軍の格納庫へ行く。いいね？　もっと小さい飛行機——今度はちゃんと燃料が入っていて、爆弾《ばくだん》がついていない飛行機——に乗りこんで、ローズ市へ飛ぼう。ぼくたちはここにはいない、いいね？　マイルドはぼくの死をねがっているが、ぼくは彼《かれ》のねがいを聞き入れるつもりはない。ダムが破壊《はかい》されたからには、ここの状況《じょうきょう》はおのずと解決へ向かうだろう。それに、ローズ市から援助《えんじょ》の申し出があることを伝えてもしょうがない。おそらく、マイルドがちょうどローズ市を滅《ほろ》ぼしたところだろうからね」

「そんなことといわないでください！　おねがい！」

「とにかく、いますぐローズ市へもどって、どうなっているか確かめたい」

「でも、だんなさまは船から脱出《だっしゅつ》した子どもたちにいったじゃないですか！『きみたちのお父さんお母さんに、いどころを教える』って。子どもたちになにがあったのか、街の人たちに伝えなきゃ！」

「いいや。そんなことをするわけにはいかない……」ティモールの声がとぎれた。新聞社の明かりのついた窓が視界に入ってきたのだ。それを見て、彼《かれ》はぴたりと足を止めた。ここがマイルドの隠《かく》れ家《が》だ。そうにちがいない。彼は〈ザ・ヴォイス〉を使って、山ほどの悪事を働いてきたのだ。

「わかりません！　どうして、街の人たちに伝えられないんですか？　そんなの、おかしいです！　せめて、スプーン工場へ行って、そこの人たちに教えてあげたい！」

ところが、ティモールは聞いていない。「彼《かれ》はあそこにいる。におうぞ、におうぞ」そしてホルスターをはずした。

奇妙《きみょう》なことに、新聞社の入り口に警備員《けいびいん》はいなかった。たぶん、マイルドはもう安全だと思っているのだろう。ライバルは全員、死んだか刑務所《けいむしょ》に入っている。ふたりは人のいない受け付けロビーを横ぎり、両開きのドアを押《お》して入っていくと、話し声をたどって編集長室へ向かった。

「犬を見ていてくれ、グローリア。ここから動くな」ティモールは編集長室へ近づいていく。背中を廊下《ろうか》の壁《かべ》に押《お》しつけて横へじりじりと進み、ドアのすりガラスから自分の影《かげ》が見えないようにする。


編集長室のなかでは、マイルドがショーに出す女の子のオーディションをしているようだった。衣装を見れば、その役が〝マダム・スプリーマ〟であることは明らかだ。女の子たちは全員、身長も髪《かみ》の色も本人そっくり。みんながくちびるにぬった真っ赤な口紅が、机の上に置いてある。電気スタンドの傘《かさ》を頭にかぶった少女が、室内をせいいっぱい優雅《ゆうが》に歩きながら、まるでチューインガムでも噛《か》んでいるかのように、声を出さずに口をぱくぱくさせている。ティモールが入っていくと、少女はつづけていいのか、やめるべきなのかわからず、もじもじした。

マイルドは完全な無表情。手をひとふりして、電気スタンドの傘《かさ》をかぶった少女を下がらせた。「ここに集まったおじょうさんがたは、全員、アフエイリアの愛国的な劇に参加して、みんなの大好きなスプリーマを演じたがっています。そうですよね、みなさん？　外でお待ちくださいところが、少女たちは新しく入ってきた人物——破れて血のついた革のコートを着ている男——に目が釘《くぎ》づけで、聞いていない。「外で待つように、といったんです」そこで（マイルドが満足げなうなり声より大きい声を出すのを聞いたことがなかった）少女たちは、ドアへすっ飛んでいき、いっせいに廊下《ろうか》へ出ていった。

「おやおや、ティミーじゃありませんか！　てっきり死んだものと思っていました。実際、新聞にりっぱな死亡記事を掲載《けいさい》したんですよ。読みましたか？　失礼ですが、まるで階段のかなり上から投げ飛ばされたみたいに見えますよ」

ティモールはそんな言葉など無視した。「これですべて水の泡《あわ》だな、マイルド？　陰謀《いんぼう》も。フェイクニュースも。殺人も。誘拐《ゆうかい》も。すべては、工場の機械をぬらさないためだった。それがすべて水の泡だ。機械はみんな、水につかった」

マイルドは首をのけぞらせ、げらげらと笑った。「まるで子どもですね、ティミー。すべて水の泡《あわ》？」そして自分のなしとげたことを、指折りかぞえだした。「わたしは緊急事態《きんきゅうじたい》をつくりだし、弁護士と裁判官を投獄《とうごく》して法制度を破壊《はかい》し、すべての銀行の資産を没収《ぼっしゅう》して、銀行家たちを投獄しました。平時に国内のほかの市を爆撃《ばくげき》するという案に対し、市民全員に賛成票を投じさせ、それによって、ほぼほぼこの街を救ったのです。あなたにもわかるように簡単にいえば、わたしがしたのはこういうことです。

・あらゆるものとあらゆる人をコントロールした
・法制度をのっとり、法律を書きかえた
・すべての金を自分のふところに入れた
・しかも、自分の手を汚《よご》さずに

プレスト市はすべて、わたしのものです――事実上、このすばらしい国すべてが！　むろん、モグダには失望させられました。彼女《かのじょ》はもっと図太くあるべきでした。雨が一ヵ月つづき、街が城門を閉じることになりそうだったとき、わたしたちはこっそり計画を立てたのです。われわれの生き残り計画を――その名も〝災害で金もうけ〟。ところがその後、モグダは怖気《おじけ》づいて逃《に》げだしてしまったでしょう？　というわけで、わたしひとりでやらなくてはなりませんでした。ちなみに、わたしたちは非常に親密な関係だったんですよ、あなたの奥《おく》さまとわたしは。昼も夜も。じつに甘く、親密な関係でした」

拷問者《ごうもんしゃ》が拷問の手を止めて刃物《はもの》をとぐように、マイルドは言葉を切って、ティモールをどれくらい苦しめられたか観察した。ところが、まったく動じない視線が返ってきただけだった。マイルドは肩《かた》をすくめた。「工場の機械については、修理できます。いずれ工場を再稼働《さいかどう》させます。〝自分や家族を飢《う》え死にさせたくなければ、機械を直せ〟――どんなエンジニアも奮《ふる》いたたせるスローガンだと思いませんか？　わたしはこの難局をうまく乗りきったわけですよ、ティミー！　そしてわたしがコヴェットを呼びもどすときは、彼に責任を負わせるときです。彼《かれ》には、わたしの身代わりになってもらいます。怒《おこ》った群衆にぼこぼこにされるのは、コヴェット。エイト島からガキどもを救いだすのは、わたし。感謝に沸《わ》くプレスト市から愛と称賛《しょうさん》を浴びるのは、このわたしです。これでも、水の泡《あわ》だったといえますか？」

ティモールはあきれて天井《てんじょう》をあおぎ、肩《かた》の力を抜《ぬ》いた。「じゃあ、聞いていないんだな？」

「聞いていないとは？」

「エイト島はない。洪水《こうずい》にのみこまれた」

「なんですと?」

「船は下流へ流され、そこで転覆《てんぷく》して、コヴェットと小さな子どもたち全員を乗せたまましずんだんだ。ぼくは船の残《ざん》がいを見た」

秘書のひとりよがりのとりすました仮面がはがれた。彼《かれ》はもたもたと机の引き出しの鍵《かぎ》を開けた。

ティモールはつづける。「おまえのダム爆破《ばくは》計画もまちがいだった。ローズ市のまわりでは、地方から来た四万人の人々がテント生活をしていた——北部からの避難者《ひなんしゃ》だ。おまえはちゃんと偵察機《ていさつき》を送るべきだったんだ。おぼれ死ぬ人々が大勢いたんだぞ、マイルド——もちろん、ローズ市の人々も」

ところが、マイルドは冷静さをとりもどそうとしていた。「わたしではありません、ティミー! コヴェットとプレスト市民です、ダムの爆破《ばくは》を望んだのは彼《かれ》らです。プ、い、い、プレスト市民が爆破に賛成票を投じたんです。当然、わたしはコヴェット議員に爆破しないよう必死におねがいしましたが、彼が聞く耳を持つと思いますか? わたしは自分の手を汚《よご》してはいません……。死んだんですか、あの老いぼれは? ならば、わたしのうったえる真実に、彼が疑問を投げかけることはできませんよね? 自分を弁護することもできないでしょう。死人は法廷《ほうてい》で証人にはなれませんから。いっておきますが、ティミー、わたしに逆《さか》らえるなどと思わないことです」

「それは、ヘカベのアナグラムがなかったらの話よ!」グローリアがドアの外から声を張り上げた。激怒《げきど》するティモールをよそに、グローリアはつかつかと部屋に入り、後ろ手に荒《あら》っぽくドアを閉めると、力強く宣言した。「マ、ン、ガ、ン、は、二、度、い、る、！」

絆創膏《ばんそうこう》を貼《は》った折れた鼻のせいで、せっかくの瞬間《しゅんかん》がだいなしだ。きょとんとしていたマイルドも、やがて彼女《かのじょ》がだれか気づき、まだこの街にいるという事実に気づいた。「ああ！ あなたですか。姿が見当たらなかったので、ティミーといっしょに行ったんだろうとは思っていました。わたしは行っていいといいましたか？ だいたい、あなたはクビにしたはずですよ、ミス・ウィノウ。先ほど見たように、オーディションの最中なんです。もっと……素、直、な女優がいいので。まだ、スプリーマの悪趣味《あくしゅみ》な服を持っていますか？ こちらで必要なのですが」

「マンガンは二、度、い、る、！」グローリアはもう一度いった。

「ほう、そうですか？」マイルドは口元をおおい、ティモールに向かって、抑《おさ》えた声で大げさにいった。「おそらく、狂犬病《きょうけんびょう》だったんでしょう。あの女は殺処分してやったほうが親切というものでした」そこで机の引き出しからピストルを出し、記録簿《きろくぼ》の上に置いた。退屈《たいくつ》でたまらないとでもいうように、マイルドは両足を机に乗せて足首を組んだ。

グローリアは勝ちほこった態度に出た。「ヘカベはあなたに殺される前、新聞にアナグラムをのせていた。そのアナグラムが暗、号、だったのよ！」

「彼女《かのじょ》がだ、れ、に、殺されたですって？」マイルドはわざとらしく驚《おどろ》いて見せる。「ちがう、ちがう。ヘカベ教授を殺したのは、スプリーマのところの運転手ですよ——晩餐会《ばんさんかい》の夜だったと思います。もちろん、いつか新聞に、それがスプリーマの指示だったという記事がのるでしょう。マダムは夫とライトフット教授の不倫《ふりん》関係に嫉妬《しっと》して、そんな指示を出したのです。ええ、そうですとも、世間は下世話《げせわ》なスキャンダルが大好きですから。まあ、いずれそのうち、よいタイミングを見計らってということになるでしょう——マダムを捨てるのにちょうどよいときが来たら。当面は、彼女を完ぺきな悪役にぬりかえるのを楽しむつもりです」マイルドは長い青白い人さし指を空中で大きく動かし、色をぬるまねをした。

「もう、遅《おそ》いわ！」グローリアは興奮でかすかにしゃっくりしながらいった。「さっきのはアナグラムよ。新聞にのってたアナグラム。みんな、すでに読んでるわ！　それで、人々はあなたの秘密に気づいたのよ、マイルド、あなたがずっと裏で糸を引いていたってわかったの！」

グローリアは机の上から口紅をひったくると、口紅で壁《かべ》にこう書いた。

マンガンはにどいる

その下に、書きたす。

マイルドがはんに——

最後まで書けないうちに、口紅がケースからはずれて床《ゆか》に落ちた。「人々は知ってる。みんな、アナグラムを解いたのよ。水が引いたとたん、人々はあなたを追いかけようと思ってる。あなたの首を棒に刺《さ》して、市場でさらし首にしたがってる！　コヴェットの首でも、あたしの首でもない。だって〝マイルドが犯人〟なんだもの！」

マイルドの目が眼窩《がんか》で震《ふる》えた。髪《かみ》も震えている。彼《かれ》はピストルに手をのばしたものの、机の上で組んだ長い脚《あし》がじゃまで、ピストルを机から落としてしまった——そのときには、ティモールがすでに自分のピストルを抜《ぬ》いて発砲《はっぽう》していた。その音に、廊下《ろうか》にいる少女たちから悲鳴が上がる。グローリアは逃《に》げようとしたけれど、ドアハンドルを反対に回してしまい、ドアが開くまで貴重な時間を数秒むだにしてしまった。マイルドは負傷していないことに気づき、かがんで自分のピストルを拾おうと……

三色——黒、白、茶色——のかたまりが、マイルドの頭にぶつかって、彼《かれ》を回転椅子《かいてんいす》から突《つ》きとばし、ひざの上に着地した。マイルドはまだ、なにがぶつかってきたのかすらわかってない。彼の手のひらがピストルの台尻《だいじり》の上で止まる——ただし、それはピストルの台尻などではなかった。

雑種犬のハインツは自分の足を——骨ばっていて、なめらかで、鉤爪《かぎづめ》のある足を——マイルドの手からひっこめ、彼《かれ》の顔のすぐ前で歯をむいた。そのとき、ティモールのピストルがもう一発、発砲《はっぽう》した。


数秒後、ティモールは廊下《ろうか》にいるグローリアに合流し、ピストルを二丁とも持って、ハインツにつまずきそうになっていた。ハインツは彼《かれ》の足首のあいだから逃《に》げだした。ティモールは外から編集長室のドアに鍵《かぎ》をかける。

「マイルドは死んだんですか？」

「彼《かれ》の頭上を撃《う》っただけだ」

「どうして？　まっすぐ撃《う》てないんですか？」

「どうしてだと？　人を殺したくないからだ！　それに、きみには外で犬を見ているようにいったはずだぞ。手伝ってくれ」

ふたりはいっしょに重い金属製の戸だなを編集長室のドアの前まで動かし、マイルドを閉じこめた。いい争いながら作業中、ひょっとしたら、マイルドが体当たりして廊下《ろうか》に飛び出してくるのではないかと思っていた。

「どうしたら、空軍大佐でありながら平和主義者にもなれるんですか?」

「偽善者《ぎぜんしゃ》であればいいんだよ。そっちこそ、どういいわけするんだ? きみは工場の労働者たちを救いたがっていたくせに、料理人の娘を殺したがっていたじゃないか」

「だんなさまだって、ローズ市の人たちがおぼれ死んだなんていうべきじゃなかったと思います。だって、ローズ市の人たちはきっと……」

ティモールがはたと手を止めた。「女の子たちはどこだ?」

「え?」

「オーディションを受けていた女の子たちは、どこへ行った?」

廊下《ろうか》にはだれもいない。

「あたしが助けに入ったときには、みんなここにいました」とグローリア。「きっと銃声《じゅうせい》におびえて、どこかへ行っちゃったんだわ」

「彼女《かのじょ》たちに聞かれた可能性は?」

「銃声《じゅうせい》のことですか?」

「ちがう! 転覆《てんぷく》した船の話だ!」

「あたしは壁《かべ》に耳をくっつけていたから、聞こえましたけど……わかりません。聞かれた可能性はあるかも。みんないっせいに泣きだしたし、あれは銃声《じゅうせい》がひびく前でした」

ティモールが恐《おそ》ろしい声でどなるので、グローリアは後ろに飛びすさり、犬のハインツは後ろ脚《あし》のあいだにしっぽをはさんで凍《こお》りついた。「くそっ! なんとかしないと! あの話を真に受けたまま家に帰すわけにはいかない……」また、いらいらと叫《さけ》ぶ。「しかし、どの工場へ行けばいいんだ！　あの子たちは五つの工場にちらばっている可能性もある！」

「スプーンです。全員、スプーン工場から来てました。あたし、聞いたんです」

「くそっ、グローリア！　祈《いの》るんだな」

「祈《いの》る？」

「ぼくたちはスプーン工場へ行く——そして、あの女の子たちより先に着く。もし先を越されて、さっきの話が人々に伝わってしまったら、やっかいなことになるぞ！」

ふたりは全速力で通りを走った。だまって、足音だけをひびかせて。やがて道路の表面が水で銀色に光り、すべりやすくなってきた。さらに進むと、水しぶきが飛ぶ浅い水たまりに変わり、街でもっとも低いところへ近づいているのがわかった。爆撃機《ばくげきき》の墜落《ついらく》と、怒《おこ》った人々から受けた暴力のせいで、ティモールは走れるような状態ではないはずなのに、グローリアはついていくのに苦労するほどだった。

「あわてなくてもだいじょうぶですってば、だんなさま！　着いたらすぐ、いい知らせを伝えればいいじゃありませんか！」

「だめだ。なにも伝えるつもりはない」ティモールは説明しようとしたが、息が切れて話す余《よ》裕《ゆう》がなく、グローリアも聞く気がなかった。

「いま現在、すべての市民は工場にとどまっている……」

「……洪水《こうずい》のせいですよね、はい」

「ちがう」

「銃撃《じゅうげき》のせいですか？」

「ちがう」

「本当はいないライオンとトラに食べられるのを恐《おそ》れているから！」

「ちがう。自分の子どもたちが……エイト島で……人質《ひとじち》にとられているからだ。そんな目にあっている人々は、どんな行動に出るだろう、もし……」ティモールは息を切らして、足を止めた。「秘密の……。重大な……。しかし必要なウソ」

グローリアは上《うわ》の空でティモールの背中に手をやり、荒《あら》い息をする馬をなだめるようにぽんぽんとたたいた。ハインツはふたりのそばをうろうろしながら、キャンキャンほえる。おかげで、よけいに考えがまとまらない。

「グローリア……二、三日……それだけあれば、ぼくが……。秘密。重大」

グローリアはいきなり駆《か》けだし、残されたティモールは息をのんだ。


五人の少女はせいいっぱいのスピードで走った。街の真ん中を大きな湖に変えてしまった水の縁《ふち》までやってくると、工場はひとつのお堀《ほり》にかこまれた五つの城のように建っていた。ダムは爆《ばく》破《は》されたかもしれないけれど、城壁《じょうへき》はその前に倒《たお》れてしまい、さらに大量の水がプレストの中心部にどっと流れこんでいたのだ。

少女たちを水のとどかないところへ運び、ふたたび第一工場へ送りとどけるはずだった手こぎボートは、流されないように丘《おか》のかなり高いところまで引き上げられていた。五人はここに立って悲しみを分かちあい、わんわん泣いて、抱《だ》きあった。

グローリアは少女たちにぴしゃりといった。「いい知らせを聞きたかったら、静かにして。あなたたちをここまでボートに乗せてきたのは、だれ？　それとも、自分たちでこいできたの？」

少女のひとりがなんとか泣きやんで、答えた。「いいえ。門番。門番がわたしたちを新聞社まで連れていったの。そして、社内のどこかに食べ物がないか探しに行った。たぶん、わたしたちがいないことに気づいたら、ここにもどってくると思う。わたしたちは彼《かれ》を待ってるの」

遠くから銃声《じゅうせい》が聞こえた。倉庫街のほうだ。「前にも、あの音が聞こえたけど、あれはなんなの？」グローリアはたずねた。「怖《こわ》がらなきゃいけないやつ？」

ふたりめの少女が鼻をかんで、頭を働かせた。「ううん、ただの治安警備隊《ちあんけいびたい》。内輪もめで戦いになってるの。治安警備隊のなかには、子どもがいる人と、いない人がいる。だからいま、けんかになってるわけ。子どものいない人たちが、いる人たちの子どもを船に乗せて、こっそりどこかの島へやっちゃって、子どもたちが帰ってこられなくなってるから」

「それにもう……もう、その子たちは全員……」少女たちはまた泣きだす。グローリアはちらりと道路をふり返った。ティモールが来ないかしら、彼《かれ》ならきっと、こういうときにふさわしい言葉を知っているのに。けれど彼の気配はなく、グローリアはなにかいわなくてはならない。

「じつはね、あたしたち、さっき新聞社のあの部屋にいた男に、ウソをついたの。あの男はマイルドといって、子どもたちを誘拐《ゆうかい》して人質《ひとじち》にしたのは、彼の考えだったのよ。あたしたちはマイルドに、彼のずる賢《がしこ》い策略《さくりやく》は失敗したと思わせたくて、子どもたちが全員死んだっていったの」少女たちから、また悲しげな泣き声が上がる。「でも、いい、あれはウソ。みんな生きてるし、閉じこめられてもいない。海をのぞむビーチで楽しくすごしてるわ」

話をつづけるうちに、グローリアは自分の魂《たましい》の一部が体からはなれて宙に浮《う》かび、自分がウソをついている姿をながめているような気がしてきた。必要なウソ。やさしいウソ。真実よりずっと好ましい、グローリアが信じつづけているウソ。ニッケル鉱石に生き埋《う》めになって川の底に横たわっている子どもたちなんて、いない。お母さんたちは、だれも悲しまなくていい。お兄さんやお姉さんも、さみしがることはない。必要なウソ。グローリアが夜またぐっすり眠《ねむ》るために、必要なウソ。説明が終わると、魂の一部はガラスのナイフのようにまた体に入ってきた――そのあまりの痛みに、グローリアは叫《さけ》んでしまった。けれど、少女たちは大喜びした。

通りのはずれに、ティモールがあらわれた。足を引きずり、胸を押《お》さえている。少女たちを見てほっとしたようだ。グローリアは彼《かれ》のところへ走っていき、少女たちに話したことを伝えた。

彼《かれ》がグローリアに向けた表情は、またこういっていた――役立たず！「やれやれ、グローリア。どうして、ただ『知らない』といえなかったんだ？　ぼくたちは南へは行っていない、ぼくたちの知るかぎりエイト島はあそこにあると、なぜいえなかった？」

またしても、グローリアのなかで育っていた誇《ほこ》りの小さな芽は、しおれて枯《か》れてしまった。

「あの子たちを喜ばせてあげたかったんです、だんなさま」

ティモールは悲しげにグローリアを見ると、彼女《かのじょ》のあごを軽くつかんだ。「わかっているよ、グローリア。わかっている」

第四十四章 善良な人々

プレスト市

ティモールは少女たちを集めた。とても背が高いので、低くかがんで、秘密めかして声をひそめる。「海辺の子どもたちは、船で川をのぼってきて、みんなを驚《おどろ》かせたいと思っている。馬鹿《ばか》げているのはわかっているが、子どもたちはまだ小さいし、あの子たちにとっては重大なことだ。ほら、自分が小さかったころのことを思い出してごらん――重大な秘密があったら、どう感じる？　ぼくらはあの子たちに秘密を守ると約束したよな、グローリア？　それで、きみたちは秘密を守れそうかい？　子どもたちがちゃんとここにたどりつくまで、秘密にしていられるかい？」

少女たちは素直《すなお》にうなずき、だまっている。

ティモールはグローリアに目をやり、大きな声でたずねた。「彼女《かのじょ》たちはぼくの話を信じてくれたかな？」

グローリアは首をふる。少女たちはグローリアに顔をしかめた。「その子たちは八歳《さい》じゃなくて、十六歳くらいなんですよ。リクシーを思い出して。リクシーが親切心から秘密を守ると思いますか？」グローリアはみんなのところへ行き、ティモールを引っぱってどかした。「聞いて、みんな。ティモール大佐はパイロットをやっていないときは、ジャーナリストなの。それで、このニュースをいちばんに伝えたいと思ってる。こんな大見出しで――〃吉報《きっぽう》！　子どもたち帰還《きかん》！〃もしだれにも話さないでいてくれたら、彼《かれ》はあなたたちひとりひとりに百アフエイル出す、誓《ちか》ってほんとよ。彼はお芝居《しばい》も書くの――そうですよね、だんなさま？」

「そうとも」

「彼《かれ》はこの洪水《こうずい》をお芝居《しばい》にするつもりなの。もし子どもたちが帰ってくるまで秘密を守ってくれたら、あなたたち全員をそのお芝居に出してくれるわ」

少女たちは顔を見合わせ、おたがいの考えを探りあう。「ほんとにほんと？」ひとりがたずねた。

「ほんとにほんと」グローリアは答えて、つけたす。「そうそう、もしこっそりしゃべったりしたら、彼《かれ》に撃《う》ち殺されるかもよ」

こうして、取り引きは成立した。

まだひとり、むすっとしている少女がいた。「どうして彼《かれ》は、オーディションをしてた人を撃《う》たなきゃならなかったの？」

「ぼくがあの男に撃《う》たれたほうがよかったかい？」ティモールは痛烈《つうれつ》に聞きかえした。「ちなみに、ぼくは彼《かれ》を撃っちゃいない。彼の頭上に発砲《はっぽう》しただけだ」

少女は反抗的《はんこうてき》な顔だ。「あたしは本気でスプリーマを演じたかったのに」

「ありえない」グローリアはいった。「真面目《まじめ》な話、あなたはそれがどういうことか、わかっていないだけよ」

広大な深いお堀《ほり》には、ボートですぐのところに、月に照らされた汚《きたな》い水面からスプーン工場がぬっとそびえている。工場はぞっとするほど巨大《きょだい》だ。

ティモールは空軍の地図の裏に、少女たちの名前を書きとめた。少女たちが約束を守ったら、お金をはらうためだ。「きみがこぐかい?」ティモールはひとりひとりにたずねた。残念なことに、だれひとりとして、うんといわない。「ぼくは彼女《かのじょ》たちを工場まで送りとどけなくてはいけないようだ」彼《かれ》はグローリアにいった。「親御《おやご》さんが心配するだろう。それも当然だ。今夜は、街なかで治安警備隊《ちあんけいびたい》が内輪の戦いをくり広げているんだから——しかも、そういうことは新聞にはのらない。連中は酔《よ》っぱらった御者《ぎょしゃ》みたいに、馬車を走らせている。それに、ぼくが生まれたときから教えこまれてきた常識では、深夜に十六かそこらの子どもたちだけで置いていくわけにはいかないからね」

「わかりました。だんなさまは疲《つか》れきっています。あたしがこぎます」とグローリア。

「こげるのか?」

「こげるのか? こげるわけないでしょ! ただ、いまのだんなさまよりはマシだと思います。でも、あの子たちには役に立ってもらわなきゃ。自分たちでボートをこがせましょう。だんなさまにはもう無理ですし、あたしは体力を保存《プリザーヴ》しておかなきゃならないから」

「温存する《コンサーヴ》」とティモール。「体力を温存する《コンサーヴ》、だ」

「バカなこと、いわないでください。それはジャム《コンサーヴ》でしょ」

ボートを水に浮《う》かぶ深さまで進めるには、長い距離《きょり》を押《お》さなくてはならなかった。といっても、スプーン工場まではそれよりはるかに長い距離をこがなくてはならない。ボートの下を、かぞえきれないほどのゴムホースが、まるで太った白いヘビのように流されていく。実際、水はかなり深く、七人がぎゅうぎゅうに乗ったボートでも、水没《すいぼつ》した工場のフェンスのずっと上を通過し、フェンスの上についた錬鉄製《れんてつせい》の杭《くい》をかすめもしなかった。三階の非常口から、スプーン工場に入る。そこから鉄の階段をのぼって、いちばん上の階の金属製の格子《こうし》まで行き、屋上へ上がるはしごを下ろしてと大声で呼びかけた。

おびえた顔がいくつも、下をのぞいた。「おれたちは、ストライキしてるんじゃない！」それが最初に返ってきた言葉だった。「水がすごく上まで来てしまったんだ。だから、ストライキじゃない！　本当に、ストライキをしてるわけじゃないんだ！」

はしごの足元から、ティモールが説明する。オーディションに行っていた少女たちを送ってきただけで、すぐ帰る。「ボートは見つけたところへ置いていくよ。ほら、門番にわかるように」

グローリアはティモールのコートをぐいっと引っぱった。「おねがい、友だちに声をかけさせてください」

「ハイ、ヒギー」グローリアは声をかけた。カカシみたいな人ばかりのなかで、人ちがいをしていないことを祈《いの》る。月明かりでは、よけいに見分けるのがむずかしい。ヒギーの目は落ちくぼみ、笑い方を思い出せないようだ。

あるいは、グローリアと友だちであることを思い出せないようだった。

「ここでなにしてる？　きみは女王さまみたいにふるまいに出ていったんじゃないのか。スプリーマをやってるんだろ」

グローリアはヒギーのくちびるに、指を押《お》しあてた。「しーっ。リクシーから聞いたの？あの子、いわないって約束したのに」（もちろん、リクシーはしゃべっていた）

ヒギーは肩《かた》をすくめる。「スプリーマをやるのは、一日十時間必死でポンプを動かすより、よっぽどいいよな」

グローリアはひるんだ。もちろん、あたしの身に起きたことは、ヒギーが耐《た》えてきたことほどひどくはない。「ずっと会いたかった、ヒギー。リクシーをここに帰したとき、彼女《かのじょ》にメモをあずけたの。あなたにわたしてほしいって。新聞記事はウソばっかりっていうメモなんだけど？」

「うん。〝なにも信じないで。全部ウソ〟ってやつだろ。筋が通ってると思ったから、みんなに知らせた。屋上から手旗信号まで使って、ほかの四つの工場にも伝えたよ」

「手旗信号？　なんて頭がいいの！　ヒギーが手旗信号を使えたなんて、知らなかった！　それで？」

「それで、終わり。ウソをつかれていたとわかったところで、どうしようもない――おれたちが首根っこを押《お》さえられてることに、変わりはないだろ。みんなの望みは、ただ自分の子どもを返してもらうことだよな？　おれたちがポンプを止めれば、子どもたちは返してもらえない。だからいま、みんなめちゃくちゃ怖《こわ》がってる。水位が上がりすぎて、ポンプを動かせないから。それに機械が水につかっちまった以上、ポンプを動かしたって意味はない。けど、あいつらはおれたちの責任だと考えるかもしれない。おれたちがストライキをやって、仕事をなまけたせいだって。だからけっきょく、子どもたちを取りもどせないかもしれない」ヒギーは顔をそむけ、水面を見わたした。「デイジーはどうしてる？　あいつがいなくてさびしいよ」その口調は苦々しかった。

　グローリアは必死でなんとかしようとした――ヒギーになにか喜ぶことをいって、彼《かれ》の声から苦い冷笑を消したい。グローリアは彼の手に手をのばし、わきへ引っぱっていって声をひそめた。「これはぜったい、ぜったい、ぜったいに、だれにもいっちゃいけないんだけれど、もし秘密にするって約束してくれたら、教えてあげる……みんな元気よ」

「みんなって？」

「子どもたち。みんなはエイト島にはいないの。あの島はもうしずんじゃったから。子どもたちは海岸にいる。とっても楽しくすごしてる。ティモールといっしょに飛行機で行ってきたの。彼《かれ》が子どもたちに、そばを通る船にモールス信号を送る方法を教えてあげたのよ。そろそろ川の水位が下がってきてるから、どこかの船がＳＯＳに気づいてくれたらすぐ、子どもたちは帰ってこられるわ」

　ヒギーはグローリアの顔についたものをひとつひとつじっと見ているようだった――あごについた砂、鼻に貼《は》った絆創膏《ばんそうこう》、はえぎわについた糸くず。グローリアは彼《かれ》ににっこり笑いかけ、ね、いい知らせでしょ、というようにうなずいた。

　返ってきたのは、ひとことだけ。「よかった」

　いっぽう、ティモールは空軍のコートを着ていたおかげで、質問の集中砲火《ほうか》を浴びていた。

ダムは爆破《ばくは》されたのか？　川の水位は下がっているか？　彼《かれ》らの声は興奮しているけれど、顔は疲労《ひろう》でこわばり、まるで湿気《しっけ》であごの蝶番《ちょうつがい》がさびついてしまったかのようだ。ティモールは彼らの質問にたじたじとなっているようすだったが、ようやく口を開いた。「ローズ市のことを質問してはどうですか？　あそこの人々のことを」

ところが、ヒギーの新しい大人っぽい声が割って入った。「そこの女の子が、子どもたちは無事だといってる。避難《ひなん》したって。河口付近に。彼女《かのじょ》はそこへ行って、子どもたちを見たといってる」

「ヒギー！」

「本当のことじゃないかもしれない。彼女《かのじょ》は生まれついてのウソつきだから。彼女のメイドのリクシーから聞いた話だと、彼女は〝スプリーマ〟のふりをしていたらしい。本物が死んだか、いなくなったからだってさ。彼女は着飾《きかざ》って、スプリーマのふりをして、でかい屋敷《やしき》に住んで、たらふく食って、上流階級の人間とつきあってたんだ。偉《えら》そうに、おれたちの工場を見に来たりして。おれたちをだましてて……」

「ヒギー、やめて！」

「そうなんだろ、ミスター・ティモール？　子どもたちのことも、どうせウソなんだろ？」

どよめきがおさまるのを待ってから、ティモールは答えた。「彼女《かのじょ》はウソつきじゃない。子どもたちは無事です」

「あーっ！　もう、バカじゃないの、ヒグソン！」オーディションを受けていた少女のひとりがなげいた。「百アフェイルがふいになっちゃったじゃない、あんたのせいよ！」

そのとき、みんなの顔がはっとして、目の焦点《しょうてん》が合った。そしてどっとグローリアのほうへ集まってくる。意気ごんだ人々のようすに、グローリアはふみつぶされるかと思った。

「なぜ、すぐいわなかった？」

「本当なのか？」

「彼女《かのじょ》はウソをついてるの？」

グローリアはいった。「本当です――神さまに誓《ちか》ってもいい――子どもたちは無事です」

人々は口々にわが子の名前を叫《さけ》んだ。トマシュを見た？　ガリアは？　まるでハーメルンの笛ふきに連れていかれた子どもたちが、スキップしたり、うたったり、空《あ》き缶《かん》をけったりしながら家に向かっているところを目撃《もくげき》されたかのようだ。なぜティモールは、みんなをこんなふうに喜ばせるのを後回しにしようとしていたのだろう？

グローリアの横で、ヒギーがそっけなくいった。「これで、おあいこだ」

年配の男たち数人が、なにやら考えているようすでうなずくと、上着のポケットから手を出し、皮膚《ひふ》の固くなった指をポキポキと鳴らした。「よし。やつらに報復だ」

ヒギーがグローリアの二の腕《うで》をつかみ、痛いくらいきつく握《にぎ》った。「彼女は刑務所《けいむしょ》に入っていない、ほら。彼女はまだ自由に歩きまわってる。つまり、連中はまだ、彼女《かのじょ》がスプリーマだと思ってるんだ。おれたちはいま、彼女を捕《つか》まえた。こっちにも人質《ひとじち》ができたんだ」

「ヒギー、彼《かれ》らは知ってるってば、あたしが――」

彼《かれ》はグローリアをゆさぶってだまらせた――顔を彼女《かのじょ》の耳に近づけて、怒《いか》りのこもった小さい声でいう。「きみはパチンと指を鳴らすだけで、おれをこの地獄《じごく》から救いだせたはずだ！

なのに、そうしなかった。リクシーを出してやったくせに、おれはほったらかしにした」

ティモールはじりじりと横へ移動していた——両のつま先を横へずらしては、両のかかとをそれに合わせるという動きをくり返し、少しずつ移動するうちに、開いている屋上ハッチの縁《ふち》に立っていた。そのあいだ、グローリアから一度も目をはなさず、最初に目が合ったとき、グローリアはまぶたを閉じて返事をした。

「おれたちがするべきことはなにか、わかるか?」ヒギーは群衆に問いかける。「彼女《かのじょ》を人質《ひとじち》にして、当然しはらわれるべき賃金を全額要求する……」

賛同する人々の大声が、夜空にひびく。

「……おれたちの要求するものが、すべて差しだされるまでだ。要求するのは、新しい服、賠《ばい》償金《しょうきん》、株式……」

「どうかしてるわ!」グローリアはどなって、群衆のなかから適当にひとりを指さした。「彼女に聞いて。そこの女の人……。彼女《かのじょ》が教えてくれるわ! 彼女は知ってる! みんなにいってやって、モグダ!」

群衆が後ろを向いたとたん、グローリアはヒギーの手をふりほどき、ティモールのあとから屋上の開いたハッチに飛びこみ、はしごにつかまった。ティモールは下に着くと「飛べ!」と叫《さけ》び、飛びおりてきたグローリアを受けとめた。ふたりは金属製の階段を踊《おど》り場から踊り場へ一足飛びで下りていき、非常口へひき返す。頭上からカンカンカンと音がする——追っ手の足音だ。だが、どんなに速く走っても、グローリアはヒギーの言葉をふりはらうことができなかった。頭のなかで、ヒギーの言葉がハチのようにブンブン飛びかっている。その針に刺《さ》されるたびに、涙《なみだ》が出る――怒《いか》りの涙なのか、悲しみの涙なのかは、わからない。足音が後ろの板張りの床《ゆか》までやってきた。

ティモールとグローリアが飛びのった勢いで、手こぎボートは工場の壁《かべ》からはなれ、〝お堀《ほり》〟を進みだした。ばらばらの叫《さけ》び声が、非常階段や三階の窓にならぶやつれた顔から飛んでくる。動揺《どうよう》する小鳥たちを追いまわす犬のように、群衆は自分たちがなにを追っているのか、なぜ追っているのか、ほとんどわかっていないのだった。

ふたりは肩《かた》をならべてすわり、一本ずつオールを持ってせっせとこいだ。

「あとほんの二、三日知らせないでくれ、ぼくがたのんだのはそれだけだぞ！」ティモールはぼやいた。「子どもたちが帰ってくれば、彼《かれ》らの機嫌《きげん》はよくなっただろう――幸せな家族を演じるのに夢中になるだろうし……」言葉がとぎれ、全力疾走《しっそう》後のボートこぎという激しい運動にせきこんだ。「子どもたちが彼らを<ruby>もっと</ruby>……おだやかにしてくれただろう。もっとやさしく、もっと寛容《かんよう》に、もっと忙しくさせてくれただろう。あんな暴徒にはならなかったはずだ」

「ごめんなさい！　本当にごめんなさい！」

「想像してみろ、グローリア！　もし自分が、わが子をさらった連中がどれだけ憎《にく》いかだけを考えて何日もすごしてきたとしたら――連中に仕返ししてやりたくても、子どもを人質《ひとじち》に取られ、どうしようもなかったとしたら。そんなときに、とつぜん脅威《きょうい》が消えたんだぞ！　もうわが子は人質ではなく、家に向かっている。もう、我慢《がまん》する理由はなにもない！　水は引きつつある――もう、いくらでも暴れていい。さっきの工場には、たくさんの怒《いか》りと恐怖《きょうふ》がぎゅうぎゆうにつめこまれていた。ほら、樽爆弾《たるばくだん》みたいなものだ。爆発すると、大勢の人々がけがをする。ぼくたちは、その導火線に火をつけてしまったんだ」

「あたしです！　火をつけてしまったのは、あたしです！　ほんとに、ほんとに、ごめんなさい！」

がくんという衝撃《しょうげき》があって、工場の（フェンスより高い）門の錬鉄製《れんてつせい》の杭《くい》にボートがぶつかり、すきまにはまりこんでしまった。水位は時間とともに、だんだん下がっている。ふたりともオールを手に立ち上がり、杭のすきまからボートをはずしにかかった。ボートはぐらぐらゆれる。窓辺の人々が獲物《えもの》を追う猟犬《りょうけん》のようにほえはじめた。

「くそっ。洪水《こうずい》が収まってくれることを何ヵ月も祈《いの》っていたが、いまは水位が上がってほしいよ。彼《かれ》らを二、三日閉じこめておいてほしい」

「だんなさまのいっていたとおりですね。善良な人々。それは、たがいに反する意味を持つ言葉の組み合わせ」グローリアのオールが割れ、悪意のようにとげとげしい破片が落ちた。

「まちがってても、彼《かれ》らを非難するんじゃない！」ティモールはぴしゃりとたしなめた。グローリアにオールを持たせ、ボートの横から身を乗りだして、杭《くい》を押《お》しやりボートをはずそうとする。そのせいで、彼女《かのじょ》にどなるのがやっとだった。「ウソをつかれ、閉じこめられ、昼も夜もなく働かされ、犬の肉や草を食べさせられ……。彼らには仕返しする権利がある。しかし最終的に負けるのは、だれだと思う？　彼らだ」ならぶ杭《くい》をつかみながらボートを横へ動かし、フェンスが低くなっているほうへ進む。「プレストは彼らの家だ、グローリア！　自分の家を燃やせば、かならず後悔《こうかい》することになる。しかし、ここの水が引き、水没《すいぼつ》しなかったところへ歩いていけるようになったら、責任があると思う人物を——自分たちの気に入らない人物を——だれかれかまわず追いかけるだろう。この事態をひき起こしたのは、ほんのひと握《にぎ》りの悪人たちだ……しかし傷つく人々は、ひと握りではすまない」

ボートが工場のフェンスの上を越えると、工場の労働者たちは窓を割ってガラスの破片を投げはじめた——石を水面にはずませるときの投げ方で、いい知らせを持ってきたふたりをねらう。暴動と、破壊《はかい》と、復讐《ふくしゅう》の始まりだ。

驚《おどろ》くべきことに——そして信じられないことに——犬のハインツが水ぎわでティモールとグローリアを辛抱《しんぼう》強く待っていた。ふたりのボートが来るのが見えると、ハインツはほえながら水に入ったり出たりした。岸に着くと、ティモールは犬を残念賞のように抱《だ》き上げた。「この犬は、汚《きたな》い世界に輝《かがや》くひとつの善行のようだな」

だが、グローリアをなぐさめるものは、なにもない。恐怖《きょうふ》がおさまると、心にぽかんと穴があき、後ろめたくて、みじめな気分になった。ティモールにとって、あたしは役立たずだ。ヒギーにとっては、ひきょうな敵。しかもついさっき、あたしはプレスト市を焼失させてしまうかもしれない爆弾《ばくだん》の導火線に火をつけてしまったのだ。

第四十五章 マイルド

プレスト市

マイルドには、封鎖《ふうさ》された編集長室から脱出《だっしゅつ》するべき理由が山ほどあった。ティモールとグローリアを殺す必要がある。コグェット議員に、船の転覆《てんぷく》事故と乗っていた子どもたちの死の責任を取らせなくてはならない。

残りの議員、裁判官、銀行員たちは、処刑《しょけい》しなくてはならない——それも速《すみ》やかに。コヴェットのせいにできるうちに。

ダムの破壊《はかい》に成功したとなると、じきにふたたび城門を開けることになるだろう。そうなれば、たくさんの新たな問題が生まれる。

マイルドは脱出《だっしゅつ》に使える道具はないかと、室内に目を走らせた。

その目が植字工《しょくじこう》の机に留まった。机にならぶたなには、金属製の文字と数字と記号の活字《かつじ》が入った引き出し式のトレイが置かれている。なくなっている活字もあったが、マイルドはすでに翌日の〈ザ・ヴォイス〉の一面の編集にとりかかっていた。見出しはこうだ。

洪水収束《こうずい》――涙《なみだ》をふこう
試練は終わった
川は分かれた
希望への道が見えてきた！

ヘカベが亡《な》くなってから、マイルドは活字《かつじ》を組む腕《うで》がすばらしく上がっていた。自分の書く記事を他人に組ませるのは、信用できない。ある意味、その背の高い机は彼《かれ》の戦車《チャリオット》だ。机には車輪まであり、まさに馬に引かせた古代の二輪馬車にふさわしい！　本来ならこの机を動かすには四人必要だが、マイルドは自分の力を、彼より劣《おと》る人間四人分に匹敵《ひってき》すると考えた。なにしろわたしは、あらゆる力をわがものにしたのだ。頭のてっぺんまで、力がつまっているはずではないか？

マイルドは机にいっぽうの肩《かた》をあて、全力で押《お》した。靴《くつ》のなかで足が後ろにすべる。今度は机に背中を押しつけたが、ひざの靭帯《じんたい》がピキッと鳴った気がした。そこで助走をつけ、机の横に体当たりした。成功！　大きな鋼鉄製《こうてつせい》のキャスターが動いた。たなが震《ふる》え、活字《かつじ》の入ったトレイがカタカタ鳴り、机はガラスのはまったドアのほうへ動いていく。そしてドア口にぶつかると、板がくだけ、ガラスが割れるすさまじい音がひびいた。ティモールがドアをふさぐように置いていった金属製の戸だなが倒《たお》れたのだ。

出られた！　ぶつかった衝撃《しょうげき》で、たなのトレイがすべてあっかんべえをするようにすべりでて、机全体がかたむいている。マイルドはトレイを元のように押《お》しこんで……。

　こうして机が二度目にゆれたとき、彼《かれ》はその前にいた。机はそのまま倒《たお》れこみ、金属の活字《かつじ》がばらばらとマイルドの顔にふりそそぐ。小さな金属片が落ちてくる速度は、どんどん上がっていく——どの金属片にも文字、数字、記号、句読点が鋭《するど》く刻まれている……。あの特別なフォントも、特別なロゴも全部——イン・アトラメント・ノン・エスト・ウエリタス*……。

　暴徒がマイルドを見つけたとき、彼《かれ》の口も、眼窩《がんか》も、手も、のどの下のくぼみも、理解不能な金属の言葉でいっぱいになっていた。机の下にしまってあった印刷用インクのびんが転がりでて、中身がもれ、彼の死体を漆黒《しっこく》の湖でかこみ、金色の髪《かみ》まで夜の色に染まっていた。

*インクのなかに真実はない

第四十六章　ローズ市の残《ざん》がい

物陰《ものかげ》に隠《かく》れ、治安警備隊《ちあんけいびたい》の小ぜりあいをよけながら、グローリアとティモールは急いで丘《おか》をのぼり、アフェイリア空軍格納庫へ向かった。たどりついて街をふり返ったときには、スプーン工場はすでに燃えていた。

「おお、あれを見てごらん。腰《こし》まで水につかった工場に火をつけるのは、至難のわざだ」ティモールはいった。「人間の知恵《ちえ》はたいしたものだな。暴徒のやっかいなところは、まちがった窓を割ることだ……。傷つくのは、いつだって傷つけてはいけない人々だ」

その夜の五大工場の労働者たちは、実際、たいしたものだった。水が引くのをじっと待つのではなく、床板《ゆかいた》をはがしてイカダや浮《う》き台を作り、水にかこまれた工場から脱出《だっしゅつ》すると、街で暴れまわったのだ。彼《かれ》らが探すのは、議員や工場のオーナー、この数ヵ月の飢《う》えとつらい労働の責任を問える人間ならだれでもいい。ところがさいわい、彼らは刑務所《けいむしょ》をのぞくことは思いつかなかった。そこには、マイルドが絶対的な権力を手に入れるのにじゃまな人間をかたっぱしから閉じこめていた。というわけで、暴徒たちは大量殺戮《さつりく》の機会をのがした。(囚人《しゅうじん》たちは看守《かんしゅ》に、暴徒が疲《つか》れはてて怒《いか》りがおさまるまで、すべての門とドアの鍵《かぎ》を開けないようにたの

みこんだ）
議会の建物は火をつけられ、船で子どもたちをさらうところを隠《かく》した兵舎も燃やされた。暴徒は食料を探して店に押《お》し入ったが、そこに食べ物はなく、ヘカベが大切にしていた新聞社の窓にレンガを投げこんだ。いっぽう、川は時間とともに小さくなっていき、たちまち暴徒よりおとなしくなった。

アフェイリア空軍は〝議会からの明確な指示にだけ従うこと〟と、（マイルドから）命じられていた。空軍元帥《げんすい》は爆撃《ばくげき》の許可をこばんだため、投獄《とうごく》されている。リーダーを失った兵士たちは、いらだちとショックを感じつつも命令を待っていたが、そのあいだも街は混乱を深めていく。

だからスプリーマの夫が丘《おか》の上の飛行場にやってくると、兵士たちは喜んだ。

「あなたなら〝議会〟に近い人物ですよね？　われわれに指示を出してください」

しかも、ティモール・フィロタパンタソル大佐は元気あふれる人物で、次々に指示を飛ばし、とてつもない怒《いか》りの火花をまきちらす。

「うまくいけば数日以内に、子どもたちでいっぱいの船が川をのぼってくるだろう。彼《かれ》らを迎《むか》えてやってくれ。船にはコヴェット議員も乗っているだろう。彼をうまく使え。議員はかなり取り乱しているが、子どもたちに好かれている。子どもたちは彼のいうことなら聞くだろう……。そうそう、大きな白いゴールデンレトリーバーもいるはずだ。労働者たちのマスコットで、国の安全にとって重要な犬だ。その犬を〈てっぺん邸《てい》〉へ返し、餌《えさ》をもらえるよう手配してくれ。いっぽう、きみたちは油断なくかまえていろ。消防車を出せ、まだあればだが。治安《ちあん》警備隊《けいびたい》の敵対するふたつの派閥《はばつ》を武装解除させ、動物園でべつべつの檻《おり》に放りこんでおけ……。ああ、もちろん動物園の檻は空《から》っぽだとも――動物たちはすべて、食われてしまったからね。〈ザ・ヴォイス〉の社屋の一室に、コヴェット議員の秘書マイルドを閉じこめてある。彼を収《しゅう》監《かん》しろ。そうだな、地下の小さい土牢《つちろう》がふさわしいが、逃《に》げられさえしなければ、どこでもいい……。航空燃料はどうしている？　わたしの乗る偵察機《ていさつき》に燃料を入れておいてくれ……。そう、いますぐだ、軍曹《ぐんそう》。ミス・ウィノウとわたしは北へ飛ぶ。すぐもどる。質問はあるか？」

ひどく威圧《いあつ》的な雰囲気《ふんいき》を放つ――破れた革のコートを着て、緊急事態《きんきゅうじたい》のオーラをまとっている――ティモールに、空軍兵士たちは首をふった。質問はない。

グローリアも怖《こわ》くなって、小声でたずねた。「どこか痛いんですか、だんなさま？」

「たのむからだまっていてくれ、グローリア」

「すみません、だんなさま」

ところが、そこへ雑種犬のハインツがやってきて、ティモールの太もものあいだに顔を突《つ》っこんだ。火事のにおいにおびえる犬を、ティモールは腕《うで》のなかに引っぱりあげ、背を向けて犬にだけ打ち明けた。「あそこへ帰ろうな、ハインツ。ようすがわからないのは耐《た》えられない」

グローリアにも聞こえた。

じゅうぶんな日ざしが出てくると、ふたりはすぐに飛びたった。そのころには、五つすべての工場が燃えているのが見えた。病院や、美術館や、終着駅に置かれたタイヤをはずされたバスまで、燃えている。

川にも、見なれないものが見えた――数ヵ月間、だれも見ていなかった光景だ。トロール漁船が一隻《せき》――いや、二隻――川をさかのぼって、プレスト港へ近づいてくる。水没《すいぼつ》していた波止場《とば》は、また水面から顔を出していた。漁船の甲板《かんぱん》にはたくさんの小さな人影《ひとかげ》があり、二本のマストのてっぺんには旗がひるがえっている。白地にななめ十字の旗は〝助けが必要〟という合図だ。

ティモールは機体をかたむけて急旋回《きゅうせんかい》し、二隻《せき》の漁船の上空へ向かった。甲板《かんぱん》の子どもたちはまぶしそうに日ざしをさえぎりながら、手をふっている。ティモールは翼《つばさ》を左右にかたむけて、あいさつを返した。誘拐《ゆうかい》された子どもたちの第一便が帰ってこようとしていた。

「ああ、よかった。子どもたちのすばらしいところは」ティモールはいった。「大人たちの目を覚ましてくれることだ」

「これでもう、なにもかもだいじょうぶですね」といったものの、グローリアにはとうていそうは思えなかった。

一、二分後、ティモールがいった。「複雑だよな。この生きるという仕事は」

グローリアは飛行機に乗ることにすっかり慣れ、一度も酔《よ》ったことはなかったけれど、上流へ向かうほど胃のあたりがむかむかしてきた。むかむかはやがて痛みになり、胃をぎゅっとつかまれるような恐《おそ》ろしい吐き気《はけ》に変わった。ひざに乗せたハインツの上に吐いてしまわないように、グローリアは犬を床《ゆか》に下ろさなくてはならなかった。

「どうした？」ティモールがたずねた。

「なんでもありません。絶好調です、だんなさま」グローリアはウソをついた。

なにもかも、けっきょくウソをつくはめになる。ティモールはマイルドに、子どもたちとコヴェット議員は船とともにしずんでしまったといっていた。その話にはとても説得力があった。グローリアは屋上に避難《ひなん》していた人々に、「本当です――神さまに誓《ちか》ってもいい――子どもたちは無事です」と断言してしまった。なかには……そうじゃない子どもたちがいるなんて、とてもいえなかったから。ティモールはグローリアに、ローズ市の人々は全員、ダムが爆破《ばくは》される前に避難したはずだとうけあい、グローリアはその言葉を信じていた。信じないと、やっていられなかったから。いま口に感じる苦味が、彼《かれ》が約束してくれたってなんの意味もないとグローリアに告げている。ローズ市の人々のことなんて、彼には知りようがなかったからだ。

グローリアは一度、ウエディングケーキを見たことがある。アフエイリアをおとずれたモルダヴィアの大公妃《たいこうひ》が〈てっぺん邸《てい》〉で食事をしたときに、作られたものだ。ピンクのアイシングにおおわれた三段重ねのケーキで、砂糖菓子《さとうがし》の飾《かざ》りがぐるりとあしらわれ、綿菓子の塔《とう》がいくつものっていた。けれど大晩餐会《だいばんさんかい》のあとは、ぼろぼろのスポンジケーキのくずの山と、小鳥のフンのような砂糖菓子のかたまりと、折れたアイシングのとがったかけらになりはてていた。

それが、いまのローズ市の姿だ。水がバラ色のアーチや絵の描《か》かれた家々を食いつくしていた。一日たったいまでは、ふくれ上がった川は土台をなめているだけだけれど、ダムを破って流れこんだ奔流《ほんりゅう》に、やわらかい赤い砂岩《さがん》はひとたまりもなく、街は引き裂《さ》かれていた。避難民《ひなんみん》のキャンプは跡形《あとかた》もなく流され、残ったのは、生き物もごみも美しさもきれいさっぱり洗い流された、ほこりっぽい街の残《ざん》がいだけ。

どちらも、ひとこともしゃべらない。グローリアは地上を走る飛行機の影《かげ》をじっと見つめ、なにも考えられずにいた。すばやく動くその小さな影のことしか考えられない。やがて街の残《ざん》がいの真上にさしかかり、飛行機の影は瓦礫《がれき》のなかを、跳《は》ねたり突《つ》っこんだり身をよじったりして進みだした。

するととつぜん、人々の姿が見えてきた――ふたりいると思ったら、今度は十二人、さらにかぞえきれないほど大勢の人々が、街の残《ざん》がいのなかをゆっくり歩きながら、壊《こわ》れずに残ったものを拾っている。

街の向こうでは、浸入《しんにゅう》してきた川にのみこまれずにすんだあちこちの場所から、人々が街へ向かっている。まるで壊《こわ》れた巣のまわりにふたたび集まろうとするハチのようだ。さらに、彼《かれ》らの向こうには、数万人の人々がつづいている。

「感謝します、感謝します」ティモールは小声でずっと唱えていた。「感謝します、感謝します、感謝します」

百万トンの水につぐ、百万トンの水。とてつもない量の水を、干《ひ》からびた木々と乾《かわ》ききった土地はごくごく飲み、帯水層《たいすいそう》（水をためている地層）は暴飲した。砂漠《さばく》地帯は水をがぶ飲みし、サボテンは仰天《ぎょうてん》した。水が収まると、二万五千人の人々は、よみがえった川の両岸に分断されてしまった。人々はたがいに手をふり、がくぜんとし、感謝し、おびえ、ショックで言葉を失い、足元を流れるピンク色の速い川に呆然《ぼうぜん》としている。なかでも避難者《ひなんしゃ》たちはがっくりとしゃがみこみ、子どもたちと荷物をぎゅっとつかんでいる。水が固い地面にしみこんだもっとも浅い場所では、何十匹《びき》もの魚が打ち上げられて、ぴちぴち跳《は》ねたり身をよじったりしている。夕食だ！

それでも、地元の市民はすぐに来た道をひき返しはじめた。街がどうなったのか、自分の家は残っているのか、知る必要がある。

そのはるか北では、ラチャ山脈がゴロゴロとうなるのも沸《わ》きたつのもやめ、南風が運んでくる知らせに耳をすましているかのようだった。フルカ川は二本に分かれ、ローズ砂漠《さばく》では命が活気づいていた。


「いままでずっと、そう思っていたんですか？　みんな死んでしまったって？」グローリアはいった。「ちゃんと話してくれればよかったのに」

「なぜ？　いっしょに、みじめになれるからか？」

「えっと、そうです！　たとえば、十二人でみじめな気持ちを味わえば、当然、ひとり分のみじめさは少なくなります。でも、ひとりで全部背負おうとすれば、ぺしゃんこにつぶれてしまいます。みんなと分かちあわなきゃだめですよ、本当に、だんなさま」

その言葉を、ティモールはよく考えた。「それは、ぼくが聞いたことのあるなかで、いちばん論理的じゃない理屈《りくつ》だな。論理学を勉強しようなんて考えないと約束してくれ」

「約束します」

「どうやら、グローリア、きみはこれまでずっと、彼《かれ》らが生きているとわかっていたようだね」

「もちろんです！　どこかのウソつきパイロットが、生きているって約束してくれたんだもの。生きているに決まってるじゃありませんか」

「みなさんの街！　みなさんの美しい街……」ローズ市議会の人々――ティモールを裁判にかけた、あの五人の議員――と再会したとき、グローリアはずっとそういっていた。議長はうなずいた。街を破壊《はかい》されたショックで言葉を失っているのだ。彼《かれ》の妻は自分の帽子《ぼうし》――バラとハーブのリボンがついている――を取り、暑い日ざしにやけどしかけていた夫の頭にかぶせてやった。「主人は少しまいってしまって。それにしても、おかしいですよね？　この街は六世紀ものあいだ、ここにあります。人間の寿命《じゅみょう》は、ほんのわずかな年月です。それなら、街のほうが人々よりはるかに大事だと思うでしょう。なのに人々のほうをはるかに気にかけているわたくしたちは、おろかなのかしら？」

ティモールが航空ヘルメットを取り、通りすがりの子どもの頭にのせた。「まったくそんなことはありませんよ。必要とあらば、ぼくがレンガをひとつひとつ積み上げて街を再建しましょう。しかし、人々が失われたら……ええ、彼《かれ》らの代わりはいませんよね？　それに、ローズ市民はきわめて希少ですばらしい種《しゅ》であり、保存する価値があります」

「そしてわたくしたちを保存してくれたのは、あなたです、大佐！　あなたはわたくしたちに避難《ひなん》するようにいってくれました。それで、わたくしたちは避難したんです！」

雑種犬のハインツは、飛行機で運ばれてきたこの場所に引きつけられていた。ここを知っている。とはいえ、まるですべてのにおいが空中に投げだされ、ちがう場所に落ちてしまったかのようだった。腐《くさ》りかけたごみの鼻をつくにおいは、すっかり消えている。乾《かわ》いていたにおいは、いまやたっぷりと水分をふくんでいる。水はくだけたレンガのにおいがした。恐怖《きょうふ》のかけらがまだ空中にただよっている。

「クレムを探して、ハインツ！」グローリアがせかした。

クレム少年、うん……。とはいえ、ハインツは飛行機から降りたばかりで、まだ足どりがおぼつかない。ずっとななめに歩いている。クレムだ、うん。クレムを見つけなくては。グローリアもクレムを探しているようだ——人波のなかから、だれかを見つけようとしているのは確かだ。

「……見ませんでしたか？……知りませんか？」

ハインツはグローリアのあとをとことこついていくうちに、足どりがだんだんしっかりしてきた。

グローリアが自分の探していた〝だれか〟を見つけた……が、それはクレム少年ではなかった。グローリアはその女の人に飛びかかるように抱《だ》きついたので、ハインツも跳《は》ねて、ほえながらふたりに飛びかかった。ところがグローリアの両手はふさがっていて、ハインツを抱きよせられない。ふたりの抱擁《ほうよう》は、やがて三人になり、四人になり、さらに何人もくわわった。グローリアは泣いている——だれもが泣いている——といっても、うれし泣きだ。母さん！　おじいちゃん！　妹！　言葉と歓喜《かんき》の叫《さけ》びが、ハインツとデイジーが砂丘《さきゅう》でおどかしたヤマウズラのように、空へ飛びたつ。そう思ったら、ハインツはゴールデンレトリーバーのデイジーが恋《こい》しくなってきた。ハインツは自分の一部をあの海岸に置いてきてしまった気がした。その一部は、デイジーのやわらかい口のなかでばたばたしている。

空飛ぶ男と女の子の面倒《めんどう》をみる仕事はこれですんだだろうか、とハインツは思っていた。ティモールという男は、ぼこぼこにされ、あざだらけで動揺《どうよう》しているというのに、最近さらに大きくなっていた。人間にはできて犬にはできないかたちで、大きくなっていた。たぶん、なにかの戦いに勝ったか、子どもができて父親になったか、品評会で最高の賞をとったかしたのだろう。なんであれ、ティモールが群れにおける自分の地位を上げたのは確実だ。人間たちは、彼《かれ》にいわれたように動く。みんな、彼を見て指示を待っている。ちょうど、ハインツがかつてクレムを見ていたのと同じように。

そうだ、クレムだ。クレムを探さなくては。それ以外のことは、どれもよけいなことだ。ハインツはクレムの面倒《めんどう》をみるという仕事を、うっかり忘れていた。

ところが、一時間たっても、少年はまだ見つからない。ハインツは、大切な人を探して廃墟《はいきょ》となった街をうろうろする人々にくわわった。

体が弱っていたり、頑固《がんこ》だったり、信じなかったりして、街から避難《ひなん》しなかったローズ市民がいた。鐘楼《しょうろう》から危険を知らせる鐘《かね》の音がけたたましく鳴りひびき、ほかの人たちは街から逃《に》げたというのに。ハインツは鼻を使って死体を探す手伝いをした——死体は瓦礫《がれき》の下にあったり、水没《すいぼつ》した地下倉庫のなかに浮《う》かんでいたりした。空中に舞《ま》っていた赤い砂ぼこりがおさまっても、ハインツの周囲をうずまくたくさんのにおいは、もつれあってなんのにおいか絶望的にわからない。確実にかぎ分けられるゆいいつのにおいは、犬の死神のにおいだったので、ハインツはそのあとを追い、倒《たお》れた石造りの建物、テーブルクロス、バケツ、ドア、靴《くつ》といったごみのあいだを、ジグザグに進んでいった……。

犬の死神の足跡《あしあと》は湿《しめ》っている。まるで、どっと流れこんできた水で波乗りでもしていたかのようだ。足跡は鐘楼《しょうろう》の残《ざん》がいへつづいていた。それはもう、木と同じくらいの高さしかない──それも、樹皮をはぎとられてしまった木だ。鐘楼の大きな鐘《かね》はどれも地面に転がり、古代の巨人《きょじん》がかぶっていた金色のヘルメットのように見える。鐘を鳴らすロープは鐘からくねくねとのびていた。ハインツは小走りで鐘楼の階段をのぼった。何世紀にもわたって鐘を鳴らす人が歩いてきた階段は、浅くすりへっている。

するとそこで、ついにクレムが見つかった。髪《かみ》には川に生えていたアシがくっついているが、服は日ざしで乾《かわ》いている。

ハインツは少年の顔をなめ、シャツを足で引っぱってから、少年の胸に横たわった。胸は上下していないが、その形にはなじみがあり、隅々《すみずみ》にまで思い出がきざまれている。

犬の死神は階段のてっぺんに横たわった──ひとすじの日ざしに釘《くぎ》づけにされた黒いまぼろしのようだ。

「クレムのために、おまえと戦う」ハインツはいった。

──戦いは終わった。少年が最後のひとりだった。わしはもう疲《つか》れた。へとへとだ。

「おまえは選べた。そして、選ぶ人間をまちがえた！　まちがった人間を選んだんだ！」

──選べただと？　わしに選ぶことなどできん。ただの仕事だ。だれにでも仕事があるだろう、それといっしょだ。おまえは、生きることはつらいと思うか？　ならば、わしの仕事をやってみるべきだ。

犬の死神の血走った目に涙《なみだ》があふれ、白髪《しらが》まじりの鼻づらにこぼれ落ちる。

まぼろしは消えてなくなった。ハインツはおすわりして、遠ぼえした。遠ぼえは、かつての鐘楼《しょうろう》の階段とまったく同じらせんを描《えが》き、廃墟《はいきょ》と化した街のはるか上空へのぼっていった。

第四十七章 ❖ 山のような仕事

プレスト市〈てっぺん邸《てい》〉

議会と産業界のトップたちは、〈てっぺん邸《てい》〉のリビングでソファや床《ゆか》にちらばり、椅子《いす》や足置き台に何人かずつですわった。ジャーナリストたちは、ふたたび姿を見せ、室内の三つの角にフロアスタンドのように立っている。男たちはひげもそらず、昼も夜も着たきりのスーツ姿だ。女たちも脂《あぶら》っぽい髪《かみ》を手で梳《と》かし、服の染《し》みをこすっている。彼《かれ》らは全員、早朝まで裁判所裏の刑務所《けいむしょ》に閉じこめられ、いつ死刑《しけい》にされるのかとおびえていたのだ。

ソファをうばわれた犬のデイジーとハインツは、室内をぶらぶら歩きまわってはお客さんの上に乗り、汗《あせ》と洗っていない体の強いにおいに興奮していた。ハチミツ入りの丸パンが運ばれてくると、部屋じゅうが物ほしそうな目を向けた。

「いったいどこで、そんなものを手に入れたんだね？」財務大臣がメイドにたずねた。

「ローズ市の親切な人々からです」グローリアはいっぽうのひざを曲げてひょいとおじぎをした。「土でつくった窯《かま》で焼いてくれたんですよ。それに、棒に刺《さ》した魚の干物《ひもの》も。熱い灰で焼いた軸《じく》つきトウモロコシも。ローズ市民は工夫がとても上手なんです。それに、あんなにいろんなことがあったのに、明るさを失っていません。アボカドひとつで、すばらしいお料理ができるんです。フィロタパンタソル大佐が帰る前には、大きなお弁当を作ってくれたんですよ」

「だれだって？」

グローリアは立ち去った。いっしょにゴールデンレトリーバーのデイジーも連れていく。そのときには、雑種犬のハインツはティモールのひざの上に乗っていた。

お客さんたちはこれまで、犬たちにうもれるスプリーマをけっしてよく思ってはいなかったが、この図々《ずうずう》しくてむさくるしい雑種犬は、なんとなく野性的なエネルギーをくれる気がした。彼《かれ》らは刑務所《けいむしょ》ですっかりエネルギーを吸いとられていたのだ。

「最優先事項《じこう》は、船の建設です。喫水《きっすい》の浅い、中くらいの大きさの船を造り、海から山のあいだにあるすべての集落に行き来できるようにします。ほとんどの大工と建具職人《たてぐ》は避難民《ひなんみん》となって、現在、ローズ市にいます。彼《かれ》らをできるだけ早く北部の森林地帯へ帰し、洪水《こうずい》で破壊《はかい》された家々の再建に取りかかってもらう必要があります。わたしは三隻《せき》のトロール船をやとい、子どもたちを上流へ運んできてもらいました……。その乗組員たちが、三ヵ月間、われわれのために漁をすることに合意してくれました――これで、さしあたっては飢《う》えを回避《かいひ》できるはずです。自分たちの漁船が完成するか、購入《こうにゅう》するまでのあいだは……。パンの原料となる小麦の栽培《さいばい》、受粉とハチミツ採取のためにミツバチの巣箱が千箱必要です。ここと比較的《ひかくてき》大きい町を結ぶ通信網《つうしんもう》が復旧すれば、あらゆることのスピードが上がるでしょう……。議員のみなさんのなかで、海外へ飛び、近隣《きんりん》の国々に援助《えんじょ》を求める仕事をまかせてほしいという人物はいませんか？　食料、医師、建築家、エンジニアなどの援助を……？　川に浮《う》かぶ動物の死体を取りのぞく必要があります。さもないと、水はわれわれを殺す新たな方法を見つけてしまうでしょう――腸チフス、コレラ……。ローズ市に避難《ひなん》した人々のあいだにも、コレラが発生する危険があり……」

議員、弁護士、実業家といった人々は、空腹と睡眠《すいみん》不足で頭がすっきりしないながらも、テイモールの話に驚《おどろ》き、到着《とうちゃく》したときにわたされた『話し合うべきこと』のページをかぞえた。十七枚におよぶ、びっしりと印刷されたページには、次のようなことがならんでいた。

・被害状況《ひがいじょうきょう》の評価
・被害額《ひがいがく》の算定
・新たな治安警備兵《ちあんけいびへい》の採用
・木々の植え直し
・川に魚をとる網《あみ》をしかける
・食料と薬の輸入
・通信手段の復旧
・ローズ市の復旧と補償《ほしょう》
・家族を失った子どもたちの養育と里親探し
・略農場《らくのうじょう》への牛の補充《ほじゅう》
・農地の作物の植え直し
・アフェイリア保険会社の保険金不払《ふばら》いに対する法的手続き
・スプリーマ／スプリーモ選挙

「なぜ、われわれはスプリーマの夫君《おっとぎみ》と話をしているんだ?」保健大臣が、トレイにのせたサボテンのお酒を持ってきたメイドにたずねた。「スプリーマはどこかね？」

「おぼれてしまいました、残念なことです、大臣」グローリアは小声で答えた。

大臣はサボテンのお酒をひと口で飲みほした。

三時間後、十七枚の紙が、書きこみ、チェック、クエスチョンマークでびっしりおおわれたころには、スプリーマが亡《な》くなったという知らせが、ひそひそ声で室内全員の耳にとどいていた。

「大佐、敬愛すべき奥《おく》さまを亡《な》くされたことに、わたしたちから哀悼《あいとう》の意を表します」家庭支《し》援《えん》大臣がスカートの裂《さ》け目をつまんでふさぎながら、いった。「そしてわたしから、大佐ご自身を最高指導者《スプリーモ》に選出する動議を提出いたします」室内に賛成のうなり声が上がる。彼《かれ》こそ、スプリーモにふさわしい。集まった人々は、個人的には、子どもたちの待つ家に帰って自分のベッドで眠《ねむ》りたいという以外の望みはなにもなかった。

グローリアは、いまでは外の廊下《ろうか》から耳をすませ、手についたハチミツとミックススパイスをきれいになめていた。もう四十歳《さい》ではなく、十六歳にもどっておおむね満足している。ティモールがスプリーモになるという提案に、グローリアは喜んでいるつもりだった……けれど、気持ちははずまない。なぜ？　新しくスプリーモになる知らない人のメイドになんて、なりたい？　いいえ。もしティモールがプレストで国を治めてくれたら、少なくともグローリアは毎日彼《かれ》に会って、彼がなにをしているか、ちゃんと食べているか、オペラは書きおわったのか、わかるだろう。（たぶん、そうはいかないだろうが）けれど、グローリアは十六歳の少女にもどっただけでなく、またメイドにもどったのだ。メイドというものは、スカートをつまんでひざを曲げる正式なおじぎをする。話しかけられたときだけ話す。自分の意見は心にしまい、人々がいい争ったり／いねむりしたり／キスしたり／議員として話したりしているときは、けっして室内に入らない。生活はすっかり変わってしまうだろう。ティモールとふたりで口げんかしたり、死んだ人たちを探したり、火山灰のなかを飛行したり、おたがいにいらいらしたりしたころと同じようにはいかない。

会議はもうすぐ終わる。グローリアはコートを持っていかなくてはならない——といっても、コートを着てきたお客さんたちはずっとコートにしがみついていた。刑務所《けいむしょ》では、気持ちを落ち着けたり、寝床《ねどこ》の代わりとして、コートが手放せなかったからだ。ゴールデンレトリーバーのデイジーが、青みがかった茶色の瞳《ひとみ》でグローリアを見る。まるで時間の神さまくらい賢《かしこ》そうだ——この犬は世界の秘密をすべて知っているといってもいい、もちろん、グローリアの未来になにが待っているのかも。

庭に面した窓がノックされた。運転手のアッピスがいなくなってから、警備《けいび》は廃止《はいし》されていた。本当にだれでも〈てっぺん邸《てい》〉の門を入ってこられる。ついに工場から解放され、子どもたちと庭を散歩して景色を楽しむことができるのだ。けれど、ノックしたのはヒギーだった。ノラニンジンの花束を抱《かか》えている。グローリアはヒギーを見て、大きな冷たい悲しみが、ぬれた犬のように自分を押《お》しのけるのを感じた。

ふたりはおたがいの目を見つめあうのではなく、下に広がる街の景色をながめた。

「これで、ふだんどおりだな」とヒギー。

「ぜんぜん」

焼けおちた建物はまだ煙《けむり》を上げている。工場の煙突《えんとつ》は煙を吐《は》いていない。となりの丘《おか》のてっぺんにある飛行機の格納庫では、人々が長い行列を作っているのが見える——アフェイリア空軍の飛行機が外国から食料を運んでいるといううわさが出回っているのだ。うわさが真実かどうかを伝える新聞は、もうない。

早口で、グローリアはまくしたてた。「あたしはヒギーを工場から出してあげるべきだった。それに、ヒギーのいうとおりだわ。そうするつもりだったの、リクシーを連れて帰ったあの日。それに、ヒギーのほうが、リクシーよりずっと問題を起こさなかっただろうし。でも、ティモールから、これ以上はだめだっていわれてたし……あたしが玄関《げんかん》クローゼットに閉じこめたのは、ヒギーのお母さんじゃなかったから。あたしは料理人に借りがあったの。それに、もし運転手のアッピスがヒギーの身元調査をしたら？　あたしはヒギーのことをなんていえばよかった？」

困惑《こんわく》させられるとつぜんの打ち明け話にはつきあわず、ヒギーはいった。「おれ、スプーン工場にはもどらない」

「もどらない？　そうね。理由はわかる……。それに実際、もどるところなんてないしね」ふたりの目が、屋根を失った第一工場の残《ざん》がいへ向く。どこかのくずれかけた中世のお城にまちがえられそうなありさまだ——屋根はなし、床《ゆか》はなし、価値はなし、なにもなし。

「工場が燃えたとき、ゴムホースから上がる黒い煙《けむり》を見たか？」ヒギーが興奮した口調でいった。「まったく、あんなもの吸いこんだら死んじまう！」

「話は聞いたわ。もう少しでリクシーが死んじゃうところだったって、ぜん息がひどくなって……。そっか。じゃあ、ヒギーは清掃団《せいそうだん》に入るの？」

「いいや」ヒギーの手はひどく震《ふる》え、ノラニンジンの白い花びらが落ちていく。火山灰みたいに。「田舎《いなか》へ行く。北のソーミルズかどこかに。技術を身につけるんだ。まともな金になる仕事を手に入れる」そこで感心しているだろうかと、グローリアをちらりと見た。(彼女《かのじょ》は視線を感じた)「きみはマダムの夫に取り入るのに忙《いそが》しいんじゃないか？　ほら、彼《かれ》は最高指導者《スプリーモ》になるんだろ？」

グローリアがぎろりとにらみつけると、ヒギーは速《すみ》やかに話題を変えた。

「おれはモールス信号も手旗信号も知ってる。すごいだろ？　これなら、どこでも仕事にありつけるさ」すると、花束をふってデイジーを指した。「あの犬、腹に赤ちゃんがいるんじゃないか」

「ヒギーはいつもそういうけど、デイジーはちょっとぽっちゃりしてるだけだってば」

「運のいい犬だな」

花束をわたすのを忘れたまま、ヒギーは背を向けると、足を引きずりながらひき返していき、お屋敷《やしき》の向こうへ消えた。ふたりの関係はなにも修復されていない。グローリアとヒギーのあいだにできてしまった壁《かべ》を壊《こわ》すには、爆弾《ばくだん》がいる。あるいは、時間がゆっくりと風化してくれるのを待つしかない。

リビングでスローガンを唱える声がひびきはじめた——最高指導者選挙でティモールを支持する男子生徒たちだ。雑種犬のハインツまで、いっしょになってほえている——といっても、こちらはただうるさくて目を覚ましただけだろう。不意に、声がやんだ。グローリアは立ち聞きしに行った。

「ぼくへの支持には心から感謝します」ティモールが話している。「ですが、ぼくには妻とはちがう野心があります。ぼくよりも、コヴェット議員のほうがよい仕事をしてくれるでしょう」反対する怒《いか》りの声がどっとひびいた。「だめですか？　コヴェット議員がほめたたえられる立場にないのは、わかっています。ですが〈ニコロデオン号〉の事故以来、彼《かれ》ははるかに子ども好きになりました。自分の子どもだけではありません。すべての子どもたちの行く末を、たいへん気にかけています。それに、悪についても理解しています。それついては、ぼくはいままでもこれからも理解できるとは思えません。だめですか？　コヴェット議員には期待できませんか？　たぶん、だめでしょうね。それでも、彼を殺して復讐《ふくしゅう》してやろうなどという自分をおとしめる行動に出るのは、やめましょう、いいですね？　彼は秘書のマイルドにあやつられていただけなんです。マイルドとぼくのつ……彼の取り巻き連中に」

　代表団の最後のひとりを送りだして玄関《げんかん》を閉めると、グローリアはリビングへもどり、つぶれたクッションをふっくらさせ、家具を動かした。後ろからゴールデンレトリーバーのデイジーが入ってくる。グローリアは思いきって（以前、ティモールの朝食のお皿の横に丸めた手紙をわざと落としてみせたときのように、思いきって）いってみた。「だんなさまは〈ザ・ヴォイス〉を経営しようと思っているんですよね。ヘカベに喜んでもらうために。また真実を伝える新聞を出すんですよね」
　ティモールは雑種犬のハインツを追いやり、デイジーの体と尾《お》についたイガを取っては、くしゃくしゃになった〈話し合うべきこと〉の紙にのせて集めている。「いいや。ぼくはローズ市にいなきゃならない。再建するんだ。ぼくはあの街を破壊《はかい》するのに手を貸してしまった。再建する義務がある」

「でも、オペラはどうなるんですか！」グローリアはそんなことをいうつもりも、こんなに大きな声を出すつもりもなかった。

あの海岸以来、初めてティモールは声を上げて笑った。「優先順位ってものがあるんだよ、グローリア。優先順位。大事なことから順番にってことさ……。きみはどうなんだ？」

「あたしですか？　そりゃ、ふだんの生活にもどりますけど」

「なんだって？　ここに残って、だれになるかわからない次のスプリーマ――スプリーモかもしれんが――に朝食を出したいのか？　それは二、三年にして、どこかの学校で勉強したら、きみがスプリーマになれるかもしれない――次の次くらいには、たぶん。仕事はいたって単純だ。するべきことは、基本的に、賢明《けんめい》な専門家を身近に集めておき、もし彼《かれ》らが陰謀《いんぼう》をくわだてはじめたら銃殺《じゅうさつ》するだけ……。そうそう、忘れないうちに、未払《みばら》いの給料をはらっておこう。またお金に価値がもどってきたからね」そういうと、ティモールは大きな額のお札をかぞえながら、リビングテーブルの上に置いていった。「はい、どうぞ。二千アフェイルだ」

グローリアはクスクス笑った。「あたしは毎月十アフェイルしかいただいてませんよ、だんなさま」

「ああ、しかし――驚《おどろ》くかもしれないが、グローリア――スプリーマの給料はメイドより少しばかり多いんだ……。それから、はい、五千アフェイルのボーナスだよ、ぼくの命を助けてくれたお礼だ――といっても、そういうことに値段をつけるのはむずかしいし、これでも安すぎると思う。これをどんなことに使うか、いい考えはあるかい？　教えておくれ、グローリア・ウィノウの人生における野心を」

グローリアは恥《は》ずかしそうにあとずさり、ふと頭に浮《う》かんだ想像に笑った——公園で散歩中、デイジーにしか打ち明けたことのない話だ。手のなかのお金は、白昼夢《はくちゅうむ》を見ているみたい。

「ずっと、水牛のヨーグルトを作ってみたかったんです」

ティモールは気持ち悪がっているふりをした。「おえっ。容器に入れるには、水牛を相当小さくきざまなきゃならないぞ」

「ちがいますってば！　水牛入りのヨーグルトなわけないじゃありませんか、もうっ！　水牛のミルクで作るヨーグルトです！　世界中でいちばんおいしいはずなんです！」また鼻血が出てきたけれど、一度笑いだしたら止まらない。おまけに、涙《なみだ》も止められなくなった。七千アフエイルあれば、水牛と、牧場と、悪天候から牛を守る牛舎と、家族でくらす家まで、余裕《よゆう》で買える……。けれど、そのお金は受け取れない。グローリアはお金はいらないと申しでた。「あたしがほしいのは、デイジーだけです。本当に」

ティモールはグローリアの手を押《お》しかえす。「あの犬はとっくにきみのものだ。そういったじゃないか」

「はい、でも、人はウソをつきます。いつだって。犬みたいに大事なことについては、とくに」

「ならば、ルールを作ろう」ティモールは〝話し合うべきこと〟の最後に、それをつけたした。「法律を作る。もうウソをついてはいけない。プレスト市では禁止。アフェイリア全土で禁止する。違反《いはん》した場合は死——」

そこで言葉がとぎれた。デイジーが上を向いてティモールの顔をなめたのだ。まるで、犬がティモールの口からその言葉を食べてしまったかのようだ。彼は袖で口をふきつつも、言葉がなめとられたことを悔《く》やみはしなかった。死刑《しけい》なんて、もう関わりたくない言葉だ。

「それでも、あたしには母さんとおじいちゃん、デイジー、弟と妹、そして水牛の群れが手に入るけれど……だんなさまには、なにが手に入るんですか？」グローリアは自分自身の失礼な言葉にたじろいだ。

「さあな。仕事。音楽。言葉。罪悪感。新しい友人、といったところかな」

「でも、子どもはいません」

ティモールは目に見えてひるんだが、冷静さを取りもどした。「うっ、いやいや。子どもというものがどれだけ腹立たしい存在になれるかわかってからは、ほしいとは思っていない」

「でも、あたしはこう思ってました……だんなさまなら、いつでも子どもたちの劇を書けるんじゃないかって。そうすれば、ある意味、現実になります。だんなさまが子どもたちを〝創《つく》りだした〟ことになります」

ティモールは皮肉っぽく聞きかえした。「衣装を着てちがう人間のふりをしている子どもを、だれが観《み》にいく？　ありえないね」

グローリアはくちびるを噛《か》んだ。「うーん、それなら、あたしが……いらいらさせないくらいはなれているようにすれば……つづりのまちがった手紙を送ったりしなければ……それとラテン語を勉強したら……ひょっとしたら、だんなさまの——」

「それで決まりだ」ティモールがいきなり立ち上がったので、犬は二匹《ひき》ともそわそわした。

「フィーリア・カーラ・エト・アミーカ・センペル*」

「ギリシャ語ですか？」

「いいや、ギリシャ語なんかじゃない！　ラテン語だ！　今度は、きみがぼくの知らないことを教える番だ。水牛を買うには、どうしたらいい？」

*愛する娘《むすめ》にして永遠の友だち

第四十八章 幸せと栄光

北部地域　スイートウォーター川

犬が大きらいな水牛たちは、ゴールデンレトリーバーのデイジーに我慢《がまん》していた。犬というものはオオカミみたいにひどく残忍《ざんにん》になったり、やっかいになったりすることがある。けれど、杭《くい》で作った柵《さく》のあいだを、口に枝をくわえたまま通りぬけようとしているデイジーを見て、こいつはオオカミになるには頭が足りないと水牛たちは判断した。

それでも、今日のデイジーは奇妙《きみょう》な行動をしていて、水牛たちは不安を感じていた。ときどきほえて驚《おどろ》かされるし、青みがかった茶色の瞳《ひとみ》で問いかけてくる――といっても、水牛たちには答えられない。デイジーは三回、柵《さく》のすきまを通りぬけようとしたものの、太りすぎていて無理だった。ついに、板のゆるんでいたところから牧場に入ると、デイジーは小走りで、頭を上げ、隅《すみ》にある大きな牛小屋へ向かった。

ゴールデンレトリーバーが気になっているのは、なかにあるちくちくするわらの山と、そこに隠《かく》れなくてはいけない気がする理由だ。もし悪いことをしたのだとしたら、なにをしたか覚えてる？　もし危険があるなら、そのにおいをかぎとれる？　危険にはにおいがある――いままで、さんざんかいできた。ここは小さなスイートウォーター川のそばで、家の周囲にはオークの巨木《きょぼく》が見張り番のように立っているのに、なぜ危険におびやかされなきゃならないの？

デイジーはグローリアの姿をした神の助けがほしかったけれど、本能がそんなことより牛小屋に隠れなさいと命令する。見えない干し草用フォークのように、痛みがデイジーの腹を刺《さ》す。

水牛の一頭が小屋の壁《かべ》に体をこすりつけ、騒々《そうぞう》しい音を立ててかいている。ガタゴトとトラックが通過する。一日に二回、水牛のミルクが入った容器を集め、細い道の先にある乳製品製造所へ運んでいく。犬は製造所のなかに入ってはいけないことになっているけれど、デイジーはたいていそのトラックに乗って製造所まで行ってもどってくる。風に耳を吹《ふ》かれる感覚が好きだから。けれど、今日は乗らない。なにかが来る。無視できないほど重大で危険なことがせまっている。川を泳ぐブラウントラウト（ヨーロッパ原産のマスの一種）のように、デイジーの血流を不思議な感覚が——説明することも、無視することもできない感覚が——泳いでいる。

驚《おどろ》いたことに、子犬たちが生まれた。まるで皮をむいた桃のように、つるんとデイジーの体からすべりでてきたのだ。子犬たちをなめてやると、おいしかった——というか、とにかくおいしく感じる。デイジーは動揺《どうよう》しなかった。母犬から受けついだ昔からの知恵《ちえ》に助けられ、どうするべきかは、わかっている。少し遅《おく》れて、おだやかさにつつまれた。ぼんやりした感じに似ているけれど、もっとふわふわして、うれしくて、大人になったという気がする。

一時間後、牛小屋でデイジーたちを見つけたグローリアに、怒《おこ》るようすはなかった。「ここがデイジーの選んだ場所ね？　水牛がすっかり怖《こわ》がってるわよ——雨がふってるのに、牛舎に入ろうとしないんだもの。でも心配しないで。水牛は水がへっちゃらなはずだから。でなきゃ、水牛なんていわないでしょ？」

グローリアはすわって自分の犬をなで、お乳をのむ三毛《みけ》の子犬たちをながめた。

THE VOICE
ザ・ヴォイス

イン・アトラメント・エスト・ウェリタス

プレスト市
再開門10年目

　われわれはけわしく困難な道のりを経《へ》て、プレスト市が城門をふたたび開いてから10年目という記念すべき節目を迎《むか》えた。苦難と苦労をひき起こした原因が、最悪の洪水《こうずい》であったことは疑いようがない。洪水で壊滅的《かいめつてき》な被害《ひがい》を受けた国を建て直すのに、大きな努力が必要だったことも疑いようがない。記憶《きおく》はまだ生々しく、命を落とした愛する人々を忘れることはけっしてできない。それでも、アフェイリア国民の大いなる勇気と不屈《ふくつ》の努力をたたえ、われわれを今日という日にみちびいた英雄《えいゆう》たちを称賛《しょうさん》する道理はある。

電信電話網《でんしんでんわもう》、予定どおり完成

　国全体をカバーする電信電話網《でんしんでんわもう》が完成した。北のラチャから南のオーシャンヴィルまで、西のローズ市から東のペータルまで、史上最難関となる地域も横断している。作業主任者ヒグソン・〝ヒギー〟・フリムはこうのべた。「古い通信網を修理するのではなく、新しいケーブルの設置を始めました。この通信網は21世紀までじゅうぶんもつはずです。大変な仕事にはげんできたひとりひとりに、おめでとうといいたいです。きつかったと思います。10年前、おれは川から電柱を引き上げる作業をしていました。いまでは、新しい電柱が、どこを向いても地平線にほこらしげに立っています」

世界的専門家、大学に集結

プレスト大学は、有名な学者をもう１名招聘《しょうへい》した。リトニオブのアタカマ教授は、自然科学において世界屈指《くっし》の学者といわれている。彼女《かのじょ》は９月に着任する。同大学の総長ネッド・ハージ博士はこうのべた。「当大学の評判は、年を追うごとに高まっています。10年前は、14歳を超《こ》えたらだれも学びたがらないという理由で閉鎖《へいさ》されていたことを考えてみてください! いまや、優秀《ゆうしゅう》な学生にとっては、家が裕福《ゆうふく》だろうが貧しかろうが、都会の出身だろうが寒村の出身だろうが関係なく、だれにでも無限の可能性があるのです」

ローズ市にオペラハウスがオープン

ローズ市の〈クレム・ウォーレン・オペラハウス〉が先週、輝《かがや》かしい新作オペラのプレミアショーとともに一般公開された。これまで、ローズ・ダンス＆ミュージック・カンパニーは、野外でパフォーマンスを披露《ひろう》してきた。今後は、ローズ川両岸の美しい場所がその舞台《ぶたい》となるだろう。オペラハウス初の公演作品は『ハニー・ツリー』。作者は、われらが敬愛するプレストっ子、ティモール卿《きょう》である。高い評価を得た彼《かれ》の作品『糖蜜《とうみつ》のはしご』につづき、プレミアショーのチケットはオペラハウスの完成を待たずして完売した。

ここから新時代が始まる

街じゅうのイベント
開催日《かいさいび》発表

〈五大ワークショップ〉のため、旧治安警備隊《ちあんけいびたい》兵舎と新聞社が開放され、次の日程でみなさんの努力の結晶《けっしょう》を展示および称賛《しょうさん》する!

第一ワークショップ
4月1日
魚、果物&野菜

第二ワークショップ
4月2日
道具&農機具

第三ワークショップ
4月3日
衣類&はき物

第四ワークショップ
4月4日
乳製品&穀物《こくもつ》

第五ワークショップ

4月5日

家具&木工製品

旧治安《ちあん》警備《けいび》隊《たい》兵舎

4月6日

ハチミツ、ハーブ&ヒーリング製品

新聞社

4月8日

紙&本

今日のアナグラム: しめしめ 出た出た

作者あとがき

　これまで、架空《かくう》の国を書いたことはありませんでした。国をひとつ考えだすことの楽しさといったら、ぜったいにお勧《すす》めです。もちろん、登場人物たちにとっては、あまり楽しいことではなかったでしょう。なにしろ、主要な登場人物には常に苦難を味わわせてきたのですから。これは、読者のみなさんに楽しんでいただく冒険《ぼうけん》物語です。

　一九二七年のアメリカで、この物語に出てくる洪水《こうずい》よりはるかに恐《おそ》ろしい洪水が発生し、当時の政治家は卑劣《ひれつ》な行動をとりました。実際、災害は非常に多くの人々から悪いところを引き出し、彼《かれ》らは助けることができたのに助けなかったのです。それがこの物語を動かす火種となりましたが、物語が動きだしてからは、どんな道を進むかという判断は登場人物たちに――善人にも悪人にも同じように――ゆだねました。

　悪いことが起こり、人々がそれをどう乗りこえるか判断しなくてはならない状《じょう》況《きょう》になったとき、どんな国でもアフェイリアのようなことが起こる可能性がありまる。この本が問いたいのは、「もし同じ状況に置かれたら、あなたはどうするか?」です。さらにこの本がいいたいのは、「なにを信じるかは、慎重《しんちょう》に判断しましょう」ということ——インターネット、新聞、広告などで目にした情報を、そのまま鵜呑《うの》みにしないこと——です。新聞記者や政治家は、たいていはウソをついたりしませんが、みなさんに彼《かれ》らのように考えてほしい、彼らが話すことを信じてほしい、と強くねがっています。ですが、そこは自分で判断するのがいちばんだと思います。

ジェラルディン・マコックラン

謝辞

次の方々にお礼を申しあげます。アスボーン・パブリッシングのみなさん。とりわけ、わたしの担当編集者アン・フィニスは、変更《へんこう》が必要なことを変更し、短くすべきところは短くするよう、わたしをうまく説得してくれました。さらに、だれがどこにいて、それはいつなのか、彼《かれ》らはなにを知っていて、なにを着ているのか……といったことをきちんと把握《はあく》していてくれました。彼女《かのじょ》は暴れんぼうの野生の子馬のようなプロットを乗りこなし、一度も落馬することがなかったばかりか、だれが考えても合理的に必要と思われる以上の回数の原稿《げんこう》チェックをしてくれました。新型コロナで〝ロックダウン〟のさなかに、ずっと。レベッカとほかのみなさんも、随所《ずいしょ》で関わってくれました。わたしはこの作品に新聞記事のページを入れたいと思いました――無理なおねがいでしたが、やがてときはじめたイラストは、とても雰囲気《ふんいき》のあるものでした。一九二〇年代《か》〝らしさ〟をとらえてくれたキース・ロビンソンと、すばらしい装画を描いてくれたリオ・ニコルズに感謝します。

海軍に所属する夫は、液状化とか、船橋《せんきょう》や機関室といったことを教えてくれました。娘《むすめ》のエルサはいつも最初の読者になって、やさしく前向きな批評《ひひょう》をしてくれます。また、ザッカリーとエラは、出版前にこの作品の〝テストドライヴ〟をしてくれました。みんな、ありがとう。

　そしてなにより、いまこれを目にしているみなさんに感謝します。この本の最後のページを開いているということは、（きっと）最後まで読んでくださったのでしょう。（といっても、もちろん、表紙とまちがえてうっかり開いてしまった方もいらっしゃるでしょうけれど）

訳者あとがき

「あのメイドったら、本当に役立たずなんだから」

田舎《いなか》からプレストの街に働きに来た十五歳《さい》のグローリアは、いつもしかられてばかり。しかりとばすのは、アフェイリア国の最高指導者マダム・スプリーマ。みんなから尊敬と恐怖《きょうふ》を――おもに恐怖を――集めるスプリーマは、長雨で洪水《こうずい》が発生するなか、こっそり街を出ていってしまう。洪水にのみこまれそうな街、いっこうにもどってこないスプリーマ、困りはてるスプリーマの夫。国の危機に妻が職務を投げだすはずがないと信じる夫は、ついに迷案を思いつく――本人がもどってくるまで、メイドにスプリーマを演じさせよう！

かつてない規模の自然災害、逃《に》げだす政治家、フェイクニュースにふりまわされる人々、立ち向かうは十五歳《さい》のメイド――さあ、大惨事《だいさんじ》のはじまりはじまり。

てっきり、現代社会を風刺《ふうし》するために考えだした舞台《ぶたい》設定かと思いきや、作者あとがきで触《ふ》れられているように、一九二七年にアメリカのミシシッピ川流域で実際に起きた災害をモデルにしている。ミシシッピ大洪水《だいこうずい》と呼ばれる災害で、前年の夏からつづく大雨のせいで堤防《ていぼう》が次々に決壊《けっかい》し、六万平方キロメートル以上が浸水《しんすい》、六十万人以上が住んでいた場所を追われ、二百五十人近くが命を失った。

それだけでも悲劇だけれど、非常事態のなか、人種差別、偏見《へんけん》、ウソがはびこり、人々の残酷《ざんこく》な面があらわになった。救助活動は白人が優先され、プランテーションの黒人労働者たちは、刻々と水位の上がる堤防《ていぼう》で補強作業を強《し》いられたあげく、食料も水もなく数日間放置されたのだ。避難《ひなん》キャンプにたどりついてからも、避難民でありながら労働を強制され、拒否《きょひ》すれば射殺されることもあったという。残念ながら、これはけっして特別な例ではなく、現代社会でも似たようなことがたびたび起きている。

これほど恐《おそ》ろしい出来事があまり知られていないことに衝撃《しょうげき》を受けた作者は、この大災害をもとにして、架空《かくう》の国アフェイリアを舞台《ぶたい》に、恐ろしくもユーモラスな物語を書きあげた。どう考えても重苦しくなりそうな話を、メイドが変装して国家元首《げんしゅ》になりすますという突拍子《とっぴょうし》もないアイデアで、奇跡的《きせきてき》にコミカルな味わいにしあげている。

作中には、変わった名前がいくつも登場する。スプリーマの夫ティモールの苗字《みょうじ》であるフィロタパンタソル、議員のコヴェットに秘書のマイルド、運転手のアッピス、アフェイリア国などなど。

作者のインタヴュー記事によると、そこにも仕掛《しか》けがあるそうだ。フィロタパンタソルは、ギリシャ語で〝平和を愛する人〟という意味。コヴェットは英語のcovet（むやみにほしがる）から、マイルドも英語のmild（やさしい）から来ている。アッピスはラテン語で蜂《はち》を意味する言葉だ。ほかにも、新聞社の編集長へカベは、ギリシャ悲劇に出てくる不幸すぎる王妃《おうひ》の名前。どれも、その人物の人となりを暗示している。なかでも壮大《そうだい》な暗示が、国名のアフェイリアだ——ア・フェイリア。そう、英語のa failure（失敗）と同じ発音。なんて恐《おそ》ろしい国名だろう。

とはいえ、名前から受ける印象を鵜呑《うの》みにすると、足をすくわれる場合も……。物語は、現実と同じく、一筋縄《ひとすじなわ》ではいかないのだ。

緊迫感《きんぱくかん》あふれる物語のなかで、安らぎをふりまく存在が、ゴールデンレトリーバーのデイジーだ。朝食の用意をするグローリアをながめながら、糖蜜《とうみつ》入りの丸パンが偶然《ぐうぜん》口のなかに落っこちてこないかなと期待していたり、子どもたちのあいだを駆《か》けまわっては、おもにみんなのじゃまをしたりと、とても生き生きと描《えが》かれているデイジーには、モデルがいる。作者の飼っていたゴールデンレトリーバーで、名前も性格も同じ、食いしんぼうのデイジー。

残念ながら、数年前に虹《にじ》の橋をわたってしまったそうだけれど、こうして物語に登場させることで、本のなかで永遠に生きてほしいという作者の願いがこめられている。

これまで数々の賞に輝《かがや》いてきた作者だけに、多彩《たさい》な登場人物、飽《あ》きさせない場面転換《てんかん》、まるで演劇を観《み》ているようなテンポのよい物語運びには、舌を巻くばかりだ。ところどころでイギリスらしいブラックユーモアもぴりりと効いていて、ピンチのときこそ笑いとばして前に進もうと思わせてくれる。

最後に、いつも予想を上回る作品で世界の読者を楽しませ、訳者からの質問にも丁寧《ていねい》に答えてくださる作者のジェラルディン・マコックランさんに、心から感謝いたします。

二〇二三年　十月

大谷真弓

著

ジェラルディン・マコックラン

Geraldine McCaughrean

1951年、イギリス生まれ。現代を代表する児童文学作家。
1988年『不思議を売る男』でカーネギー賞、
翌年同作でガーディアン賞、2004年に『世界はおわらない』で
ウィットブレッド賞、2018年『世界のはての少年』で2度目のカーネギー賞を受賞。
そのほかの代表作に『ピーター・パン イン スカーレット』『ホワイト ダークネス』
『空からおちてきた男』『ティムール国のゾウ使い』
『ロイヤルシアターの幽霊たち』など。

訳

大谷真弓

Mayumi Otani

英米文学翻訳家。愛知県立大学外国語学部フランス学科卒。
訳書にE・アシュトン『ミッキー7』、M・R・コワル『無情の月』、
ケン・リュウ編『折りたたみ北京 現代中国SFアンソロジー』（共訳）、
L・ベーコン『12歳のロボット ぼくとエマの希望の旅』（以上、早川書房）、
R・リグズ『ミス・ペレグリンと奇妙なこどもたち』シリーズ（共訳、潮出版社）など。

装画

松井あやか

装幀

アルビレオ

編集

皆川裕子

アフェイリア国《こく》と
メイドと最高《さいこう》のウソ

二〇二四年一月十五日　初版第一刷発行

著　者　ジェラルディン・マコックラン
訳　者　大谷真弓
発行者　庄野　樹
発行所　株式会社小学館
〒一〇一-八〇〇一　東京都千代田区一ツ橋二-三-一
編集　〇三-三二三〇-五七二〇　販売　〇三-五二八一-三五五五
DTP　株式会社昭和ブライト
印刷所　萩原印刷株式会社
製本所　株式会社若林製本工場

造本には十分注意しておりますが、
印刷、製本など製造上の不備がございましたら
「制作局コールセンター」（フリーダイヤル〇一二〇-三三六-三四〇）にご連絡ください。
（電話受付は、土・日・祝休日を除く九時三十分～十七時三十分）
 ISBN978-4-09-290655-6